Tous Continents

Collection dirigée par
Anne-Marie Villeneuve

LA SPÉCIALISTE
DU CŒUR

Catalogage avant publication de Bibliothèque et Archives nationales
du Québec et Bibliothèque et Archives Canada

Rothman, Claire
[Heart specialist. Français]
La spécialiste du cœur
(Tous continents)
Traduction de : The heart specialist.
ISBN 978-2-7644-0949-7
1. Abbott, Maude E. (Maude Elizabeth), 1869-1940 - Romans,
nouvelles, etc. I. Saint-Martin, Lori. II. Gagné, Paul. III. Titre.
IV. Titre : Heart specialist. Français. V. Collection : Tous continents.

PS8585.O843H4214 2011   C813'.54   C2011-940312-9
PS9585.O843H4214 2011

**Conseil des Arts
du Canada**   **Canada Council
for the Arts**   **SODEC**
Québec

Nous reconnaissons l'aide financière du gouvernement du Canada par
l'entremise du Fonds du livre du Canada pour nos activités d'édition.

Gouvernement du Québec – Programme de crédit d'impôt pour
l'édition de livres – Gestion SODEC.

Les Éditions Québec Amérique bénéficient du programme de subvention
globale du Conseil des Arts du Canada. Elles tiennent également à
remercier la SODEC pour son appui financier.

Cette traduction a été rendue possible grâce à une subvention du
Conseil des Arts du Canada.

Québec Amérique
329, rue de la Commune Ouest, 3e étage
Montréal (Québec) Canada H2Y 2E1
Téléphone : 514 499-3000, télécopieur : 514 499-3010

Dépôt légal : 2e trimestre 2011
Bibliothèque nationale du Québec
Bibliothèque nationale du Canada

Projet dirigé par Isabelle Longpré
   en collaboration avec Anne-Marie Villeneuve
Traduction : Lori Saint-Martin et Paul Gagné
Révision linguistique : Diane-Monique Daviau et Claude Frappier
Mise en pages : André Vallée – Atelier typo Jane
Conception graphique : Nathalie Caron
Photo en couverture : Photocase

Original title: The Heart Specialist
© Copyright 2009, Original English-language edition:
   Cormorant Books inc.

Imprimé au Canada

CLAIRE HOLDEN ROTHMAN

TRADUIT DE L'ANGLAIS PAR
LORI SAINT-MARTIN ET PAUL GAGNÉ

LA SPÉCIALISTE
DU CŒUR

Québec Amérique

Pour Arthur Holden

D'un point de vue étiologique, les anomalies cardiaques se divisent en deux groupes principaux : les premières sont attribuables à un arrêt de croissance survenu à un stade précoce, avant que les différentes parties du cœur aient été entièrement formées, et les secondes, à une maladie fœtale se déclarant dans un cœur à un stade de développement plus avancé.

Maude Abbott, « Congenital Cardiac Disease »,
dans *System of Medicine*, de William Osler

*[M]ais le cœur a besoin d'un langage;
ses instincts, toujours les mêmes,
ramènent les anciens noms.*

Friedrich von Schiller, *Les Piccolomini*,
traduction d'Adolphe Régnier

PRÉLUDE

L'infiniment petit

Toujours observer, consigner,
classifier et communiquer.

WILLIAM OSLER

Dans le premier souvenir que je garde de mon père, son visage ruisselant de larmes flotte au-dessus de moi. L'image, qui date de 1874, a pour cadre un hiver particulièrement rigoureux, à St. Andrews East, village situé près de l'embouchure de la rivière des Outaouais, au Québec, à environ cinquante milles de Montréal. Nous étions en janvier. J'aurais bientôt cinq ans.

Quel est le déclic qui met la jeune mémoire en marche, celui qui fait que des images s'impriment sur la peau tendre d'un esprit tout neuf? Souvent, c'est un traumatisme; à cette époque-là, toutefois, le mot ne faisait pas encore partie de mon vocabulaire. Je ne savais pas pourquoi mon père était entré dans ma chambre ni pourquoi il pleurait. En ouvrant les yeux, j'ai seulement compris que quelque chose n'allait pas. Des habitudes avaient été bousculées, des règles violées. Fini, mon petit havre de paix.

Mon père sentait le tabac à pipe, arôme délicieux qui me faisait penser au chocolat. Je contemplais la moustache qui tombait de sa lèvre supérieure. J'aurais pu y enfouir mon visage, mais, naturellement, je n'en fis rien. C'était un homme imposant, aux humeurs parfois imprévisibles. Je l'ai fixé sans bouger.

Peu après son départ, à une époque où les champs et les routes luisaient encore sous la glace, je suis tombée par hasard sur une de ses pipes. Il l'avait oubliée dans la grange, derrière la maison. Sans réfléchir, je l'ai mise dans ma bouche. C'était une expérience scientifique, une tentative d'imitation du geste que je l'avais vu faire des centaines de fois, l'expression de ma volonté de le ramener parmi nous. J'ai été choquée par le résultat. Le goût était répugnant. Rien à voir avec le parfum de chocolat noir de mes souvenirs. J'ai craché jusqu'à ce que la langue me fasse mal et que je n'aie plus une seule goutte de salive.

Ce soir-là, les yeux levés sur lui, j'étais désemparée. Je commençais à peine à comprendre qu'il y avait d'autres personnes dans le monde, des êtres qui menaient une existence différente de la mienne. L'idée que mon père puisse pleurer me plongeait dans la confusion. En fermant les yeux, je me suis hermétiquement fermée à tout ce qui n'était pas son odeur, les bruits de sa respiration rapide et superficielle.

Il m'a parlé en français, comme il le faisait parfois lorsque nous étions entre nous. Je ne garde aucun souvenir des mots prononcés. Il n'a été question ni du procès ni de sa sœur morte; de cela, je suis certaine. Dans la maison de St. Andrews East, il n'abordait ces sujets avec personne. Il a probablement tenté de me rassurer. Je crois que je savais qu'il mentait, même à l'époque. Je voyais bien qu'il se passait quelque chose de très grave; soudain, à l'exemple de mon père, j'ai éclaté en sanglots. Sans doute ai-je pleuré longuement, car, lorsque j'ai levé les yeux, il avait disparu.

Cette nuit-là, il n'a pris que ses vêtements et l'argent qu'il avait réussi à réunir pour le baptême, celui de Laure, même si, à l'époque, il ne savait pas que ce serait Laure. Avec ma mère, il avait choisi son prénom, comme le mien, Agnès, des mois avant notre naissance. Paul pour un garçon, Laure pour une fille, des prénoms usuels en anglais et en français. Laure a attendu son baptême pendant plusieurs années. Grand-mère s'en est chargée, comme elle se chargeait de tant de choses.

Pendant très longtemps, j'ai eu le sentiment d'avoir chassé mon père. Mes larmes l'avaient fait fuir. Son visage était là, puis j'avais fermé les yeux et pleuré, et il s'était volatilisé. Logique enfantine, peut-être; logique tout de même. Plus tard, je n'ai pu m'empêcher de me demander : et si j'étais restée tranquille? Et si j'avais ouvert mes bras d'enfant pour me blottir contre lui? Depuis ce jour, une pensée hante mon esprit. Je trouverais mon père sombre et triste et m'appliquerais à le reconquérir. Qu'importe que je l'aie peu connu et que mon premier souvenir de lui ait aussi été le dernier? Malgré le passage du temps, son visage me poursuit, aussi net qu'en cette nuit de janvier où il est parti.

I

Sainte-Agnès

La veille de la Sainte-Agnès, ah !
comme le froid était âpre !

John Keats, traduction de la duchesse
de Clermont-Tonnerre

1

St. Andrews East, Québec, janvier 1882

Toute la matinée, j'avais attendu la mort; quand elle vint enfin, pourtant, le changement fut à ce point imperceptible que je faillis la rater. J'avais mis l'écureuil sur un cageot renversé et l'avais recouvert d'une guenille pour l'empêcher de geler. Sa blessure à la tête, bien que rouge et vilaine, ne saignait plus. Sans doute un chien ou un autre animal avait-il refermé ses mâchoires sur le crâne du petit rongeur, mais celui-ci avait malgré tout réussi à s'échapper et à se traîner dans la neige jusqu'à la ferme de Grand-mère où, ce matin-là, je l'avais découvert près de la porte de la grange. Il respirait encore et son corps était tremblant et tiède.

À présent, il avait cessé de respirer et ses yeux étaient vitreux. Je soufflai sur mes doigts engourdis par le froid avant de m'emparer de ma trousse. Elle n'était pas en cuir comme celle d'Archie Osborne, le médecin de St. Andrews East. Elle était en toile et avait autrefois contenu des pommes de terre. Je l'avais subtilisée, au même titre que la plupart des objets qu'elle renfermait, dans la cuisine de Grand-mère. J'en sortis une pierre à aiguiser, des

épingles et un couteau à éplucher rangés dans une boîte en fer-
blanc qui avait contenu des pastilles contre la toux saupoudrées
de sucre. La lame de mon couteau était mince comme celle d'un
rasoir et ébréchée par endroits. Le couteau avait l'air modeste,
mais il valait bien un scalpel. Je fis glisser la lame sur la pierre
à quelques reprises, puis, d'un coup de talon, je brisai la glace qui
s'était formée dans le seau et je l'y plongeai pour la débarrasser
de sa fine couche de sucre.

Ma morgue laissait beaucoup à désirer. En janvier, il faisait
trop froid pour que je m'y attarde. Mais, après deux hivers de
travail dans ces conditions, j'avais l'habitude. J'avais tout bien
organisé : dans le coin éloigné, le microscope, dissimulé sous une
bâche, et, par terre, le long du mur, vingt et un bocaux Mason
appartenant à Grand-mère, cachés par de la paille. Au-dessus
des bocaux, sur une planche servant de tablette, se trouvait ma
collection particulière, soit trois coccinelles mortes, la coque
d'une cigale, la mâchoire desséchée d'une vache et mon trophée :
deux papillons montés à l'aide de fil et de tiges de verre dans la
seule vraie bouteille de laboratoire que j'avais réussi à prélever
dans les affaires de mon père lorsque, deux ans plus tôt, Grand-
mère les avait fait porter au dépotoir. Je n'avais récupéré que
trois articles : le microscope et les porte-objets de mon père, un
manuel et cette bouteille. Si j'en avais pris davantage, ma grand-
mère aurait sûrement remarqué quelque chose.

Aux yeux d'un observateur extérieur, ma salle de dissection
aurait pu passer pour un banal entrepôt. Grand-mère nous interdisait, à Laure et à moi, de jouer dans la grange : les planches
étaient pourries et nous risquions de nous casser une jambe en
les défonçant. Pour m'y rendre, je devais utiliser la porte de derrière, à laquelle donnait accès un sentier de la forêt contiguë
aux terres de Grand-mère.

Les dents jaunes de l'écureuil dépassaient de ses babines. Ses pattes avant, recroquevillées contre sa poitrine, comme s'il suppliait, résistèrent à tous les efforts que je fis pour les déplier. L'animal avait déjà commencé à se raidir. Mais je n'aurais su dire si c'était sous l'effet du froid ou de la rigidité cadavérique. Ses pattes arrière étaient tout aussi raides, mais je parvins à étirer son corps, à le coucher sur le dos comme un petit homme. Les épingles dégageaient un léger parfum de sucre qui jurait avec l'odeur de l'écureuil fraîchement mort. Je reniflais en le fixant à la planche et grimaçais lorsque les pointes en métal trouaient sa peau. Ultime étape des préparatifs : jucher le microscope sur le cageot, juste à côté de la table de dissection, où je l'aurais à portée de main.

Mon couteau creva la peau du ventre et un jet de fluide rose, en forme d'arc, éclaboussa le manteau en poil de chameau que Grand-mère m'avait confectionné, cadeau de Noël de l'année précédente. Je reculai d'un pas et contemplai stupidement la ligne qui traversait le devant du manteau, puis je pris mon tablier. J'avais fait preuve de négligence, défaut que je connaissais bien, car il ne se passait pas un jour sans que Grand-mère me le reproche. Elle avait raison. J'avais tendance à oublier les détails les plus élémentaires : mes cheveux étaient souvent décoiffés, mes bas tombaient en accordéon sur mes chevilles.

Jusqu'à ce jour-là, les travaux que j'effectuais dans la grange avaient surtout porté sur des plantes et des insectes. Dans le royaume du vivant, je n'avais eu droit qu'aux créatures minuscules qui habitent l'écume des étangs et nichent dans les os de la viande faisandée. C'était le premier animal au sang encore tiède qui me tombait sous la main. Je coupai de nouveau, au centre cette fois, et fis deux incisions perpendiculaires, une à chaque bout. Ainsi, il y avait en quelque sorte des portes dans le ventre de l'animal. Je les repliai et les épinglai afin d'exposer les sombres entrailles. J'eus bientôt les doigts rouges et mouillés. Derrière moi, il y eut un petit cri.

Dans la porte, Laure se couvrit la bouche de ses mitaines et ses yeux se mirent à tourner dans leurs orbites. Elle vacilla, ses pupilles dilatées formant de grands trous noirs.

Je cachai mes mains derrière moi.

— Tout va bien, Laure, m'empressai-je de dire. Ce n'est rien. Je vais me laver. Regarde.

Je plongeai les mains dans le seau.

Ma sœur est un cas. Elle ne tolère pas la vue d'une poule qu'on éviscère. Avant de préparer de la viande, nous devons nous assurer que la porte de la cuisine est bien fermée et que Laure est en sécurité dans sa chambre.

Laure avait cessé de vaciller, signe que je jugeai encourageant, mais ses pupilles, désormais contractées, ressemblaient à des pointes d'aiguille. Elle était aussi raide que l'écureuil épinglé sur ma table. Pendant qu'elle restait plantée là comme un cadavre, je m'empressai de cacher tout ce qui était susceptible de la bouleverser. Je remis le bout de flanelle sur l'animal, mais aussitôt un œil rubis apparut à la hauteur de l'abdomen et se mit à grandir. J'arrachai mon tablier et plongeai de nouveau mes mains dans le seau dans l'espoir de les récurer à fond.

Laure gémit. La transe était toujours suivie de larmes, lesquelles s'accompagnaient de maux de tête qui l'obligeaient parfois à garder le lit pendant des jours. Je l'appelai, mais elle ne m'entendait plus. Au bout d'environ une minute, elle fut en mesure de bouger. D'un pas titubant, elle mit le cap sur la maison en pleurant et en bafouillant le nom de Grand-mère. Pour faire son diagnostic, le médecin que nous avions consulté utilisa une expression française : le *petit mal** C'était moins grave que le *grand mal**, soit la crise d'épilepsie caractérisée, mais il n'en s'agissait pas moins d'un état inquiétant. On ignorait la cause de l'affection, mais, souvent, son apparition était liée à un traumatisme (une fièvre infantile, voire une émotion). L'absence en était le principal symptôme. Laure s'enfonçait dans une transe dont ni nos paroles ni nos gestes ne pouvaient la tirer.

Le cadavre de l'écureuil raidissait à vue d'œil. Pourtant, je n'avais franchi que l'étape des préliminaires. J'étais si frustrée que, pour un peu, j'aurais moi-même pleuré. Laure ne s'aventurait pratiquement jamais dans la grange. Pourquoi avait-il fallu qu'elle choisisse ce jour-là pour venir à ma recherche ? L'écureuil silencieux souriait d'un air moqueur. « Tu vois, semblait-il dire. Tu mets tes doigts dans le ventre d'un cadavre ? Mal t'en prendra. » Je fermai les yeux pour fuir ses dents jaunes. C'était maintenant ou jamais. Si Laure restait incohérente, peut-être Grand-mère la mettrait-elle simplement au lit. C'était peu probable, mais rien ne m'empêchait d'espérer. Je tendis la main vers mon tablier.

À l'arrivée de Grand-mère, j'avais réussi à repérer le cœur et ce que je croyais être le foie. Grand-mère entra dans la grange au pas militaire, les yeux plissés et sinistres. C'est une femme de petite taille (elle mesure à peine un peu plus de cinq pieds), mais sa démarche la fait paraître plus grande. Elle aurait fait un excellent général des armées, et pas seulement à cause de son maintien. Elle portait les bottes de travail de mon défunt grand-père, celles qu'elle conservait près de la porte de la cuisine pour les cas d'urgence; dans sa hâte, elle avait oublié son chapeau. Sa

---

*   Les mots ou passages en italiques suivis d'un astérisque sont en français dans le texte. (N.D.T.)

coiffure se défaisait, et deux ou trois mèches argentées sinuaient dans son dos, lui faisant une tête de Méduse. Je ne l'avais encore jamais vue dans un tel désordre. Nous nous observâmes pendant quelques secondes, bouche bée. Pis encore, elle n'était pas seule. Miss Skerry l'accompagnait. Miss Skerry, notre nouvelle gouvernante, avait reçu pour mandat de « me donner une touche de raffinement » (c'étaient les mots de Grand-mère) et de m'aider à devenir femme.

Leurs yeux se focalisèrent sur mon couteau et mon tablier couvert de sang. Puis elles aperçurent l'écureuil au ventre grand ouvert.

— Agnes, dit ma grand-mère.

Le mot avait fusé tout doucement, à la façon d'un soupir, puis ma grand-mère avait semblé se rapetisser. Dans son regard souvent dur, je discernai une émotion nouvelle, laquelle m'alarma plus encore que le rapetissement. C'était de la frayeur, compris-je. Ma grand-mère avait peur.

Elle saisit le coin de mon tablier où il y avait le moins de boyaux d'écureuil et tenta de le faire passer par-dessus ma tête, mais il s'accrocha à mon oreille. Elle vit alors mon manteau taché de sang. Lâchant le tablier, elle se couvrit les yeux de ses mains.

Je n'avais jamais vu ma grand-mère pleurer. Elle était si forte et si austère que je l'en croyais incapable. J'étais tout le contraire : j'éclatais en sanglots à la moindre provocation et, dans la grange ou dans les bois qui bordaient la cour arrière, je laissais libre cours à ma rage et à ma tristesse. Grand-mère n'approuvait pas ces épisodes, n'aimait pas que je « fasse des histoires » et m'avertissait : en me complaisant dans ces enfantillages, je me condamnais à une vie de douleur et de solitude.

Et pourtant, la voilà qui pleurait, devant Miss Skerry et moi. En pensée, je remontai dans le temps (d'une centaine d'années, me sembla-t-il, même si, en réalité, ce fut de moins de dix ans) jusqu'aux larmes d'un autre adulte. J'avais toujours cru tenir ma nature émotive de lui, de mon père. De fait, Grand-mère elle-même, lorsqu'elle se fâchait, en imputait la faute à mon « sang français ». J'étais le mouton noir de la famille : sombre, pleurnicharde et pourvue d'un esprit qui, dans ce village presbytérien, devait sembler troublant, étranger.

— Ce n'est pas ce que vous pensez, dis-je. Je ne l'ai pas tué.

J'essayais de rassurer Grand-mère, mais mes explications eurent l'effet contraire. Sans doute à cause du mot « tué », que j'aurais dû éviter, car ma grand-mère songeait à son gendre (mon père) et à la pauvre sœur défunte de celui-ci.

Je n'ai jamais vu de photo de mon père (après son départ, nous n'en avons pas gardé), mais tous les habitants de St. Andrews East étaient d'avis que j'étais son portrait tout craché. Pour ne pas mettre Grand-mère dans tous ses états, ils évitaient de s'appesantir sur le sujet, mais des paroles malheureuses leur échappaient parfois. Archie Osborne, le médecin du village, y revenait chaque fois qu'il me voyait, ou presque. Et j'avais pleinement conscience de ne ressembler en rien à Laure, qui avait les yeux bleus, la peau claire et la délicate ossature des femmes de la famille White. Pour ma part, j'ai le teint d'une bohémienne, et je suis courtaude et trapue. Les dames qui venaient prendre le thé au prieuré ne manquaient jamais de louanger la beauté de Laure. Difficile de faire autrement : avec ses cheveux ondulés, semblables à la barbe du maïs, elle avait l'air d'un ange. Lorsqu'elles prenaient conscience de ma présence dans la pièce (je servais les morceaux de sucre), les visiteuses sombraient dans un silence embarrassé. Tentant maladroitement de se reprendre, elles ajoutaient :

— Agnes est si *intelligente*, elle.

Mon intelligence, de l'avis général, me venait aussi de mon père. J'aimais les livres, et c'était un trait malheureux pour une fille, surtout pour une fille dénuée de beauté. La théorie de Grand-mère, c'était que je me ruinais les yeux à force de lire. Je n'en croyais pas un mot : elle-même avait la vue basse, même si elle n'ouvrait jamais qu'un seul livre, la Bible, et seulement un jour par semaine, le dimanche.

Grand-mère considérait mon père comme un meurtrier. Non pas qu'elle l'ait jamais affirmé en termes aussi crus ; en fait, après son départ, elle évita de faire référence à lui. Comme s'il était mort, de la même façon que ma mère. Grand-mère alla jusqu'à faire changer notre nom. Deux ans après la disparition de notre père et quelques mois après les funérailles de notre mère, Laure et moi fûmes officiellement dépouillées du nom de Bourret et transformées en White. L'accent de mon prénom subit le même sort, et Agnes succéda à Agnès. On nous confia officiellement à la garde de notre grand-mère.

Pour elle, l'écureuil fut la goutte d'eau qui fit déborder le vase. Je ne m'en rendis compte qu'après coup. Sinon, j'aurais fait montre de plus de prudence et effectué la dissection dans les bois, où ni elle ni Laure n'auraient songé à regarder. Ce fut la preuve que tous les efforts déployés par ma grand-mère pour me guider, me donner un foyer et un nom chrétiens respectables, avaient été vains. J'étais une jeune personne sombre et trapue, aux mœurs et aux idées étrangères, et il n'y avait rien à faire. Que penser d'une fille de treize ans qui, par un jour glacial de janvier, éventre un écureuil dans la grange ?

Le nom de Bourret vient de *bourreau**, c'est-à-dire exécuteur des basses œuvres. Au Québec, on note toutefois d'autres usages idiomatiques du mot. En effet, on l'emploie dans des expressions comme *bourreau des cœurs** et *bourreau d'enfants**. Dans la famille de mon père, le nom se révéla prophétique. Sa sœur cadette, Marie, fut retrouvée battue à mort et noyée au bord de la rivière des Outaouais, non loin de la maison familiale de Rigaud, à environ une journée de voiture à l'ouest de Montréal. Avant son décès, toutefois, la jeune fille avait habité pendant des mois dans le grenier de notre résidence montréalaise; seuls mes parents et moi étions au courant.

On avait jugé les circonstances de sa mort violente et le fait qu'elle avait vécu en secret dans notre grenier juste avant d'être assassinée comme des motifs suffisants pour accuser mon père du meurtre.

Infirme et sourde-muette, Marie Bourret, après le décès de ses parents, s'était trouvée seule au monde. Je ne garde absolument aucun souvenir d'elle, même si, depuis, je suis retournée dans l'ancienne maison de mon père à Montréal et que j'ai arpenté les pièces où elle aurait passé les derniers jours de sa vie.

Le procureur soutint qu'elle aurait été un fardeau pour mon père, l'aîné et l'orgueil d'une famille nombreuse. Médecin enseignant à l'Université McGill, il avait une jeune épouse et une famille, et il était promis à un brillant avenir. Si le procureur réussit à convaincre les membres du jury du mobile, il ne disposait pas de preuves suffisantes. Mon père fut acquitté par la justice, mais pas par l'opinion publique du Tout-Montréal.

Il fut autorisé à continuer d'exercer. Concession vide, toutefois : après le procès, aucun patient n'eut envie de le consulter. Puis McGill le remercia de ses services. La ville n'avait pas connu pareil scandale depuis des années, et toutes sortes de gens qui ne connaissaient mon père ni d'Ève ni d'Adam avaient passé des heures à spéculer sur sa culpabilité. Nous dûmes nous réfugier chez Grand-mère White, à St. Andrews. Tout au long de l'hiver et du printemps, les rumeurs se multiplièrent et les journaux publièrent de nombreuses lettres. Un poème anonyme parut dans la *Gazette* de Montréal :

> *Dans la cité de Mont-Royal,*
> *Bâtie au bord d'un fleuve de conflits,*
> *Le Dr Bourret a un jour*
> *Juré de sauver des vies.*
> *Le serment ne fut-il que du vent,*
> *Aussi léger et vide qu'une chanson ?*
> *Et que dit la pauvre prisonnière tuée*
> *Dans le paisible grenier de la maison ?*

C'était l'histoire de mon père, Honoré Bourret. Et aussi la mienne, en un sens. Même si ma grand-mère m'avait élevée de son mieux, c'est la réflexion qu'elle se fit à la vue de l'écureuil.

Miss Skerry, au prieuré depuis seulement trois jours, me fixait de ses yeux plissés. La crispation des muscles de son visage lui donnait en permanence un air renfrogné, d'où le surnom dont je l'avais affublée le jour même de son arrivée : Miss Scary**. Jusque-là, Laure et moi n'avions eu droit qu'à une seule leçon, d'un ennui mortel. Miss Skerry nous avait fait lire un passage de la Bible choisi au hasard et ébaucher une explication. Rien, en somme, qui se distingue des enseignements de Grand-mère, fermement convaincue que les Évangiles étaient les seules lectures dignes de jeunes femmes vertueuses.

Grand-mère retira ses lunettes et s'essuya les yeux.

— Je dois retourner auprès de Laure, dit-elle en redressant les épaules.

** « *Scary* » veut dire effrayant. (N.D.T.)

Déjà, elle était un peu plus conforme à son image habituelle.

— Bienvenue chez nous, Miss Skerry, ajouta-t-elle à l'intention de la gouvernante. Une des filles s'évanouit à la vue du sang et l'autre prend plaisir à écorcher des écureuils.

— Je ne l'écorchais pas! me récriai-je.

Elles ne se donnèrent même pas la peine de se tourner vers moi.

La gouvernante posa la main sur le bras de Grand-mère.

— Ne vous tourmentez pas, Mrs White, je vous prie. Dites-moi seulement comment je peux vous être utile.

Grand-mère hocha la tête, soulagée, je crois, par l'esprit pratique de la gouvernante.

— Si vous vous en sentez la force, Miss Skerry, j'aimerais que vous restiez ici. Comme je dois m'occuper de Laure, vous nous rendriez là un fier service.

Ensuite, Grand-mère se tourna vers moi.

— Quant à toi, jeune demoiselle, tu vas me nettoyer tout ça de fond en comble.

Sous l'effet de l'indignation, les joues de Grand-mère avaient repris un peu de couleur. Pour une fois, je fus presque heureuse de la voir en colère.

— Miss Skerry va rester ici, mais rien ne l'oblige à te donner un coup de main. Tu es cause de tout, Agnes White, et c'est à toi de tout réparer. Il faudra enterrer cette carcasse. Et je ne veux plus voir une seule goutte du sang de cet animal. Tu débarrasseras la grange, fit-elle en promenant son regard sur mes spécimens pour la première fois, de toutes ces créatures mortes.

À la vue du microscope de mon père, posé dans la paille, à côté de moi, elle s'interrompit.

— Et tu as là un objet volé. Cet article appartenait à ton père, non ?

Elle me dévisagea d'un air dur, le menton légèrement tremblant.

— Je n'arrive pas à croire que tu aies pu le voler et le conserver tout ce temps.

Dès que ma grand-mère fut sortie, armée de trois bocaux, Miss Skerry retira ses lunettes et exposa ses petits yeux de taupe.

— Eh bien, dit-elle. En voilà une surprise…

Elle s'approcha du microscope et s'accroupit.

— Tu dis que c'était à ton père ?

Je ne répondis pas. Ces mots, c'était ma grand-mère qui les avait prononcés. Même s'ils étaient vrais, j'avais le sentiment de ne devoir d'explications à personne, et encore moins à la gouvernante.

— Qui ne dit mot consent, fit-elle.

— Je ne l'ai pas volé, finis-je par marmonner. De par ma naissance, cet instrument me revient.

Cette déclaration me valut un regard.

— Il était médecin ?

Je hochai la tête.

Comme la gouvernante ne semblait pas en colère, je poursuivis en éprouvant, du seul fait de parler de mon père, un plaisir
furtif :

— Oui, mais pas un médecin de campagne comme ceux
d'ici. Il travaillait à McGill. Il se spécialisait en anatomie morbide.

Je la regardai dans l'espoir de la trouver dûment impressionnée.

— L'anatomie morbide ? dit-elle. Comme c'est sinistre.

— « Morbide » veut dire maladie, dis-je, car j'avais cherché
le mot dans le dictionnaire après l'avoir appris et découvert le
lien qu'il entretenait avec mon père. Du latin *morbidus*.

Je fanfaronnais, faisais étalage de mes connaissances et, sub-
tilement, remettais la gouvernante à sa place.

Elle ne broncha pas, ce qui est tout à son honneur.

— Il étudiait l'anatomie pathologique ?

— Exactement.

— Au microscope, dit-elle en se penchant pour examiner
le Beck aux lignes pures de mon père.

— Tu permets ? demanda-t-elle.

Je hochai la tête, envahie par la fierté et par la volonté de protéger mon père.

— Voulez-vous que je vous explique le fonctionnement de
l'appareil ?

Je saisis le microscope par sa base en forme de trident et le
posai sur la table de travail.

— Quand on a l'habitude, il est facile à manipuler.

— Tu sais t'en servir ?

— Évidemment.

Je lui montrai comment poser son œil sur l'oculaire, lui indiquai le porte-objet et le bouton de focalisation.

— C'est ton père qui t'a initiée ?

— Pas vraiment. Il ne m'a jamais donné de leçon comme je viens de le faire avec vous. J'avais quatre ans quand il est parti.

L'intérêt de Miss Skerry était manifeste.

— Tu n'as pas appris toute seule à te servir du microscope à l'âge de quatre ans, Agnes. C'est impossible. Il s'agit d'un instrument d'une grande complexité. Comment aurais-tu réussi, par toi-même, à comprendre le fonctionnement du porte-objet et à recueillir tous les spécimens qu'il y a dans les bocaux ?

Je n'avais jamais réfléchi à cette question. C'est à onze ans que j'avais aménagé la salle de dissection dans la grange de Grand-mère. À l'époque, j'étais une parfaite novice. À ma connaissance, je n'avais encore jamais touché un microscope, mais, je ne sais pas comment, j'avais tout de suite vu comment m'y prendre. Le reste, je l'avais appris par tâtonnements.

— Personne ne m'a rien expliqué, dis-je avec fermeté. J'ai dû voir faire mon père quand j'étais toute jeune. Il avait une salle de dissection à la maison.

Cette pièce, je la voyais en esprit, aussi clairement que le visage de mon père, même si je me gardai bien de le mentionner.

— Il y avait des tablettes remplies de bocaux. Pas comme ceux que j'utilise, me hâtai-je d'ajouter. De vraies bouteilles de laboratoire au verre épais. Elles renfermaient ses spécimens : des cœurs et des poumons malades, d'autres tissus du même genre. Mon père les prélevait. C'était son travail. Il y avait aussi un squelette, un vrai, pas beaucoup plus grand que je l'étais à quatre ans. Il s'appuyait sur une tige et des agrafes en métal retenaient les os. J'avais l'habitude de m'en servir pour jouer. Jusqu'au jour où un bras s'est détaché.

— Tu as appris à utiliser le microscope simplement en observant ton père ?

Je fis signe que oui.

— Mais pas seulement lui. Il y en avait d'autres aussi. Ses étudiants de McGill.

Je n'y avais plus pensé depuis des années. Il y avait un jeune homme qui venait assez souvent. Le soir, il partageait notre table. Je n'arrivais pas à me faire une image nette de lui, mais, dans mes souvenirs, il était gentil et m'apportait des bonbons.

— Et ces étudiants disséquaient des choses sous la tutelle de ton père ?

— Ils disséquaient, faisaient des croquis et des montages. C'est le travail des pathologistes.

— De toute évidence, cette activité t'a profondément marquée.

Je n'arrivais pas à déchiffrer l'expression de Miss Skerry, mais je hochai quand même la tête. J'avais effectivement été impressionnée, mais, en vérité, les tissus prélevés étaient pour moi aussi naturels que l'aurait été la gabardine pour la fille d'un tailleur ou le cuir pour celle d'un cordonnier. Ce n'est qu'après notre arrivée à St. Andrews East que j'avais commencé à voir les choses autrement.

— Ces échantillons sont-ils tous à toi? demanda Miss Skerry en désignant ma collection d'os et d'insectes.

Elle ne me regardait pas, mais son visage était sombre et grave.

— Oui, répondis-je.

J'avais décidé de ne pas me défiler. Au terme de cet inter-rogatoire préalable, la franchise aurait peut-être pour effet d'alléger ma punition.

L'expression de Miss Skerry restait impénétrable. Elle ne donnait pas l'impression d'approuver mon travail (qui, je l'admets volontiers, était improvisé et approximatif), mais elle semblait au moins intéressée. Elle s'approcha de mon microscope et passa un certain temps à effectuer des réglages. Elle ne semblait nulle-ment intimidée par l'instrument; en fait, compris-je avec stupeur, elle le manipulait comme s'il lui était familier.

— Tu connais l'étymologie du mot «microscope», je sup-pose? demanda-t-elle, une joue pressée contre l'oculaire.

Devant mon silence, elle poursuivit :

— Il vient du grec, Agnes. *Micros* signifie «petit» et *scopos* «observer». Dois-je comprendre que tu as acquis des notions de science, ici, dans la grange, mais pas de grec?

Ce n'est qu'alors que je constatai que ses yeux souriaient. Ensuite, elle demanda les porte-objets.

À St. Andrews East, l'apothicaire était le seul à connaître les microscopes. Les gens ordinaires et, à plus forte raison, les femmes du village n'y entendaient rien du tout et ne tenaient pas à en savoir plus. Je faisais exception à la règle et je savais devoir garder ces connaissances pour moi-même. Je n'avais jamais pensé rencontrer au village une personne qui partage ma passion. Je m'agenouillai dans la paille et produisis une petite boîte en métal renfermant la collection de lames permanentes de mon père.

— Honoré Bourret, dit Miss Skerry en lisant le nom imprimé sur le couvercle de la boîte.

Je hochai la tête en clignant des yeux. C'était la première fois en près de dix ans que j'entendais son nom prononcé à voix haute.

— Il t'a laissé un bel héritage.

Elle se détourna de moi, balaya la grange des yeux.

— Et tu lui as fait honneur. En un sens, c'est une forme d'hommage.

Il avait fallu qu'elle le dise pour que j'en prenne conscience. Mais c'était la vérité. Dans ce lieu improbable, j'avais aménagé une salle de dissection assez semblable à son laboratoire d'anatomie de Montréal. Miss Skerry m'étudiait.

— Ton père était un homme de science. Dois-je comprendre, Agnes, que tu entends en être un, toi aussi ?

Je hochai la tête avant de prendre conscience de son erreur.

— Pas un homme de science, Miss Skerry, la corrigeai-je. Après tout, je suis une fille.

Son rire me prit par surprise. Pour la première fois depuis son arrivée, elle me sembla aimable.

— Une fille de science, dans ce cas, dit-elle. Tu as raison, évidemment.

Elle rit de nouveau.

— Il faut reconnaître que tu es… originale, Agnes White. Personne ne pourrait prétendre le contraire.

Ce jour-là, Miss Skerry et moi passâmes un moment à bavarder. Elle m'expliqua qu'elle était elle aussi la fille d'un savant. Non pas un scientifique comme mon père, mais le directeur d'une école privée pour garçons. Féru d'histoire naturelle, il avait traité Miss Skerry comme ses autres élèves.

— Il passait son temps à m'emmener dans les tourbières et les marécages pour recueillir des échantillons, dit-elle en souriant à l'évocation de ce souvenir. Et il y avait un microscope à l'école, même si, à côté du tien, il était plutôt primitif.

Dans le courant de l'après-midi, elle découvrit le bocal renfermant les papillons.

— C'est aussi l'œuvre d'Honoré Bourret, je suppose ? dit-elle en le faisant tourner dans la lumière.

C'étaient des monarques, des spécimens de grande taille, de couleur vive. Leurs ailes déployées laissaient voir leurs taches. Ils montaient et descendaient, comme en plein vol.

C'était la réalisation dont j'étais le plus fière. Je ne l'avais encore montrée à personne.

— Non, dis-je avec fermeté. C'est de moi.

Au lieu de brûler la carcasse de l'écureuil, cet après-midi-là, Miss Skerry et moi menâmes la dissection à bien. Elle fut emballée par mon livre illustré sur l'anatomie humaine, grâce auquel nous confirmâmes l'identification du cœur. Miss Skerry déclara qu'il faudrait le conserver dans la saumure, avec les reins et le foie, en vue de futures études anatomiques.

Nous repérâmes le pancréas qui, selon le livre, régule le taux de sucre dans le sang, de même que la vésicule biliaire, qui favorise la digestion des matières grasses. Miss Skerry me laissa faire les incisions, lut des passages à voix haute pendant que je coupais et épinglais. Le sang ne l'effrayait pas, ce qui constitua pour moi un immense soulagement. Mieux encore, la fascination que l'écureuil mort exerçait sur moi ne la troublait pas le moins du monde. Selon sa conception des choses, ce n'était pas morbide du tout, du moins pas au sens usuel du terme.

2

Vers quatre heures et demie, le ciel découpé par la fenêtre de la grange commença à s'assombrir, et Miss Skerry et moi enterrâmes les restes de l'écureuil sous des branches de pin au milieu des bois. Puis nous nettoyâmes mon manteau et la surface du cageot avant de faire le ménage de la grange. Nous remîmes le microscope dans sa cachette de même que ma collection de porte-objets. Miss Skerry ne m'obligea pas à me défaire de mes spécimens, mais elle confisqua mes papillons. Avec eux, nous marchâmes dans la neige en direction de la maison, où le thé serait bientôt servi, mais je n'étais pas particulièrement inquiète. Déjà, elle avait gagné ma confiance. Je savais qu'elle me voulait du bien.

Les fenêtres du prieuré étaient éclairées et je me rendis compte que j'étais heureuse pour la première fois depuis longtemps. Heureuse, vannée et affamée. Je n'avais aucune idée du sort qui m'attendait, mais j'avais le sentiment que la journée se terminerait sur une bonne note.

Pendant le thé, Miss Skerry expliqua l'utilité du microscope comme outil didactique. Les plus grandes écoles pour jeunes filles de bonne famille d'Europe offraient des cours de science naturelle. L'appareil de la grange était d'excellente qualité, dit-elle à ma grand-mère. C'était un microscope composé achromatique de la société Beck, le fabricant le plus réputé d'Angleterre. Pendant le plaidoyer de Miss Skerry, on beurra le pain grillé et on but le thé, comme s'il s'agissait d'une simple discussion sur le temps qu'il faisait ou sur la nourriture.

Laure se joignit à nous. Elle s'assit sur le canapé, vêtue d'une chemise de nuit et de sa robe de chambre. Son visage était d'un blanc laiteux, comme le thé que lui avait préparé Grand-mère.

— À quoi s'occupera Laure pendant que vous initierez Agnes aux mystères de l'histoire naturelle ? demanda Grand-mère. Vous avez vu à quel point elle est impressionnable.

— Rien n'oblige Laure à étudier l'histoire naturelle. Il pourrait s'agir d'une activité distincte de celle de la classe. Agnes a aménagé la grange de façon plutôt astucieuse.

Nous utilisions la théière et les tasses de tous les jours. Je venais d'entamer ma deuxième tranche de pain à l'avoine tartinée d'une généreuse couche de la confiture aux framboises de Grand-mère.

— Mastique, ordonna-t-elle. Tu engloutis la nourriture, Agnes, comme si tu étais un boa constrictor et non un être humain.

Elle se tourna vers la gouvernante.

— Sans doute avez-vous remarqué, Miss Skerry, que, à maints égards, ma petite-fille est encore une enfant. Si j'ai retenu vos services, c'est justement pour remédier à cette situation. L'encourager à passer des journées entières dans la grange ou, pis encore, à battre la campagne à la recherche d'objets à observer au microscope ne l'aidera en rien. Pas plus, j'en ai bien peur, que le fait de massacrer des écureuils.

— Je ne l'ai pas massacré, protestai-je.

Laure émit un miaulement de chaton, puis elle eut un violent mouvement de la tête et renversa du thé sur sa robe de chambre. Grand-mère l'épongea et lui enleva sa tasse.

— Celle-ci souffre d'un excès de sensibilité, tandis que l'autre en est pratiquement dépourvue, soupira Grand-mère avant de se rasseoir.

— D'après ce que j'ai vu aujourd'hui, dit Miss Skerry, Agnes a de la sensibilité à revendre. Elle a un sens esthétique très poussé et, à force de patience, sait très bien se servir de ses dix doigts.

Elle produisit les papillons, qu'elle avait cachés sous sa chaise.

— Regardez, Mrs White. L'aînée de vos petites-filles a des dons considérables.

Grand-mère prit la bouteille et la fixa avec intensité.

— C'est l'œuvre d'Agnes?

Miss Skerry ne dit rien. Grand-mère se tourna vers moi.

— C'est toi qui as fait les points de couture?

Je hochai la tête. Oubliant de mastiquer, j'avalai un bout de pain grillé plus ou moins tout rond.

— Mais elle a horreur de la couture, dit Grand-mère. Elle refuserait de raccommoder sa robe, même si je la payais.

— Justement, ce sont des papillons et non des robes, dit la gouvernante.

Grand-mère sourit pour la première fois.

— En effet, concéda-t-elle.

— Mais des points de couture sont des points de couture, dit la gouvernante. Et nous avons là la preuve des talents d'Agnes dans ce domaine.

Grand-mère ne dit rien. Elle souleva la bouteille et la fit tourner, et les papillons se mirent à sautiller.

— La preuve est convaincante, Miss Skerry, et vous avez raison : les papillons sont magnifiques et superbement cousus.

Le sourire de Grand-mère commença toutefois à s'estomper.

— Cependant, il ne faut pas oublier l'écureuil. Déjà que le scandale entourant son père plane sur nous comme un nuage… S'il fallait que quelqu'un apprenne ce qu'elle manigançait dans la grange, son compte serait bon.

— Son compte serait bon ? répéta Laure.

À peine âgée de huit ans, elle avait parfois de la difficulté à suivre la conversation des adultes.

— C'est une figure de style, expliqua la gouvernante. Ta sœur ira très bien, Laure. Il ne lui arrivera rien de mal.

— Sauf le célibat, dit Grand-mère.

Le cou de la gouvernante rougit faiblement et Grand-mère baissa les yeux.

— Pardon, Georgina. C'était déplacé. Mais Agnes est déjà assez excentrique sans qu'on l'encourage. Quel homme voudra d'elle si je l'autorise à poursuivre ses études dans la grange ?

Laure restait immobile, ses pieds chaussés de pantoufles serrés sous sa chaise.

— L'homme qu'elle va épouser viendra peut-être ce soir, dit-elle de sa petite voix douce.

Miss Skerry semblait déroutée. Moi-même, je ne compris que quand Laure demanda qu'on lise le poème. Se sentant peut-être coupable du pétrin dans lequel elle m'avait plongée, elle s'efforçait d'être aimable.

Grand-mère sourit et tapota le genou de la cadette de ses petites-filles.

— T'élever est une joie, n'est-ce pas, Laure ?

Elle se tourna vers Miss Skerry.

— Elle est exactement comme ma fille à son âge. Pourvue du même doux naturel.

— Aujourd'hui, c'est la Sainte-Agnès, expliqua Laure. Le vingt janvier. Nous lisons toujours John Keats avant d'aller au lit.

— Bien sûr, dit Miss Skerry.

Même si elle aimait les sciences, m'avait-elle confié en rentrant de la grange, sa véritable passion était la littérature.

— « La veille de la Sainte-Agnès ».

— Vous connaissez le poème ? demanda Laure.

Au lieu de répondre, la gouvernante se leva et commença à réciter.

— Elle le connaît ! s'écria Laure.

Grand-mère sourit. Elle alla chercher la lourde anthologie sur la tablette et l'ouvrit sur une illustration : un vieil homme vêtu d'une sorte de soutane flottante frottait ses doigts glacés, et sa respiration produisait de petits nuages cotonneux.

— Je lis, Georgina, ou vous vous en chargez ?

Miss Skerry prit le livre et nous rapprochâmes nos chaises. J'avais toujours aimé ce poème. Dans mes oreilles, Porphyro parcourait les couloirs du château ennemi pour retrouver la belle Madeline, son amour endormi. C'était la mi-janvier, la veille de la Sainte-Agnès. Lorsque Madeline s'éveilla, Porphyro était penché sur elle, comme le prince de la Belle au bois dormant.

Miss Skerry n'eut pas besoin du livre. Elle levait sans cesse les yeux en nous souriant, à toutes les trois. Elle prononçait la dernière syllabe du prénom de l'héroïne comme si elle était une princesse française et non une jeune Anglaise ordinaire.

Grand-mère ferma les yeux pendant que Miss Skerry récitait les derniers vers.

— Bravo. Vous vous êtes surpassée, dit Grand-mère.

Puis elle consulta l'horloge du couloir et se leva. J'étudiais la dernière illustration. Dans la lueur de la pleine lune, deux amoureux traversaient un champ enneigé, montés sur le dos d'un coursier sombre. Madeline tenait Porphyro par la taille, et ses cheveux volants lui faisaient comme une cape. Je croyais presque sentir mes jambes s'accrocher au cheval, mon ventre se presser contre le dos du garçon.

— La vaisselle et ensuite au lit, dit Grand-mère en me regardant droit dans les yeux. Ce soir, tu ne te soustrairas pas à tes corvées, peu importe ton prénom.

— Agnès est la sainte patronne des vierges, dit Laure en ricanant.

Je fixai mes genoux en pensant à toutes les saintes dont j'aurais préféré prendre le nom.

— Chut, Laure, dit Miss Skerry. Je parie que tu ne sais même pas ce que « vi-er-ge » veut dire.

Nous rîmes en entendant la gouvernante répéter le mot de la même façon que Laure, mais alors Grand-mère se leva et sortit, mécontente de la tournure de la conversation. Je restai à ma place, les yeux rivés sur Miss Skerry. Je n'avais moi-même qu'une vague idée de la signification du mot, et j'espérais qu'elle m'éclairerait. Je savais qu'il avait trait aux hommes et aux rapports intimes. Une femme était vierge avant le mariage; après, elle ne l'était plus. Si elle ne se mariait pas, elle restait vierge pour l'éternité, ce qui, supposais-je, était le cas de la gouvernante.

Maintenant que les désagréments de l'après-midi étaient derrière nous, Laure était d'humeur radieuse.

— Agnes a beaucoup trop mangé pour qu'il vienne, dit-elle à la blague. Nous aurions dû jeûner.

— Foutaise, dit Miss Skerry. En raison de son prénom, ta sœur, ce soir, est au-dessus des lois.

— Laure a raison, dis-je en regrettant vaguement tout ce que j'avais ingurgité. Il faut se coucher de bonne heure, à jeun, et rester allongée en contemplant le plafond.

— Les cieux, corrigea Laure, même si, dans notre chambre, nous ne voyions que le plafond. Et alors sainte Agnès apparaît en compagnie de l'homme que vous allez épouser.

— Ah bon ? fit Miss Skerry. Tu es donc un expert en la matière ?

— Je le fais chaque année, dit Laure.

— Dans ce cas, je suppose que les cloches annonçant ton mariage sonneront bientôt.

Miss Skerry sourit à la vierge miniature qui rêvait déjà de son mariage.

— Et toi, Agnes ? demanda Miss Skerry. Observes-tu aussi ce rituel ?

Je me sentis rougir. C'était une superstition et j'en étais parfaitement consciente. Le genre de croyances que méprisait mon père. Et pourtant, l'idée me plaisait. Grand-mère nous avait très tôt initiées à ce rituel. Je levai les yeux vers notre gouvernante et fis oui de la tête.

— Bon, je suppose qu'il ne me reste qu'à essayer, dit Miss Skerry. Si un esprit comme le tien accepte d'y croire, je ne vois pas ce que je risquerais en t'imitant. Les résultats sont concluants ? demanda-t-elle, les yeux brillants comme ceux d'une jeune fille. Dis-moi la vérité. As-tu déjà eu une vision ?

J'étais incapable de soutenir son regard. Année après année, le jour de la Sainte-Agnès, quelqu'un venait et planait au-dessus de mon lit, à la façon d'un spectre, mais ce n'était pas un prétendant. Rien à voir avec le genre de visiteur auquel songeait John Keats.

Grand-mère revint de la cuisine avec un plateau sur lequel entasser la vaisselle sale.

— C'est ce qui m'est arrivé quand j'étais jeune, Georgina. Sainte Agnès m'a fait rencontrer le grand-père des filles.

Elle me tendit le plateau.

— Mais il faut le vouloir. C'est la clé. Tout est dans l'intention.

Ce soir-là, je restai allongée près de ma sœur, qui avait l'irritante habitude de sombrer dans l'inconscience à l'instant où sa tête se posait sur l'oreiller. Laure dormait sur le dos, dans la position recommandée par Keats : ses yeux, s'ils avaient été ouverts, auraient été tournés vers le ciel. Sur l'oreiller, ses cheveux s'étalaient en éventail, pareils à de l'or filé. Étendue là, elle aurait pu être l'héroïne de Keats attendant son amour secret.

Parce que mes mains étaient froides sous les draps, je songeai au diseur de chapelet du poème, à ses doigts gourds égrenant son rosaire. J'exhalai dans les ténèbres, où mon souffle forma des nuages cotonneux. Comment disait Keats, déjà ? « Son souffle glacé/Semblait, avant la mort, s'envoler vers le ciel. » L'expression me plaisait.

J'aurais beaucoup aimé avoir connu John Keats, dont l'âme était sensible. Il savait tout du désir, du genre de désir qui vous pousse à braver le danger, à risquer la dérision et l'opprobre. Il avait été médecin, comme mon père, ainsi que l'avait mentionné Miss Skerry lorsque Grand-mère avait apporté le livre. On pouvait donc à la fois être romantique et imprégné de science.

Dans le coin de ma fenêtre, la lune brillait comme un sou neuf. Comment dormir lorsque étincelait une telle clarté dans le ciel ? Des années plus tôt, mon père m'était apparu avant de nous abandonner, ma mère, Laure (encore dans le ventre de ma mère) et moi. À mes yeux, janvier symbolisait et symboliserait à jamais la douleur de l'absence. Depuis, la douleur s'était légèrement estompée, mais, à cause d'elle, les distractions (rêver de prétendants et de cloches annonçant les noces) me sembleraient toujours déplacées. Ce fut la dernière réflexion que je me fis avant de m'enfoncer dans un profond sommeil dépourvu de la moindre vision.

3

À mon réveil, le lendemain matin, il faisait déjà clair dans la chambre. J'étais recroquevillée de mon côté du lit. En me retournant, je roulai sur un objet dur : une des poupées de ma sœur. Trois d'entre elles séparaient le territoire de Laure du mien. Elles venaient d'Angleterre et ma sœur les aimait passionnément. Leurs têtes étaient en cire et leurs corps en bois. Tous les soirs, elle les bordait avec soin et embrassait leurs joues translucides qui, avec l'âge, devenaient grises ; tous les matins, nous les retrouvions dispersées à gauche et à droite. En ouvrant les yeux, je sentais une main ou un pied en bois s'enfoncer dans mon dos.

Ce matin-là, des sensations nouvelles me firent oublier les protubérances et les pincements. Chaque fois que je bougeais la tête, j'étais prise de nausée. La douleur dans mon ventre était telle que je devais remonter les genoux sur ma poitrine. Elle m'obligeait même à retenir mon souffle. Dos à Laure, je regardais par la fenêtre. Dans la cuisine, Grand-mère remuait déjà le petit bois et les casseroles.

C'était comme si quelqu'un me fouillait les entrailles avec de gros doigts maladroits. Je songeai aussitôt à l'écureuil. Je me rendis compte que j'avais rêvé à lui. La veille de la Sainte-Agnès, j'avais eu un écureuil comme vision.

Laure me donna un coup de pied.

— Tu veux bien arrêter?

Je compris que je me balançais et me rassis. La douleur s'intensifia encore.

Laure s'assit à son tour.

— Tu as gémi toute la nuit, Agnes. C'est l'animal que tu as découpé qui t'a rendue malade?

Je secouai la tête, mais ce mouvement, aussi léger fût-il, me donna le vertige.

— Qu'est-ce qui ne va pas?

Le visage de Laure trahissait la peur.

— Rien, tout va bien.

Croyant à un empoisonnement, j'essayai de me rappeler ce que j'avais avalé la veille. J'avais déjà été malade après avoir ingurgité du porc, mais la maladie avait immédiatement suivi le repas, et j'avais vomi violemment et à de multiples reprises, jusqu'à l'évacuation complète du poison. La veille, je n'avais mangé que le pain frais préparé par Grand-mère, aliment sûr dont j'avais l'habitude.

Laure avait le teint crayeux.

— Je vais chercher Grand-mère.

Je secouai la tête et, pour ma peine, faillis tomber du lit.

— Il faut juste que je fasse mes besoins, dis-je.

Je me levai et, en chancelant un peu, m'accroupis à côté du lit.

Je tirai le pot de chambre et le posai à côté de la commode, là où ma sœur ne me verrait pas. Je me vidai à la manière d'une rivière, au milieu d'un jaillissement fou et sonore. Remontant ma chemise de nuit, j'eus le choc de ma vie : le contenu du pot de chambre était tout rouge.

Laure avait peut-être raison. Peut-être étais-je maudite. Ou encore j'étais tombée malade. Souvent, le sang annonce la mort. Il l'avait fait pour ma mère, en tout cas, même si elle avait plutôt saigné de la bouche, craché des caillots qui tachaient ses taies d'oreiller. Laure et moi dormions sur ces taies aux subtils halos de rouille que les lavages successifs ne parviendraient jamais à effacer tout à fait. La tuberculose pulmonaire était la plaie des femmes de la famille White. Les trois filles de Grand-mère en étaient mortes. Mais les femmes de la famille White, contrairement à moi, étaient vaporeuses et pâles. De toute façon, le sang sortait de la mauvaise extrémité.

Je jetai le contenu du pot de chambre par la fenêtre. L'air froid afflua dans la pièce et Laure poussa un petit cri. Au prieuré, il était interdit de jeter des choses par la fenêtre, en particulier le contenu des pots de chambre. Je connaissais le règlement. Tous les matins, je devais aller vider notre pot de chambre dans les latrines. Ensuite, pour masquer les odeurs, je laissais tomber dans le trou une petite quantité des cendres du poêle. Après, je devais récurer le pot de chambre jusqu'à ce qu'il soit d'une propreté irréprochable : en l'utilisant de nouveau, on avait presque l'impression de commettre un péché.

Une goutte de sang coula le long de ma jambe, luisante et fraîche, et tomba sur le sol. Je l'effaçai du bout d'un orteil et, en serrant fort les jambes, sautillai jusqu'à la bassine.

Assise dans le lit, Laure m'observait.

— Qu'est-ce que tu fais ?

Je ne répondis pas.

— Pourquoi est-ce que tu sautilles ?

À ce moment précis, Grand-mère appela :

— Les fi-illes !

Le mot était fendu en deux, deux notes lancées à pleins poumons, tel un chant. La voix de Grand-mère se brisait au milieu, comme si le seul fait de prononcer les syllabes lui rappelait combien il lui coûtait d'élever seule ses deux petites-filles.

Je voulais me remettre au lit et dire à Grand-mère que j'étais malade, mais ce projet était voué à l'échec. Laure s'était glissée au milieu des draps. Par chance, son visage était voilé.

Il fallait que je m'habille. La robe que je portais en hiver était bleu foncé : les taches ne se verraient pas. Par égard pour Laure, je me retenais de geindre. Je transportai mes vêtements au fond de la chambre, aussi loin d'elle que possible.

— Qu'est-ce que tu fais ?

— Je m'habille.

— Pourquoi là ?

J'avais réussi à passer une jambe par le trou de ma culotte, mais je n'osais pas soulever l'autre. J'avais utilisé une serviette pour étancher le sang et, en serrant les cuisses, je tentais de la garder en place. Soudain, accablée, je me laissai tomber à plat ventre sur le matelas.

Rampant sur ses poupées, Laure tendit l'index.

— Qu'est-ce que c'est?

Ma serviette gisait par terre, juste devant ses yeux. Je la ramassai et tentai de la dissimuler, mais je savais bien que c'était futile. Déjà, les pupilles de Laure se dilataient. Son menton tremblait.

— Rien, dis-je vainement.

Elle poussa un hurlement. Grand-mère et Miss Skerry se précipitèrent dans l'escalier.

Évidemment, Laure eut droit à toute l'attention des deux femmes. Après avoir avalé deux cuillères à café de brandy, ma sœur, enfin calmée, se recoucha, mais Grand-mère refusa de parler du sang. Laure avait débité tant de bêtises à ce sujet que j'avais dû me résoudre à sortir la serviette que j'avais fourrée sous ma robe. Bizarrement, Grand-mère ne cligna même pas des yeux. Elle se contenta d'entortiller la serviette et mon sous-vêtement dans le drap et de confier le ballot incriminé à Miss Skerry, qui le mettrait au sale.

Une fois Laure bien installée, Grand-mère m'entraîna dans sa chambre et me montra comment utiliser des chiffons pour protéger mes vêtements. Les conseils qu'elle me prodigua portèrent sur les chiffons et rien d'autre. Grand-mère n'évoqua pas la possibilité de me faire voir par un médecin, ce qui pouvait être bon ou mauvais signe. La maladie dont je souffrais n'était pas assez grave pour me tuer. Ou encore, j'étais déjà si mal en point que la médecine ne pouvait plus rien pour moi, comme dans le cas de Mère. Le médecin qu'on avait fini par convoquer n'avait pu qu'avouer son impuissance. J'écoutai les directives de ma grand-mère, laissai ses vieilles mains sèches tourner mes hanches d'un côté et de l'autre. Son visage clos interdisait la moindre question.

Ce matin-là, je restai assise, seule. Je me levais de temps en temps pour aller jeter un coup d'œil aux chiffons. Installée sur la banquette de la salle de classe, je pris *Jane Eyre*, roman que j'avais déjà lu mais que je trouvais réconfortant. Vers midi, la porte s'ouvrit, et Miss Skerry se glissa dans la pièce.

— J'ai dû m'occuper de la lessive, dit-elle, ce qui eut pour effet de me faire rougir. Comment te sens-tu?

À mon grand désarroi, je fondis en larmes. Je venais de prendre conscience du trouble que ma situation avait fait naître en moi. J'étais isolée et effrayée, à moitié convaincue que, à l'exemple de ma mère tuberculeuse, j'allais bientôt mourir. Ne voulant pas pleurer, je me frottai les yeux avec fureur, ce qui ne fit qu'accélérer le torrent de larmes.

— Là, là, fit Miss Skerry en me tendant un mouchoir propre.

Elle s'assit à côté de moi et retira ses lunettes, dont elle essuya les verres à plusieurs reprises avec les plis de sa jupe.

— Ta grand-mère t'a parlé de tes menstruations? demanda-t-elle en examinant les verres à la faible lueur de la lampe à gaz avant de remettre ses lunettes sur son nez.

En proie à la plus grande confusion, je me contentai de la fixer.

La gouvernante ne disait rien. Elle s'empara de mon carnet à croquis et l'ouvrit sur une page vierge. Ses illustrations, sans être à l'échelle, se montrèrent supérieures, à mes yeux, aux peintures des musées. J'étais devenue une femme, expliqua Miss Skerry. Les « menstruations », du mot latin signifiant « mois », n'étaient pas une maladie. Il s'agissait simplement de tissus expulsés par l'utérus au moment où recommençait le cycle féminin de la fertilité. J'étais désormais fertile, au même titre qu'un animal parvenu à maturité, un champ prêt pour les semis, les épouses et les mères qui arpentaient chaque jour les rues de St. Andrews East. Bref, j'étais devenue adulte.

Je ne me sentais pas « adulte » du tout. Je baissai les yeux sur mon corps, qui, au cours de la dernière année, s'était radicalement transformé, s'était arrondi et amolli là où il avait été plat et dur comme celui d'un garçon. À présent, je saignais et j'avais mal au ventre. C'étaient, dit Miss Skerry, des crampes menstruelles. Je n'étais pas du tout certaine de vouloir vivre tout cela. Les explications étaient accablantes, mais, au moins, je savais que je survivrais à l'épreuve. Je n'étais pas malade.

Miss Skerry me communiqua ces informations de façon claire et précise, comme tout ce qu'elle jugeait utile de m'apprendre. Les menstruations, dit-elle, portaient au calme et à la réflexion. Le corps féminin était comme un jardin, avec des cycles de naissance, de croissance et de mort. Une femme devait le respecter et l'entretenir en toutes saisons.

Le remède contre les crampes, c'était la chaleur. En cette journée de janvier, je la trouvai autant dans le sourire de la gouvernante que dans les bouillottes qu'elle prépara et posa sur mon ventre.

— Là, dit-elle en tapotant la bouillotte, où l'eau ballotta. Il est parfois douloureux d'être femme, Agnes White, mais je t'assure qu'on n'en meurt presque jamais.

4

Montréal, juin 1885

Il est regrettable que nous ayons tendance à nous appesantir sur les difficultés de nos vies et à oublier les bonheurs, mais c'est la plus stricte vérité. Je ne fais pas exception à la règle, car, en évoquant ma jeunesse, je me contente de parcourir rapidement les deux années que j'ai passées en compagnie de Miss Skerry à la ferme de ma grand-mère, lesquelles comptent parmi les plus heureuses de mon existence. Le bonheur est une chose étrange. J'ai tendance à ne le reconnaître qu'une fois qu'il est passé, lorsque je me rends compte qu'il me manque.

En Miss Skerry, je découvris une compagne aussi motivée que moi sur le plan intellectuel. Je n'avais encore jamais rencontré quelqu'un comme elle, et elle eut sur moi un effet libérateur dont je m'émerveillerai toujours. Évidemment, je ne m'en serais pas doutée lorsqu'elle était arrivée au prieuré pour me conseiller, alors que j'avais treize ans, de la même façon que, dans *L'Odyssée*, Athéna tombe du ciel et guide Télémaque, orphelin de père. C'est Miss Skerry qui décida que je devais quitter St. Andrews East. Elle mit le projet au point et travailla sans relâche à sa réalisation, même si elle savait que, en cas de réussite, nous serions séparées. L'année de mes quinze ans, elle déclara qu'elle n'avait plus rien à m'apprendre. Si je ne quittais pas le prieuré au profit d'une école ordinaire, les lacunes de sa formation, en algèbre et en géométrie notamment, deviendraient les miennes.

Elle ne se vanta jamais du splendide travail préparatoire qu'elle fit dans les autres domaines. J'étais exceptionnellement calée en histoire naturelle, notre passion commune. Elle m'avait aussi inculqué de solides notions en littérature et en histoire. Je lisais avec avidité en anglais et en français, et je maîtrisais parfaitement le grec et le latin, langues mortes que son père lui avait apprises.

Peu de temps avant mon quinzième anniversaire, Miss Skerry dénicha une maison d'enseignement qui me conviendrait : Misses Symmers and Smith's School, à Montréal. Elle organisa une visite, et j'en profitai pour passer les examens d'admission. Elle m'accompagna dans le train, m'attendit pendant trois heures dans le couloir. Lorsque j'obtins une bourse complète, elle présenta des arguments si convaincants en faveur de mon inscription que Grand-mère n'eut d'autre choix que de s'incliner.

C'est ainsi que, en juin 1885, je me retrouvai dans une chambre minuscule au plafond creusé d'une lézarde qui s'évasait comme le Nil; dans le lit voisin, une fille du nom de Janie Banks Geoffreys ronflait. Janie dormait sur le dos, les membres dans tous les sens, la couverture tombée par terre. Elle grommela quelques mots et poussa un soupir. C'était la fille la plus jolie et la plus populaire de mon année. Je ne pouvais pas la voir en peinture.

Pendant huit longs mois, nous nous supportâmes mutuellement, Janie et moi. En septembre, on nous avait mises dans la même chambre dans l'espoir qu'elle faciliterait mon intégration sociale et que, puisque j'avais brillamment réussi les examens d'admission, je l'aiderais dans ses études. L'enfer est pavé de théories motivées par l'optimisme.

Nous étions en juin, et la lézarde comme ma compagne de chambre seraient bientôt choses du passé. Cette idée me réjouissait. Nous obtiendrions notre diplôme à midi, à l'occasion d'une cérémonie à laquelle étaient conviés les membres de nos familles respectives. Grand-mère, Laure et Miss Skerry, qui avait passé l'année à faire l'éducation de ma sœur à St. Andrews, seraient présentes. En soirée, à la gare Windsor, nous monterions toutes les quatre à bord du train de six heures. Ainsi prendrait fin ce chapitre doux-amer de mon existence.

Je consultai ma montre de poche, objet lourd et vieux que j'avais hérité de mon grand-père White. Il était six heures moins dix. Je disposais d'un peu plus d'une heure avant que la cloche du matin oblige les dormeuses, y compris ma compagne de chambre, à revenir à la conscience. Je chaussai mes lunettes (je les avais depuis Pâques, moment auquel Miss Symmers s'était rendu compte que je ne voyais rien à un pas devant moi). Au début, la monture m'avait frotté le nez, mais j'avais recouvert le pont de tissu et étiré les branches. Dorénavant, je les sentais à peine. Et comme le monde avait changé! Je me sentais un peu comme Alice au fond du terrier du lapin, où elle tombe sur un jardin des délices.

Le visage de Janie se précisa. À sa façon, même lui était délicieux. Avant d'avoir mes lunettes, je baissais toujours les yeux en sa présence. Désormais, le visage de ma compagne de chambre, comme celui de toutes les personnes que je rencontrais, m'attirait comme une flamme, me fournissait toutes sortes de détails intrigants. L'avènement des lunettes avait marqué un tournant dans ma vie, au même titre que celui du microscope. Jamais je n'oublierais la surprise émerveillée que j'avais éprouvée au premier contact de l'oculaire, des années plus tôt.

La bouche de Janie était sensuelle, mais, de plus près, on se rendait compte qu'elle avait les coins retournés vers le bas. En public, au milieu de sa bande de filles aussi jolies et populaires qu'elle, elle riait tout le temps; lorsque, dans l'intimité de notre chambre, elle se croyait seule, sa tristesse transparaissait. La mère de Janie en était à son second mariage. Janie était pensionnaire non pas pour apprendre, mais bien pour faire en sorte qu'il n'y ait pas d'enfant dans la maison de son beau-père.

Ma culotte et mon uniforme se trouvaient sur la chaise, à côté de la tête de Janie. Je m'étirai pour les agripper. Presque aussitôt, elle ouvrit les yeux.

— Il fait à peine jour, sainte Agnès.

Le surnom faisait aussi partie des choses qui ne me manqueraient pas. Je l'endurais depuis octobre, mois au cours duquel nous avions étudié Keats et la période romantique en classe d'anglais. Ce n'était pas un compliment. J'étais une nouvelle venue, une fille de la campagne qui n'avait mis que quelques mois à supplanter les plus brillantes élèves de l'école et à obtenir la moyenne la plus élevée de l'histoire de l'établissement. C'est Janie qui m'avait affublée du surnom en prédisant que je serais vierge jusqu'au jour de ma mort, à l'exemple de mon ancêtre martyre.

— Pourquoi mets-tu ces vieilleries?

La lèvre inférieure de Janie révéla une rangée de dents droites et blanches.

— Je te rappelle qu'on peut porter ce qu'on veut.

Elle s'appuya sur un coude et prit son propre uniforme, chiffonné sur le lit.

— Entre moi pis toi, ajouta-t-elle, je vais brûler tout ça en arrivant à la maison.

Je contemplai le plafond lézardé. Pensionnaire à l'école depuis dix ans, Janie Banks n'avait toujours pas appris à s'exprimer correctement. Comme tant d'autres filles, elle se souciait de son éducation comme d'une guigne.

— Hou! hou! fit-elle pour me tirer de mes pensées. Tu es dans la lune? Des fois, tu as l'air complètement partie. Je viens de te dire qu'on peut porter de vrais vêtements.

En me voyant hausser les épaules, elle bondit du lit comme si elle avait vu une souris.

— Donne-moi ça, fit-elle en se plantant devant moi. Aujourd'hui, nous portons toutes de jolies choses. Toi aussi.

Janie ouvrit notre placard, où s'alignaient un grand nombre de tenues qui, pour la plupart, lui appartenaient. Elle en sortit une simple robe blanche en coton qui faisait contraste avec les autres.

— Tiens.

Je secouai la tête. Le blanc m'épaississait et le corsage effilé me faisait penser à des noces.

Janie la brandit bien haut, secoua le cintre qui dansa comme un pantin.

— Voyons donc, Agnes. C'est une robe de sainte-nitouche.

Je fis passer ma tunique par-dessus ma tête.

— Je dois y aller.

Janie cessa de ricaner.

— Où ça ? Tu vas rater le déjeuner.

Sur son visage, la stupéfaction céda la place à la ruse. Elle s'assit sur mon lit.

— Qu'est-ce que c'est, Agnes ? Mon petit doigt me dit que tu mijotes un mauvais coup.

Dans l'esprit de Janie, il y avait un seul sillon. Pour elle, tous les chemins conduisaient aux garçons. C'en était presque drôle. Je nouai ma ceinture, intimidée par le regard scrutateur de Janie.

— J'ai une course à faire. Et c'est maintenant ou jamais.

— Une course, répéta Janie.

Elle tendit la main vers ma montre et la consulta en plissant les yeux.

— À six heures du matin ?

Elle tendit une jambe galbée.

— J'ai la cuisse charnue, c'est vrai, mais ne me prends pas pour une dinde.

La tension se dissipa et nous éclatâmes de rire.

— C'est un homme ? Allez, avoue.

Le mince rideau laissait entrer un flot de lumière. Bientôt, les filles envahiraient les couloirs et feraient la queue devant les salles de bains. C'était la seule occasion que j'aurais de sortir.

— Tu me couvriras ?

Janie sourit.

— Celle-là, c'est la meilleure. Je ne t'aurais jamais crue capable d'une chose pareille.

— Si on t'interroge, dis que je répète mon discours.

En ma qualité de meilleure élève, je prononcerais le discours d'adieu. C'était l'alibi tout trouvé.

Janie sourit.

— Il est beau garçon ?

Je pinçai les lèvres pour former un sourire digne de la Joconde (du moins, je l'espérais), pris mon pull et sortis. À mon retour, les rumeurs bourdonneraient comme des mouches noires : la discrétion, en effet, ne faisait pas partie du répertoire de Janie Banks Geoffreys. Franchement, je m'en moquais désormais. Le soir même, j'en aurais terminé avec l'école. Qu'elles fabulent donc, si elles y tenaient !

La ville était couverte de neige. Pas de la vraie, bien entendu, puisqu'on était presque en été. Mais la substance qui tombait du ciel, au moment où je m'engageai dans la rue, faisait penser à la neige. C'était le pollen des peupliers. Je tendis la main pour attraper les flocons. En juin de chaque année, on observait le phénomène, une sorte d'hiver hors saison, à Montréal comme à St. Andrews East.

L'école était perchée au sommet de la rue Peel, à l'ombre du mont Royal. Je m'élançai dans la côte en courant et ne m'arrêtai qu'à la hauteur de la rue Sherbrooke, comparativement plus plane. Je poursuivis plus au sud avant de m'engager dans le secteur commercial, à l'est. Au coin, un garçon criait des journaux d'une voix douce et cristalline. Un tramway passa sous les câbles sifflants dans un fracas de métal. À Montréal, jamais les parfums du printemps n'avaient été plus entêtants. C'était la ville où j'avais vu le jour. Elle avait nourri mes premières années et j'étais heureuse de la parcourir. Les rues étaient considérées comme dangereuses pour les filles, et j'avais peu eu l'occasion de m'aventurer au-delà des murs de l'école. Je connaissais assez bien la gare Windsor et le trajet jusqu'à l'école. Je connaissais aussi l'église St. John the Evangelist, rue Saint-Urbain, où la plupart d'entre nous assistions au service du dimanche. Aussitôt après, on nous faisait remonter la côte en troupeau et regagner nos dortoirs.

J'observai les têtes qui montaient et descendaient devant moi sur le trottoir en bois surélevé. Je voyais l'homme à chacune de mes sorties en ville, ou presque. Ce jour-là ne ferait vraisemblablement pas exception à la règle, même si mes lunettes avaient quelque peu changé les perspectives. Car ce n'était pas vraiment lui que je voyais, même si ni mon plaisir ni ma douleur n'en étaient amoindris. L'éclat d'une barbe noire ou d'une épaule m'arrêtait tout net. Parfois, c'était moins son apparence que sa démarche ou même l'inclinaison un peu canaille de son chapeau. Les quelques secondes d'espoir qui m'électrisaient alors annulaient la déception que je ressentais lorsque, en se retournant enfin, il dévoilait un visage que je ne reconnaissais pas.

Aucun d'eux ne faisait attention à moi. Jamais. C'est ce qui me consolait d'être courtaude et peu avenante : je pouvais arpenter les rues de la ville sans me faire remarquer, me comporter comme si je n'étais qu'une paire d'yeux détachés de mon corps de femme. Nul n'aurait songé à abuser de moi.

J'aimais marcher dans Montréal, où personne ne connaissait mon nom. Au cours de cette année, je m'étais souvent imaginé m'établir et vivre dans une si grande ville. C'était peu probable, évidemment. Grand-mère avait indiqué sans la moindre ambiguïté qu'on avait besoin de moi à St. Andrews l'année suivante, sans parler des autres.

L'école m'avait permis de quitter ma maison d'enfance, mais la réussite était quand même mitigée. Au programme, il y avait un cours quotidien d'arts ménagers, où je devais apprendre à tailler et à coudre des machins. Je m'appliquais en mathématiques, mais c'était la seule matière qui me donnait du fil à retordre. Les cours de sciences proposés par l'école ne comprenaient ni observations empiriques, ni dissections, ni travaux au microscope. Nous avions passé la majeure partie de l'année à apprendre par cœur les noms d'hommes illustres et les dates de leurs découvertes. Le cours de latin était si élémentaire que, au bout de quatre ou cinq leçons, on m'avait autorisée à lire des romans dans le couloir. Malgré leurs vaillants efforts, Miss Symmers et Miss Smith n'arrivaient pas à la cheville de ma gouvernante et je commençai à prendre conscience de la chance que j'avais eue de tomber sur Miss Skerry.

Au début d'octobre, les feuilles se mirent à tomber et mes notes les imitèrent. Miss Skerry tenta par tous les moyens de stimuler mon intérêt, mais j'étais trop déçue pour l'écouter. En novembre, l'Université McGill annonça que, pour la troisième année depuis sa création, elle était à la recherche de candidates pour son baccalauréat ès arts. Miss Symmers nous apprit que la fille dont la note générale serait la plus élevée recevrait une bourse qui lui permettrait de poursuivre ses études.

Ce fut exactement le stimulant dont j'avais besoin. Désormais, je mis autant d'application à me dépasser en arts ménagers qu'à mémoriser les anecdotes concernant Sir Isaac Newton et sa pomme. En mars, je passai les examens d'admission à l'université et fus acceptée.

Il n'y avait qu'un hic : ma grand-mère. Malgré la bourse et l'assurance qu'elle avait de ne pas avoir un sou à débourser, elle restait intraitable. Il était inconcevable que je puisse vivre seule dans la ville de mon père, sans elle pour me chaperonner.

Miss Skerry me dit de ne pas m'en faire. Je devais étudier du mieux possible et le reste s'arrangerait tout seul. Je n'en étais pas si sûre. Ma grand-mère, une fois son idée faite, ne changeait pas facilement d'avis.

Le parfum du pain en train de cuire me tira de mes réflexions. *Pain frais**, proclamait un écriteau fait à la main dans la vitrine d'une boulangerie. *Fresh pain*, douleur fraîche, me dis-je en songeant à celle, ancienne, dont j'avais l'habitude. Je salivai à la pensée d'un simple petit pain ou d'un croissant, mais je n'avais pas d'argent.

La rue Sainte-Catherine était plus miteuse que dans mon souvenir. Je consultais les numéros en répétant à la manière d'une incantation l'adresse que je cherchais. J'étais si absorbée que je passai sans m'arrêter devant la modeste maison. De la rue, elle semblait petite, mais c'était un de ces immeubles dont la profondeur compense l'étroitesse. Les pierres grises étaient tachées de noir, à l'exception d'un petit rectangle près de la porte, où se trouvait autrefois la plaque en bronze sur laquelle le nom de mon père était gravé. Au-dessus de la porte, il y avait à présent un écriteau en bois où figuraient une aiguille et une bobine de fil.

Les fenêtres placardées du rez-de-chaussée conféraient au lieu un aspect légèrement menaçant, mais celles du haut étaient ouvertes. Mon regard s'éleva jusqu'aux pièces aménagées sous les avant-toits et je me demandai si les occupants connaissaient la triste histoire de la maison. Des gens s'avançaient vers moi sur le trottoir. Je me glissai donc parmi les poubelles d'une ruelle adjacente.

La ruelle était si étroite que, en étirant les bras, je pouvais toucher les murs de part et d'autre. Du côté de mon ancienne maison, seulement deux fenêtres s'ouvraient sur elle, l'une et l'autre munies de barreaux. Je me hissai jusqu'à la hauteur de celle du fond, mais la vitre était si sale que je n'y vis que mon reflet poussiéreux. Un chien se mit à aboyer. Je me laissai redescendre et regagnai la rue Sainte-Catherine. Je n'étais qu'à quelques pas de la lumière et du bruit lorsqu'une voix m'intima l'ordre de ne plus bouger. Un homme sortit de la maison. Plus spectral qu'humain dans la lumière matinale, il donnait l'impression de chatoyer. Je ne distinguais que son profil. Il n'était pas grand, mais son tour de taille compensait largement ce handicap. Je m'efforçais de m'avancer et de voir les traits de son visage lorsqu'il parla de nouveau.

Ses mots étaient français, compris-je, mais pas son accent. Il s'avança et je me trouvai nez à nez avec un inconnu.

— *Mais qu'est-ce que vous faites là ?*[*]

Il avait aussi peur que moi. Il m'avait probablement prise pour un cambrioleur rôdant au milieu des poubelles. Devant mon mutisme, il passa à l'anglais, qu'il parlait avec la précision d'un étranger.

— C'est une propriété privée, dit-il.

Allemand, supposai-je. Fraîchement débarqué.

Un chien fonça vers nous en jappant, si vite que je n'eus pas le temps de me protéger. La chute fut spectaculaire : mes mains et mon menton accusèrent le choc, et mes lunettes partirent en vol plané. Soudain, la ruelle devint floue.

Le chien avait des gencives roses et baveuses, cela au moins je le voyais nettement, et il continua d'émettre des bruits menaçants, même après que l'homme l'eut éloigné de moi en le tirant par le collier. Je n'avais jamais aimé les chiens. Selon ma grand-mère, c'était à cause de Galen, l'animal que mon père avait gardé quand j'étais petite. Nerveux, il m'avait mordue. Sans doute conscient de ma terreur, l'homme souleva la main, comme pour frapper l'animal. Une fois celui-ci apaisé, l'homme se tourna vers moi et, pour la première fois, sembla me voir telle que j'étais.

— Mais tu es une fille ! s'exclama-t-il en examinant mes cheveux lavés de frais et mon uniforme. Une jeune fille. Je suis désolé.

Il allait tendre la main, mais se ravisa aussitôt pour empêcher le chien d'attaquer.

— Entre, dit-il en entraînant l'animal vers la porte de devant. C'est une chienne de garde. Il ne faut pas lui en vouloir. Viens te reposer un peu. Ma femme va te préparer quelque chose.

Son épine dorsale était recourbée comme la houlette d'un berger et il avait le crâne chauve. Il ne ressemblait en rien à mon père. Il ouvrit la porte de devant, me fit entrer et attacha l'animal à un poteau.

En franchissant le pas de la porte, j'eus l'impression d'être une voleuse. Le vieil homme était loin de se douter de ce que je ressentais en pénétrant dans l'immeuble. Tout me revint, comme si les moindres détails étaient restés là, intacts, jusqu'à cet instant. Les odeurs étaient différentes, mais tout le reste m'était profondément familier. Sans difficulté, j'aurais pu guider l'homme jusqu'à la cuisine, où sa femme nous ferait du café. Le long et sombre corridor qui s'étirait devant nous était recouvert d'un tapis. Je m'aperçus en tressaillant que j'avais rêvé de ce tapis et de ce couloir. Je connaissais le large escalier en chêne qui conduisait aux chambres du premier étage et l'autre, plus étroit et encore plus sombre, qui montait jusqu'au grenier. Nous passâmes d'abord par le petit salon, où mes parents avaient accueilli des médecins, des professeurs et leurs femmes. J'y jetai seulement un coup d'œil au passage. L'endroit que je souhaitais voir par-dessus tout se trouvait au fond, dans la partie plus intime de la maison.

J'eus un choc en y entrant. La pièce était restée la même, mais son contenu avait tellement changé que, à première vue, je ne reconnus rien du tout. La fenêtre par laquelle j'avais essayé de jeter un coup d'œil ne laissait entrer qu'un peu de lumière, ce qui ne faisait qu'aggraver la difficulté. Les tablettes subsistaient, mais, au lieu de supporter des bocaux, elles débordaient de rouleaux de tissu, dont les extrémités rondes béaient comme des bouches étonnées. Il y avait une table centrale, celle que mon père avait l'habitude d'utiliser pour ses dissections, peut-être, mais elle était à présent couverte de patrons de robes et de bandes de tissu. Deux machines à coudre étaient posées dans un coin.

— Tu aimes les robes? demanda l'homme.

— Oui, mentis-je.

— Tu veux que je t'en confectionne une? Ma femme peut te mesurer.

Au même moment, une femme âgée, le regard inquiet, déboucha dans la pièce. Elle m'examina d'un œil méfiant, mais son visage s'adoucit après que le tailleur, qui se présenta à moi sous le nom de Mr Froelich, lui eut dit quelques mots en allemand.

— Le chien t'a sauté dessus, dit-elle en anglais. Nous sommes désolés.

Je lui dis que j'allais bien, même si je m'étais salement cogné le menton, où j'avais des élancements.

La femme remarqua la blessure.

— Tu as un bleu, dit-elle en touchant ma mâchoire. C'est enflé. Viens dans la cuisine que je te soigne.

Je ne voulais pas quitter l'atelier, mais, n'ayant aucun moyen de décliner la proposition, je la laissai m'entraîner dans le couloir. Elle m'installa à la table de la cuisine, sortit un mouchoir et des glaçons, puis entreprit de me préparer une collation.

— C'est du *mandelbrot*, dit-elle en posant devant moi une tasse et une assiette de biscuits couleur œuf. Un peu de sucré te remettra d'aplomb.

Le café était si fort que j'en eus des picotements dans les doigts, mais il me fit du bien. La femme sourit.

— Tu es étudiante ? Nous avons une cliente qui va à la même école que toi, dit-elle en montrant mon uniforme. Elle se tourna vers son mari et lui demanda son nom.

— Quelque chose comme « banque », répondit-il.

— Banks Geoffreys ? dis-je, horrifiée à l'idée que Janie ait mis les pieds dans cette maison.

— Voilà ! s'écria la femme en riant. Tu la connais ? C'est une gentille fille.

Je bus mon café, les yeux baissés. Le *mandelbrot*, où je détectai un soupçon d'abricot et d'amande, était délicieux. Pour meubler un trou dans la conversation, la femme demanda :

— Tu as besoin d'une robe de bal, peut-être ?

De sa poche, elle sortit un mètre à ruban jaune.

Je secouai la tête. Mr Froelich et elle espéraient une cliente. Maintenant que je les avais détrompés, je devais leur expliquer ce que je fabriquais dans leur ruelle.

— Je ne suis pas là pour vous acheter quelque chose.

Les yeux de Mrs Froelich se rétrécirent.

Incapable de songer à un mensonge crédible, je finis par leur raconter une part de mon histoire.

— Quel était le domaine de ton père? demanda la femme.

Elle ne savait pas encore si elle pouvait me faire confiance.

— La médecine, répondis-je. Il était docteur et enseignait à McGill.

— Oui, fit le tailleur en riant. C'est exact. Tu te souviens des drôles de choses qu'on a trouvées en arrivant, Erika?

La vieille femme frissonna.

— Si je m'en souviens? J'en ai eu des cauchemars pendant des mois. Des choses dans des bocaux. Des bouts enlevés à des morts.

— La pièce voisine, dis-je, votre atelier…

Je ne terminai jamais ma phrase, car Mr Froelich m'interrompit en déclarant que cette pièce avait été la pire de toute la maison.

— C'était le bureau de ton père. Ma femme en avait horreur. Encore aujourd'hui, elle jure que la pièce est hantée par des fantômes.

Je regardai Mrs Froelich, mais, en réalité, je me souvenais d'une autre femme qui avait détesté cet endroit. Ma mère l'appelait la « chambre des horreurs ». Je n'y avais pas songé depuis des années.

— Qu'est-il arrivé aux spécimens? demandai-je.

Je m'étais efforcée de poser la question sur un ton décontracté, même si j'étais tout sauf décontractée. Lorsque nous avions fui à St. Andrews, mon père avait laissé derrière lui bon nombre de ses affaires, y compris le contenu de cette pièce. Je ne savais rien des dispositions qu'il avait prises à leur sujet. Les Froelich avaient peut-être mis la main sur la totalité du matériel, auquel cas il était encore sous leur toit.

Mrs Froelich me dévisagea d'un air méfiant.

— Tout a été fait correctement. Nous avons même un acte notarié.

Elle craignait que je réclame les biens de mon père. Je mis un certain temps à la rassurer.

— Nous sommes seulement des loueurs, dit son mari.

— Des locataires, corrigea la femme, qui s'exprimait avec plus de précision.

— La maison ne vous appartient pas ?

Le vieil homme secoua la tête.

— C'est un autre médecin qui l'a achetée à ton père. Il s'appelle William Howlett. Tu le connais ?

Le nom ne me disait rien. Davantage intéressée par les effets de mon père, je revins à la charge. Je ne pouvais m'empêcher de penser au petit squelette avec lequel j'avais joué et je me demandai s'il avait fini aux rebuts.

— Nous avons emballé ses affaires, dit enfin le vieil homme.

Il se tourna vers sa femme et se corrigea.

— Je les ai emballées. Ma femme a refusé d'y toucher.

La vieille femme secoua la tête.

— Désolée, mais ces choses me bouleversent. Je n'ai pas été fâchée de les voir partir.

Elle haussa les épaules, secoua de nouveau la tête.

— Je suis une femme simple. Je ne pouvais pas dormir avec de telles choses sous mon toit.

— Vous les avez jetées? dis-je, accablée.

— Non, non, dit le tailleur. Je t'ai dit que j'avais emballé toutes ses affaires. C'est l'autre docteur qui les a prises.

— L'autre docteur?

— Le Dr Howlett, le propriétaire.

La vieille femme fusilla son mari du regard et lui asséna un coup de pied sous la table. De toute évidence, elle ne voulait pas qu'il en dise plus.

— Nous avons gardé un des objets ayant appartenu à ton père, admit-elle enfin, mue par la volonté de me distraire ou par la bonté. Celui-là, nous pouvons te le donner.

À côté de l'évier, elle ouvrit un tiroir d'où monta un fracas métallique. Visiblement, c'était leur débarras, l'endroit où ils conservaient les objets perdus et égarés de toute une vie. Elle y fouilla un certain temps avant d'en tirer un carré de métal noirci.

— Je savais bien que nous l'avions encore, dit-elle en brandissant l'objet sous la lumière. Il a besoin d'être poli, évidemment.

Mrs Froelich s'assit et frotta la plaque jusqu'à ce que le chiffon soit tout noir de suie. Quatre mots apparurent : *Honoré Bourret, Medical Surgeon****. Elle me tendit la plaque.

— Il est encore en vie ?

Je fis signe que oui, même si je n'avais aucune preuve de ce que j'avançais. La vieille femme s'apprêtait à poursuivre son interrogatoire, mais ce fut à mon tour de sombrer dans le silence. Ces gens ne savaient peut-être rien d'autre sur ma famille et je ne tenais pas particulièrement à ce qu'ils en apprennent davantage.

— Merci, dis-je avec sincérité en lui prenant la plaque des mains.

Je me levai.

— Vous avez été très aimables, tous les deux, ajoutai-je.

Le tailleur me demanda une dernière fois si je voulais qu'il me confectionne une robe, mais je secouai la tête. J'aurais sans doute eu besoin d'une robe, ce jour-là, mais là n'était pas la question. Les Froelich m'avaient offert quelque chose de beaucoup plus précieux, comme ils le comprirent peut-être en me raccompagnant.

Il passait dix heures lorsque je revins à l'école. Quelle drôle de matinée ! La chose que j'avais cherché à enterrer était plus vivante que jamais. La boutique des Froelich avait remué des souvenirs dont j'ignorais jusqu'à l'existence et fait naître en moi une nostalgie si intense que je me sentais sans force.

*** Docteur en médecine. (N.D.T.)

J'entrai à l'école par-derrière. Dans la cour, des filles disposaient des tables et coupaient les branches de lilas qui orneraient la scène. Les filles de ma classe étaient toutes habillées et coiffées avec recherche. Pour la première fois de ma vie, je remarquai ce qu'elles portaient. Je me demandai si certaines de ces robes étaient l'œuvre du vieux tailleur voûté. À mon entrée dans la salle, une fille postée près de la porte me dit que j'étais attendue dans le bureau de la directrice.

Grand-mère, Laure et Miss Skerry formaient un petit groupe, l'air empesé dans leurs robes du dimanche. Comme il n'était pas question de courir, je marchai à grandes enjambées vers celle dont les lettres m'avaient soutenue au cours des huit derniers mois. Voir Miss Skerry en dehors du prieuré faisait un drôle d'effet. Elle arborait un sourire chaleureux, mais, sur sa tête, trônait un chapeau melon retenu par une bande élastique qui lui passait sous le menton, et elle avait l'air ridicule.

— Bonté divine ! s'écria Grand-mère en me voyant approcher.

À côté d'elle, Laure se fendait d'un affreux sourire contraint.

— On ne peut pas dire qu'elles soient flatteuses.

Les yeux de Grand-mère, aux pupilles en pointe d'épingle, étaient de la couleur des myosotis.

— Tu les portes en permanence ?

Elle ne m'avait même pas gratifiée d'un bonjour.

— Je les enlève pour dormir.

Depuis le début, mes lunettes étaient un sujet de dispute. À propos des yeux, Grand-mère avait les idées préconçues d'une campagnarde.

— Les porter si longtemps, c'est sûrement malsain, dit-elle. J'ai entendu dire qu'elles faussent les globes oculaires.

La directrice, debout près de nous, expliqua de son mieux qu'il n'en était rien et que les lunettes ne me feraient aucun tort, mais Grand-mère n'en démordait pas.

— Elle ne va pas les porter aujourd'hui pour monter sur scène. Elle doit être à son mieux, Miss Smith. Tous les regards seront braqués sur elle.

Miss Smith déclara qu'elle trouvait les lunettes avantageuses, mais que c'était à moi et aux membres de ma famille qu'il incombait de décider de ce que je porterais.

— Après tout, elle est notre meilleure élève, ajouta Miss Smith en mettant la main sur mon épaule. Elle a l'obligation de se mettre sur son trente et un.

La discussion concernant mes lunettes et mon apparence générale ne s'arrêta pas là. Grand-mère, Laure et Miss Skerry me suivirent dans ma chambre, où il n'y avait personne, constatai-je avec soulagement. L'idée de m'habiller devant Janie Banks Geoffreys m'était franchement insupportable.

Laure se mit aussitôt à fouiller dans le placard et à s'émerveiller des robes de ma compagne de chambre. Elle trouva la robe blanche du dimanche que Grand-mère avait fabriquée pour moi et l'étendit sur le lit.

— Comment veux-tu être coiffée, Agnes? demanda-t-elle en se retournant pour m'observer d'un air pensif.

Je détestai chaque seconde de cette épreuve. J'avais de nombreuses qualités, mais la beauté n'en faisait pas partie. Aucune robe, aucune coiffure n'y changeraient rien.

Malgré mes protestations, Grand-mère confisqua mes lunettes et me fit enfiler la robe blanche. Laure, pendant ce temps, entreprit de torsader et de natter mes cheveux. Miss Skerry ne prit pas part aux préparatifs. Elle tua le temps en feuilletant les cahiers d'exercices et les manuels qui m'avaient accompagnée pendant toute l'année. J'interprétai cette attitude comme un subtil témoignage de solidarité, mais je n'aurais pu jurer de rien. À présent, le visage de Miss Skerry, comme le reste de la chambre, était embrouillé.

— Les prix, je les dois à mon cerveau, dis-je.

Grand-mère lança à Miss Skerry un regard lourd de sens.

— Ce séjour à l'école a donné des résultats inégaux, Georgina. En tout cas, il n'a rien fait pour adoucir les angles.

— C'est injuste ! me récriai-je. Ce qu'il me faut, c'est une véritable maison d'enseignement où on valorise la substance et non l'apparence.

— La forme est aussi importante que le fond, déclara Miss Skerry qui, depuis quatre ans que je la connaissais, n'avait jamais montré qu'un intérêt rudimentaire pour ses vêtements. Elles forment les deux moitiés d'un tout.

— Pour un esprit cultivé, un uniforme scolaire est un habillement tout à fait convenable. De la même façon que des lunettes conviennent à des yeux qui aiment lire.

Miss Skerry secoua la tête.

— Il est inutile d'enfoncer une porte ouverte, comme on dit. Aujourd'hui, on te couvre d'honneurs. À ce propos, j'ai bien peur de devoir prendre le parti de ta grand-mère. Il faut que ton apparence soit à la hauteur.

Peu avant onze heures, elles m'entraînèrent au rez-de-chaussée, où une foule compacte s'était réunie devant les portes de la salle de spectacle. Deux ou trois filles me saluèrent, mais leurs visages étaient si flous que je ne parvins à en identifier qu'une seule : Felicity Hingston, la seule élève de l'école que je pouvais vaguement considérer comme une amie. Avec sa haute taille (elle mesurait plus de six pieds) ainsi que ses jambes et ses bras maigres et velus, elle ne passait pas inaperçue. Avant mon arrivée, elle était première de classe.

En un sens, ma vision embrouillée me réconfortait. Comme quand j'étais enfant, je ne distinguais que des formes indistinctes, sans me douter qu'il y avait autre chose. À cause de la transpiration, ma robe était déjà transparente par endroits. À tour de rôle, nous allâmes à l'avant chercher notre diplôme, mais je dus me lever une deuxième fois, une troisième, puis une quatrième, jusqu'à ce que la sueur coule librement sur mes flancs. Cette année-là, j'avais raflé tous les prix.

Chaque fois que mon nom était prononcé, je devais me lever et marcher dans l'allée centrale au milieu d'une multitude de filles. J'avais conscience d'être ridicule. Ma robe trop serrée laissait voir un corps que j'avais l'habitude de dissimuler sous mon ample tunique. Il faisait aussi chaud dans la salle que dans la cuisine de ma grand-mère les jours où nous confectionnions des tartes, et l'auditoire était gagné par une agitation audible. Lorsque je fus convoquée pour recevoir mon dernier prix et prononcer le discours de fin d'études, quelques filles gémirent bruyamment.

L'assemblée applaudit comme pour les autres prix, mais machinalement, l'esprit ailleurs. J'entendais des bruissements et des rires réprimés. Je ne voyais rien, évidemment, ce qui était en soi une bénédiction, mais, campée devant la foule, je me rendis bien compte que la majorité de mes camarades de classe ne me voyaient pas d'un air amical. Après tout, je les retenais prisonnières dans cette salle où il faisait une chaleur torride. Au demeurant, la plupart d'entre elles n'étaient pas studieuses et ne se souciaient guère de leurs résultats scolaires. Miss Symmers ne se rendait compte de rien. Elle me dominait en souriant. Je devais recevoir la bourse, celle qui me permettrait d'étudier à McGill, et ensuite prononcer mon discours. Je l'avais répété à maintes reprises, mais tout d'un coup, cela ne me paraissait plus aussi simple. Devant le podium, je balayai des yeux l'océan de visages luisants et troubles, et je me rendis compte que je n'en savais plus le premier mot. J'avais griffonné les idées principales sur des fiches, et je les lus d'une petite voix fluette. Loin du discours que j'avais préparé avec un soin méticuleux, je déballai un baratin plein de trous, sans queue ni tête, auquel les personnes qui se donnèrent la peine d'écouter ne comprirent sans doute rien du tout. Miss Symmers sourit bravement du début à la fin, puis vint me donner l'accolade, mais déjà je m'éloignais, me dirigeais vers la sortie. Je m'enfuis aveuglément, sans avoir la moindre idée de ce que j'allais faire. Mon cœur battait si fort que ses cognements noyaient les autres bruits.

Après le fiasco, la première chose que je vis avec netteté fut le visage de Miss Skerry. Elle avait couru derrière moi, mes lunettes à la main. Laure arriva sur ses talons et, contre toute attente, me serra dans ses bras. J'avais trouvé refuge sous un saule, au bout du terrain de jeu. Pendant l'année, j'y étais souvent venue pour lire. C'était aux limites de l'école, et peu de filles s'y aventuraient. Les branches de l'arbre, qui tombaient jusqu'au sol, constituaient une cachette naturelle.

— Ta directrice va se faire du souci, dit Miss Skerry. Nous devrions rentrer lui dire que tu vas bien.

Je secouai la tête. Mon orgueil était toujours blessé, et nous restâmes sous le saule, tandis que les autres filles envahissaient la cour. Miss Skerry me parla avec douceur, me dit que tout irait bien, louangea mon discours, même si, à l'idée du gâchis, je croyais mourir de honte.

En fin de compte, Miss Skerry demanda à Laure d'aller chercher ma bourse et de dire à Miss Symmers et à Miss Smith où nous étions.

— Comment pourrai-je les regarder en face ?

Miss Skerry haussa les épaules.

— Tu n'as rien fait de mal, Agnes. Je pense que tu devrais aller rejoindre les autres. Profiter du moment. Te réjouir du fait que tu es promise à un avenir encore plus brillant.

N'ayant pas la foi de mon ancienne gouvernante, je secouai la tête. Mon avenir, si Grand-mère avait son mot à dire, se résumerait comme suit : retour au petit et misérable village de St. Andrews East.

Nous restâmes encore un moment à l'abri des branches. Au milieu de la cour, on avait installé un vélum en toile sous lequel du thé et des rafraîchissements étaient servis. Quelques filles du niveau inférieur servaient de la nourriture.

Je vis Grand-mère s'avancer en compagnie des deux directrices. Laure courut jusqu'à elles et leur dit où j'étais. Elles se tournèrent pour regarder de mon côté. En compagnie de Laure, elles traversèrent le terrain pour venir me retrouver. Grand-mère se montrait moins disposée que mes institutrices à pardonner mon départ maladroit. Elle s'approcha de la table et engagea la conversation avec Mrs Banks Geoffreys. Je passai mes doigts dans mes cheveux et une de mes nattes se défit.

— Tes cheveux ! s'écria Laure, qui venait d'arriver sous l'arbre en compagnie de Miss Symmers et de Miss Smith.

Elle ramassa le ruban tombé et voulut le rattacher, mais je secouai la tête.

— Tu sais, Agnes, j'essayais juste de t'aider, soupira-t-elle.

Je tirai sur l'autre ruban et sur les épingles, laissai mes cheveux tomber au moment où les directrices se penchaient pour entrer dans la cachette.

— Je peux les arranger, dit Laure, à l'intention des directrices plus qu'à la mienne. Je suis très douée.

Et là, sous leurs yeux, elle entreprit de natter de nouveau mes cheveux en souriant d'un air angélique, comme si elle avait vraiment le pouvoir de tout réparer.

— Elle est comme ça depuis toujours, expliqua ma sœur en tirant violemment sur mes cheveux. Elle ne se soucie pas du tout des choses ordinaires.

Miss Skerry s'interposa.

— Agnes n'est pas une fille ordinaire, Laure. Depuis des années, c'est on ne peut plus clair. Franchement, c'est ce qui me plaît le plus chez elle.

Miss Smith éclata de rire. Et Miss Symmers, que Dieu la bénisse, tira de sa poche la bourse pour McGill.

— Il est vrai que vous n'êtes pas ordinaire, Agnes. Je dirais plutôt que vous êtes extraordinaire.

Bientôt, Laure eut terminé et nous nous avançâmes sous le soleil. On venait tout juste de tondre la pelouse, et un parfum frais et plein d'espoir montait des monticules d'herbe. Devant nous, des groupes de filles riaient et bavardaient. Certaines se tournèrent vers moi et me saluèrent de la main. Je les saluai à mon tour, puis je soulevai mes cheveux pour laisser la brise caresser ma nuque. Soudain, je me sentis beaucoup mieux.

Janie Banks Geoffreys et deux autres filles s'avancèrent vers nous. Elles avaient aperçu Laure, avaient remarqué sa blondeur et sa beauté, et tenaient à la rencontrer.

— Enchantée, dit Janie en hochant la tête une fois, comme pour ne pas se montrer trop enthousiaste avant d'avoir pris la mesure de Laure. Es-tu un petit génie, comme ta sœur ?

Laure rougit.

— Mon Dieu, non, dit-elle avec innocence. Agnes est le cerveau de la famille.

Janie Banks Geoffreys sourit, mais Miss Skerry prit un air féroce. Laure adoptait le comportement typique des filles en minimisant ses aptitudes, comportement que Miss Skerry désapprouvait. On ne devait pas avoir honte de son intelligence, nous avait-elle répété sur tous les tons.

— Ta sœur est… spéciale, dit Janie.

— Pour ça, oui, dit Laure, insensible à l'insulte sous-jacente.

Janie me faisait payer l'année qu'elle avait dû passer en ma compagnie. Elle n'était pas assez futée pour songer à des reparties subtiles. Elle se réfugiait donc dans le sarcasme, mot dérivé du grec qui, avais-je récemment appris, signifiait à l'origine « déchirer des chairs comme un chien ». Je brûlais de me retrouver à McGill, où jamais un cerveau comme celui de Janie Banks Geoffreys ne serait admis.

Les mains de Miss Skerry étaient agitées de soubresauts. Elle voyait parfaitement clair dans le jeu de Janie. Elle était sur le point d'intervenir, de remettre Janie à sa place, peut-être, lorsque Grand-mère s'approcha.

— Votre mère m'a indiqué qui vous étiez, dit-elle à Janie. Ravie de vous rencontrer.

Les yeux rivés sur Grand-mère, Janie fit un pas en arrière. Ses amies échangèrent un regard.

— Nous avons eu une merveilleuse conversation, elle et moi.

Janie plissa les yeux. Dans l'attente de ce que Grand-mère avait à dire, sa bouche sensuelle esquissa un sourire exercé. Elle n'avait pas encore décidé si elle se montrerait polie ou méprisante.

— Je crois comprendre que vous fréquenterez McGill cet automne? fit Grand-mère.

— Elle? m'écriai-je.

Le mot m'avait échappé. Janie Banks Geoffreys savait à peine épeler. Sans mes notes de cours, elle n'aurait jamais été reçue.

— À titre d'étudiante libre, dit Janie en haussant les épaules, comme si n'importe qui pouvait être admis à l'université.

— C'est ce que m'a dit votre mère, en effet. Eh bien, c'est tout simplement merveilleux. J'ignorais qu'un si grand nombre de filles de votre classe avaient présenté une demande d'admission. Je croyais qu'Agnes serait la seule.

— Non, fit Janie.

D'un geste de la tête, elle désigna la fille à côté d'elle.

— Marianna sera du nombre. Nous serons quatre en tout, y compris Agnes.

— Ne me compte pas parmi vous, dis-je, incapable de détacher les yeux du gazon.

— En fait, Agnes, dit Grand-mère jovialement, tu te joindras à elles. J'ai carrément changé d'idée après avoir discuté avec la mère de Janie.

McGill, avait expliqué Mrs Banks Geoffreys, était un endroit sûr pour les filles. Elles étaient à l'abri, dans des classes séparées. Au contraire des hommes, elles ne subissaient pas de pression pour obtenir un diplôme. La plupart des filles ne suivaient qu'un cours ou deux. Parmi les étudiantes de l'année précédente, plus de la moitié étaient à présent fiancées.

Appuyée à un arbre, Miss Skerry se tenait derrière Janie et ses amies. Je la regardai et elle sourit.

Je lui rendis son sourire. Décidément, la vie était remplie d'ironie, autre mot dérivé du grec. Janie Banks Geoffreys irait à l'université et, comble d'ironie, je lui serais redevable jusqu'à la fin de mes jours. Je louchai sous le soleil et le petit visage ovale de la gouvernante s'estompa jusqu'à ce que son sourire, semblable à celui du chat de Lewis Carroll, occupe tout mon champ de vision.

5

Février 1890

Le sol du campus s'était couvert de flaques scintillantes. Je m'efforçais d'écouter Felicity Hingston, avec qui je marchais, mais je devais essayer de rester les pieds au sec, et la voix de Felicity se mêlait au grondement de l'eau qui descendait de la montagne.

— Il faut que tu les lises, Agnes, dit Felicity en agitant quelques journaux qui battirent follement dans le vent. Il y a des articles d'une page dans la *Gazette* et dans le *Herald*. Ils ont même publié ta photo.

Felicity s'arrêta pour me faire voir. La fille que j'étais à la fin de mes études chez Miss Symmers et Smith me regarda fixement, les yeux plissés. J'étais plus ronde, à l'époque, et incapable de sourire. Je repoussai aussitôt la page.

— Je suis affreuse !

Felicity éclata de rire.

— C'est vrai que tu as une tête de repris de justice. On te donnerait douze ans !

— On devrait interdire les photos de fin d'études. Elles font du mal.

— Bah, dit Felicity. Oublie ta tête. Les articles sont beaucoup plus flatteurs. Tu es à l'origine de toute une controverse.

Je gémis. La controverse était la dernière chose dont j'avais besoin. Deux jeunes hommes venaient vers nous en descendant la côte et nous nous tûmes. Ils nous contournèrent en empruntant l'extrême limite du sentier. Au lieu de s'adresser directement à nous, ils se mirent à fredonner.

Felicity Hingston voûta les épaules et ne leva la tête qu'après leur passage. Elle avait les joues rouges de colère.

— C'est intolérable, dit-elle.

Je hochai la tête. En soi, l'air était inoffensif, mais l'habitude qu'avaient les garçons de McGill de nous le servir à toutes les sauces n'avait rien d'anodin. *Elle marche au loin, tel un dandy sans boutons à ses bottines.* L'air était si entraînant que je me surprenais parfois à le fredonner.

On le chantait lorsqu'une fille était vêtue de façon inappropriée. Je boutonnai mon manteau. Je fréquentais l'Université McGill depuis quatre ans, après un retard initial d'une année imputable à l'épidémie de variole qui avait balayé Montréal à l'automne 1885. Je n'aurais pu imaginer quatre années plus splendides, mais, quasiment toutes les semaines, on me chantait cet air-là. Un fil tiré à mes bas, peut-être, quelques brins de poussière sur mes bottines, une manche laissant accidentellement entrevoir un bout de coude entre les murs de la bibliothèque. Je ne m'étais jamais beaucoup souciée de ces questions, mais les garçons de McGill, en véritables chiens de garde, nous rappelaient, à moi et aux autres femmes inscrites au programme Donalda, que nous bénéficiions d'un privilège et que nous devions nous en montrer dignes à chaque instant. La « controverse », pour reprendre le mot de Felicity, n'arrangerait rien.

J'avais excellé sur le plan intellectuel, ce qui ne m'avait pas surprise, mais je m'étais aussi épanouie sur le plan social. Il y avait neuf filles dans ma classe. Nous étions différentes des étudiantes libres, des filles comme Janie, mon ancienne compagne de chambre, qui voletaient à gauche et à droite, comme des papillons, assistaient à une ou deux séances avant de disparaître. Les autres Donalda, qui faisaient partie de la troisième cohorte féminine de l'histoire de McGill, étudiaient avec autant de sérieux que moi. Et elles m'aimaient bien. À deux reprises, j'avais été élue présidente de la classe. Pour la première fois de ma vie, j'avais des amies, des pairs qui me comprenaient. Je prenais une part active à la vie du campus et, dans le courant de l'automne, j'étais devenue la première rédactrice du journal de McGill, le *Fortnightly*.

Je décrocherais mon diplôme au printemps. J'avais farci ma dernière session de cours de sciences, ajouté au latin (les *Épîtres* d'Horace) et à la philosophie (des présocratiques jusqu'au positivisme du XIXe siècle) la zoologie (cours donné par le principal de McGill, Sir William Dawson), la physique et les mathématiques. Ces choix n'avaient rien de fantaisiste. J'avais un plan.

En février, j'avais mobilisé mon courage et écrit au registraire de l'université pour demander à être admise à la Faculté de médecine. Trois jours plus tard, je recevais une réponse écrite : un non cassant, sans équivoque.

— Asseyons-nous, dit Felicity en désignant les marches de l'édifice Redpath, où étaient donnés les cours de spécialisation. Nous sommes en avance.

Je louchai dans le soleil.

— C'est Laure, là, devant ?

Nous nous avançâmes vers ma sœur qui, seule sur les marches, contemplait la ville. Elle sembla surprise de nous voir.

— Elle me fait penser à un tableau de Rossetti, dit Felicity. Il ne manque que l'amant courtois.

Je ris. Laure était effectivement très belle. Personne n'osait fredonner l'air des bottines sans boutons en présence de ma sœur au teint pâle et doré.

— Tu as terminé pour aujourd'hui ? lui demandai-je en arrivant à sa hauteur.

Laure hocha la tête. Elle avait seize ans. Grand-mère l'avait inscrite à un cours de littérature britannique donné par un type que les étudiants avaient surnommé « A à tous les coups » Atkins.

— Ta sœur est désormais célèbre, dit Felicity, un peu essouf-flée. Son nom est dans tous les journaux.

— C'est ce que j'ai entendu dire, répliqua Laure. Le profes-seur Atkins a parlé d'elle pendant le cours de ce matin. Il dit qu'elle voit trop grand.

— Il ne fait que répéter les mots des rédacteurs du *Herald*, dit Felicity, dont le visage s'assombrit. Il n'est pas le seul à penser ainsi, même si certains de ses collègues ont eu le courage de se dissocier de ce point de vue. Un certain nombre de gouverneurs et de professeurs sont d'avis qu'il est grand temps que la Faculté de médecine de McGill ouvre ses portes aux femmes. Les écoles européennes l'ont fait il y a des années. À Vienne et à Londres, les femmes médecins se comptent par centaines. Nous sommes admises à l'Université de Toronto. La vieille Université Queen's nous accueille aussi, même si elle a la réputation d'être rétrograde. McGill devrait avoir honte.

Laure allait répondre, mais je la pris de vitesse.

— Il faut que je sache ce qu'on a écrit. Lis.

Felicity plia le journal du dessus pour empêcher le vent de l'emporter.

— C'est la *Gazette* qui s'en tire le mieux. Elle prédit que tu auras gain de cause. On cite longuement Mr Hugh McLennan, qui exerce une influence considérable sur la ville. À ton sujet, il devient carrément lyrique. C'est de lui que vient le titre de l'article : « McGill doit entendre l'appel de la Modernité ».

Je levai la main pour bloquer les rayons du soleil.

— Et le *Herald* ?

— C'est moins reluisant, mais je n'ai fait que parcourir l'article. Le journaliste du *Herald* a interviewé des médecins de la ville. Une bande de pisse-vinaigre franchement décevants.

— Lis, Felicity. Il faut que je sache ce qu'on dit, ne serait-ce que pour préparer ma prochaine manœuvre.

Felicity sourit.

— Tu aurais fait un bon général des armées, Agnes. Dommage qu'on n'y accepte pas les femmes.

— Jamais de la vie. J'aime mieux soigner des blessures qu'en infliger. Allez, je t'écoute.

Felicity soupira, pencha la tête sur son pensum.

— L'article commence par un portrait venimeux, dit-elle en paraphrasant et en schématisant. Les textes que tu fais paraître dans le *Fortnightly* sont stridents. Je cite : « Étonnant de la part d'une fille née et élevée dans le petit village de St. Andrews East et dont l'arrière-grand-père a fondé l'église presbytérienne. »

Je rougis. Le journaliste du *Herald* avait fait des recherches. À propos de mon lieu de naissance, il se trompait, mais il avait raison d'affirmer que le grand-père de ma mère, Joseph White, avait été l'un des premiers colons du village. En descendant du bateau venu de Glasgow en 1818, il avait, avec une poignée d'autres familles écossaises, fondé le village de St. Andrews East et l'avait nommé d'après le saint patron de l'Écosse. Un an plus tard, il avait lui-même posé la première pierre de la première église presbytérienne du Bas-Canada. Tous les habitants de St. Andrews East et des environs étaient au courant. Le journaliste n'avait sans doute eu aucune difficulté à déterrer cette information. Mais que serait-il arrivé si le journal était tombé par hasard sur l'histoire de mon père ? J'avais envisagé cette possibilité et, pour la première fois de ma vie, je fus heureuse du secret dont m'entourait le nom de White.

— « Miss Agnes White, poursuivit Felicity, tente de se faire admettre au sein de la Faculté de médecine de l'Université McGill. De jeunes femmes fréquentent l'université depuis 1884, année où Donald Smith (Lord Strathcona) a doté l'établissement des fonds nécessaires à la création de cours de premier cycle distincts. Quelques années seulement après un tel compromis, Miss White voit bien plus grand. »

— C'est ce que le professeur Atkins a répété. Le journal me fait passer pour Lucifer.

— Ce n'est pas tout, dit Felicity. Le journal donne l'impression d'avoir réalisé un sondage auprès des plus éminents médecins de la ville. Le Dr F. Wayland Campbell, doyen de l'école de médecine du Bishop's College, pense que l'admission des femmes au sein de la profession serait un fiasco. Je cite : « Vous imaginez un patient en phase critique attendre pendant une demi-heure qu'une femme médecin ajuste son bonnet et se pomponne ? »

Felicity grimaça avant de poursuivre :

— « Le directeur du département de physiologie de McGill est d'avis que l'arrivée des filles au sein de la faculté « ne serait rien de moins qu'une calamité ». » Je te jure, Agnes. Des propos pareils me donnent envie de crier.

Pendant qu'elle parcourait le reste de l'article, les yeux de Felicity s'écarquillèrent.

— Non ! fit-elle en laissant tomber les pages.

Je les ramassai et commençai à lire. La citation la plus longue et la plus préjudiciable était attribuée au Dr Gerard Hingston, le père de Felicity, chirurgien en chef de l'Hôpital général de Montréal. Il préférerait mourir, jurait-il, que de voir sa fille entrer dans la profession.

— Ma pauvre Felicity, dis-je en posant par terre les feuilles secouées par le vent.

— Il est au courant, dit Felicity en se mordant la lèvre. Quelle folie, aussi, de penser que je pourrais lui cacher mes intentions !

— Ce sont peut-être seulement des paroles en l'air. Il n'a pas de preuves.

— C'est probablement parce que vous êtes amies, toutes les deux, dit Laure. Il doit avoir appris que tu étais amie avec Agnes.

Felicity se leva.

— Il faut que j'y aille.

Avant que j'aie eu le temps de dire un mot, elle montait les marches à toute vitesse.

— C'est donc vrai qu'elle veut être médecin, elle aussi ? demanda Laure lorsque Felicity fut hors de portée.

Je soupirai en hochant la tête.

— C'est inimaginable, dit Laure en fronçant les sourcils. Il paraît qu'il faut découper des cadavres. Les toucher à main nue !

Je ne répondis pas. Laure était parfois si obtuse qu'il était impossible d'avoir une discussion sérieuse avec elle.

— Franchement, je trouve qu'elle manque de respect. Je n'ai pas eu de père, Agnes. Mais si j'en avais eu un, j'ose croire que j'aurais tout fait pour l'honorer.

— Marcher sur ses traces, c'est une façon de l'honorer.

— Pas pour une fille. Lis ce qu'il a dit, Agnes. Il préférerait mourir.

Je cessai d'écouter, comme je le faisais avec Laure chaque fois que nos points de vue étaient trop divergents. Je savais que j'aurais dû aller réconforter Felicity, mais mon petit doigt me disait que j'étais la dernière personne qu'elle avait envie de voir. Je me voûtai sur la marche.

Le vent tirait sur les pages, me les arrachait des mains. Je remontai mes lunettes et commençai à lire. Le principal Dawson, mon professeur de biologie, était le dernier homme cité dans l'article. « Sir Billy », ainsi qu'on le surnommait, ne bouleverserait pas tout McGill au nom d'une jeune fille impatiente.

— Tu fais beaucoup jaser.

Sur le sentier, en contrebas, une silhouette que je connaissais bien s'était arrêtée et me souriait. C'était Huntley Stewart, rédacteur en chef du *Fortnightly* et neveu de Martin Stewart, éditeur du *Herald*. Plusieurs filles de ma classe m'enviaient le privilège de travailler avec lui. En voyant son costume taillé sur mesure et sa cravate rouge distinctive, je dus admettre qu'il était beau garçon. Il avait l'air plus fringant et plus âgé que la plupart des garçons du campus. Mais on n'aime pas un homme simplement pour sa mise. Nous nous méfiions profondément l'un de l'autre, Huntley et moi. Lorsqu'il avait été question que je siège à son comité de rédaction, il s'était opposé à moi de toutes ses forces. Il me tolérait à présent, surtout lorsque le temps était compté et que le journal devait aller sous presse, mais il était loin de m'aimer.

— Tu veux donc devenir doctoresse?

Le soleil plombait presque au-dessus de nos têtes et sa silhouette, forme sombre qui burinait ma rétine, donnait l'impression de palpiter. Je ne connaissais pas les vues de Huntley sur l'accession des femmes aux professions libérales. Il n'en avait jamais été question entre nous, mais, à son ton, j'avais bien senti que ses paroles n'étaient guère louangeuses.

— Qui aurait cru que tes bas étaient si bleus? dit-il.

Nous y voici, songeai-je. En l'occurrence, c'était plutôt lui qui affichait ses vraies couleurs. Je ne pus m'empêcher de répliquer.

— En fait, ils ne le sont pas, dis-je en soulevant mes jupes bien haut pour lui laisser voir mes collants beiges tombants. Aujourd'hui, je suis plutôt dans les teintes de brun.

Il rit et détourna les yeux au moment même où Laure se penchait pour me couvrir.

— C'est une cause perdue, dit Huntley, le visage toujours tourné.

— N'en sois pas si sûr.

Je poussai Laure pour me lever.

— Je ne te parlais pas, dit-il. C'est pour la pauvre Laure que mon cœur saigne.

Le temps s'arrêta dans les escaliers de l'édifice Redpath. Le soleil était haut dans le ciel et si violent que des trous noirs s'ouvrirent dans mon champ de vision. Huntley ricanait, le menton tendu vers moi. Laure contemplait ses chaussures.

— Vous vous connaissez ?

Huntley hocha la tête.

— J'ai appris seulement hier que vous étiez apparentées. La ressemblance ne saute pas aux yeux.

— Huntley a demandé à me ramener à la maison, dit Laure, changeant de sujet. Grand-mère lui en a donné la permission.

— Grand-mère est au courant ?

Dans mon champ de vision, les trous devenaient de plus en plus gros. Je retirai mes lunettes et les frottai avec vigueur.

— Excusez-moi, dis-je en me laissant aller contre la rampe de tout mon poids. J'ai le soleil dans les yeux.

Je m'épongeai le front, ramassai les journaux et mes livres, puis entrepris la montée.

À la porte de l'édifice, je me retournai. Laure et Huntley étaient au milieu de la côte, près d'un if. Ma sœur avait glissé sa main sous le bras de Huntley, qui lui chuchotait quelque chose à l'oreille. Laure rit en renversant la tête et le soleil embrasa sa chevelure. À la vue du tableau familier que formaient Laure et Huntley, si beaux l'un et l'autre, Felicity aurait souri.

6

Avril 1890

Le soleil parsemait le nez de Felicity de taches de son. Nous n'avions pas pris de chapeau; tandis que nous remontions la côte depuis la rue Sherbrooke, nos peaux blanches d'hiver buvaient la lumière.

— Un merle, fit Felicity.

Un oiseau à la poitrine rouge becquetait le sol détrempé. Ce signe du printemps aurait dû me réjouir. Depuis deux semaines, la neige avait disparu et des bourgeons vulnérables luisaient dans les arbres et les buissons. Montréal revenait à la vie et je n'avais qu'une envie : m'allonger dans un coin, fermer les yeux et dormir.

— C'est le premier que je vois ce printemps, ajouta-t-elle en soufflant, car la rue de la Montagne devenait plus raide.

Je lui lançai un regard sombre. Elle cherchait à me faire oublier que ma vie venait d'être vidée de sa substance. Nous sortions du bureau du doyen de la Faculté de médecine, le Dr Laidlaw. Le matin même, nous étions si pleines d'espoir que nous avions vu dans le ciel, le soleil et les parfums entêtants du printemps autant de présages favorables : nous ne pouvions pas échouer. À présent, ils nous faisaient plutôt l'effet de plaisanteries de mauvais goût.

Au cours des trois semaines précédentes, j'avais travaillé comme jamais auparavant. Felicity Hingston et moi étions les principales organisatrices de ce que les journaux appelaient la plus récente « campagne des femmes ». C'était ironique dans la mesure où, au fond, le sort des femmes m'importait assez peu. Hormis Felicity Hingston, Georgina Skerry et deux ou trois autres que j'avais rencontrées à McGill, je considérais les femmes comme des créatures frivoles et bêtes dont j'étais fermement résolue à ne jamais dépendre. À mes yeux, ma propre identité de femme était purement accidentelle.

À l'occasion d'une première rencontre, le doyen s'était montré catégorique : jamais McGill ne m'autoriserait à suivre les mêmes cours que les hommes. Je n'avais guère été surprise. J'avais aussitôt soumis une nouvelle requête. L'Université McGill accepterait-elle de constituer des classes distinctes pour les étudiantes ? Le doyen Laidlaw répondit que ce serait possible, mais que les coûts seraient prohibitifs.

Je réclamai un chiffre.

Trois semaines plus tard, Felicity Hingston, un groupe de dames de la bonne société dirigé par Mrs W.H. Drummond, femme d'un médecin en vue de Montréal, et moi avions organisé une campagne de financement et recueilli cent cinquante mille dollars. C'était une somme considérable, dont nous fûmes encore plus surprises que le doyen. Pourtant, c'était beaucoup moins que le montant astronomique exigé par McGill, soit un quart de million de dollars. Ce jour-là, nous nous étions rendues chez le doyen dans l'espoir d'obtenir un sursis.

Le doyen Laidlaw nous avait fait poireauter pendant près d'une heure. Il avait fini par nous faire dire par sa secrétaire que la somme de cent cinquante mille dollars était toujours insuffisante. Si McGill ne recevait pas un quart de million de dollars avant midi, le lendemain, la demande serait considérée comme nulle et non avenue.

Quelques mètres plus loin, Felicity s'arrêta devant la maison en grès brun de Mrs Drummond.

— Quelle heure est-il? demanda-t-elle en me fixant du haut de la côte. J'ai bien peur que nous soyons terriblement en retard.

Je sortis la montre de poche de mon grand-père et en soulevai le couvercle. Je n'avais aucune envie d'assister à cette fête, que Mrs Drummond et une autre dame de la haute société, Miss Rosa McLea, avaient organisée pour célébrer notre succès et mobiliser les troupes avant la victoire finale. Comment faire face à ces femmes qui avaient investi en moi autant de temps et d'efforts?

— Il est trois heures et quart, dis-je. La fête a débuté il y a plus d'une heure.

Accroupis sur le perron, deux hommes fumaient. Leurs visages étaient en partie voilés par leurs chapeaux, mais j'aurais reconnu n'importe où les larges épaules et la cravate du plus grand. Huntley Stewart me salua en agitant sa cigarette.

— Je commençais à croire que tu allais te défiler, Agnes White.

Il jeta son mégot dans des buissons et sortit une plume de sa poche.

Je le saluai sèchement d'un geste de la tête. Ma défaite le ferait jubiler. Par égard pour Laure, il ne laisserait rien voir, évidemment, mais il trouverait le moyen de tourner le couteau dans la plaie.

— Des commentaires ? demanda Huntley. À la veille de l'échéance, quelles sont les chances de réussite de ta campagne ?

Je l'examinai de plus près. C'était absurde. On aurait dit qu'il quémandait des déclarations en vue d'un article. Pourtant, le *Fortnightly* ferait relâche pendant l'été. Je m'étais chargée de la mise en page du dernier numéro.

— Je travaille maintenant pour le *Herald*, annonça-t-il, comme s'il avait lu dans mes pensées. Aux affaires locales.

Il eut un geste en direction de l'homme mal rasé avachi à côté de lui.

— Je te présente Andrew Morely, de la *Gazette*. Je lui ai dit que nous étions de vieux amis, toi et moi.

Je reconnaissais bien là Huntley. Sous ses belles paroles se cachait une réalité plus âpre. S'il revendiquait l'existence d'un tel lien, c'était uniquement parce que ma croisade faisait la manchette.

— Ravie, dis-je en tendant la main à l'autre homme.

Le nom m'était familier. C'était lui qui avait interviewé des professeurs et des gouverneurs de McGill et laissé entendre que ma campagne avait des chances d'être couronnée de succès. Ce n'était peut-être pas un mauvais bougre, après tout.

— J'ai entendu dire que vous demandiez un sursis, dit Andrew Morely.

Dans les journaux de la semaine, on avait fait toutes sortes de paris : réussirais-je à réunir la somme exigée avant la date limite du 1ᵉʳ mai ? La somme réclamée par McGill avait fait l'objet d'une fuite, et toutes sortes de rumeurs circulaient au sujet de l'argent que j'avais recueilli jusque-là. Dans la rue, j'avais été abordée par de parfaits inconnus. La plupart m'avaient félicitée, mais d'autres, à l'exemple du vieillard qui nous avait maudites au moment où nous sortions du campus, ce matin-là, Felicity et moi, étaient remplis de rancœur.

— Combien as-tu amassé d'argent jusqu'ici ? demanda Huntley.

C'était bon signe. Récemment, je m'étais montrée circonspecte en présence de Laure, à qui Huntley faisait une cour assidue. Sans doute la pressait-il de lui fournir des faits et des chiffres.

— J'aimerais beaucoup bavarder avec vous, messieurs, m'empressai-je de répondre, mais nous sommes déjà en retard.

Prenant Felicity par le bras, je me dirigeai vers la porte.

— Attendez, dit le journaliste de la *Gazette* en saisissant l'autre bras de Felicity. Peut-être votre amie pourrait-elle rester un moment avec nous et préciser certaines choses. Comment vous appelez-vous ?

Felicity se dégagea et continua d'avancer. Pendant la campagne, elle avait fait preuve de discrétion et évité toute réunion à laquelle des représentants de la presse étaient susceptibles d'assister. Elle m'avait également laissé le soin de rendre visite aux éventuels donateurs et préférait les tâches anonymes, par exemple ébaucher des lettres et peaufiner la stratégie. Son père l'avait à l'œil. Il lui avait servi un sermon dans lequel il m'avait qualifiée d'« influence néfaste » et lui avait ordonné de se tenir loin de moi. Cependant, cet après-midi-là, sûre de notre victoire, elle avait osé le défier publiquement.

— Vous êtes candidate ? Il y a cinq aspirantes doctoresses, non ?

— Allons, dit Huntley. Quel mal y a-t-il à nous donner des noms ? Vous devriez être fières au lieu de vous cacher.

Je soulevai le lourd heurtoir en laiton étincelant de Mrs Drummond et le laissai retomber. Ensuite, je passai ce qui me fit l'effet d'une éternité à fixer la porte, que je cherchais à faire ouvrir par la seule force de ma volonté.

La pièce était bondée. Toutes les invitées portaient une robe habillée et la table dressée par Mrs Drummond était une pure splendeur. Des fruits coupés, y compris des cercles jaunes de la couleur du soleil, que je pris pour des ananas, luisaient dans des assiettes en porcelaine. Il y avait de petits sandwichs triangulaires, aux croûtes ôtées avec soin, des tartelettes, des gâteaux et des biscuits. En mon honneur. C'était presque intolérable.

Grand-mère se tenait derrière cette table bien garnie, vêtue de sa robe marine habituelle. Beaucoup moins familier était le sourire radieux qui illuminait son visage. J'allais lever le bras pour saluer la compagnie quand Mrs Drummond, sortie de nulle part, me gratifia d'une étreinte maladroite mais bien intentionnée. D'emblée, Mrs D, ainsi que je la surnommais, s'était prise d'affection pour moi ; elle me serrait dans ses bras comme si j'étais sa propre fille, me prodiguait des conseils sur ma mise, sur ce qu'il fallait dire à Lady Unetelle et à son mari pour les persuader de nous soutenir. Elle allait même jusqu'à me donner des vêtements dont elle ne voulait plus ; ils étaient légèrement trop grands pour moi, mais faits d'étoffes que je n'aurais jamais pu me payer.

— Mrs Drummond, commençai-je.

Je n'ajoutai rien, car déjà elle avait tourné son attention vers Felicity. La belle-sœur de Mrs D, Lady Dunston, m'avait dans sa ligne de mire et Miss McLea s'avançait pour me serrer la main. Personne n'évoqua la visite au doyen.

Il me tardait d'intervenir et de me soulager de mon terrible fardeau.

— Mrs Drummond, commençai-je de nouveau en cherchant à contourner sa belle-sœur et Felicity, j'ai bien peur d'avoir de mauvaises nouvelles.

Mrs Drummond posa ses grands yeux bruns sur moi.

— Vous venez à peine d'arriver, Agnes. Les affaires peuvent bien attendre un peu, non ? Enlevez vos manteaux. Je vais aller vous chercher du thé. Et si je puis me permettre, les gâteaux à la confiture sont particulièrement réussis.

Je me tournai vers Felicity, que des mains bien intentionnées entraînaient vers la table. Les femmes de la bonne société étaient étranges. Ces assemblées étaient régies par un protocole qu'elles semblaient toutes connaître d'instinct. On ne passait aux choses sérieuses qu'une fois les participantes accueillies, assises et pourvues d'une tasse de thé.

Peu de temps après, je pris donc place sur l'une des délicates chaises sculptées de Mrs D, une tasse de thé en équilibre sur les genoux. L'hôtesse me parlait du chat dont elle venait de faire l'acquisition. Au supplice, je vis Grand-mère s'avancer vers moi en compagnie de Laure.

— Agnes, dit Grand-mère en serrant ma main entre les siennes. Tu es resplendissante.

On discuta ensuite de la robe que je portais, cadeau de Mrs D. Grand-mère, qui l'avait retouchée, pinça la taille.

— Elle est trop grande, dit-elle, mécontente. Mes yeux ne sont plus ce qu'ils étaient, mais je me demande quand même comment j'ai pu rater une chose pareille.

— Tes yeux n'y sont pour rien, dis-je. Je pense avoir perdu un peu de poids.

Grand-mère, qui venait de célébrer son quatre-vingtième anniversaire, avait vieilli tout d'un coup. Laure et moi n'étions pas encore habituées à ce changement. Mais, curieusement, son esprit s'assouplissait au fur et à mesure que son corps se raidissait et se ratatinait. Au cours de la dernière année, elle m'avait montré plus d'amour que je ne l'aurais cru possible. Bien sûr, ma réussite et la présence à mes côtés de femmes comme Mrs Drummond et Lady Dunston y étaient pour quelque chose. Que se passerait-il, ne pouvais-je m'empêcher de me demander, lorsque Grand-mère serait mise au courant de mon échec?

Laure, après avoir consciencieusement balayé la pièce des yeux, examina mon tour de taille.

— Huntley Stewart est ici, lui dis-je.

Elle s'empourpra et détourna les yeux.

— Il est maintenant avec le *Herald*, poursuivis-je. Tu ne m'avais rien dit.

— Il ne te plaît pas.

Les yeux de Laure recommencèrent à vagabonder.

— Il grillait une sèche sur le perron.

— Agnes, dit Grand-mère sur le ton de la mise en garde.

Elle désapprouvait l'argot, mais l'avertissement ne s'arrêtait pas là. Elle connaissait mes opinions sur Huntley Stewart et les jugeait déloyales.

Comme s'ils répondaient à un signal, Huntley et Andrew Morely, à ce moment précis, passèrent la tête par la porte. La bonne vint leur adresser des remontrances, mais Mrs Drummond accourut, chassa la femme et accueillit elle-même les visiteurs. J'étais ahurie. Nous avions pour règle d'exclure les journalistes de nos réunions. Jusque-là, nous avions laissé filtrer les informations au compte-gouttes.

Se tournant vers Laure et moi, Huntley nous salua de la main. Puis, les yeux clos, il exécuta une révérence théâtrale devant ma sœur en faisant tourner ses doigts devant son front, à la manière d'un courtisan.

Il faisait sensation. Tous les yeux, les miens y compris, étaient tournés vers lui lorsqu'un tintement nous fit sursauter. C'était Mrs Drummond qui tapait sur sa tasse avec une cuillère.

— Un peu de silence, je vous prie.

Je m'étais beaucoup attachée à Mrs Drummond. C'était une âme affairée, dotée d'un solide sens commun, mais, lorsqu'elle prenait la parole en public, sa voix devenait aiguë et un accent britannique lui venait brusquement, comme par magie.

— Silence! répéta-t-elle. Écoutez-moi, tous.

Mon estomac se retourna. Mrs Drummond souriait comme si tout allait pour le mieux dans le meilleur des mondes. Bientôt, elle m'inviterait à prendre la parole et je serais forcée d'admettre mon échec. Au moins la moitié des femmes de l'île de Montréal seraient déçues. Debout derrière Mrs Drummond, Felicity

Hingston semblait étrangement sereine. Je tentai de croiser son regard, mais elle refusait de regarder de mon côté.

— Nous sommes réunies pour honorer une jeune femme exceptionnelle, dit Mrs Drummond.

Une faible vague d'applaudissements déferla dans la pièce.

— Elle s'est fixé des objectifs ambitieux. Mais si douée soit-elle, elle n'aurait pu les atteindre seule.

On entendit des murmures ponctués de rires modestes.

— L'union fait la force, mesdames, et la solidarité aussi.

Une salve d'applaudissements ravis retentit. Pour faire taire la foule, Mrs Drummond dut agiter les mains à la façon d'un chef d'orchestre.

— Sans l'aide de chacune d'entre vous, que vous ayez siégé au comité d'organisation, recueilli des fonds à droite et à gauche ou simplement harcelé vos maris jusqu'à ce qu'ils se décident à signer un chèque, le rêve de cette jeune femme ne se serait pas réalisé.

Je jetai un coup d'œil aux deux hommes. Andrew Morely gribouillait dans un calepin, mais c'était Huntley Stewart qui me préoccupait. Adossé au mur, il examinait ses ongles, comme si rien de ce que racontait Mrs Drummond ne méritait d'être publié. Pour le moment, ses mains étaient désœuvrées, mais je tremblais à l'idée de la frénésie qui s'emparerait d'elles lorsqu'il serait mis au courant du résultat de ma démarche auprès du doyen.

— Au cours des trois dernières semaines, poursuivit Mrs Drummond, nous avons travaillé avec acharnement. Agnes White, en particulier, a subi ses examens tout en assumant une lourde charge : des réunions, des sollicitations et de la correspondance. Elle a donné des interviews, ajouta-t-elle en désignant les visiteurs d'un geste, et s'est accommodée de leurs propos, flatteurs ou blessants.

Sa voix baissa d'une octave.

— Et tous ces efforts ont porté leurs fruits. Nous avons réussi à réunir une somme de cent cinquante mille dollars en trois courtes semaines. Il s'agit d'une extraordinaire marque de soutien de la part de la société montréalaise. C'est tout à l'honneur d'Agnes White et la preuve que les femmes et les hommes de Montréal souhaitent le changement.

Des applaudissements retentirent de nouveau, mais je ne pouvais pas participer à la liesse. Je ne m'expliquais pas l'exultation de Mrs Drummond. Elle savait la somme insuffisante ; elle savait aussi que j'avais dû demander un sursis.

Mrs Drummond continua du même ton enjoué.

— Pour répondre aux exigences de McGill, nous devons donc trouver cent mille dollars de plus.

C'était de la folie. Un rêve impossible. Surtout en l'absence du moindre sursis.

— C'est beaucoup demander. Trop, peut-être, pour le comité, malgré son enthousiasme et sa détermination. Heureusement, d'autres, en coulisse, attendent de nous venir en aide.

Pour accentuer l'effet de ses propos, elle marqua une pause et balaya la pièce des yeux pour être bien certaine d'avoir l'attention de toutes les personnes présentes.

— Mesdames, il y a de nouveaux développements. Tandis qu'Agnes était chez le doyen de la Faculté de médecine, ce matin, je me suis rendue dans les bureaux des avocats de Lord Strathcona, dont le nom, à Montréal, est synonyme d'éducation féminine. Lord Strathcona est présentement à Londres. Il rentre au Canada le mois prochain, mais, entre-temps, il suit notre campagne de près en correspondant avec moi et d'autres personnes favorables à notre cause. Comme vous le savez, les Donalda de McGill sont ses filles spirituelles.

Mrs Drummond s'interrompit de nouveau, cette fois pour sortir une enveloppe de son sac.

— Lord Strathcona tient à faire profiter les futures femmes médecins de sa générosité.

Mrs Drummond accepta le coupe-papier au manche en ivoire que lui tendait la bonne et décacheta l'enveloppe. Elle se tourna ensuite vers moi.

— Nous ferez-vous les honneurs, Agnes?

Je dus examiner le chèque à deux reprises et compter les zéros pour être bien sûre de ne pas rêver. Il y en avait cinq.

— Cent mille dollars, lus-je à haute voix.

Pendant les quelques secondes de silence qui accueillirent cette annonce, je levai la tête. Devant moi, Huntley Stewart, toujours adossé au mur, était bouche bée. Andrew Morely se trouvait à côté de lui, mais son visage était caché par la boîte noire d'un appareil photo.

L'instant d'après, un flash m'aveugla. Puis on se mit à scander mon nom. Felicity me serra dans ses bras en trépignant. Grand-mère posa une main sur moi et même Laure me pressa contre elle en prononçant mon prénom. Réduite au silence par la surprise, je restai plantée au centre de cette cohue ondulante et tapageuse.

7

Le 1er mai 1890

La sonnette retentit au moment où Laure enfonçait les dernières épingles dans mes cheveux.

— Ah non! fit-elle en m'arrachant le petit miroir à main pour se mirer dans la glace. Il est déjà là!

Comme d'habitude, le visage de Laure était magnifique. Ses cheveux aussi. La veille, elle avait passé deux heures à se faire de petites tresses; le matin, une masse de frisettes luxuriantes de la couleur du miel dépassait de son chapeau à la mode.

— Tu es parfaite, dit Grand-mère en se dirigeant vers la porte. Dois-je lui ouvrir? Agnes est-elle prête?

Je palpai mes cheveux et le bonnet que Laure m'avait prêté. J'espérais sincèrement être prête, mais je n'avais aucun moyen de m'en assurer, car Laure, armée du miroir, courait en rond dans la cuisine.

— Mon Dieu, répétait-elle en fixant les boucles de ses cheveux. Moooon Dieu!

La porte de devant s'ouvrit et nous entendîmes les brusques salutations de Huntley Stewart. Grand-mère laissa entendre un rire de midinette, puis il y eut un moment de silence : Huntley retirait ses caoutchoucs. Il emmenait Laure et Grand-mère chez lui, où il les présenterait à sa mère. Pour notre famille, l'occasion revêtait autant d'importance que mon rendez-vous à McGill. Ni Laure ni moi n'avions beaucoup dormi. Pendant toute la matinée, nous avions été crispées, même si nous étions l'une et l'autre convaincues que tout se passerait bien.

— Mr Stewart est là, chantonna Grand-mère en faisant entrer Huntley dans la cuisine.

Il s'immobilisa dans l'embrasure de la porte et s'inclina en reprenant son imitation de courtisan français de la veille. Il se redressa, les yeux rivés sur ma sœur.

— Tu es aussi radieuse qu'une journée de printemps.

Je me mordis les joues pour ne pas rire. N'avait-il pas remarqué qu'il pleuvait à boire debout ? Les journées de printemps n'étaient pas toutes identiques, mais Laure s'empourpra comme si la comparaison était effectivement flatteuse.

Huntley se tourna vers moi.

— Regarde ce que je t'ai apporté, Agnes, dit-il en brandissant un sac détrempé. Ils sont un peu mouillés, mais je me suis dit que tu aimerais y jeter un coup d'œil.

Grand-mère et Laure s'approchèrent tandis que j'étendais les journaux sur la table. Il y en avait trois et mon visage brillait à la une de chacun. C'était toujours la même photo, prise à l'occasion de la fête donnée par Mrs Drummond.

— Trois photos ! s'exclama Grand-mère.

— Elle fait la une de tous les journaux de la ville, dit Huntley, mais c'est notre manchette qui est la meilleure.

— « La fille d'un quart de million de dollars de McGill », lus-je à haute voix.

Huntley souriait de toutes ses dents, fier comme un paon.

— C'est de moi !

Je souris à mon tour. S'il me fallait absolument un surnom, celui-là était tolérable. Huntley avait toujours eu le don de la formule. Et l'article, dus-je admettre en le parcourant, n'était pas trop mal écrit.

— Il paraît que tu rencontres Laidlaw aujourd'hui, fit-il lorsque je levai les yeux.

— À midi, répondit Grand-mère. L'heure à laquelle nous sommes attendues chez votre mère.

Huntley sourit.

— Je suis en congé, aujourd'hui. Sinon, j'aurais peut-être accompagné l'aînée plutôt que la cadette.

Il fixa Laure, qui baissa les yeux d'un air modeste.

Je secouai la main comme si tout cela était sans importance.

— Tu as déjà eu l'exclusivité, Huntley, dis-je. Il ne reste que le dénouement.

Je soulevai le *Herald* et fis semblant de lire l'article ; en réalité, j'examinais mon visage grenu. On ne pouvait pas dire que j'étais jolie, mais mon visage, au contraire de celui qu'on voyait sur ma photo d'école, n'était pas désagréable à regarder. J'aimais mes yeux qui, même à travers les verres de mes lunettes, semblaient éveillés.

Nous parlâmes pendant encore quelques minutes. Huntley me surprit en me proposant de me conduire à McGill dans son cabriolet avant de revenir chercher Laure et Grand-mère. Je refusai, même si la pluie cinglait à présent les fenêtres.

— Tes cheveux vont friser, dit Laure.

— Ils vont friser de toute manière, en charrette ou en petit char. Je suis un cas désespéré.

Huntley rit et, à ma grande surprise, je l'imitai. Pour la première fois, je parvins à imaginer une vie dans laquelle Laure et lui étaient mariés. Depuis qu'il avait entrepris sa cour, je me faisais un sang d'encre à ce propos.

— Parlant de tramways, dit Huntley, saviez-vous qu'ils vont bientôt fonctionner à l'électricité ?

— À l'électricité ? fit Grand-mère. Qu'est-ce qu'ils ne vont pas encore inventer ?

— J'écris un article à ce sujet, déclara Huntley, sans vergogne. J'ai discuté avec des ingénieurs de la Montreal Street Railway. À l'heure actuelle, il y a mille chevaux. Dans cinq ans, il n'y en aura plus un seul.

— Mais qu'est-ce qui tirera les trams ? demanda Grand-mère.

— Des câbles, répondit Huntley. Des câbles suspendus au-dessus des rails. C'est là que passeront les courants électriques.

Laure le regardait avec des yeux de biche, comme s'il était lui-même l'auteur du projet.

— Je n'en crois pas un mot, dit Grand-mère.

— Tu as dit la même chose à propos des cabinets privés, dis-je.

Au moment où la phrase sortait de ma bouche, je me rendis compte que ce n'était peut-être pas un sujet qu'il convenait d'aborder en présence d'un homme.

Grand-mère me foudroya du regard.

— Quoi, c'est vrai, dis-je, sur la défensive. Pendant long-temps, tu n'as pas cru aux toilettes munies d'une chasse d'eau. Aujourd'hui, presque tout le monde en a une.

Avec de petits mouvements frénétiques de ses doigts, Laure me suppliait de me taire, tandis que son soupirant fixait ses bottines en arborant un petit sourire suffisant.

— *Tempus fugit*, dit-il. En route.

Grand-mère et Laure prirent leurs manteaux et leurs para-pluies, me dirent au revoir en me souhaitant bonne chance et laissèrent Huntley les escorter à l'extérieur. Je m'accordai une minute pour profiter du silence qui régnait dans l'appartement. Il était rare que je l'aie pour moi toute seule. Je me surpris à penser à mes parents et tentai d'imaginer qu'ils me donnaient leur bénédiction en ce jour d'une importance capitale, mais je fus distraite par la pluie qui, en rythme, battait contre la fenêtre. Je ne parvins pas à les retenir dans mon esprit.

Lorsque je sortis enfin, il pleuvait à seaux. Je distinguais à peine la silhouette du séminaire catholique d'en face. Je com-mençais à regretter d'avoir décliné la proposition de mon futur beau-frère. À mon arrivée sur le campus, je serais trempée comme une soupe. Tous les efforts de ma sœur et de ma grand-mère auraient été vains.

Un fort vent soufflait du nord. Je me cramponnai à mon parapluie, le serrai contre moi et le positionnai de façon que les rafales me poussent sur le trottoir jusqu'à l'arrêt du tramway. À mes pieds, le caniveau menaçait de déborder. Mes chaussures, qui avaient déjà foncé de quelques teintes, faisaient des bruits de succion. L'ourlet de ma jupe claquait sur mes mollets.

Si j'étais le personnage d'un roman, songeai-je, l'orage serait lourd de sens. Dans les livres des sœurs Brontë, par exemple, les intempéries sont presque toujours des signes de mauvais augure. Un coup de tonnerre retentit au-dessus de ma tête et j'éclatai de rire. C'était comme si un dieu moqueur lisait dans mes pensées. Je redressai les épaules. Le doyen de la Faculté de médecine avait lui-même fixé un chiffre; grâce à la générosité de Lord Strathcona et de nombreux autres éminents Montréalais, j'avais atteint l'objectif. Le mauvais temps, même s'il allait me gâcher mes chaussures, ne voulait strictement rien dire.

À l'arrêt du tram, où je devenais de plus en plus mouillée, j'entendis au loin le fracas de sabots. L'eau avait imbibé tout le bas de ma jupe. Dans mes gants, mes doigts, toujours accrochés au parapluie, étaient trempés. Mon chignon tenait bon, mais des mèches étaient plaquées sur mes joues et mon front. En me voyant, les garçons de McGill fredonneraient de plus belle.

Le tram s'immobilisa et j'y montai. Il y avait un seul autre passager, assis au fond. Comme mes lunettes étaient embuées, je ne fis que l'entrevoir. Sans doute venait-il de la banlieue de Westmount. En général, les familles plus anciennes et mieux établies vivaient dans le Square Mile, même si, à cause de l'augmentation du coût de la vie et de la densité de la population, la situation était en voie de changer. Notre appartement se trouvait aux limites du Square Mile, bordé à l'ouest par le chemin de la Côte-des-Neiges. Les loyers y étaient moins élevés, mais nous pouvions quand même nous vanter de vivre au centre-ville.

Je me tournai vers mon compagnon de voyage. Arborant un costume gris clair à larges revers et un mouchoir dans sa poche de poitrine, il avait tout du dandy. Il portait des demi-guêtres. Son visage était en partie voilé par son chapeau, mais je voyais qu'il avait la peau foncée. Et une moustache.

Je le regardais à présent plus ou moins ouvertement. Il lisait ce qui avait toutes les apparences d'un manuel, qu'il avait appuyé sur le siège de devant pour ne pas avoir à fléchir le cou. Soudain, il referma le livre d'un coup sec et leva les yeux comme s'il avait senti que je l'observais. Rougissant jusqu'aux oreilles, je me tournai vers l'avant.

C'était de la folie. Trop de fois déjà, je m'étais livrée au même petit jeu pour croire que c'était bien lui. Une partie de moi comprit que ce n'était pas mon père. L'homme n'avait pas le bon âge. Honoré Bourret aurait cinquante et un ans cette année et l'homme assis derrière moi était manifestement beaucoup plus jeune.

Dans la rue de la Montagne, nous dûmes nous arrêter à cause d'un problème sur les rails. Je fis semblant d'observer le conducteur, sorti manœuvrer sous la pluie, mais je cherchais en réalité à réprimer mon chagrin. Cette journée-là était trop importante pour que je me laisse emporter par des élans de nostalgie. Plongée dans mes pensées, je m'efforçais de m'égayer quand je sentis une présence à côté de moi.

L'autre passager était si près que j'aurais pu le toucher.

— Je viens de comprendre qui vous êtes, dit-il au moment où je levais les yeux.

J'étais sans voix.

— Vous êtes Agnes White, n'est-ce pas?

Je le fixai. Je n'avais assurément pas affaire à mon père, mais les points communs étaient si nombreux que j'en fus toute retournée. Il était élégant, comme mon père l'avait été. Il avait le teint basané et une moustache.

— Vous me trouvez impertinent, dit l'homme en riant. Toutes mes excuses, mais vous êtes désormais célèbre. Vous devrez vous habituer à ce que des inconnus vous abordent dans le tramway.

Je m'efforçai de sourire.

— C'est donc bien vous. Je le savais. Vous êtes plus jolie que je l'aurais cru, dit-il. Plus jolie aussi que sur les photographies qu'on voit dans les journaux.

Il sourit en me gratifiant d'un clin d'œil. Soudain, son visage fit surgir dans ma mémoire le souvenir d'un homme beaucoup plus jeune, aux cheveux foncés, au teint sombre et à la moustache à la gauloise, comme celle de mon père : des années plus tôt, il se penchait sur moi en souriant.

Je l'étudiai plus en détail.

— Vous êtes aussi beaucoup moins bavarde qu'on le laisse entendre dans les journaux, ajouta l'homme.

Je le dévisageais toujours de façon aussi ouverte et effrontée qu'une enfant. J'étais certaine qu'il avait fait partie des étudiants que mon père accueillait à la maison.

Il adopta soudain un ton grave.

— Voici. Vous ne me connaissez pas, mais j'espère que vous voudrez bien me faire confiance et écouter quelques conseils. Veuillez croire que j'ai mûrement réfléchi à la question et que je ne veux que votre bien. Je sais que vous êtes en route vers la Faculté de médecine.

Éberluée, je me contentai de le fixer. La suite, cependant, se révéla encore plus troublante.

— Faites demi-tour, Miss White. Renoncez à ce projet irréfléchi, qui ne peut que faire du mal et causer du chagrin.

Son visage ne trahissait aucune méchanceté. Il semblait sincèrement vouloir m'aider, mais en quoi cela le concernait-il? De quel droit osait-il aborder une jeune femme dans un tramway et lui parler sur ce ton? Si je ne me trompais pas, il était médecin, et je savais que les membres de la profession formaient un groupe très conservateur, du moins à Montréal, et qu'ils ne croyaient pas beaucoup aux capacités des femmes. Ce prétendu conseil ne traduisait-il qu'une forme de mépris? J'étais en colère et sur le point de lui prodiguer quelques conseils de mon cru lorsque, d'un geste de la tête, il mit un terme à notre conversation.

J'aurais pu l'arrêter, je suppose, mais la rencontre s'était révélée si déconcertante et si étrange que je le regardai descendre sans dire un mot. L'eau qui ruisselait sur les vitres poisseuses embrouilla son image. En agitant son parapluie, il héla un taxi. Lorsque le véhicule s'approcha, j'eus l'impression que l'homme s'estompait, à la façon d'un souvenir. L'instant d'après, il avait disparu.

J'étais dans tous mes états lorsque j'arrivai enfin à l'École de médecine de McGill. L'homme du tram m'avait remuée plus que je n'aurais voulu l'admettre. Le vent retourna mon parapluie tandis que je traversais le campus. Pendant le dernier quart de mille, je fus entièrement exposée à la rigueur des éléments.

— Pauvre petite, dit la secrétaire du doyen, que j'avais rencontrée à l'occasion de visites antérieures.

Elle me débarrassa du fatras de baleines et de tissu qui m'avait si mal protégée et le déposa dans sa poubelle. C'était une femme corpulente et la chair de ses bras tremblotait à chacun de ses mouvements. Elle m'entraîna dans un escalier qui descendait au sous-sol. Apparemment, il n'y avait pas de toilettes pour dames au rez-de-chaussée. Seuls les hommes bénéficiaient de ce privilège. Il faudrait que cela change quand nous arriverions toutes les cinq. La pièce dans laquelle elle me conduisit était à peine plus grande qu'un placard à balais, mais elle était pourvue d'un miroir et d'un lavabo. Pour une fois, j'aurais voulu que Laure soit là pour mater les mèches rebelles qui se dressaient dans tous les sens.

Pendant que je me séchais, la secrétaire du doyen, restée à l'extérieur, me félicita.

— Vous faites la une de la *Gazette* d'aujourd'hui, dit-elle. Qui aurait cru une chose pareille?

Je souris à mon reflet dans la glace. J'avais beau être détrempée, je n'en étais pas moins la fille d'un quart de million de dollars. Cette distinction, on ne me la retirerait jamais. Nous remontâmes et j'attendis sur le banc posé près de la porte du bureau du doyen, là où Felicity et moi nous étions assises la veille. Sur le mur d'en face était accroché un tableau grandeur nature que j'avais eu le temps d'étudier en détail au cours des semaines précédentes. «Andrew F. Holmes, 1824», disait la légende, fondateur de la Faculté de médecine de McGill. Le Dr Holmes, en tout cas, se tenait bien droit. Je me redressai et toussai. En apprenant ce qui m'amenait, ce jour-là, il se retournerait sans doute dans sa tombe. La veille, Felicity et moi avions ri à la vue de ses sourcils à l'air féroce. Seule, ce jour-là, je n'osai même pas sourire.

Je m'efforçai de regarder Andrew F. Holmes dans les yeux. Je ne me laisserais plus intimider, plus maintenant. J'avais dans mon sac un chèque d'une somme astronomique. Au diable le doyen et son échéancier, qui avaient bien failli nous faire échouer. Au diable l'homme du tram, ses mots étranges et son insolence. Toutes sortes de personnes se croyaient désormais autorisées à me prodiguer des conseils, mais rien ne m'obligeait à les écouter. J'étais dans la Faculté de médecine, lieu dont j'avais rêvé pendant toute mon enfance et ma vie de jeune adulte. À une certaine époque, Honoré Bourret avait emprunté ces couloirs, était passé sous ce portrait.

Une clochette sonna et la secrétaire, dont le bureau se trouvait dans une alcôve attenante au bureau du doyen, se leva pour aller voir ce que voulait son patron. J'enlevai mes lunettes et les frottai avec vigueur, plus pour me calmer que pour les nettoyer. Quelques secondes plus tard, la secrétaire réapparut.

— Ils sont prêts, dit-elle.

Je me demandai qui « ils » étaient, mais je ne posai pas la question, car la secrétaire, pressée, m'avait fait signe de la suivre. L'alcôve, où s'entassaient de hautes piles de boîtes et de livres, était encombrée, et ma manche, encore mouillée après l'orage, frôla un vase posé au bord du bureau. Il vacilla avant de se fracasser sur le sol, où se répandirent des tulipes et une grande quantité d'eau.

La porte du doyen s'ouvrit, mais je ne m'en aperçus pas, car je n'avais pas mes lunettes. J'étais à quatre pattes. La première chose que je vis, après avoir remis mes lunettes, fut une paire de demi-guêtres.

— Miss White ?

L'homme du tram se penchait sur moi, l'air amusé. Derrière lui, trois autres hommes me regardaient. Pendant un moment, je fus en mesure de contempler la scène de leur point de vue et non de celui d'une fille accroupie sur le sol au milieu d'un fouillis de fleurs. Les mains pleines de tiges dégoulinantes, j'avais conscience d'être grotesque.

— C'est exagéré, dit l'homme aux demi-guêtres. Vous êtes là pour nous implorer, d'accord, mais rien ne vous oblige à le faire à genoux.

Les autres rirent poliment. Tandis qu'il se baissait pour m'aider à me relever, je constatai que ses yeux à lui riaient aussi. Je me souvenais très bien de lui, à présent, même si ses cheveux, un peu clairsemés, avaient commencé à grisonner. Sans son chapeau, il avait l'air plus vieux, mais, à présent, je distinguais mieux les traits de son visage. Il était venu souvent à la maison. C'était l'un des protégés de mon père.

Le doyen Laidlaw vint enfin à ma rescousse. Il me fit entrer dans son bureau et me présenta avec une certaine grâce, compte tenu de l'humiliation à laquelle je m'étais moi-même soumise. Les membres du comité d'admission étaient avec lui. Dans le bureau, l'air était enfumé, mais je reconnus sans mal le Dr Hingston, semblable à une araignée, que j'avais vu à quelques occasions, d'abord à l'école de Miss Symmers et de Miss Smith et ensuite chez Felicity. Il me salua d'un geste sec de la tête, mais ne sourit pas. Un homme de petite taille, qui ressemblait plus à un boxeur qu'à un médecin, dit s'appeler le Dr Mastro. Professeur de physiologie, il était de loin le plus jeune des hommes présents. La dernière main que je serrai fut celle de l'homme du tramway.

— William Howlett, dit-il.

Sans doute étais-je restée bouche bée, car il se mit à rire et serra ma main un peu plus fort. C'était l'homme dont j'avais entendu parler chez le tailleur, celui qui avait acheté l'ancienne maison de mon père.

— Nous ne savions pas si vous vous déplaceriez par si mauvais temps, dit-il.

Je le foudroyai du regard. En ce jour, lui dis-je de la voix la plus posée dont je fus capable, rien n'aurait pu m'empêcher de me rendre à McGill. J'étais sur le point de faire allusion au tramway, mais je me ravisai. Le doyen épiait la scène avec attention. Avec ses rouflaquettes et ses petits yeux en boutons de bottines, il me faisait penser à un renard, ressemblance que je jugeais déconcertante. À son invitation, je pris place dans le seul fauteuil libre. Comme par hasard, il se trouvait au centre de la pièce, face aux quatre hommes.

Mon regard ne cessait de croiser celui de Howlett, en partie parce qu'il me dévisageait, ce qui ne faisait que décupler ma nervosité. Et s'il me reconnaissait et établissait le lien avec mon père? Dans l'échange que j'avais eu avec lui ce jour-là, il ne m'avait pas fait l'effet d'un homme qui réprime ses pulsions. Il risquait de dévoiler mon identité, là, sur-le-champ, devant tous ces médecins rassemblés.

— D'abord, dit le doyen, permettez-moi de vous féliciter.

Je me redressai dans mon fauteuil. Je ne pouvais penser ni à Howlett, ni aux tulipes, ni à mon entrée catastrophique. Je repoussai tout cela, souris et me concentrai sur l'honneur que le doyen s'apprêtait à me faire. Sur sa table de travail se trouvaient les journaux du matin, qu'il souleva en me demandant si je les avais vus. J'avais accompli un exploit extraordinaire, dit-il, et les membres du comité d'admission comme les autres professeurs me tenaient en très haute estime.

Pendant que le doyen parlait, Howlett ne cessa pas de m'étudier. C'était déstabilisant. Mais les autres étaient pis encore. Le Dr Mastro avait rallumé son cigare et fumait. Il souffla un rond de fumée qui resta suspendu au-dessus de lui pendant quelques secondes avant de s'avancer vers moi en tremblant. Le Dr Hingston regardait par la fenêtre.

Le doyen, qui parlait toujours, loua les notes que j'avais obtenues tout au long de mes études de premier cycle et l'initiative dont j'avais fait preuve en devenant la première rédactrice du *Fortnightly*. Je faisais honneur à l'université. Il ne me regardait pas, lui non plus. Ses mots avaient beau être flatteurs, ses yeux évitaient les miens. Ils erraient à gauche et à droite, comme à la recherche de quelque chose de plus intéressant.

— Et maintenant, vous ne visez rien de moins que la médecine.

Par endroits, ses favoris roux avaient blanchi, et je m'attendais presque à ce qu'il les lèche.

— La mobilisation que vous avez suscitée est tout à fait remarquable. Réunir une telle somme en un laps de temps si court, c'est sans précédent.

— J'ai apporté le chèque, dis-je en ouvrant mon sac.

Le doyen m'interrompit d'un geste de la main.

— Je suis au courant, dit-il. Lord Strathcona m'a prévenu par télégramme. Le geste est apprécié, Miss White, croyez-moi. L'université a le plus grand besoin de cet argent. Mais l'argent n'est pas la seule considération.

Ayant mis la main sur l'enveloppe, au fond de mon sac, je la serrais comme un bouclier.

— Dans le domaine de l'éducation, les tentatives de mixité ont donné des résultats pour le moins inégaux. À Toronto, comme vous le savez sans doute, elles ont même eu des conséquences violentes.

Pour la toute première fois, le Dr Hingston se détourna de la fenêtre.

— C'est tout simplement inconcevable, dit-il.

Le doyen lui toucha le bras.

— Avec ta permission, Gerard, j'aimerais terminer.

Il lui adressa un clin d'œil complice, comme s'il en venait enfin à la chute d'une bonne plaisanterie, mais les paroles qui sortirent ensuite de sa bouche ne furent pas drôles du tout.

— En mon âme et conscience, je ne peux soumettre McGill à un tel bouleversement au profit d'une seule jeune femme, aussi brillante et douée soit-elle.

Je baissai les yeux et constatai pour la première fois que mes gants étaient sales. Une tache sombre s'étirait du bout de l'index de ma main gauche jusqu'au centre de ma paume. La tache grandissait rapidement, s'évasait, et je fus frappée de constater que je pleurais. La pièce tout entière me semblait floue, comme si quelqu'un avait soulevé le toit pour laisser entrer la pluie. Non, pas ça, m'ordonnai-je d'un air sévère. J'essayai de respirer, ce qui était difficile, à cause de ma poitrine comprimée et congestionnée. Les hommes ne devaient s'apercevoir de rien.

— Je ne suis pas seule. Il y en a d'autres.

Encore aujourd'hui, je me demande où j'avais puisé la force d'ouvrir la bouche.

Au Dr Hingston, mes mots firent l'effet d'une gifle.

— Nous sommes parfaitement au courant, dit-il, la voix et les mains tremblant de rage. Votre exemple a été contagieux, Miss White. Nous ne le savons que trop. Mais n'allez pas croire que Felicity fait partie des vôtres. N'y pensez même pas.

Le doyen dut intervenir de nouveau, mais, cette fois, il eut beaucoup plus de difficulté à contenir son collègue. À ma grande surprise, William Howlett se porta à ma défense.

— Miss White n'a rien fait de mal, Gerard. L'amitié est une vertu. Vous avez lu Aristote.

— L'amitié est une chose, dit le Dr Hingston. Ce que cette jeune femme a fait à ma fille en est une autre. Elle l'a ensorcelée. Quant à Aristote, il n'a jamais laissé entendre que l'*Éthique* s'appliquait aux filles. Où cela nous mènera-t-il, Miss White ? Y avez-vous bien réfléchi ? Il ne s'agit pas que de faire des études, vous savez. Après, vous devrez pratiquer. Vous rendez-vous compte du genre de vie que vous devriez mener ?

— C'est la principale objection, dit le dénommé Howlett.

Il se tourna vers moi, la mine plutôt grave.

— Que savez-vous de la vie de médecin, Miss White ? J'oserais dire que vous ne pouvez même pas vous imaginer ce que c'est.

— Même les hommes ne s'engagent pas dans cette voie à la légère, déclara le doyen, comme si j'avais agi par pur caprice. Nous vivons des réalités auxquelles il vaut mieux ne pas exposer les femmes. J'ai bien peur, ajouta-t-il en baissant le ton, que, malgré les deux cent cinquante mille dollars, nous ne puissions pas vous admettre. Les membres du comité se sont réunis tôt ce matin et la décision est unanime.

Il me tendit une enveloppe sur laquelle mon nom était écrit avec soin.

— Chaque chose en son temps, Miss White. J'ai peur que le vôtre ne soit pas arrivé.

Je me levai, trop incertaine de ma réaction pour oser ouvrir la bouche. Je dus mobiliser toutes mes forces pour m'extirper du fauteuil et sortir du bureau de Laidlaw, loin des regards inquisiteurs de ces hommes qui, je m'en rendais compte à présent, n'avaient jamais eu l'intention de m'admettre, quels que soient les exploits que j'accomplirais. Dès que je me levai, le Dr Howlett bondit et me tendit le bras, mais je le dédaignai. La dernière chose dont j'avais besoin, c'était d'un rappel de mon sexe. Dans son alcôve, la secrétaire leva les yeux, mais je passai devant elle sans rien dire. Un seul mot et les vannes s'ouvriraient.

Le couloir était lumineux et désert, exception faite d'Andrew F. Holmes, accroché à son mur, plein de suffisance. Je m'arrêtai un moment pour reprendre mes esprits, serrai le sac à main dans lequel se trouvait le chèque qui, avais-je innocemment cru, m'ouvrirait les portes de la faculté.

William Howlett me rattrapa.

— Ne dites pas que je ne vous ai pas prévenue.

J'étais incapable de le regarder en face. Il avait voté contre moi. Rien de ce qu'il dirait n'y changerait quoi que ce soit.

Il aborda la question de la voix lénifiante et rationnelle qu'il prenait sans doute avec ses patients, et les larmes jaillirent enfin, déversèrent le chagrin et la colère qui s'étaient accumulés en moi. Bientôt, mon mouchoir ne servait plus à rien.

— Cette vie, je la connais, dis-je lorsque je recouvrai enfin la voix. Je la connais.

On aurait dit une enfant, mais, désormais, tout m'était indifférent.

— Mon père était médecin, lui dis-je. Même que vous l'avez connu. Et que vous m'avez probablement connue, moi aussi.

William Howlett plissa les yeux.

— Je ne suis pas une White, lançai-je dans un souffle. Ce n'est pas mon vrai nom, celui qu'on m'a donné à ma naissance. Je m'appelle Agnès Bourret, la fille d'Honoré.

William Howlett resta un moment silencieux. Puis il éclata de rire.

— C'est juste, dit-il. Je vous connais. Absolument. Quelle histoire ! La petite fille, c'était donc vous.

Il s'éclaircit la gorge, porta le poing à ses lèvres.

— Vous lui ressemblez, dit-il en m'examinant. Je m'en rends compte à présent. C'est évident.

Nous parlâmes encore un peu. Mon père, me dit-il, avait été un homme bon, droit et sain. Il évoqua le meurtre, de façon détournée, certes, mais il trouva le moyen de me dire que mon père était innocent. Pour un peu, je serais retombée à genoux.

Il me raccompagna jusqu'à la porte et, cette fois, j'acceptai son bras. La pluie avait cessé, mais le vent soufflait les feuilles mortes, les soulevait au-dessus de la cour. Nous gardâmes le silence pendant que je me drapais dans mon châle.

— Mieux vaut ne pas ébruiter les liens qui vous unissent au Dr Bourret, dit-il peu avant de prendre congé. À l'intérieur de ces murs, en tout cas.

Je hochai la tête.

— L'histoire de mon père est compliquée, dis-je, mais je le crois innocent, moi aussi.

— Motus et bouche cousue, dit-il en me gratifiant d'un clin d'œil. Surtout que, en tant que femme, vous vous y connaissez, en couture.

— Vous ne direz rien, vous non plus ?

Il sourit, fit signe que non et traça une croix imaginaire sur son cœur. *Croix de bois, croix de fer, si je mens je vais en enfer.* Quand nous étions petites, Laure et moi avions l'habitude de prêter serment en utilisant cette formule. C'était puéril, mais elle me réconforta. Je souris à mon tour, comme si nous avions scellé un pacte, le Dr Howlett et moi.

Il ouvrit la lourde porte et ce n'est qu'alors que je sentis la violence du vent. Dès que je mis le pied dehors, mon châle se gonfla comme la voile d'un navire. Le Dr Howlett lança quelques mots dans mon sillage, une invitation à la prudence peut-être, ou de simples salutations. Ce jour-là, le vent était si fort que j'entendis mal. Pendant des années, ses dernières paroles, à l'image de presque tout ce qui le concernait, resteraient un mystère.

8

Juin 1890

Du trajet que j'effectuai pour rentrer à la maison après ma rencontre avec Laidlaw, je garde peu de souvenirs, sinon que je le fis à pied. Grand-mère dit que tous les vêtements que je portais étaient traversés par l'eau. Mes bottines et mon jupon étaient maculés de boue. J'avais perdu mon parapluie et, inexplicablement, mon châle, mais j'avais réussi à conserver mon sac, où se trouvaient l'argent et la lettre de refus du doyen.

Heureusement, Grand-mère était là lorsque je revins à la maison. Laure et elle venaient tout juste de rentrer de chez Mrs Stewart, et la visite s'était encore mieux déroulée qu'elles l'avaient espéré. Laure était désormais officiellement fiancée. Huntley Stewart avait fait la grande demande dans le boudoir de sa mère, un genou par terre. Ils attendraient que Laure ait dix-huit ans avant de se marier, mais, entre-temps, elle porterait un diamant à l'annulaire de la main gauche. Plusieurs diamants, en fait : l'un au centre, de la taille d'une arachide, et les autres tout autour, enchâssés dans de l'or blanc. Un bijou de famille, avait expliqué Mrs Stewart lorsque Huntley avait produit la bague.

J'avais mis fin aux célébrations en franchissant la porte d'un pas titubant. Grand-mère me déshabilla de la tête aux pieds et me conduisit jusqu'à mon lit. C'est d'ailleurs dans mon lit que je passai la semaine suivante, avant de prendre le train pour St. Andrews East. Pour moi, la vie s'était réduite à la taille de mon matelas, et celui sur lequel je dormais dans la chambre d'amis du prieuré était plus étroit que celui de Montréal.

— Respire, dit le médecin en donnant l'exemple comme si je ne comprenais plus rien à ma langue.

J'étais assise et il avait fait glisser le stéthoscope sous ma chemise de nuit, posé le disque froid sous ma clavicule gauche. Son haleine sentait les bonbons à la menthe, mais je détectais, sous la surface, un parfum plus triste de fermentation. Le Dr Osborne buvait. Tôt le matin, déjà, ses mains avaient tendance à trembler.

— Depuis combien de temps est-elle dans cet état? demanda-t-il. Un mois?

— Six semaines, répondit Grand-mère, qui nous observait depuis l'embrasure de la porte.

— Vous auriez dû m'appeler plus tôt.

Grand-mère ne dit rien. Depuis quelque temps, elle m'administrait des remèdes de son cru (de la racine de valériane pour combattre l'insomnie, des cuillérées de cognac pour stimuler l'appétit), mais en vain. J'avais les yeux cerclés de bleu et j'avais perdu beaucoup de poids. Mes cheveux, négligés depuis des jours, sentaient le fauve.

— Des cas comme celui-ci dégénèrent parfois rapidement. Mais Agnes est une fille intelligente, dit-il en retirant son stéthoscope, un sourire vague et hostile aux lèvres. Nous l'avons appris par les journaux. Elle va se montrer raisonnable et ne plus épuiser sa pauvre grand-mère en faisant des histoires et des caprices.

Archie Osborne s'assit lourdement sur le matelas. Il nous connaissait depuis des années et il avait même connu mon grand-père, ce qui l'autorisait en quelque sorte à se montrer familier. Dix-sept ans plus tôt, il avait assisté à la naissance de Laure. Il avait également veillé sur notre mère pendant les dernières heures de sa vie. Bien que conscients de ses lacunes, les villageois le respectaient. C'était un médecin à l'ancienne : il utilisait les mouches de moutarde pour les inflammations respiratoires, les sangsues pour les troubles sanguins et le brandy pour à peu près tout le reste.

— Elles vont guérir le mal qui t'afflige, dit-il en tirant sur le bouchon du flacon de pilules qu'il avait sorti de sa poche.

Il en fit tomber deux dans le creux de sa paume et me les tendit, en même temps que le verre d'eau qu'il avait pris sur ma table de chevet.

— Allez, Agnes, bois.

Je m'effondrai sur le matelas, rendue vraiment malade par le mélange de menthe et de rectitude morale.

Le médecin m'entreprit de nouveau ; cette fois, il s'adressa à mes omoplates. Mon immobilité le mit en colère.

— Écoute-moi bien, Agnes. Ta grand-mère n'est plus toute jeune. Il faut que tu te ressaisisses.

Je tirai plutôt sur le drap et m'en recouvris, l'odeur de mon corps mal lavé un soulagement après celle d'Archie Osborne. Je refusais de l'admettre, mais il avait raison au sujet de Grand-mère. Elle avait plus de quatre-vingts ans. La dernière chose dont elle avait besoin, c'était d'une petite-fille neurasthénique. Je gisais lourdement, sentant le matelas mouler ma hanche et tremblant chaque fois que je respirais. J'étais forte depuis trop longtemps. Tel était le problème. J'avais subi d'innombrables revers, j'avais parfois perdu pied sous la force de l'impact, mais je m'étais chaque fois relevée et j'avais poursuivi comme si de rien n'était. La force était un mensonge, je m'en rendais compte désormais. J'étais si rompue que j'avais du mal à m'imaginer me relevant de cet enfer tapissé de plumes d'oies.

Une heure plus tard, après le départ du Dr Osborne et de Grand-mère, qui vaquait à ses occupations en compagnie de Laure, je contemplais le petit flacon brun posé sur ma table de chevet. C'était des pilules pour le foie, achetées à un vendeur itinérant. Sans doute un mélange de sucre, d'eau et d'un salutaire soupçon de caféine ou d'un autre stimulant destiné à ragaillardir les malades et les fatigués. Elles étaient pratiquement inutiles.

C'était une étouffante journée de juin. Un mardi, compris-je : dans la cour, Laure et Grand-mère essoraient des draps et les mettaient à sécher sur la corde à linge. Le mardi était notre jour de lessive. Par la fenêtre, je vis les deux femmes tirer sur les draps et les tordre jusqu'à ce que seules quelques gouttes d'eau s'en échappent. Elles ne disaient rien, totalement absorbées, insensibles à tout ce qui ne concernait pas leur tâche immédiate.

Grand-mère aimait le travail. Il la soutenait, en un sens. Le mardi, elle lavait les draps et, le mercredi, elle polissait l'argenterie. Le jeudi, elle époussetait et, le vendredi, elle faisait des tartes et des gâteaux. Depuis plus de soixante ans, elle se pliait à ce rituel domestique immuable. Le prieuré était donc immaculé, le garde-manger plein et la vie si bien remplie que Grand-mère n'avait pas eu un moment pour prendre la mesure du vide qui, un mois plus tôt, s'était ouvert sous mes pieds à la façon d'un abîme.

La tête blanche de Grand-mère ballottait sous le soleil. Les chutes de neige de juin avaient débuté ; des brins de duvet flottaient paresseusement dans le ciel azur. Les vaches mugissaient dans les champs et une mouche prise au piège entre les deux vitres de ma fenêtre bourdonnait par intermittence. C'était l'été, une saison que, d'ordinaire, j'aimais passer à St. Andrews East : elle marquait un temps d'arrêt dans les études et me donnait la liberté de vagabonder dans les bois pendant des heures. Mais ce n'était pas un été comme les autres. Plus rien ne m'attendait à la fin de la saison.

Dans deux jours, j'étais censée recevoir mon diplôme. Il n'y avait que neuf filles dans ma classe et elles monteraient toutes sur l'estrade pour se faire remettre le précieux document. Toutes sauf moi. J'avais informé Grand-mère de ma décision de ne pas assister à la cérémonie. Au cours de la longue discussion que nous avions eue par la suite, Grand-mère m'avait pressée de changer d'idée. Quelle ironie ! La vieille femme qui s'était naguère fermement opposée à mon inscription à McGill me suppliait à présent d'y retourner. Après la visite du Dr Osborne, elle laissa tomber.

Je fermai les yeux, laissai le soleil peindre des tourbillons rouge vif sur mes paupières. Que me réservait l'avenir ? Laure épouserait Huntley Stewart et s'établirait à Montréal. Grand-mère mourrait un jour. Qu'arriverait-il au vilain petit canard avec son diplôme inutile, ses perspectives de mariage inexistantes et assez de matière grise pour trois ?

Après le fiasco de la Faculté de médecine, des amies étaient venues à mon secours. Début mai, j'avais reçu de Miss Symmers une lettre dans laquelle elle me suggérait de m'inscrire à l'École normale. Dès que j'aurais mon certificat d'institutrice, mon ancienne école m'offrirait un poste. C'est la voie qu'avait choisie Felicity Hingston, qui avait déjà acquitté ses frais de scolarité.

Du pied, je repoussai mes draps poisseux. Une des filles de ma classe de McGill allait entreprendre des études de médecine à Kingston. Pour moi, c'était impossible. Grand-mère n'avait tout simplement pas les moyens d'assumer les coûts d'une deuxième maisonnée. Le Bishop's College, seule autre université ayant un campus à Montréal, avait une petite école de médecine où étaient admis les juifs et d'autres candidats jugés indésirables par McGill. Hélas, ses portes restaient fermées aux femmes. Au plus fort de ma campagne, le doyen de cette école s'était d'ailleurs bruyamment prononcé contre l'avènement des femmes médecins.

Je pourrais, me disais-je, travailler comme gouvernante. La seule idée me plongea dans un désespoir tel que je me tournai de nouveau contre la vitre en me tenant le ventre. Le soleil chauffait ma peau. Grand-mère était encore dehors. Pour une raison quelconque, elle marcha dans l'herbe en direction de la maison, laissant le linge à moitié étendu. Elle invita Laure à la suivre. Je les observai avec une curiosité grandissante, puis, dès qu'elles eurent disparu, je me désintéressai de cette scène étrange. Je m'étais rendormie lorsqu'on frappa à ma porte. Je crus que Grand-mère venait chercher mes draps, mais la tête qui s'encadra dans la porte était brune, plutôt que blanche, et coiffée d'un chapeau melon familier.

— Miss Skerry! m'écriai-je.

Pendant un moment, j'en oubliai tous mes tourments. Je ne l'avais pas vue depuis quatre ans. Lorsque j'avais commencé mes études à McGill, elle avait quitté ma grand-mère pour s'établir en Ontario. Au début, nous avions tenu une correspondance assidue, mais, bientôt, ma vie à l'université était devenue si animée que nos lettres s'étaient espacées. La dernière fois que j'avais eu de ses nouvelles, elle était à Ottawa, au service de la famille d'un juge.

— Agnes, dit-elle en retirant son couvre-chef et en me regardant de ses yeux myopes. Je suis venue dès que j'ai appris que tu étais malade.

Mon sourire s'effaça. Après un mois d'enfermement, Dieu seul sait de quoi j'avais l'air. Sans doute aussi dégageais-je une odeur nauséabonde. Je tentai de sourire de nouveau, mais j'étais probablement peu convaincante.

Sans un mot, Miss Skerry entreprit de refaire mon lit. Elle me fit asseoir, secoua mes oreillers, ramassa les mouchoirs et les feuilles de papier à lettres qui jonchaient le sol.

Je l'observai. Autrefois, j'avais la même énergie, cette énergie muette et animale qui m'aurait peut-être habitée jusqu'à ce que l'invalidité ou la mort y mette un terme. Voir Miss Skerry s'obstiner à rétablir un semblant d'ordre m'épuisa. Se pencher, tendre le bras, se redresser, trier… Que ces efforts me semblaient futiles! L'ordre et l'ambition n'étaient que des mensonges, avais-je décidé. Tout le monde était pressé de n'aller nulle part. Avec ses yeux vifs et son intellect à qui rien n'échappait, Miss Skerry ne s'en apercevait-elle pas?

— Vous n'abandonnez donc jamais?

La gouvernante s'interrompit, un plateau contenant des tranches de pain grillé et du thé inentamés dans les mains. À mon grand étonnement, elle éclata de rire.

— Si, une fois, dit-elle. Dans mon cas, une fois a suffi. Une fois, et j'ai appris ma leçon.

— Quand était-ce? demandai-je, interloquée et, je l'avoue, curieuse.

— Peu après la mort de mon père.

— Vous étiez en deuil, dis-je. De tels épisodes ne comptent pas. On a le droit de s'effondrer après la mort de son père ou de sa mère.

Miss Skerry me considéra d'un air pensif.

— Oui, mais c'était plus que la mort. Tout d'un coup, il n'y avait plus de place pour moi. Je n'arrivais pas à imaginer quelle forme prendrait le reste de ma vie.

Je ne respirai plus. C'était comme si mes poumons avaient cessé de fonctionner.

— Et ensuite ?

J'étais comme une enfant qui réclame une histoire avant de dormir.

— Ensuite, je suis venue à St. Andrews East.

— Au prieuré ? demandai-je en me redressant. Ici ? Vous voulez dire que votre père venait tout juste de mourir ? Je ne savais pas que c'était si récent.

— À l'époque, c'était un sujet que je préférais ne pas aborder, dit-elle en déposant le plateau sur le palier, ce qui lui permit de cacher son visage.

— Vous n'aviez pas l'air triste, dis-je en songeant à la jeune femme au regard narquois qui m'avait aidée à disséquer l'écureuil.

À cette époque, rares étaient ceux qui auraient pu égaler l'énergie ou l'imagination de Miss Skerry.

— Pour moi, St. Andrews East a été une bénédiction, Agnes. C'est la meilleure chose qui aurait pu m'arriver.

Je sursautai. Comment pouvait-elle utiliser le mot « bénédiction » pour parler de ce village où il ne se passait jamais rien ? Une grange isolée en hiver et la charge de deux orphelines suffisaient-elles donc à faire le bonheur de cette femme ?

— Nous avons été vos premières pupilles, Laure et moi ?

Miss Skerry rougit.

— En effet. Mais je me suis bien gardée d'en informer ta grand-mère. Je ne voulais surtout pas qu'elle sache que j'étais inexpérimentée. Jusque-là, tu vois, j'avais habité chez mon père. Je n'avais jamais songé à devenir gouvernante. J'y ai été contrainte par la nécessité, un peu comme Jane Eyre.

— Mais votre séjour parmi nous a quand même été une bénédiction ?

La question était motivée par des considérations personnelles, même si, croyais-je, Miss Skerry ne se doutait de rien.

Mon ancienne gouvernante rit de nouveau.

— Ta grand-mère m'a accueillie dans sa maison et dans son cœur, Agnes. Elle me versait une petite allocation pour l'achat de livres. Il y avait ton microscope dans la grange ; presque tous les jours, nous avions le loisir de courir les bois, toi et moi.

Les yeux de Miss Skerry brillaient.

— Mon père avait été longtemps malade. Je pense que j'en avais oublié de vivre.

— La vie de gouvernante vous plaît donc ? demandai-je, pleine d'espoir.

Miss Skerry me jeta un coup d'œil.

— C'est peut-être un peu exagéré, Agnes. Disons que St. Andrews East a été un sommet.

Elle se retourna, puis, parfaitement immobile, regarda la cour où le linge ondulait.

— C'est une vie, dit-elle lentement. La profession offre des plaisirs à qui sait les apprécier.

Je soupirai. Je ne me voyais pas à la merci des autres, en train de m'occuper de leurs enfants, de manger à leur table, de dormir dans le lit étroit d'une pièce adjacente à la cuisine. De la pitié. Voilà ce que j'éprouvais pour Miss Skerry. De la pitié pure et simple.

Miss Skerry me fit face, et sa bouche esquissa un sourire énigmatique qui ne me sembla pas entièrement généreux.

— Ne t'en fais pas pour moi, Agnes White. Il y a de pires façons de gagner sa vie que de nettoyer le derrière de l'enfant d'une autre femme.

Je fixai la colonne de lit, les joues cuisantes de honte. C'était comme si elle avait le pouvoir de lire dans les esprits.

— Toi, par exemple, tu ferais une magnifique gouvernante. Je t'imagine en train d'attraper des écureuils et d'insister pour que tes pupilles analysent leurs entrailles. Leurs mères feraient des histoires, mais tu les gagnerais probablement à ta conception des choses. Avec ton diplôme de McGill, tu serais sûrement très en demande. À ce propos, dit Miss Skerry en posant sur moi ses yeux sarcastiques de chouette, j'ai appris par ta grand-mère que la cérémonie de remise des diplômes était imminente.

Je hochai la tête.

— Et que tu as décidé de ne pas y aller.

Je fermai les yeux. La seule évocation de McGill me rendait malade.

— Vas-y, Agnes. Fais-le pour toi. Montre-leur que tu n'es pas vaincue.

— Mais je le suis, vaincue. Tout à fait vaincue.

La gouvernante me regarda d'un air presque féroce.

— Tu te sous-estimes.

— C'est vous qui me surestimez.

Miss Skerry retira ses lunettes et les frotta pensivement.

— Tu as tort, Agnes White. J'ai l'impression d'avoir une idée très juste de toi.

Elle les remit sur son nez.

Je commençai à pleurer. La gouvernante ne fit pas un geste pour me réconforter. Elle sourit plutôt et me parla de son nouveau poste. Rentrée depuis peu à Montréal, elle se dit heureuse d'être de retour au Québec.

Je ne l'écoutais que d'une oreille. J'avais cessé de pleurer, mais mon nez était bouché et je sentais mes yeux enflés. J'en voulais à Miss Skerry, qui débitait des bêtises au sujet de ses deux nouvelles pupilles, deux filles, exactement comme Laure et moi, sauf qu'elles étaient l'une et l'autre des scientifiques en herbe. Elle devait son engagement, au moins en partie, à sa connaissance de l'histoire naturelle. Le père des filles avait acheté un microscope d'occasion pour leur salle de classe.

— C'est une famille éclairée, fit observer Miss Skerry. Le père est un médecin reconnu de Montréal.

Je cessai de me frotter les yeux.

— Il te connaît, évidemment. Il te prenait pour une vraie petite harpie avant que je le détrompe.

Elle tapota ma jambe sous les couvertures en riant comme si elle venait de raconter une bonne blague.

— J'ai dû jurer sur mon honneur que tu étais la plus adorable et la plus raisonnable des filles.

— Comment s'appelle-t-il ?

Penchée sur mon lit, la gouvernante marqua une pause.

— Campbell.

Oubliant ma fatigue, je lui saisis le bras.

— Vous ne voulez quand même pas parler du doyen de l'École de médecine de l'Université Bishop ? dis-je en bafouillant dans ma hâte.

Miss Skerry inclina la tête.

— Ah non ? Et pourquoi pas, je te prie ?

Je repoussai les draps pour sortir du lit.

— Vous travaillez pour le doyen de l'École de médecine de Bishop ?

— C'est ce que je m'évertue à te dire depuis un certain temps, en effet, confirma Miss Skerry en éclatant de rire. Soit dit en passant, le Dr Campbell est au courant de ma démarche d'aujourd'hui. Il m'a d'ailleurs demandé de te remettre ceci.

Elle me tendit une petite enveloppe couleur crème. Elle contenait un mot écrit à la main par le Dr F. Wayland Campbell sur une feuille portant l'en-tête en relief de l'école. L'Université Bishop, disait-il, serait heureuse de m'accueillir dans sa Faculté de médecine pour la session d'automne 1890.

— Mais il déteste l'idée des femmes médecins, dis-je. Il l'a répété dans les journaux.

— Possible, répondit la gouvernante, mais le Dr Campbell n'est pas un imbécile. En se montrant plus libérale que McGill, l'Université Bishop réalisera un bénéfice immédiat. Ce sont des rivales, non ?

Soudain, je me rendis compte que je ne portais qu'une simple chemise et je courus prendre ma robe de chambre dans la penderie, sans cesser de poser toutes sortes de questions sur le doyen et les circonstances ayant entouré la proposition. Plutôt raide, Miss Skerry me regardait en arborant son drôle de sourire pincé. Le chat de Cheshire était de retour. Après un long silence, elle dit enfin :

— Eh bien !

— Eh bien quoi ? demandai-je, impatiente de trouver réponse à toutes mes questions.

— Est-il possible, docteur White, que vous vous portiez mieux ?

II

Ars Medica

La rareté des anomalies cardiaques, l'obscurité de
leur étiologie et de leurs symptômes de même que la
grande importance clinique que les cas revêtent souvent,
tous ces facteurs font des cardiopathies congénitales
un sujet du plus grand intérêt.

Maude Abbott,
« Congenital Cardiac Disease »

9

Septembre 1898

La lumière de la rue Mansfield me piqua les yeux. Le bureau que j'avais loué au dernier étage d'un bâtiment de grès brun du centre-ville était si sombre et exigu que mes pupilles étaient dans un état de contraction permanente. Si le loyer était si modeste, c'était justement parce que je n'avais pas insisté pour avoir une fenêtre. À l'intérieur, je ne remarquais rien, mais, dès que je mettais le pied dehors, la carence de lumière me sautait douloureusement au visage.

Ma grande cape, que j'avais achetée trois ans plus tôt en prévision de mon voyage en Europe, était trop lourde pour la saison. Hier, lorsque les nuages avaient traversé le ciel à la manière de troupeaux pris de panique et que la température avait chuté, je m'étais félicitée de l'avoir mise. Rien à voir avec la journée d'aujourd'hui, douce et cajoleuse, pleine de promesses qu'elle serait incapable de tenir. À Montréal, certains jours d'automne vous laissent croire que le beau temps durera éternellement.

Les commis en bras de chemise et en bretelles étaient sortis pour la pause du midi. Un homme passa en sifflant et j'accélérai pour le suivre, mes talons battant le rythme de ses pas sur le trottoir de bois. Il était sans doute sorti faire une course ou manger une bouchée avant d'aller à une réunion. De mon côté, rien de tel. J'aurais pu passer le reste de l'après-midi (et de l'année) à errer sans but sans que personne s'en aperçoive. Cet après-midi-là, je n'avais ni rendez-vous ni obligations. La journée s'étirait devant moi à la façon d'une page vide.

Le printemps précédent, à mon retour d'Europe, où j'avais poursuivi mes études, je débordais d'énergie. Le Vieux Continent avait été pour moi salutaire. Les universités y étaient plus progressistes qu'en Amérique du Nord et les gens m'avaient accueillie comme ils l'auraient fait pour tout jeune médecin venu parfaire ses connaissances et ses compétences. En Europe, les capacités des femmes médecins étaient admises d'emblée. À Zurich, où j'avais résidé la première année, la Faculté de médecine admettait les femmes depuis plus d'une décennie. J'étudiai l'obstétrique avec le Dr Wyder et m'élevai au rang d'*Unterassistentin* à la maternité où il travaillait. Je travaillai aussi au laboratoire de pathologie et suivis les cours du Dr Forel, spécialiste de l'hypnose qui gagnait sa vie en traitant les désordres des esprits suisses.

Après Zurich, je me rendis à Vienne, ville reconnue comme centre de la science médicale, où j'étudiai la pathologie avec Albrecht et la médecine interne avec Ortner – des hommes que je connaissais par les livres, mais que je ne m'étais jamais imaginé rencontrer en personne. On avait vite remarqué mes talents au microscope. Avant même que je m'en aperçoive, j'étais devenue la coqueluche des étudiants étrangers, valorisée plus encore que mes collègues de sexe masculin. Des postes rémunérés m'avaient aidée à assumer mes frais de déplacement.

Je regrette de ne plus parler allemand, me dis-je en ralentissant. L'homme qui sifflait m'avait distancée. Et je m'ennuyais de la compagnie des hommes. Par-dessus tout, je m'ennuyais du travail, du sentiment d'avoir autre chose à faire que de me concentrer sur mes préoccupations mesquines et mon petit moi.

Rue Sherbrooke, le siffleur prit à l'ouest. Je l'entendais à peine. Il avait sifflé une version simplifiée d'«*Eine kleine Nachtmusik*», que Laure avait coutume de jouer lors de nos Noëls à St. Andrews East. Laure ne jouait plus de piano depuis belle lurette. Elle n'allait pas bien. Pendant mes trois premières années d'absence, les lettres qu'elle m'avait adressées étaient relativement gaies. Brèves, certes, mais Laure avait toujours préféré la musique aux mots. Ce n'est qu'à mon retour que j'avais pris conscience de l'état de ma cadette.

Peu de temps après son mariage avec Huntley, elle était tombée enceinte et tout le monde s'en était réjoui. Mais, pendant le sixième mois de sa grossesse, elle avait perdu le bébé. Je savais parfaitement ce que signifiait une fausse couche si tardive. C'était un accouchement : souffrir, haleter, pousser, mais, comme prix de l'effort et de la sueur, donner la mort au lieu de la vie. Laure me dit que j'aurais eu une nièce. Elle avait vu le bébé, créature parfaite, aussi belle qu'une poupée, hormis la peau grise.

Depuis, Laure déclinait progressivement. Elle avait encore de bons moments. C'était sans doute pendant ces épisodes qu'elle m'écrivait, mais Huntley m'avait depuis avoué que sa femme restait parfois alitée pendant des semaines. À d'autres moments, elle était si agitée qu'il la reconnaissait à peine. Il commença à passer ses soirées au club. Certaines nuits, appris-je, il y dormait aussi.

Selon Grand-mère, je ne devais pas m'en faire. Le mariage était par moments difficile, surtout au cours des premières années. Elle était sûre que Laure et Huntley s'en sortiraient. J'étais moins optimiste. Je m'inquiétais pour ma sœur, délicate comme notre mère l'avait été. Je me faisais aussi du souci pour Grand-mère, qui vivait seule au prieuré. La maison avait grand besoin de travaux.

Aussitôt que mon bateau avait accosté à Montréal, j'avais couru voir Laure. Ce jour-là, elle n'était pas en état de recevoir des visiteurs. Le lendemain non plus. Je ne pus la voir qu'au bout d'une semaine.

Je me jurai de restaurer le prieuré, qu'on avait honteusement négligé, mais il fut difficile d'obtenir les fonds nécessaires, plus encore que de réunir la somme naguère exigée par McGill. Depuis que j'avais accroché ma petite enseigne rue Mansfield, trois patients en tout et pour tout étaient venus me consulter. La première était la concierge de l'immeuble, à qui j'avais échangé mes services contre le ménage de mon bureau; la seconde, Felicity Hingston, d'une indéfectible fidélité; et la troisième, Laure, dont les maux avaient trait à l'âme plus qu'au corps.

Je traversai la rue Sherbrooke, évitai un tramway et gagnai le portail de McGill. À propos des tramways, Huntley Stewart avait vu juste. Ils fonctionnaient désormais à l'électricité, mais ils n'étaient pas pour autant moins dangereux que les anciens tramways tirés par des chevaux. Depuis que les automobiles et les trams électriques envahissaient les rues, les chevaux se montraient plus nerveux. Jamais il n'avait été si difficile de traverser la rue Sherbrooke.

Au milieu de cette circulation, le campus faisait l'effet d'un petit paradis. Que ma vie avait fait de détours depuis que j'avais arpenté ces allées pour la dernière fois! J'étais désormais médecin, même si, sur ce plan, je ne devais rien aux membres de cet établissement. La Faculté de médecine de McGill refusait toujours de laisser les femmes suivre ses cours. Elle était méchante et mesquine; pourtant, j'avais pour elle une tendresse déraisonnable. En franchissant son portail, je vis le visage de mon père et je sentis un élan de nostalgie.

Devant le Pavillon des arts, des hommes jouaient au football. Je n'avais pas encore compris les règles de ce sport. Les joueurs semblaient se jeter les uns sur les autres avec une extrême violence, puis, soudainement, inexplicablement, ils s'arrêtaient. Ils prenaient le jeu très au sérieux. Pendant un moment, ils semblaient prêts à s'entretuer; l'instant d'après, ils serraient dans leurs bras ceux qu'ils venaient d'aplatir dans la boue.

Dans les feuilles mortes, mes chaussures faisaient un bruit de succion. Devant moi, un homme les raclait, mais il en tombait tant que ses efforts semblaient voués à l'échec. Je me sentais vieille. Quel âge avaient les étudiants? Seize, dix-sept ans? Des enfants aux espoirs et aux rêves encore purs et intacts.

J'avais pour ma part réalisé mon rêve, mais que cela m'avait-il apporté? La richesse? Je baissai les yeux sur ma robe, que je portais depuis de trop nombreux jours sans l'avoir lavée, et sur ma grande cape rapiécée, entortillée sous mon bras. La renommée? J'avais été une étudiante célèbre, mais, depuis, c'était comme si j'étais morte. Le bonheur? Mes yeux se gonflèrent de larmes. Le jour où j'avais reçu mon diplôme, j'avais cru que ma vie serait à jamais transformée. J'entrais dans le territoire interdit de mon père. Plus rien ne serait comme avant. En vérité, rien n'avait changé. J'étais toujours la bonne vieille Agnes White, ni plus riche, ni plus célèbre, ni plus heureuse qu'avant.

Devant, une fille qui ressemblait vaguement à Laure posa ses livres et me regarda d'un air dubitatif. Elle se détourna brusquement et je me rendis compte que je l'avais fixée. Devenais-je une excentrique qui rendait les jeunes mal à l'aise en posant sur eux des regards affamés et ardents? Mes tempes grisonnaient. Était-ce Jane Austen qui avait écrit qu'une femme se fanait à vingt-sept ans? Dans quel livre? *Emma*? *Persuasion*? Miss Skerry l'aurait su, elle.

Pour ma part, j'avais vingt-neuf ans, et deux diplômes dans des cadres noirs étaient accrochés au mur de mon bureau miteux. Je recommençai à marcher. La fille avait le nez plongé dans un livre. J'aurais donné cher pour retrouver la sécurité de l'école, lire des livres et scribouiller des travaux pour les professeurs. J'étais engagée sur les pavés, occupée à m'apitoyer sur mon sort, lorsque retentit la voix d'un cocher dont le cheval et le boghei m'avaient frôlée. L'animal terrorisé écarquillait les yeux. Des gouttelettes d'écume parsemaient le mors en métal. Il était si proche que je sentis son haleine.

— Regardez donc où vous allez ! cria le conducteur, tandis que je m'écartais du chemin. J'ai failli vous tuer !

Il donna une claque au flanc de l'animal et la carriole s'ébranla.

J'étais sur le point de redescendre vers la rue Sherbrooke pour trouver refuge parmi la multitude sans visage et regagner le trou qui me tenait lieu de cabinet quand j'entendis quelqu'un crier mon nom.

Au loin, un homme en costume gris leva la main et l'agita. Il ne portait pas de chapeau et, sous l'effet du vent, ses cheveux se dressaient sur sa tête. C'était le Dr Samuel Clarke, compris-je, étonnée, l'homme qui m'avait enseigné la médecine générale à Bishop. Il descendit jusqu'au sentier et me prit par le bras.

— Docteur White ! s'exclama-t-il. Où diable vous cachiez-vous ? Si votre emploi du temps le permet, faisons quelques pas ensemble.

J'étais si saisie que je le suivis aussitôt. Je me souvins de son charme, de l'impression que j'avais d'être importante chaque fois que je me trouvais à ses côtés. Je le reconnaissais bien là : c'était comme s'il me suppliait de lui tenir compagnie, alors que c'était exactement le contraire. Quelques mois plus tôt, j'avais entendu dire qu'il était devenu le nouveau doyen de la Faculté de médecine de McGill.

— Vous travaillez dans les environs?

Ses yeux dénotaient un véritable intérêt. Pendant mes études, le Dr Clarke avait été le seul de mes professeurs de médecine à s'intéresser à moi. Unique femme de la classe, j'étais aussi visible qu'un arbre au milieu du désert. Les autres professeurs m'avaient en gros considérée comme une injure et une menace.

Je lui racontai brièvement mes résidences à Zurich et à Vienne, puis je lui tendis une carte portant mon adresse de la rue Mansfield.

Il prononça quelques mots favorables aux femmes médecins, grâce à qui les mères et les enfants se sentaient plus à l'aise. D'autres avaient déjà tenu des propos semblables, mais, dans la bouche du Dr Clarke, les mots semblaient sincères. Je me gardai bien de lui confier combien de mères et d'enfants avaient frappé à ma porte depuis mon établissement.

— Vous devriez venir faire un tour au Vic, dit le Dr Clarke en montrant le bâtiment de pierre qui se dressait sur le versant sud du mont Royal.

On avait construit le Royal Victoria pendant mon séjour en Europe. Enveloppé de feuilles dorées qui chatoyaient sous le soleil d'automne, l'hôpital me faisait penser à un château.

Le Dr Clarke se tourna pour m'examiner. Soudain, je me vis par l'entremise de ses yeux: la robe terne que je portais tous les jours, comme si j'étais une nonne, ma grande cape rapiécée, mes chaussures éraflées. En rentrant au bureau, je m'arrêterais quelque part pour acheter du cirage. Comment avais-je pu me laisser aller de la sorte?

Le Dr Clarke m'observait toujours. À Bishop, j'avais fait partie d'une bande d'étudiants qu'il avait suivie de près. Parmi nous, il y avait Joseph, un homme de couleur de la Jamaïque, et quelques juifs. À titre de seule femme de la classe, j'y avais été associée d'office. Le Dr Clarke s'était fait un devoir d'apprendre nos noms et d'organiser l'horaire de telle manière que les étudiants juifs puissent partir tôt le vendredi, en prévision du Sabbat. À la fin de nos études, il avait aidé quelques-uns d'entre nous à trouver du travail. La rumeur voulait que Clarke lui-même soit juif. Il appartenait à l'Église presbytérienne et avait épousé une anglicane. Ses fils se prénommaient Christopher et Luke. Malgré tout, les rumeurs persistaient.

— J'ai bien peur de devoir vous abandonner ici, dit-il à la porte de la faculté.

Je hochai la tête. Comment lui en vouloir? Pourquoi le doyen de la Faculté de médecine de McGill perdrait-il son temps avec une moins que rien dans mon genre?

— Nous devons nous revoir.

Je hochai la tête une deuxième fois en lui sachant gré de sa politesse, mais j'avais déjà la tête ailleurs.

— Disons demain, d'accord? Neuf heures, c'est trop tôt?

Ses yeux bruns d'une grande intensité étudiaient les miens.

J'étais si surprise que je ne répondis pas aussitôt. Le Dr Clarke était sérieux. C'était plus qu'une simple marque de politesse.

— Neuf heures, donc, répéta-t-il.

Il s'éloigna en me laissant sur le sentier à hocher la tête.

J'occupais à présent le fauteuil où j'avais pris place lorsque, huit ans plus tôt, le Dr Laidlaw m'avait convoquée dans son bureau. Sa secrétaire, la femme aux bras flasques et à l'accueil chaleureux, était toujours là. Elle travaillait désormais sous les ordres du doyen Clarke. Penser que cette femme avait continué de jouer le même rôle derrière le même bureau, pendant que j'obtenais mon diplôme et que je parcourais la moitié du monde, me fit une drôle de sensation. Depuis ma dernière visite, combien de jeunes hommes avaient franchi les portes de McGill ? Combien de femmes ? Sur le mur opposé, Andrew F. Holmes continuait de nous regarder d'un air férocement moqueur.

En route vers leurs cours, des garçons portant la toge passaient en bavardant et en riant. Je ne reconnaissais personne. J'aurais donné cher pour voir apparaître William Howlett ou l'un des membres du comité d'admission qui m'avaient rejetée et, ce faisant, avaient renoncé à la somme faramineuse que j'avais recueillie pour ma cause. Une cloche sonna, le couloir se vida et le silence qui se fit soudain était tel que j'entendis le tic-tac d'une horloge dans ce qui avait toutes les apparences d'une salle de réception voisine. Je la contemplais en louchant lorsque le Dr Clarke vint à ma rencontre. Il ouvrit les bras, comme s'il avait eu l'intention de m'étreindre, se ravisa et les accrocha derrière son dos.

— Soyez la bienvenue, docteur White.

Dans son bureau, les fenêtres grandes ouvertes laissaient entendre les roucoulements des pigeons dans les avant-toits. Le doyen Clarke avait changé la disposition des meubles et tiré sa table de travail d'un côté ; les visiteurs apercevaient les arbres de la cour, des peupliers plantés en rangée qui s'étiraient dans la lumière matinale.

— Je nous ai commandé du thé, dit-il.

Quelle différence par rapport à la dernière fois! Ce jour-là, la fumée du Dr Mastro et l'hostilité du Dr Hingston avaient envahi la pièce. La secrétaire, qui, appris-je alors, s'appelait Mrs Burke, apporta le thé. Pendant que je buvais à petites gorgées, le Dr Clarke me donna des nouvelles de la faculté. Des membres du comité qui avaient rejeté mon admission, seul restait le Dr Mastro, qui dirigeait le département de physiologie. Le Dr Howlett, qu'il avait remplacé à ce poste, se trouvait aux États-Unis où, apparemment, il faisait fortune et était en voie de devenir célèbre. Le doyen Laidlaw était parti à la retraite et le Dr Hingston était mort. La dernière information m'était connue. Pendant que j'étais à Vienne, Laure m'avait fait suivre la notice nécrologique, et j'avais écrit un mot maladroit à Felicity, qui vivait encore avec sa mère.

Le Dr Clarke me traitait comme une collègue digne de son attention. C'était agréable et, en même temps, troublant. J'avais revêtu une robe propre, mais elle n'était absolument pas flatteuse. Mes chaussures avaient beau être cirées, j'étais loin de mériter l'intérêt d'un doyen.

C'était un bel homme aux joues lisses de jeune garçon et aux cheveux fournis qui, bien qu'il ait plus de cinquante ans, commençaient à peine à grisonner. «Désarmant»: tel était l'adjectif qui venait à l'esprit, et «gentleman», le substantif. En cet instant, toutefois, il me rendait nerveuse. Pendant notre conversation, il n'avait pas encore croisé mon regard. Il contempla le plafond, puis la fenêtre.

— J'ai une proposition à vous faire.

Je posai ma tasse. Pendant un court instant de folie, je craignis qu'il ne me fasse une proposition indécente.

— Depuis quelques mois, dit-il après un silence gêné, nous cherchons quelqu'un.

L'air que je respirais refusa de descendre et je toussai. Je crus avoir mal entendu. McGill n'admettait pas de femmes en médecine. Le Dr Clarke me proposait-il un poste ? Le soleil choisit ce moment précis pour grimper à la cime des peupliers et je repoussai mon fauteuil dans l'ombre.

— Il s'agit du musée de médecine, dit-il. Il nous faut quelqu'un pour s'en occuper.

Il secoua la tête d'un air chagrin.

— Je sais bien que ce n'est pas le plus passionnant des emplois et que le traitement…

Il laissa la phrase en suspens.

— Vous m'offrez le poste ?

— Je suis navré, docteur White.

Je me retins à grand-peine d'éclater de rire. Le Dr Clarke s'excusait de m'offrir un poste rémunéré à McGill. Il déverrouillait pour moi les portes de l'établissement. Je faillis lui sauter au cou.

— J'accepte, dis-je.

Je dus répéter les mots une première, puis une deuxième fois, plus lentement, avant qu'il comprenne.

Dans la pièce, il faisait sombre comme dans une tombe et de la poussière voletait partout. Le Dr Clarke se couvrit la bouche d'un mouchoir. Il n'y avait pas de plafonnier.

— Je suis navré, Agnes, dit-il de nouveau après avoir ouvert les portes.

L'électricité ne se rendait pas encore jusque-là et il dut allumer une lampe au gaz qui enroba toutes choses d'une lueur jaune. Les bureaux des professeurs se trouvaient sous nos pieds et les amphithéâtres sous les bureaux. Rares étaient ceux qui s'aventuraient jusqu'en haut. Des chaises et des pupitres démantibulés s'entassaient dans le couloir.

— Mastro devait faire faire le ménage, marmonna le Dr Clarke dans son mouchoir. Il agit comme conservateur.

Le nom me fit sursauter.

— Le Dr Mastro?

Le Dr Clarke hocha la tête.

— La fonction revient d'office au directeur du département de physiologie.

Il fit glisser un doigt sur la surface de la principale table de travail et m'en montra le bout noirci.

— La femme de Mastro est dans un sanatorium de Saranac Lake. Elle a la tuberculose. Franchement, il a d'autres chats à fouetter.

Mes yeux s'habituaient à la pénombre. Je distinguai les hauts plafonds, les murs couverts de tablettes. Autrefois, l'ordre régnait dans ce lieu. Quelqu'un s'en occupait. Je voyais à présent pourquoi il faisait si noir. J'allai jusqu'au fond et tirai sur une corde. Un store remonta en vrombissant et une grande fenêtre crasseuse apparut.

— *Fiat lux!* s'exclama le doyen.

Je le voyais mieux à présent. Il souriait comme un jeune garçon aux joues lisses.

Les bocaux et la pièce caverneuse me transportèrent dans un autre temps et un autre lieu. Immobile, je respirai le formaldéhyde. L'odeur des objets qu'on préserve. Je me remémorai la grange à St. Andrews East, où j'avais en quelque sorte fait mes premières armes comme conservatrice, mais ces souvenirs remontaient encore plus loin. Ces bocaux et ces tablettes, je les avais déjà vus. Dans la pièce du fond de notre maison de Montréal.

Le doyen finit par prendre congé en me promettant d'envoyer le concierge avec un seau et tout le matériel de nettoyage que je jugerais nécessaire. Une fois de plus, il avait pris un air contrit, comme si faire le ménage d'un lieu pareil était indigne d'une personne de mon rang.

Pendant les trente minutes suivantes, je restai simplement assise sur un tabouret, devant la table de travail, à observer le ballet des grains de poussière. Le soleil était à son zénith et ses rayons traversaient la crasse de la fenêtre, qui dominait le côté sud du campus. J'aurais de la lumière pendant toute la journée.

Le Dr Clarke n'avait pas défini mes tâches, mais je voyais bien par où commencer. Le musée était comme un grenier dans lequel les objets, entassés au petit bonheur, penchaient ou étaient tombés. Quelque chose de blanc attira mon attention. Bizarrement affalé autour d'un poteau en métal se trouvait un squelette. Il était minuscule, trop petit pour être celui d'une femme adulte. Je le redressai et le bras droit, se détachant à la hauteur de l'épaule, me resta entre les mains.

Je serrai le bras entre les miens. On avait sauvé les possessions de mon père. Sans doute William Howlett les avait-il fait transporter ici afin de les préserver et c'était moi qui veillerais désormais sur elles. Le Dr Clarke se doutait-il du cadeau qu'il venait de me faire ? Mes yeux se remplirent de larmes.

Comme le squelette, les objets que renfermait le musée avaient pour la plupart besoin de réparations. Je m'en chargerais avec joie. Je posai les os du bras, granuleux et d'une surprenante légèreté, et me mis à examiner les bocaux. Certains spécimens provenaient d'animaux. Dans l'un, je vis des tranches du poumon d'un cochon, sélectionnées en raison des parasites qui obstruaient les bronches. « *Strongylus* », lus-je. Cette écriture, je n'avais pas eu le loisir de la connaître intimement. Mes lettres à moi sont tassées, surtout lorsque je me dépêche. Les siennes, fines et élancées, s'étiraient vers le haut, comme pour prendre leur envol.

Sur une tablette, il n'y avait que des cœurs humains préservés. L'étiquette du premier flacon portait des mots écrits de la main de mon père : « Cœur gras avec rupture ». C'étaient de très anciens spécimens aux surfaces moussues qu'on n'aurait voulu toucher pour rien au monde. L'étiquette d'un autre disait : « Péricardite purulente aiguë ». C'était celui d'une femme qui, selon les notes de mon père, avait produit un demi-litre de « pus louable ». Ces spécimens lui avaient appartenu. Il les avait prélevés et préservés. Je n'en revenais pas.

— La chambre des horreurs, dis-je à voix haute en souriant à l'évocation de ce souvenir.

Je contemplai le fouillis qui m'entourait. Il faudrait beaucoup de temps et d'efforts pour tout remettre en ordre, mais je disposais de jours et de mois, et le Dr Clarke me paierait.

Après le repas, le Dr Clarke me trouva en train de balayer, ma jupe anthracite nouée pour protéger l'ourlet de la poussière, un fichu de couleur vive noué sur ma tête. Un grand nombre de bocaux s'alignaient déjà sur la table de travail en prévision d'un tri préliminaire. Il éternua de prodigieuse façon.

— J'ai peur d'avoir fait un peu de pagaille, dis-je.

Le Dr Clarke éclata de rire.

— N'est-ce pas là votre spécialité, docteur White?

J'étais sur le point de protester lorsqu'un deuxième homme s'encadra dans la porte et brisa mon élan. Je le reconnus immédiatement.

— Je me suis dit qu'il fallait que vous vous rencontriez, dit le Dr Clarke sur un ton affable.

Le Dr Mastro ne s'avança pas. Il resta sur le seuil, ses solides épaules légèrement arrondies, les mains au fond de ses poches.

— Nous avons déjà eu ce plaisir, dis-je en hochant la tête en signe de salutation.

Je m'étais efforcée d'adopter un ton cordial.

— Je viens d'apprendre votre nomination, dit-il. Je vous prie d'excuser ma surprise.

Le Dr Clarke laissa entendre un petit rire embarrassé. De toute évidence, il avait empiété sur les prérogatives du directeur du département de physiologie. De toute évidence aussi, le Dr Mastro était mécontent.

— Le Dr White est éminemment qualifié pour…

— Je n'en doute pas, dit le Dr Mastro en faisant passer son poids d'une jambe sur l'autre, comme s'il s'apprêtait à nous asséner un direct des deux poings.

Il prit note de mon apparence, plus semblable à celle d'une femme de ménage qu'à celle d'un membre de la Faculté de médecine, puis passa près de moi pour entrer dans le capharnaüm.

— Il fallait que quelqu'un s'y mette, dit-il.

— Et tu es au loin, Ed, plaida le Dr Clarke. Tu ne peux pas t'en charger toi-même. Je me suis dit que tu serais soulagé.

Le Dr Mastro sourit.

— Évidemment.

Il fit claquer ses talons à la manière d'un soldat et agita la main d'un air dédaigneux.

— Si vous voulez bien m'excuser, tous les deux, j'ai un cours à préparer.

Ses chaussures retentirent sur les carreaux. Le Dr Clarke éclata de rire, mais je fus incapable de partager son hilarité. Ce matin-là, j'avais remué plus que de la poussière. Le musée était rempli de fantômes qui se réveillaient un à un.

III

Le cœur de Howlett

Il arrive que le cœur soit prolongé
par une protubérance creuse.

Maude Abbott,
« Congenital Cardiac Disease »

10

Avril 1899

Je survécus à mon premier hiver à McGill, mais, hormis le Dr Clarke, je ne comptais aucun ami parmi les membres du corps professoral. Personne ne m'arrêtait dans les couloirs pour faire un brin de causette. À l'heure de la pause café, je m'étais un jour aventurée dans la salle commune, et mes collègues m'avaient alors fixée avec une telle intensité que je n'avais pas osé répéter l'expérience. Ma présence à McGill les perturbait. On ne m'avait embauchée ni pour enseigner ni pour faire de la recherche ; pourtant, je touchais un salaire. Cette hostilité, ils ne la verbalisaient pas. Ils respectaient trop le doyen pour le défier ouvertement, mais ils n'en pensaient pas moins. Personne n'utilisait mon titre officiel de « docteur » pour s'adresser à moi, sauf le doyen Clarke. À ma porte, pas de plaque faisant état de mon titre ni même de mon nom. Je constituais une catégorie à part.

Je serrai mon écharpe autour de mon cou. Le long de la fenêtre, une fissure faussait la vue que j'avais sur le campus et laissait entrer le froid et les courants d'air. En novembre, je m'en étais plainte à Mastro, mais rien n'avait été fait. C'était le cadet de ses soucis. Il passait beaucoup de temps à Saranac Lake; souvent, je m'occupais du musée sans lui. Nous étions à présent en avril. Sans doute ne neigerait-il plus. L'air, cependant, demeurait frisquet.

La fenêtre frissonna. J'étais sûre qu'elle finirait par céder. Je pris un moment pour balayer mon petit royaume des yeux. En ce jour, les objets exposés semblaient plus sinistres qu'à l'accoutumée, mais, par beau temps, les bocaux de verre scintillaient et leur contenu luisait. Depuis mon arrivée en septembre, j'avais beaucoup accompli. J'avais passé en revue tous les spécimens, puis, après les avoir dépoussiérés, je les avais classés par organe ou par fonction. Au début, je m'étais consacrée aux corvées les plus élémentaires, comme nettoyer et repeindre les tablettes. Mais la tâche était colossale. Le sceau de nombreux bocaux s'était brisé et la pourriture s'y était installée. Dans d'autres, le tube qui servait de support au spécimen avait glissé ou s'était cassé.

Dans mes moments les plus sombres, je me disais que j'avais commis une erreur en acceptant ce poste. Lorsque le Dr Clarke me l'avait proposé, j'avais cru rêver. Mais je me rendais compte à présent que j'aurais dû lui poser certaines questions. Avant de me jeter à ses pieds, j'aurais dû m'assurer que le salaire était suffisant. Je comprenais à présent pourquoi personne n'avait voulu de cet emploi.

Sur la table devant moi s'étalait une collection de cœurs, trois douzaines de cœurs de tailles et de formes diverses, certains prélevés la semaine précédente et d'autres soixante-dix ans plus tôt. Taillés dans d'épaisses plaques de verre, les bocaux étincelaient comme du cristal. Dans certains, le formaldéhyde avait jauni; dans d'autres, on voyait des traces de bleu. Certains organes étaient entiers, d'autres sectionnés. Quel que fût leur état, ils étaient d'une saisissante beauté et pourtant anormaux.

On observait en effet des irrégularités : de petites déchirures du septum, des tissus cicatrisés qui empêchaient l'ouverture et la fermeture des valves, la coarctation de l'aorte, l'inversion de l'aorte et de l'artère pulmonaire. Du vivant des patients, les indices étaient sans doute subtils : essoufflement, douleur récurrente, pâleur, teint cyanotique. Des oreilles non averties n'auraient rien décelé d'anormal. Un stéthoscope posé contre leur poitrine aurait laissé entendre une symphonie surnaturelle.

Les nouveaux spécimens n'étaient pas encore étiquetés. À mon arrivée dans ce lieu abandonné de tous, très peu l'avaient été. Dans un coin, je réservais deux tablettes à ces cœurs brisés, un « coin du cœur », comme dans la chambre des horreurs de mon père. Pour l'heure, cependant, les cœurs s'entassaient pêle-mêle sur ma table de travail, au milieu de flaques de produits chimiques et de pages de notes toutes tachées.

Je m'emparai du bocal le plus rapproché. Il renfermait le plus gros cœur de la collection, gris comme une poitrine de pigeon ; des plumes de chair décomposée troublaient les contours. Sur l'étiquette, je lus : « Endocardite ulcéreuse ». L'écriture était celle de mon père.

On frappa à la porte et la tête du Dr Clarke apparut. Je consultai ma montre. Il était onze heures, moment précis du rendez-vous dont j'avais convenu avec lui. J'avais oublié. Je songeai brusquement que mon sarrau de laboratoire était taché. J'avais moi-même une petite odeur d'objet préservé dans le formol. Je rougis et tentai de me dépêtrer du sarrau, tandis que le Dr Clarke s'avançait vers moi.

— Comment va le système ? demanda-t-il en me prenant la main.

Le « système » était l'invention que m'avait inspirée la collection exhaustive qui m'avait été confiée. Les plus anciens spécimens dataient de 1823, année de la fondation de l'École de médecine de McGill. Depuis, on en avait recueilli des centaines d'autres. Avec une certaine régularité, d'autres encore arrivaient par seaux entiers de l'Hôpital général et du Royal Victoria, ce qui ne faisait qu'aggraver le chaos. La place ne manquait pas. Le défi consistait plutôt à organiser la collection de telle manière que les spécimens puissent être retrouvés de façon rapide et efficace.

À Zurich, un médecin avait adapté la classification décimale Dewey (système mis au point en 1876 et servant principalement au classement des livres dans les bibliothèques) aux spécimens anatomiques. Mon innovation, qui avait impressionné le Dr Mastro et quelques autres professeurs, consistait à ajouter un numéro de pathologie après la décimale. La conception et l'application du système avaient exigé quatre mois de travail. Désormais, tous les spécimens identifiés du musée, sauf les cœurs, avaient été étiquetés.

Les nouveaux spécimens posaient moins de problèmes. Ils s'accompagnaient en effet d'un rapport d'autopsie ; en cas d'ambiguïté, je n'avais qu'à consulter le Dr Mastro ou l'auteur du rapport. C'étaient les spécimens plus anciens qui me causaient des maux de tête. La plupart du temps, je me sentais, comme Sisyphe, condamnée à faire rouler ma pierre jusqu'en haut de la colline, d'où elle retombait invariablement sur moi. L'anatomie était la partie la plus facile de mon travail. Il était beaucoup plus difficile d'identifier l'anomalie pathologique. Je devais également, pour dater les spécimens, consulter de vieux registres d'hôpitaux. C'était un travail lent, laborieux.

— Terminé ! déclarai-je sur un ton théâtral.

Le Dr Clarke rit et me serra la main.

— Vous êtes une fille remarquable.

À cause du contact quotidien des spécimens, la peau de ma main était rugueuse. Je la retirai aussitôt.

Le Dr Clarke fit celui qui n'avait rien remarqué.

— Qu'avez-vous donc déterré, Agnes ?

La veille, j'avais laissé un message sur son bureau. En règle générale, j'évitais de l'accabler d'exigences. Il avait beaucoup trop de travail. Outre ses fonctions administratives, il publiait des articles savants et avait un cabinet privé. De plus, il s'occupait de quelques protégés parmi les étudiants et les collègues plus jeunes.

Je désignai le bocal renfermant le cœur de grande taille que j'avais passé la matinée à examiner. C'était l'organe d'un adulte, mais il était si étrange et malformé qu'on avait peine à croire que son propriétaire n'était pas mort en bas âge.

Clarke tira le bocal vers lui et, en louchant, étudia le cœur dans la lumière inégale.

— Endocardite ulcéreuse ?

— L'étiquette est erronée.

— C'est le moins qu'on puisse dire, confirma le Dr Clarke. C'est une anomalie que je n'ai encore jamais vue. Voyez la dilatation des auricules.

J'étais gagnée par le découragement. Travailler au musée, c'était un peu comme faire un énorme casse-tête dont certains morceaux manquaient à l'appel, tandis que d'autres refusaient obstinément de trouver leur juste place.

— C'est donc du jamais vu pour vous ?

Il fit tourner le bocal très lentement.

— Il n'y a qu'un seul ventricule, dit-il en secouant la tête d'un air ahuri. Comme chez les reptiles !

J'opinai du bonnet. En voyant le cœur pour la première fois, je m'étais dit qu'il n'était peut-être pas humain. Le musée comptait un certain nombre de spécimens d'origine animale et j'avais l'intuition qu'il s'agissait peut-être de l'un d'eux. Je mentionnai cette possibilité au Dr Clarke.

— Il est trop gros, dit-il en se grattant le menton. À part le ventricule, tout est clairement humain.

— Pas tout à fait, dis-je en désignant le coin gauche du cœur, juste à côté de l'artère pulmonaire. Il y a une cavité. Vous voyez ? Je suppose qu'elle a pour fonction de se substituer au ventricule manquant.

Le Dr Clarke fit tourner le bocal une dernière fois, les lèvres pincées, plongé dans ses pensées.

— Vous savez qui pourrait vous aider à y voir plus clair ?

Ma respiration ralentit. Je n'osai pas tourner la tête. Ancien, le cœur était peut-être antérieur à mon père ; au moment de l'acquisition du spécimen, toutefois, il était le pathologiste en résidence. Il avait peut-être réalisé l'autopsie. J'évitais de regarder le doyen. Comment réagir si le nom que je redoutais et espérais tout à la fois sortait de sa bouche ?

— William Howlett, dit le doyen en rapprochant le bout de ses doigts.

Surprise, je me tournai vers lui.

— Il connaissait cette collection mieux que quiconque, expliqua Clarke. À l'époque où il était professeur ici, il utilisait ces spécimens en classe à des fins de démonstration.

Je m'efforçai de hocher la tête et de sourire. *William Howlett.* Son nom ne m'était même pas venu à l'esprit.

— Oui, dit le Dr Clarke. Howlett est votre homme. Vous avez entendu parler de lui, je suppose?

Le Dr Clarke reposa le mystérieux spécimen.

— Depuis son départ de Montréal, il s'est taillé une grande réputation.

Je hochai faiblement la tête, geste que le Dr Clarke interpréta à sa guise.

— Vous auriez intérêt à le rencontrer, docteur White. Pour plusieurs raisons, dont ce cœur est peut-être la moins importante.

11

Mai 1899

La première chose que je remarquai à Baltimore, ce furent les couleurs. Aux branches des ormes et des chênes qui bordaient les rues paisibles, des feuilles vertes se déployaient. Les haies étaient couvertes de bourgeons verts; vert aussi, le gazon des vastes pelouses bien entretenues. Lorsque, deux jours plus tôt, j'étais montée dans le train à la gare Windsor, Montréal était vêtue de gris. Dans ma ville nordique, le printemps débutait à peine. Au fur et à mesure que je cheminais vers le sud, la couleur, peu à peu, avait infiltré le paysage. Lorsque j'arrivai à Baltimore, j'eus l'impression qu'une main descendue du ciel avait badigeonné la terre des luxuriantes couleurs du printemps.

J'étais là grâce au Dr Clarke. C'était lui qui avait été l'instigateur de ce voyage, lui aussi qui avait réuni les fonds nécessaires, malgré la vive opposition du Dr Mastro et d'autres professeurs. Ma destination principale était l'Army Medical Museum de Washington, où, selon le Dr Clarke, se trouvait la plus importante collection de spécimens pathologiques en Amérique du Nord. Elle serait pour moi une grande source d'inspiration, avait-il dit. Il me proposa de m'arrêter en route pour visiter l'hôpital universitaire Johns Hopkins, à Baltimore. Mis au courant, le Dr Mastro avait fait des histoires à n'en plus finir. Il ne voyait pas pourquoi des fonds de l'université, insuffisants dans le meilleur des cas, devraient être alloués à une personne qui ne faisait même pas partie du corps professoral.

Clarke avait tout arrangé, cependant, et j'étais là, à bord d'un tramway qui zigzaguait dans les rues de Baltimore en direction de l'école de médecine la plus réputée des États-Unis. Sur mes genoux était posée une sacoche en cuir bourrée de chiffons et de journaux vieux d'une semaine. Niché parmi eux se trouvait l'énigmatique cœur à trois cavités qui m'obsédait depuis que j'avais posé les yeux sur lui. J'espérais être sur le point d'élucider le mystère de ses origines. Outre le cœur, la sacoche renfermait une lettre de recommandation adressée au médecin-chef de l'hôpital, le Dr William Howlett.

J'étais enthousiaste à l'idée de le revoir. Il se souviendrait forcément de moi : j'étais pratiquement tombée à ses pieds dans le bureau du doyen à McGill et, en sanglotant, je lui avais confié ma véritable identité. Je tenais à ce qu'il soit témoin de ma réussite.

Le cœur pesait lourdement sur mes jambes. C'était, au sens propre, un fardeau. Je le trimballais depuis Montréal et je ne l'avais pas quitté des yeux. Le verre du bocal était épais, certes, mais pas incassable. Pendant mon séjour, j'espérais pouvoir le laisser dans le bureau de Howlett.

À mes pieds s'étendaient le port et un dédale de rues. Baltimore est une ville industrielle qui compte des quartiers résidentiels huppés, y compris celui de mon hôtel, où abondent les immenses vieilles demeures en bois et en pierre, mais d'autres aussi, bien plus nombreux, où s'entassent les maisons en rangées et les immeubles à logements surpeuplés. La ville donnait l'impression d'abriter une importante classe ouvrière, composée principalement, si j'avais bien compris, d'immigrants allemands. Les domestiques, en revanche, étaient invariablement des personnes de couleur. Le matin même, en attendant le tramway, j'avais vu pas moins de cinq femmes noires poussant un landau dans lequel prenait place un enfant blanc.

L'hôpital Johns Hopkins est construit sur une colline, au centre de la ville, d'où il domine la baie de Chesapeake. Il fut construit en 1870, soit avant que Pasteur dissipe l'idée fausse selon laquelle la contagion se répand par voie aérienne. À l'époque, la colline, balayée par les fraîches brises maritimes, avait été jugée salubre. D'un jour à l'autre, les théories avaient changé et l'endroit faisait désormais figure d'anachronisme. J'avais lu quelque part que les théories relatives aux brises océanes étaient fausses et que, au surplus, les architectes n'avaient prévu ni ventilation ni égouts adéquats. Malgré tout, l'hôpital et son école de médecine étaient les plus réputés en Amérique du Nord. Son personnel compensait largement les effets des fausses prémisses sur lesquelles il avait été construit.

Le tramway électrique grimpait la colline en soufflant. Seul un mince câble nous empêchait de dégringoler à reculons en direction de la baie de Chesapeake. Les deux autres passagers ne semblaient pas préoccupés. L'un d'eux, une fille, avait le nez plongé dans un manuel. D'où j'étais, je distinguais des organes roses noyés dans une mer de texte.

L'autre passager était un homme dont l'âge se rapprochait davantage du mien. Il avait les cheveux coupés ras et un maintien militaire. Sans livres, lui, il ne faisait attention ni à la fille ni à moi; pour tuer le temps, il regardait par la fenêtre. Il avait trop bonne mine pour être un patient, mais il ne comptait pas non plus parmi les étudiants en médecine, qui vivaient tous au sommet de la colline. Que pouvait-il bien faire à bord de ce tramway à huit heures et demie du matin ? Résider sur place était l'une des conditions d'admission à Johns Hopkins ; les candidats devaient être célibataires et accepter de loger à l'hôpital. Ces règles avaient été imposées par le Dr Howlett qui, relativement à la formation des futurs médecins, jugeait la pratique beaucoup plus utile que les livres. Les quelques femmes inscrites au programme étaient exemptées. Elles louaient une chambre en ville ou habitaient à la résidence des infirmières, également située en haut de la colline.

Il était presque neuf heures lorsque le tramway parvint au sommet. L'homme fut le premier à descendre. Il se dirigea vers l'hôpital sans attendre ni proposer de m'aider avec mon lourd bagage. La fille se hâta derrière lui. Croulant sous le poids d'une montagne de livres, elle consulta sa montre.

Je descendis sans tarder. J'avais écrit à William Howlett pour prendre rendez-vous et sa secrétaire m'avait conseillé de ne pas être en retard.

— Le Dr Howlett est ponctuel, avait-elle indiqué. Il n'en exigera pas moins de vous.

Je me demandai ce qu'il avait pensé de ma requête et quel genre d'accueil il me réserverait. Neuf années s'étaient écoulées depuis notre malheureuse rencontre à Montréal. À la pensée de l'hostilité des membres du comité, je grinçai un peu des dents. Selon Miss Skerry, les situations les plus pénibles sont aussi les plus fécondes, étant donné les enseignements qu'on en tire. Celle-là ne m'avait pas appris grand-chose. Le fiasco avait été absolu.

Au cours des mois ayant suivi cette première rencontre, le Dr Howlett n'avait pas cherché à communiquer avec moi. Il avait peut-être même été dégoûté. À moins que la mention de mon père ne l'ait ébranlé. Quoi qu'il en soit, il avait quitté Montréal moins d'un an plus tard, pour travailler d'abord à Philadelphie, puis, au bout de quelques années, à Baltimore. Nous étions sur le point de nous revoir. Ma main se resserra sur la poignée de la sacoche. Sans les encouragements du Dr Clarke, je n'aurais jamais cherché à revoir le Dr Howlett. Or, il était peut-être la seule personne au monde à pouvoir résoudre l'énigme de mon cœur.

Au-dessus de moi, l'hôpital se dressait, majestueux. La plupart des bâtiments étaient en briques et une tour surmontée d'une coupole tenait davantage du château de contes de fées que de la maison de convalescence. Deux ou trois patients et des gens que je pris pour des membres de leur famille se tenaient debout près de l'entrée. Un vigile taillait un bout de bois à l'aide d'un canif. Avant même que j'aie ouvert la bouche, il m'indiqua le chemin à l'aide d'une série de gestes brefs et exercés.

Lorsque, au premier étage, je poussai la porte du palier, je tombai sur une foule compacte qui tournait en rond. Après mon ascension, la sacoche à la main, j'avais chaud. Je restai en périphérie en me demandant qui étaient ces gens et ce qui se passait au juste. Ils parlaient tous avec une grande excitation. Soudain, le silence se fit et les yeux se tournèrent vers la porte d'un bureau qui venait de s'ouvrir. Le Dr Howlett sortit de la pièce. Je le vis déambuler au milieu de la multitude en souriant et en se penchant pour serrer des mains.

En neuf ans, il avait à peine changé. Toujours vêtu avec soin, il portait, cette fois-là, une jaquette et un haut-de-forme qu'il négligea de retirer, malgré la présence de plusieurs femmes. Il avait une canne dans sa main gauche et, à sa boutonnière, un brin de lilas qu'il humait en parlant. Dans son visage amaigri, ses yeux étaient plus vifs que jamais.

Sans doute les personnes réunies lui avaient-elles écrit, comme moi, dans l'espoir d'obtenir un entretien privé. Il n'avait sans doute pas lu ma lettre. Il ne savait peut-être même pas que j'étais attendue. Je le vis fendre la foule en souriant et en lançant des paroles anodines. Je reconnus la fille du tramway, maintenant armée d'un carnet plutôt que d'un livre. Howlett chuchota quelques mots à son oreille et elle sourit timidement. Le geste était si intime qu'ils auraient pu passer pour des amants. Le jeune homme qui affectait un maintien militaire était là, lui aussi. Un stéthoscope autour du cou, il suivait les mouvements de Howlett avec un air que je ne pourrais qualifier que de languissant. Tous ces gens étaient venus pour le voir ; c'est pourquoi le vigile avait tout de suite su vers où m'orienter. Lorsque la secrétaire m'avait donné rendez-vous, j'avais cru obtenir une faveur insigne. La veille, à l'hôtel, je m'étais tournée et retournée dans mon lit en essayant de me représenter le bureau du Dr Howlett et en préparant des phrases dans ma tête. À la vue du groupe avec qui je partagerais le privilège qui m'était fait, je compris que j'avais veillé pour rien.

Je doutais d'avoir l'occasion de lui parler du spécimen que je trimballais depuis Montréal. Le Dr Howlett entreprendrait bientôt ses visites du matin. De toute évidence, il avait l'habitude d'inviter un grand nombre de collègues et d'étudiants. Je m'adossai au mur et posai la sacoche contenant le cœur à côté de mes chaussures, que j'avais cirées avec soin à cinq heures et demie du matin.

— Doux Jésus, est-ce bien vous ?

Je levai la tête en clignant des yeux.

William Howlett se tenait devant moi.

— Oui, c'est vous, bien sûr. Je n'ai pas la berlue. Quelle surprise, Agnes White !

Il avait toujours son teint basané, comme si, au plus froid de l'hiver, un soleil personnel plombait sur lui. Il était plus beau que dans mes souvenirs. Les bouts de ses moustaches retroussées étaient cirés. Je le fixai stupidement avant de bafouiller quelques mots sur le Dr Clarke, McGill et Montréal.

Howlett sourit et me prit par la main. Je fus celle qui rompit le contact visuel. Nerveusement, je balayai la pièce des yeux. Tous les regards étaient rivés sur nous.

— Samuel Clarke ? s'écria Howlett. Voilà un nom qui ravive les braises du souvenir.

Il s'empara de la lettre de recommandation et la décacheta sur-le-champ, comme si c'était un cadeau.

— Eh bien, eh bien, soyez la bienvenue, *docteur* White.

Il prit de nouveau ma main et, cette fois, la porta à ses lèvres.

Les autres me regardaient avec envie, ouvertement, se demandant qui j'étais et ce qui me valait l'attention du grand homme. Je sentis les lèvres de Howlett sur ma peau. Que diable le Dr Clarke avait-il écrit ? Je m'attendais à ce que Howlett me reconnaisse, mais jamais je ne m'étais imaginé de telles effusions.

Il libéra ma main et se tourna vers la foule, et je pus me ressaisir. De sa canne, il désigna la première salle et invita tout le monde à le suivre. Puis il fit claquer ses talons, peut-être pour me saluer, peut-être pour signifier le début de ses visites, et s'engagea dans le couloir. Lorsque je relevai les yeux, plus personne ne faisait attention à moi. J'ajustai ma robe, puis je saisis la sacoche et lui emboîtai le pas. Bientôt, cependant, je me rendis compte que le traitement auquel j'avais eu droit n'avait rien d'unique.

William Howlett était la politesse mondaine même. Il s'arrêtait devant toutes les personnes qu'il croisait et leur offrait un moment d'attention si parfaite qu'elles étaient subjuguées. Sur tous les visages, je lisais le ravissement.

Les visites durèrent deux heures. Jamais je n'aurais pu imaginer pareille habileté, car Howlett, en plus de satisfaire ses patients, devait s'adresser aux étudiants, aux internes et aux médecins de passage qui l'encerclaient. Il n'excluait pas le patient et ne parlait de personne à la troisième personne, du moins pas à portée de voix. Ses propos étaient émaillés de plaisanteries et d'anecdotes.

Le ton de la matinée fut décontracté ; en fait, il fallait tendre l'oreille pour bien saisir la quantité d'informations communiquées. En plaisantant et en bavardant, Howlett ne cessait d'observer. La main qu'il posait sur le pied d'un malade était plus qu'un geste de tendresse. Ce contact le renseignait sur le pouls et les obstructions des vaisseaux sanguins. Lorsqu'il se tournait vers le même malade, c'était pour chercher des signes de pâleur, la teinte jaune de la bile, le bleu de la cyanose. Ses observations étaient si rapides que les internes n'arrivaient pas à tout consigner par écrit. Le jeune homme du tramway prenait des notes et, dans sa hâte de ne pas perdre un mot, avait à peine un regard pour les patients.

La tournée se termina enfin et la foule commença à se disperser : les étudiants se préparèrent à assister à leurs cours et les internes à reprendre leurs tâches hospitalières. Nous fûmes quelques-uns à nous attarder, mais, de toute évidence, Howlett jugeait s'être acquitté de ses obligations envers nous. Il porta la main à son chapeau pour nous saluer et s'éloigna.

J'étais découragée. Tout cela n'avait-il donc été que de la frime ? Le Dr Howlett dispensait-il son charme avec une équanimité telle que, au bout du compte, il n'avait pas pris note de ma présence ? Ne souhaitait-il donc pas me parler, prendre des nouvelles du Dr Clarke ou de McGill, savoir pourquoi j'étais venue jusqu'à Baltimore ? Je serrai la sacoche contre ma poitrine.

J'étais dans l'embrasure de la porte qui séparait la première salle des bureaux des professeurs lorsque Howlett passa devant moi. Il était tout près et, pourtant, il ne leva pas les yeux. Il fixait le sol. Je mis la main gauche sur le linteau pour me soutenir. L'autre main, lestée par la sacoche, glissa le long de mon corps. Je voulais qu'il me remarque. Je voulais une fois de plus sentir ses yeux sur moi.

Le jeune homme du tramway vint se planter devant moi. Il se retourna en gesticulant follement et en criant quelque chose au sujet de la porte. Je plongeai mon regard dans ses yeux, dont les pupilles se dilataient si rapidement qu'elles ne se distinguaient plus des iris. Il avait la voix étonnamment haut perchée, comme si elle n'avait pas encore mué ; on aurait dit celle d'un jeune garçon. Peut-être aussi se brisait-elle sous l'effet d'une affliction. Faisait-il une crise quelconque ? Je me dis que c'était improbable, car sa peau était d'une blancheur surnaturelle, ce qui lui conférait une beauté calme et délicate. Une peau pareille ferait l'envie de n'importe quelle femme. Pendant un singulier moment d'intimité, tout juste avant que la porte se referme violemment sur mon annulaire, je m'imaginai tendre la main pour le toucher.

L'instant d'après, il avait disparu et je levais les yeux sur un autre visage. Un visage à la peau sombre, de la couleur du café avec juste un soupçon de crème, des moustaches tombant de la lèvre supérieure. Dans l'intention de rétablir un semblant de logique, je restai parfaitement immobile. Je détectais également un parfum, à la fois familier et lointain, que je ne reconnus pas immédiatement. Épices et chocolat, avec une touche d'amertume en toile de fond. J'essayai de me soulever et m'écroulai aussitôt.

Howlett m'aida à m'allonger.

— Elle reprend conscience, dit-il.

Ces mots me ramenèrent brusquement à moi, comme si on avait agité des sels sous mes narines. La pièce cessa de tourner. Je plongeai mes yeux dans les siens et pris la pleine mesure de mon humiliation.

J'étais tombée en pâmoison comme une héroïne de conte de fées, juste aux pieds recouverts de chaussures à la mode du Dr Howlett. Que penserait-il de moi? Je tenais à l'impressionner, à faire étalage de la solidité et de la force que j'avais acquises de haute lutte. Peu à peu, je pris conscience des murmures et des visages flous qui m'entouraient.

— Passez-moi ses lunettes, ordonna le Dr Howlett.

La monture fut posée sur mon nez, les branches délicatement accrochées à mes oreilles.

J'étais éberluée. Des infirmières, des médecins, des étudiants et même des patients en chemise de nuit faisaient cercle autour de moi, baissaient les yeux sur moi d'un air inquiet. Je voulus protester et agiter ma main gauche pour insister, mais j'eus l'impression qu'elle ne m'appartenait plus. C'était une vision affreuse. Mon annulaire était réduit à l'état de masse sanguinolente. Du sang coulait sur le sol, mon manteau et l'étoffe de ma robe. Et pourtant, je ne sentais rien. Je contemplais la blessure d'une autre.

Le Dr Howlett me prit la main et la posa doucement sur mon ventre.

— Tournez la tête de côté, sinon nous risquons de vous perdre encore une fois, dit-il avec douceur. La blessure est moins grave qu'elle n'en a l'air. Tout ce qu'il vous faut, c'est un peu d'antiseptique. Vous serez sur pied dans une minute.

Il fit un geste derrière moi et le jeune homme qui avait crié avant l'accident s'approcha.

— J'ai tenté de la prévenir, dit-il de sa voix de fausset.

Il promenait son regard à gauche et à droite, évitait mes yeux.

— C'était inévitable, Rivers. Vous avez fait de votre mieux.

Howlett n'avait pas bronché en entendant la voix. C'était peut-être donc le timbre naturel du jeune homme. Howlett se tourna vers moi.

— Le Dr Rivers est un as des premiers soins. Il va s'occuper de vous. Ensuite, si vous vous sentez d'attaque, il vous fera faire la visite royale. Qu'en dites-vous ?

Mon doigt m'élançait. J'avais si peur d'en avoir perdu un bout que je n'osais pas regarder.

L'accident me valut d'être admise au département de pathologie. Je jetai un coup d'œil reconnaissant au jeune homme appelé Rivers. Lui, en revanche, ne semblait pas du tout enchanté, attitude que n'expliquait pas seul son sentiment de culpabilité. Il faisait la moue, les coins de sa bouche tournés vers le bas.

Howlett prit de nouveau la parole, cette fois pour m'inviter à venir manger chez lui le soir même. Compte tenu de ma douleur et de mes souffrances, c'était le moins qu'il pouvait faire, dit-il. Il ne tenait pas à ce que je ne garde que de mauvais souvenirs de ma visite à Baltimore. Hébétée, je réussis à peine à bafouiller des remerciements.

Howlett épousseta son pantalon et récupéra sa canne.

— Le spectacle est terminé, mesdames et messieurs, dit-il à l'intention des curieux qui s'attardaient dans les parages. Cette jeune femme a eu la grande intelligence de s'infliger une blessure dans le meilleur hôpital du monde. Soyez assurés qu'elle aura droit à des soins de qualité. Maintenant, retournez à vos postes et à vos études.

Il les chassa d'un geste et entra dans son bureau.

Dans le couloir, il ne restait plus que le jeune homme à la voix de fausset et moi. Il demanda à une infirmière d'aller chercher du désinfectant et de la gaze. Pendant qu'il attendait, il lia conversation avec moi, dans l'intention manifeste de lutter contre mon inconfort. Il était plus aimable que je l'avais d'abord pensé. Il devint presque volubile, et il tenait ma main blessée avec confiance et douceur. Il se trouva qu'il était originaire de l'Ontario. Il avait obtenu son diplôme de médecine à Toronto, où il avait reçu la médaille d'or, mais où l'éducation, me confia-t-il, était médiocre. Rien à voir en tout cas avec celle qu'il recevait à Johns Hopkins. Sur place depuis un an, il travaillait avec Howlett comme résident en pathologie.

À l'évocation de Howlett, ses yeux s'étaient transformés. Un moment, ils étaient du brun terne de l'écorce des arbres; l'instant d'après, ils scintillaient, embrasés. En parlant, il ne me regardait pas; il fixait plutôt quelque chose au-dessus de mon épaule gauche. Je me retournais sans cesse, sûre de trouver quelqu'un derrière moi, mais je ne voyais que les murs de l'hôpital. Sa voix avait changé, elle aussi. Emporté par l'enthousiasme, il en oubliait presque de respirer. Tous les deux ou trois mots, il sifflait, comme si sa bouche n'arrivait pas à suivre le rythme imposé par la multitude de ses réflexions. Après une série de louanges particulièrement éloquentes, il se mit à haleter, plié en deux.

Lorsque se produisit l'incident, il tenait ma main. Nous étions toujours dans le couloir. J'étais allongée par terre, les genoux remontés, au cas où je me serais évanouie de nouveau, et il venait tout juste de me panser à l'aide de la gaze et du ruban adhésif apportés par l'infirmière quand il s'était brusquement écarté en suffoquant. Un jour, j'avais vu un bébé mourir parce qu'il avait été incapable de faire entrer assez d'oxygène dans ses poumons, mais, chez un homme adulte, c'était plutôt rare. Puis la crise cessa aussi soudainement qu'elle avait débuté et Dugald Rivers se laissa tomber sur une chaise.

— Désolé, dit-il. C'est probablement à cause du pollen des arbres. Décidément, nous malmenons notre corps aujourd'hui, vous et moi.

De retour à mon chevet, quelques minutes plus tard, il fit un dernier nœud sur le pansement pour l'empêcher de glisser.

— Terminé, fit-il, sa voix se brisant sur la dernière syllabe. Avec ce truc, vous avez l'air d'un soldat. Ce soir, ce sera un merveilleux sujet de conversation.

Je ris.

J'avais réussi à me hisser en position assise et la tête ne me tournait plus. Je commençais à m'habituer à la voix de Rivers, mais j'étais gênée de l'avoir vu dans un tel état de faiblesse. Pour briser la tension, je soulevai mon doigt, plus long que d'habitude, à cause de l'attelle et du pansement, et le pointai vers lui. Il sourit et leva les bras à la manière d'un prisonnier.

Clairement, Dugald Rivers était sous l'emprise de Howlett. Tout aussi clairement, il n'était pas le seul. Nous faisions partie d'un club important. Être choisie par le grand homme et invitée à manger chez lui était un honneur convoité par plusieurs. Mais comment m'y prendrais-je ? La quasi-totalité des vêtements que j'avais apportés étaient sales ou tachés. Je ne réussirais jamais à en nettoyer un à temps, surtout avec une main éclopée. J'avais une robe propre dans la garde-robe de l'hôtel, mais comment faire pour les chaussures ? Et ma sacoche était ruinée.

— Je dois avoir fière allure, dis-je en baissant les yeux.

J'étais couverte de sang séché.

Rivers sourit.

— J'ai vu pire. N'oubliez pas que je suis médecin.

Mince réconfort, en vérité.

— Le chef ne s'en formalisera pas, dit-il pour me rassurer.

Pendant la visite, on avait à deux ou trois reprises appelé Howlett « le chef ».

— C'est un médecin, lui aussi. Et Madame le chef sera irré-prochable.

Je l'interrogeai du regard.

— Madame le chef ?

Rivers hocha la tête.

— Kitty Revere Howlett. Sa digne épouse.

Il était donc marié. Pas étonnant, compte tenu de sa réussite, mais, pour une raison quelconque, je n'avais pas envisagé cette possibilité.

— Elle est plutôt bien, dit Rivers d'un air aimable. À condi-tion de passer par-dessus son obsession pour les poupées.

— Les poupées ? répétai-je, certaine d'avoir mal compris.

— Leur maison en est pleine, dit-il. Mais il faut lui donner une chose : elle ne s'incruste pas. Dès que le repas est terminé, elle s'éclipse. Elle ne tolère pas les conversations médicales.

Je hochai la tête et jetai un coup d'œil subreptice à mon sac. Je l'apporterais chez Howlett, mais je m'arrangerais pour que Madame le chef ne le voie pas.

— Le petit est gentil. C'est le portrait tout craché de son père.

Rivers s'interrompit, inspira.

— Je ne sais pas pourquoi je vous raconte tout cela. Seulement, vous avez de la chance. Cette blessure, dit-il en montrant mon doigt, est une bénédiction déguisée. Vous pouvez m'en vouloir ou me remercier d'avoir fermé la porte sur vous. Le chef n'a pas donné de soirée depuis des semaines et nous sommes tous un peu affamés.

Howlett donnait donc souvent de tels dîners. En fait, il avait l'habitude d'inviter l'équipe d'internes tout entière les samedis soirs.

— Il est comme un père pour nous, dit Rivers.

Sa respiration redevenait haletante et sa voix se brisait de façon gênante. Le moment était venu de changer de sujet et, pour son bien, de distraire le pauvre Rivers. Je commençai à lui poser des questions sur Johns Hopkins et ses propres travaux de recherche, mais, malgré tous mes efforts, il en revenait sans cesse au grand homme, à Howlett.

— Vous verrez la maison ce soir, dit Rivers, à bout de souffle. Pour nous qui passons des mois enfermés dans nos dortoirs, ce sont des occasions inouïes. Il est le seul professeur à agir de la sorte.

Les week-ends, les autres se cachent, mais pas le Dr Howlett. Il se donne corps et âme à…

Rivers, secoué par une violente quinte de toux, se plia en deux et les derniers mots se perdirent.

12

Mai 1899

La maison du Un, West Franklin possédait une vaste pelouse et une allée incurvée recouverte de pavés. Comme mon hôtel était à côté, j'étais venue à pied. J'avais tant frotté mes chaussures qu'elles en étaient encore mouillées. J'avais changé de robe, mais je transportais toujours la sacoche tachée de sang.

La visite royale guidée par Dugald Rivers avait duré plus longtemps que prévu. Il m'entraîna dans le laboratoire pour me faire voir le projet auquel il travaillait. En échange, je lui fis voir le cœur.

— C'est phénoménal ! s'écria-t-il après l'avoir contemplé, stupéfait, pendant une bonne minute. Une aberration de la nature.

Il avait une centaine d'autopsies à son actif, mais il n'avait encore rien vu d'aussi singulier.

— Si je puis me permettre, pourquoi trimballez-vous un spécimen pareil ?

Je m'étais posé la question. Mais lorsqu'elle jaillit de sa bouche d'aussi impétueuse façon, j'éclatai de rire et je m'assis sur un des tabourets du laboratoire.

— Je me suis dit que je le ferais voir au Dr Howlett.

Il hocha la tête, comme si ma logique était irréfutable.

Avant de s'établir aux États-Unis, Howlett avait enseigné à McGill, expliquai-je. Il était né au Canada. Pendant ses années à McGill, il avait l'habitude d'utiliser des spécimens du musée de pathologie comme aides pédagogiques. Il connaissait peut-être l'origine de ce cœur aberrant. Peut-être l'avait-il prélevé lui-même. Lorsque j'en avais hérité, il n'était ni étiqueté ni documenté adéquatement, et j'étais impatiente de découvrir son histoire.

Rivers, presque aussi intrigué que moi, insista pour que je l'apporte chez Howlett.

— Vous devez le lui montrer, docteur White. Absolument. C'est en plein le genre de choses dont il raffole. Une jeune femme qui trimballe un cœur depuis le Canada… C'est savoureux, docteur White, vraiment savoureux.

La compagnie de Rivers avait été des plus agréables, mais je regrettais à présent de ne pas avoir abrégé la visite. Je fus en retard à l'hôtel, en retard pour faire nettoyer mes vêtements et mes chaussures, en retard pour laver ma sacoche en cuir dans la minuscule bassine de la chambre, en retard pour me faire expliquer le trajet jusqu'à la maison de Howlett, en retard pour le dîner. J'avais dû presser le pas, et j'étais énervée et en sueur.

Je levai les yeux sur la façade de la maison. Je disposais de cinq minutes, pas une de plus, pour me calmer et jeter un coup d'œil aux alentours. Le calme régnait. Le soleil était encore haut dans le ciel, mais un peu de l'humidité du soir naissant imprégnait l'air. Les enfants étaient tous rentrés, prenaient leur bain ou leur repas avec leur gouvernante. De toute évidence, c'était un quartier établi de Baltimore. Des hommes occupant un emploi respectable y vivaient en compagnie de leur femme et de leurs enfants tout aussi respectables. Ils chargeaient d'autres hommes d'entretenir leurs pelouses, de tailler leurs haies et de repeindre leurs vérandas.

La maison de Howlett portait le numéro un, et la rue, le nom de l'un des plus illustres personnages historiques de l'Amérique. La maison était tout aussi impressionnante. C'était une imposante structure en briques rouges, aux fenêtres et aux portes bordées de blanc. La véranda était verte, les contremarches blanches. Une palissade blanche délimitait une cour généreuse, bien entretenue. À côté du portail se trouvait une boîte aux lettres portant le nom du Dr William E. Howlett.

Je contemplai mes chaussures qui, à chaque pas, produisaient un bruit de succion. Au centre de ma sacoche, il y avait une affreuse tache sombre. Je n'avais rien à faire en ce lieu. Une telle maison ne tolérerait jamais une âme aussi marginale que la mienne, une femme vivant seule, sans mari ni enfants, travaillant pour subvenir à ses besoins, et de toute évidence sujette aux accidents.

Avant même que ma main touche le heurtoir, la porte s'ouvrit et un homme prononça mon nom. Il avait la peau noire, comme tous les domestiques de Baltimore, me semblait-il, et il évita de lever les yeux sur moi. Il prit mon manteau et, ignorant la tache avec beaucoup de tact, chercha à s'emparer de la sacoche, mais je secouai la tête et la serrai contre moi.

En vérifiant ma coiffure dans la glace du vestibule, j'eus la forte sensation d'être épiée. Ce n'était pas le domestique. Il y avait forcément quelqu'un d'autre. Le miroir me permettait de voir la quasi-totalité du couloir. Du coin de l'œil, j'aperçus une tache rouge. À demi dissimulé dans l'encadrement d'une porte, un enfant portant une chemise rouge, un étui de revolver à la ceinture, me regardait d'un air dubitatif. Cramponné à une carabine miniature, il me mettait en joue. Nos regards se croisèrent, puis il grimaça et se recacha.

Spontanément, je portai mon bandage à la hauteur de mon nez et visai.

— Pan! criai-je, ce qui fit peur au pauvre domestique, sinon au garçon. Pan, pan, pan!

Je le voyais à présent. La tête sortie de nouveau, il me fixait de ses yeux brillants. Je contemplai le bout de mon doigt, soufflai dessus comme s'il était brûlant. Le garçon me regardait, émerveillé. Le domestique aussi, dont les yeux avaient trouvé les miens. À Baltimore, de toute évidence, les femmes invitées à une soirée n'apportaient pas de pistolets.

Par un escalier incurvé, on me conduisit au bureau, où le Dr Howlett m'attendait. La maison semblait déserte. Je détectai des arômes de cuisine, signe d'une forme de vie humaine à proximité, mais je ne vis personne.

Au milieu de l'escalier, un palier s'ouvrait sur une fenêtre à carreaux sertis de plomb. Sur le rebord se tenaient trois poupées de grande taille, penchées l'une sur l'autre, comme si elles tenaient un conciliabule : la collection de Kitty. Dugald Rivers m'avait prévenue. Elles étaient en cire d'abeille, comme autrefois celles de Laure. Kitty s'était donné du mal pour les costumes, à la fois compliqués et colorés. Les mains des poupées étaient gantées de blanc, et l'une d'elles se couvrait la bouche d'un éventail.

Dans une alcôve de l'étage, je vis deux autres poupées au visage comme du petit-lait et un vase rempli de jonquilles fraîches. Une touche féminine. Le papier peint à motifs fleuris et le tapis rose pâle avaient sans doute aussi été choisis par une femme. Je serrai la main sur la poignée de la sacoche. Quelle idée, aussi, d'introduire un cœur préservé dans un lieu pareil…

Le domestique se racla la gorge pour attirer mon attention. De toute évidence, la curiosité avec laquelle j'examinais les moindres détails de la vie des Howlett ne lui plaisait guère. Il avait hâte de me déposer chez son maître et d'en avoir fini avec moi.

En me remettant à marcher, je détectai une odeur de fumée. L'air, au bout du couloir du premier étage, embaumait. Désormais, il était inutile qu'on me montre le chemin. Je n'avais qu'à suivre mon nez jusqu'à la porte close. Sur le seuil, je humai les arômes du tabac à pipe suave et poivré.

Après que le domestique eut frappé, j'entendis dans la pièce le bruit de quelqu'un qui se lève.

— Entrez, ma chère, entrez, dit le Dr Howlett en ouvrant la porte toute grande.

Sous la lumière vive venue du plafond, ses cheveux clairsemés laissaient voir son crâne luisant. Sans le chapeau qu'il portait le matin, il faisait davantage son âge. Était-ce par vanité qu'il l'avait gardé ? Par endroits, ses moustaches, détail qui m'avait échappé jusque-là, étaient presque blanches. Ses yeux, cependant, n'avaient pas changé. Ils dansaient toujours de façon enjouée, ce qui leur conférait un air juvénile. Il renvoya le domestique et se tourna vers moi en souriant avec chaleur.

— Vous avez eu du mal à me trouver ?

Je secouai la tête. Je lui appris que mon hôtel n'était qu'à cinq pâtés de maisons. Une succession de platitudes jaillirent ensuite de ma bouche, à la façon de petits crapauds tout secs. La maison était magnifique, le quartier impressionnant. Et quelle belle journée pour une promenade! Consternée, je me tus.

Il semblait m'étudier, à commencer par les habits de nonne gris foncé que j'avais enfilés à l'hôtel en pensant qu'ils me conféreraient un air de dignité, puis le bandage désormais crasseux qui emmaillotait ma main et enfin mon visage en sueur. De ma main valide, je serrai la sacoche contre moi.

— C'était celle d'Honoré, dit-il doucement.

Je le regardai dans les yeux et, pour ma plus grande honte, je me mis à pleurer. C'était horrible. J'avais tenu à me montrer forte, à lui prouver que j'avais réussi, et j'avais plutôt éclaté en sanglots. Howlett aurait très bien pu me renvoyer à l'hôtel. Il contourna plutôt son bureau pour m'offrir son mouchoir. Il ne me toucha pas, sans doute parce que nous étions seuls dans la pièce et que la situation était embarrassante, mais je sentis sa chaleur lorsqu'il se pencha sur moi. Il me fit asseoir, puis il alla chercher une autre chaise et se joignit à moi.

— Votre père avait l'habitude de prendre ce sac avec lui pour ses cours, dit-il d'une voix sombre et respectueuse.

Je sentis une nouvelle vague de larmes monter en moi. Tout le ressentiment que j'avais pour lui, en raison du rôle qu'il avait joué dans mon exclusion de McGill, s'évapora d'un coup, telle une brume immatérielle se dissipant sous le soleil matinal de son attention. Entendre quelqu'un parler de mon père sans honte ni rancœur me fit un drôle d'effet. Je me mordis les joues, mais le stratagème ne fit qu'aviver mon angoisse. Qu'irait-il s'imaginer? À ses yeux, je devais avoir l'air horriblement faible.

Mais il parla d'une voix aimable.

— Vous l'aimiez, n'est-ce pas ? Honoré était facile à aimer.

Pendant un certain temps, il me parla de mon père, qui avait été pour lui un mentor. Son respect pour lui avait confiné à l'adoration.

— C'est à cause de lui que j'ai commencé à fumer, vous savez ? fit-il en brandissant sa pipe. Dans la morgue, nous fumions comme des pompiers pour masquer les odeurs.

Surprise, je songeai à ses moustaches. Peut-être était-ce aussi mon père qui les lui avait inspirées. Je dus faire preuve d'imagination pour penser que William Howlett, idolâtré par un si grand nombre de ses étudiants, éprouvait pour mon père déchu le même respect mêlé d'admiration.

Il inspira à fond.

— Assez parlé de lui, Agnès, dit-il en prononçant mon nom comme mon père le faisait. Parlez-moi plutôt de vous.

C'en était trop. Ma tête, dont on avait extrait le cerveau avant de le jeter, me faisait l'effet d'une citrouille. Si j'avais pu m'enfuir, je l'aurais fait volontiers, mais j'étais coincée, sous l'empire de son regard. Je baissai les yeux sur son sous-main aux motifs bleus semblables à des vers. J'étudiai les tablettes qui, derrière lui, fléchissaient sous le poids des livres. *La Pathologie cellulaire* de Virchow, *Discourse on Self-Limited Diseases* de Bigelow. J'aperçus aussi le manuel que Howlett avait lui-même écrit, son nom inscrit en lettres d'or sur la tranche.

Ses mains jointes reposaient sur ses genoux. Au bout de quelques secondes, il prononça des mots qui me comblèrent.

— Vous êtes plus forte que vous en avez l'air. Vous avez persisté.

Il s'interrompit, tira sur sa pipe, regarda la fumée se dissiper avec une concentration telle qu'il donnait l'impression d'avoir oublié jusqu'à mon existence.

Je commençai à parler. C'était plus facile quand il regardait ailleurs. J'ouvris la bouche et l'histoire de ma vie en jaillit ; présente depuis les années difficiles de ma vie de jeune femme, elle attendait que je fasse sauter le bouchon. Je lui racontai ma déception envers McGill, lui avouai que j'avais alors touché le fond. Je n'entrai pas dans les détails, passai sous silence la dépression et les mois que j'avais passés au lit. J'en avais honte et je ne tenais pas à donner l'impression d'être amère ou pleine de rancœur. À propos de McGill, il ne manifesta aucun embarras, accueillit d'un air neutre le récit de mes difficultés. Par moments, il semblait à peine écouter, ce qui m'aida à poursuivre. Je lui expliquai que, grâce à l'intercession d'une amie, j'avais abouti à l'École de médecine de Bishop. Je voulais parler de mon ancienne gouvernante, évidemment, mais je gardai cette information pour moi. Je fis état de mon internat à l'Hôpital général de Montréal et de mes séjours à Zurich et à Vienne, où j'avais travaillé dans certains des meilleurs laboratoires universitaires du monde. Je ne manquai pas de lancer au passage les noms de quelques éminents médecins. J'avais étudié la pathologie avec Kolisko et Albrecht, la médecine interne avec Ortner.

Il ouvrit grand les yeux en signe de respect. Oui, me dis-je en silence. J'avais rencontré ces hommes et disséqué des spécimens à leurs côtés, sans son aide ni celle de McGill.

J'évoquai mon retour au Canada. Le récit, entrecoupé d'intermèdes au cours desquels je me mouchais, devint décousu. J'avais cessé de pleurer, mais ma bouche était sèche. L'émotion, sans doute, et le fait d'avoir trop parlé. Je ne m'arrêtai pas pour autant. Je n'avais jamais encore mis ma vie en mots, comme s'il s'agissait d'une histoire digne d'intérêt.

Pendant la majeure partie de mon monologue, Howlett avait évité de me regarder, avait balayé des yeux les murs et le plafond ou fixé sa table de travail. Lorsque je m'arrêtai enfin pour reprendre mon souffle, il se tourna vers moi.

— Admirable.

Admirable. Un seul mot, mais lourd de sens en cet instant précis. Il effaça sa complicité dans le fiasco de McGill et le fait qu'il n'avait pas cherché à communiquer avec moi, même après avoir appris que j'étais la fille de son mentor. *Admirable.* Sacrée compensation, en vérité.

Il tira sur sa pipe, gratta une allumette et souffla un nouveau nuage de fumée dans la pièce.

— Et maintenant? demanda-t-il, couronné par le halo flou. Que faites-vous maintenant?

Il était impératif que ses yeux foncés restent rivés sur moi. Au cours des vingt dernières minutes, nous nous étions tellement rapprochés que j'avais du mal à y croire. Que dire pour nous rapprocher davantage? Il n'aurait aucune envie d'entendre parler de ma pratique clinique. De cela au moins, j'étais certaine. Je n'étais pas exactement un modèle de réussite. De ce point de vue, le musée me paraissait beaucoup plus prometteur, même si, jusque-là, j'avais surtout joué les femmes de ménage.

Howlett continua de fumer sa pipe. Il ne semblait pas s'ennuyer, même si son regard demeurait oblique, fixé tour à tour sur une tablette, la fenêtre ou le dossier de mon fauteuil. Je parlai du Dr Clarke et de sa générosité envers moi. Je parlai du chaos qui régnait dans le musée, les premiers jours, du lent et difficile rétablissement de l'ordre. Je parlai des spécimens : des bocaux en rangées attendant que je m'occupe d'eux. Certains jugeaient étrange qu'une jeune femme choisisse de passer son temps dans une pièce remplie de restes préservés dans le formol. C'était pour eux incompréhensible. Ce qu'ils ne savaient pas, dis-je d'une voix si ténue que mon interlocuteur dut se pencher pour saisir les mots, c'est que, enfant, j'avais joué avec ces objets.

Howlett posa sa pipe sur une petite assiette blanche qui se trouvait sur sa table de travail et sourit.

— Le bureau d'Honoré, dit-il.

— Oui, confirmai-je revoyant la pièce en esprit.

Il hocha la tête d'un air solennel, mais, bientôt, il souriait de nouveau.

— Vous avez toujours été différente, n'est-ce pas, Agnès ? Vous vous plaisiez bien, dans ce bureau. Votre histoire a un sens. Comme si la Providence elle-même vous avait guidée. Vous avez eu de la chance.

Soudain, le vieux musée tout poussiéreux de McGill avait gagné en dignité. Howlett prit une revue sur une de ses tablettes.

— Il y a là-dedans un article sur le musée de la pathologie de Londres que vous devez absolument lire, dit-il. Pendant mon séjour là-bas, j'ai pratiquement habité dans ce musée. C'était merveilleux, un véritable temple de la vie et de la mort. Les mystères de la nature enfin révélés.

Il posa sur moi ses yeux rieurs.

— Il n'y a rien de comparable en Amérique du Nord, Agnès. N'est-il pas grand temps que nous remédiions à la situation, vous et moi ?

Je hochai la tête. J'avais peine à croire que je m'entretenais avec le grand homme. Il s'intéressait à mon travail au point de me proposer une association. Le sentiment d'intimité était palpable et je décidai de lui montrer le cœur. Le moment était idéal, mais, tout d'un coup, on sonna la clochette annonçant le repas.

Nous sursautâmes l'un et l'autre. Howlett posa sa pipe sur l'assiette et se leva.

— Nous devons descendre. Kitty nous attend dans la salle à manger et elle compte sur ma ponctualité. Mais je vous promets que nous poursuivrons cette conversation.

J'étais si heureuse que j'avais de la difficulté à respirer. Je pris ma sacoche et me levai à mon tour. Des années plus tôt, cet homme m'avait repoussée, m'avait fait éconduire du lieu auquel je brûlais d'appartenir. Et je lui avais raconté ma vie dans son bureau, comme s'il avait tout orchestré, comme si j'étais une interlocutrice valable.

Pendant que je me dirigeais vers la porte, sa main se posa sur ma hanche. Il regardait droit devant lui, pressé de nous faire sortir dans le couloir. Le geste n'avait rien d'inconvenant, mais je fus malgré tout choquée. Les sons s'amplifièrent. Le parfum du tabac à pipe était particulièrement prononcé. Les motifs à fleurs des murs du couloir me semblèrent plus criards. Et pourtant, j'avais par-dessus tout conscience du point brûlant, celui où sa main coiffait la saillie de mon os iliaque.

Dans ma tête, je répétais le prénom de sa femme, à la façon d'une prière. Howlett était marié. J'étais sur le point de prendre un repas préparé sous la supervision de sa femme. En ce moment même, elle m'attendait dans sa salle à manger. Peut-être essayait-elle de m'imaginer comme je m'efforçais de l'imaginer, elle. La main restait sur ma taille, et je sentais sa chaleur et son poids. Je fermai les yeux.

La table d'acajou brillait de mille feux. Un chandelier à cinq branches en embrasait le centre. Les couverts en argent miroi-taient. Debout au pied de la table, Kitty Revere Howlett nous regarda entrer.

Elle était aussi magnifique que la table qu'elle avait dressée pour notre bénéfice. Elle avait de fins cheveux dorés. Son élé-gante robe de velours pâle faisait ressortir sa peau parfaite. À côté d'elle, je me sentais voûtée et boulotte. Soudain, j'eus la conscience aiguë de mes propres cheveux, plus en désordre encore que d'habitude, car, à l'hôtel, je n'avais disposé que d'une seule main pour les arranger. J'aurais donné cher pour cacher le ridicule succédané qui me tenait lieu de robe. Ma main était emmaillotée dans de la gaze qui avait pris la couleur de la cendre. J'étais mal coiffée, mal habillée et tout à fait inadéquate. Comment avais-je pu m'imaginer que Howlett me trouvait attirante ? J'avais rêvé, c'est tout. Pendant un instant de délire, j'avais oublié qu'une femme dans ma situation ne pouvait pas se permettre un tel luxe.

William Howlett découpa la viande pendant que Kitty me conduisait à ma place. À plus d'une occasion, elle jeta un coup d'œil à ma sacoche, proposa de demander au domestique de la mettre dans le vestibule, mais je lui expliquai que je préférais ne pas m'en séparer. Je la déposai par terre, appuyée à un des pieds de la table.

Détail que je jugeai curieux, le petit garçon prendrait son repas avec nous. Âgé de cinq ou six ans tout au plus, il était trop jeune pour supporter la conversation des adultes. On voyait à peine son nez au-dessus de la table. Ils l'appelaient Revere, du nom de famille de la femme de Howlett.

Je lui souris, mais sa timidité l'empêchait de me regarder en face. Sans doute la fusillade du vestibule l'avait-elle intimidé. Kitty, en revanche, ignorait la réserve. Elle me bombarda de questions, notamment au sujet de l'accident que j'avais subi à l'hôpital. Quel dommage, s'écria-t-elle, de se blesser en vacances!

— Je suis en voyage d'affaires, dis-je automatiquement. Officiellement, je suis là pour le compte de McGill.

— Oui, oui, bien sûr, fit Kitty, légèrement décontenancée par la rectification. Willie m'en a touché un mot. Vous êtes médecin à Montréal.

Le petit garçon leva les yeux sur moi et, sous l'effet de la surprise, ouvrit grande la bouche.

— Comme Père?

Les mots lui échappèrent, puis il rougit, gêné.

— Comme Père, oui, confirma Howlett, toujours occupé à découper la viande sur le buffet.

— Mais c'est impossible, insista le garçon.

Il ne savait peut-être pas que les femmes pouvaient être médecins. À moins qu'il n'ait cru que j'étais plutôt une tireuse d'élite. Ses motifs resteraient un mystère, car Kitty s'interposa, fit taire son fils et lui rappela de bien se tenir.

— Je suis médecin, dis-je en m'adressant ostensiblement à la mère et en même temps au petit garçon réduit au silence, mais je dirige aussi un musée. C'est ma principale occupation. Votre mari connaît notre collection.

— Un musée, fit Kitty. C'est merveilleux. Quel genre d'objets exposez-vous ?

Je jetai un coup d'œil à Howlett, mais, toujours campé devant le buffet, il me tournait le dos. À moi de me débrouiller. Kitty ne voudrait sûrement pas entendre parler d'organes malades autour d'une table dressée avec autant de soin. Rivers m'avait recommandé de ne pas parler de médecine, mais Kitty me regardait d'un air avide.

— Des objets susceptibles d'intéresser les étudiants, dis-je évasivement en agitant ma main valide. Nous faisons partie de l'École de médecine.

À mon grand soulagement, Kitty laissa tomber la question. Elle faisait sans doute partie de ces femmes pour qui certains sujets sont tabous pendant les repas, et que Dieu vienne en aide aux invités qui s'égarent !

— Vous savez sans doute que Willie a travaillé à McGill. Il a adoré son passage là-bas.

Howlett choisit ce moment pour nous interrompre en brandissant un plateau sur lequel reposait du poulet fumant. Même la simple tâche qu'il venait d'accomplir révélait un esprit ordonné : de fines tranches de poitrine dans un coin, les pilons et la viande brune dans un autre, la farce déposée proprement au milieu.

— Voilà, Mesdames et Monsieur, dit-il en posant le plateau sur la table et en s'inclinant de façon théâtrale. Un volatile rôti à la perfection, grâce aux bons soins de notre exquise hôtesse, Kitty Revere Howlett.

Kitty rougit et dit le bénédicité. Je réussissais moins bien que les autres à faire circuler les assiettes et les plats de service. Je devais m'emparer du plat avec ma main valide, le déposer sur la table, prendre la cuillère ou la fourchette de service, me servir, remettre la cuillère dans le plat et le tendre à Howlett sur ma droite. Le petit garçon, qui m'observait avec intensité, eut un mouvement de recul à la vue de mon pansement.

Lorsque nous fûmes tous servis, le silence se fit. Howlett et son fils se montraient réservés en présence de Kitty, comme si la salle à manger était un territoire étranger. Howlett donnait l'impression d'attendre les signaux de sa femme. Le petit garçon se taisait, lui aussi, ses yeux passant de son père à moi, puis à ses pieds, qu'il balançait sous la table. Son assiette le laissait tout à fait indifférent. Pour ma part, je mâchai bravement, même si j'avais aussi peu d'appétit que Revere et que le bandage ne faisait qu'exacerber ma maladresse naturelle.

Que devait-on faire en de telles occasions ? De quelle façon fallait-il se comporter ? Au contraire de Grand-mère et de Laure, j'étais née sans ce sixième sens. J'étais parfaitement capable de commettre les pires impairs sans même m'en apercevoir. Je louai le repas. C'était sans risque, et Kitty semblait apprécier mes compliments. Je déclarai mon admiration pour la maison de Kitty. Les mots dégringolaient de ma bouche. Quelle insupportable raseuse je faisais ! Quel régal pour les yeux, m'entendis-je dire, que les poupées de Kitty sur le palier.

Howlett me jetterait sûrement quelque chose, une pleine cuillérée de petits pois ou un petit pain, pour m'obliger à me taire. J'aurais donné n'importe quoi pour pouvoir recommencer à parler de médecine, en apprendre davantage sur son travail à

Johns Hopkins, l'interroger sur les différences entre les pratiques qu'il avait observées à Montréal et à Baltimore. Il écrivait un manuel. Il enseignait. Il y avait des centaines de sujets de conversation possibles. Je levai les yeux, mais Howlett mâchait d'un air placide. Kitty, à mon grand étonnement, me souriait d'un air chaleureux. Elle était si satisfaite qu'elle choisit, pour me récompenser, d'orienter la conversation vers un sujet qui, croyait-elle, ne manquerait pas de m'intéresser.

— Willie est très favorable à la venue des femmes en médecine.

Ce commentaire injustifié tomba du ciel et se mit à flotter dans la pièce. La cire d'une des chandelles dégoulinait sur la table polie. De toute évidence, Kitty ne savait rien de mes démêlés passés avec son mari. Elle tendit la main pour redresser la chandelle et Howlett se resservit.

— Nous en sommes parfaitement capables, dis-je avec circonspection.

Je n'étais pas tout à fait certaine des vues de Howlett sur la question et je ne connaissais pas assez bien Kitty pour savoir ce qu'elle en pensait.

— Nous pouvons être aussi intelligentes que les hommes.

Kitty hocha la tête, mais je vis son front se plisser légèrement.

— Oui, mais toutes ces connaissances m'inquiètent. Je ne suis pas sûre que je pourrais supporter de savoir toutes les choses que vous devez apprendre.

— Justement, dis-je.

Kitty avait touché une corde sensible.

— C'est pour cette raison que je fais ce que je fais. Pour savoir.

Levant les yeux de son assiette, Howlett lança une mise en garde muette.

Les chandelles jetaient des ombres dans la pièce. Soudain, le visage de Kitty semblait plus vieux, plus anguleux. Elle ne me regardait plus.

— L'année dernière, il y avait une fille, dit-elle. Tu te souviens d'elle, Willie. La juive. Elle s'appelait Stein, je crois.

— Un personnage hors du commun, dit Willie.

— Elles le sont toutes. Mais celle-là se résumait à son cerveau. Pas de cœur ni de grâce. Rien que de l'intelligence. Une vraie aberration.

— Doucement, fit Howlett. Le jugement est un peu sévère.

Kitty rit.

— Tu as raison. J'ai l'air vieux jeu, non ? Mais Miss White est d'une autre trempe. C'est pour cette raison que j'en parle. Elle est plus qu'un simple cerveau. De toute évidence, elle a été bien élevée.

La balle volait d'un bout à l'autre de la table, tellement que j'avais l'impression d'assister à un match de tennis. Je n'osai pas dire un mot.

— Le Dr White possède une vive intelligence, dit Howlett en souriant. Je m'en porte garant.

— Bien sûr que oui, répondit Kitty. Mais elle aime aussi les poupées.

Je sentis le sang affluer à mes joues. J'examinai l'expression de Kitty, mais je n'y détectai aucune trace d'ironie.

— Lorsqu'elle est venue prendre le thé, Guinevere Stein ne les a même pas remarquées.

— Gertrude, rectifia Howlett. Gertrude Stein.

Il se tourna vers moi et poursuivit.

— Elle était un peu singulière, en plus d'avoir des opinions qu'elle s'obstinait à exprimer aux moments les plus inopportuns. Le printemps dernier, on l'a invitée à partir.

— Oui, confirma sa femme. Et devinez qui s'en est chargé ?

Elle tourna les yeux vers Howlett en soulevant les sourcils d'un air entendu. Howlett haussa les épaules.

— Elle n'avait pas le tempérament d'un médecin, dit-il en poussant machinalement les petits pois sur sa fourchette. Elle était beaucoup trop originale.

— Vos poupées sont en cire, dis-je, désireuse de changer de sujet.

Kitty hocha la tête.

— Les plus vieilles datent de 1760.

Je mobilisai la surprise ravie qu'attendait Kitty.

— Elles viennent d'Angleterre, j'imagine ?

De nouveau, Kitty hocha la tête.

— Oui. Les poupées de cire viennent toutes d'Angleterre. Pendant la même période, les Français faisaient les têtes en porcelaine.

— Quand nous étions petites, ma sœur et moi avions des poupées en cire d'abeille, lui dis-je.

Ce n'était pas tout à fait exact. Les poupées appartenaient à Laure. Je les avais simplement tolérées, dans la mesure où elles délimitaient la frontière entre son côté du lit et le mien. Mais le mensonge sembla plaire à Kitty, qui me proposa de me resservir de petits pois.

Je tendis ma main pansée vers le plat, qui était lourd. Il heurta la table et se renversa sur le côté, répandant tout son contenu. J'essayai de nettoyer le dégât à l'aide de ma serviette de table, mais Kitty me retint.

— Ce n'est rien, insista-t-elle.

Elle savait y faire en cas d'urgence. Calmement, elle convoqua un domestique et la table fut bientôt rendue à sa gloire initiale. Je me rassis. Kitty venait de relancer la conversation en évoquant la sauce brune qu'un invité avait renversée lors de son banquet de noces quand Revere poussa un cri.

Il n'était plus sur sa chaise. Dans la confusion créée par l'incident des petits pois, personne n'avait remarqué sa disparition. En proie à l'incompréhension, je regardai Kitty, puis Howlett. Brusquement, celui-ci jeta un coup d'œil sous la table et disparut à son tour.

— Petit chenapan ! dit-il en riant.

— Il est là-dessous ?

Kitty cherchait à se pencher à son tour, mais sa robe amidonnée entravait ses mouvements.

En me reculant et en regardant de côté, j'aperçus le garçon. Et la vision glaça le sang dans mes veines.

— Qu'est-ce que c'est? demanda Howlett. Allez, donne.

Il alla retrouver son fils sous la table. Il y eut un bruit de mêlée. Je ne voyais qu'une partie du corps de Revere, celle qui tenait ma sacoche. Il tentait de remettre le bocal à l'intérieur, ni vu ni connu, mais son père le prit de vitesse. Le bruit s'interrompit et il y eut quelques secondes de silence, le temps que Howlett comprenne ce qu'il tenait entre ses mains. Puis il éclata de rire.

— Mon fils a joué les espions, dit-il en se levant et en essuyant les jambes de son pantalon.

À ma grande consternation, il posa le bocal devant lui sur la table.

— Je suppose que ceci vous appartient, docteur White?

Mon visage s'empourpra. Je me tournai vers mon hôtesse, mais Kitty ne se doutait de rien. Elle souriait, certaine que nous étions toujours dans la sphère des relations sociales normales. À contrecœur, je me tournai vers Howlett, dont les yeux dansaient une vilaine petite gigue.

— C'est une pièce du musée, dis-je rapidement. Je suis vraiment désolée.

Le visage de Kitty se transforma. Elle fixa le bocal, puis détourna les yeux.

Howlett souriait toujours.

— Remarquable spécimen, dit-il.

Que pouvais-je ajouter? Le pire était arrivé; plus moyen de revenir en arrière. Quelle idée, aussi, d'apporter un cœur dans une soirée!

Howlett appela son fils qui, après s'être fait prier un peu, finit par sortir de sa cachette. Le bocal, expliqua Howlett, contenait un cœur. Le garçon demanda s'il était mort et son père fit signe que oui. Oui, il était mort, mais il n'y avait rien à craindre. On pouvait beaucoup apprendre en l'étudiant. C'était d'ailleurs pour cette raison que le Dr White l'avait apporté.

Revere me considéra avec méfiance. Avec mon doigt qui tirait des balles et le cœur que je trimballais dans un sac taché de sang, sans doute me prenait-il pour une sorcière.

Kitty Revere se leva brusquement.

— C'est assez, Willie. Je juge cette conversation déplacée. Cette chose, dit-elle en montrant le bocal, n'a rien à faire sur la table d'une salle à manger. Auriez-vous l'obligeance de l'enlever, le Dr White et toi ?

Howlett me regarda. Il avait le visage grave, mais ses yeux le trahissaient. Il se leva, prit le cœur à deux mains et, en le tenant doucement comme un bébé, dit à sa femme :

— Nous t'avons contrariée, ma chérie. Vaudrait-il mieux que nous passions dans le fumoir avec cet objet déplaisant ?

Pendant que Howlett et moi quittions la pièce, Kitty posa les mains sur les épaules de son fils dans l'intention manifeste de le protéger. Je voulus m'excuser, mais, de toute évidence, j'avais épuisé le temps qui m'était dévolu.

Au contraire des autres pièces de la maison des Howlett, le fumoir était sombre et oppressant. Du bois teint lambrissait les murs. De lourds rideaux bourgogne couvraient la seule fenêtre et l'air sentait le cigare. Des cendriers, dont l'un contenait déjà deux mégots noircis, étaient disposés stratégiquement sur des tables basses.

Je me laissai choir dans un fauteuil et enfouis mon visage dans mes mains.

— Pardonnez-moi, dis-je. Comment ai-je pu me montrer si stupide ?

Howlett rit.

— Vous n'y êtes pour rien, dit-il, toujours debout devant moi. C'est la faute de mon fils. Revere a la manie de fourrer son nez dans les affaires des autres, exactement comme son père.

Il s'efforçait de me réconforter, de se montrer aimable. Je le savais, mais cette certitude ne faisait rien pour dissiper ma honte.

— Kitty va croire que je suis un monstre.

Howlett plaça le bocal sous la lampe.

— Quelle merveille, dit-il en faisant lentement tourner le bocal jusqu'à ce que le renflement rattaché à l'atrium droit s'ouvre, béant, devant nous.

— Regardez-moi cette compensation, dit-il. Un vrai miracle !

Oubliant provisoirement ma honte, je dis :

— On dirait qu'il n'est pas tout à fait humain.

Howlett rit pour la deuxième fois.

— Pourtant, il est bien humain, je vous l'assure. Je l'ai su la première fois que j'ai posé les yeux sur lui.

Je me redressai, animée soudain.

— Vous le connaissez donc ? Vous l'avez déjà vu ?

— Si je le connais ? Je vous crois : j'étais là quand son propriétaire est mort.

Posant le bocal au creux de son bras, il le berça encore un peu.

— À McGill, je l'avais en quelque sorte adopté. On le surnommait le « cœur de Howlett ». Je ne m'attendais pas à le revoir un jour.

Je lui dis que je l'avais trouvé dans le musée. L'étiquette était erronée, ce qui m'avait déconcertée, et il n'y avait aucun dossier concernant le spécimen.

— C'est ma faute, dit Howlett. Je m'en suis servi si souvent pour mes cours que les papiers ont dû finir par se perdre. Si vous voulez, je peux y remédier tout de suite.

Le Dr Clarke avait eu raison. Je retirai mes lunettes et frottai les verres. À cause de l'impatience, mes doigts tremblaient légèrement.

— C'était un de vos patients ?

Le Dr Howlett prit une drôle d'expression.

Je chaussai mes lunettes et le regardai d'un air dubitatif.

— Vous avez dit avoir assisté à sa mort.

Je sentais en lui un certain malaise. Il me considéra d'un air narquois.

— Je peux vous offrir un cigare, docteur White ?

Je me rebiffai, outrée par la proposition. Les cigares étaient strictement réservés aux hommes.

— Un digestif, peut-être ?

Je refusai de nouveau. Il voulait me faire boire, tandis que nous étions seuls dans son fumoir? J'avais déjà offensé sa femme. Je n'entendais pas récidiver et compromettre ce qui restait de ma réputation.

— Je suis confus, dit-il enfin, son état épousant le mien.

— Mais je vous en prie, fis-je en désignant les bouteilles et les carafes posées sur une tablette. Servez-vous. Je suis très bien comme je suis.

Il haussa les épaules et se versa un petit verre.

— Le brandy est un tonique. Particulièrement bon pour le sang, dit-il. Mais vous êtes déjà au courant, docteur White. J'ai l'impression de me comporter en goujat. Vous êtes certaine de ne pas vouloir changer d'avis?

Il insista pour me servir une goutte de brandy. Le liquide avait la couleur du caramel brûlé; ses vapeurs me brûlaient les yeux. À son insistance, j'en pris une gorgée et la recrachai presque au complet dans le verre.

Howlett hurla de rire.

— Pas si vite! Pas la peine de tout avaler d'un coup.

Il fit tourner le brandy dans son verre, puis il le huma, les yeux clos.

Je l'imitai et il rit encore une fois.

— Vous apprenez vite, n'est-ce pas, docteur White? Vous êtes prête à tout, ou presque.

Il se pencha sur ses genoux, s'approcha pour pouvoir parler d'une voix quasi murmurante. Et il me raconta l'histoire du cœur. Ce fut comme si j'avais réussi une sorte d'épreuve. D'une façon connue de lui seul, il avait pris ma mesure et m'avait jugée digne de sa confiance. Le patient, dit-il, était un notaire, un homme sédentaire, ce qui expliquait peut-être sa longévité. Dans la trentaine, il avait commencé à avoir des douleurs à la poitrine et avait été admis à l'Hôpital général de Montréal. À l'époque, Howlett était étudiant. C'était en 1872. Il était encore aux études, mais on lui avait permis d'assister à l'examen initial, qui avait révélé un début de cyanose à l'effort et des douleurs à la poitrine, rien de plus. Pas de râles ni de sifflements suspects dans la cage thoracique. Pas d'anomalies respiratoires. Lorsque le patient mourut, un mois plus tard, Howlett, curieux, se précipita pour assister à l'autopsie.

— Il n'y a pas de rapport écrit, lui rappelai-je. Je ne saurais vous dire combien d'heures j'ai passées à faire des recherches dans les dossiers.

— C'est une perte de temps, dit-il. Il y a bel et bien eu un rapport, mais vous ne le trouverez pas.

Je l'examinai attentivement, mais son expression restait impénétrable. C'était une attitude de défi, presque de fierté.

— Il n'a jamais été publié.

— Mais c'est un cas d'une importance capitale, protestai-je. Les revues auraient sauté sur l'occasion.

— Normalement, oui, dit Howlett.

Il s'interrompit, agita son verre de façon à y soulever des vaguelettes.

— C'est que… le médecin qui l'a rédigé, commença-t-il avant de lever brièvement les yeux sur moi, était en difficulté.

Tout concordait. Howlett m'avait déjà dit que, pendant ses études, il avait eu un unique mentor, un homme qu'il avait suivi comme une ombre.

— Mon père, dis-je doucement.

Howlett hocha la tête.

— C'est Honoré Bourret qui a réalisé l'autopsie.

Je me redressai, comme s'il avait touché un point sensible. Depuis des semaines, j'étais obsédée par un objet qui avait appartenu à mon père. Je l'avais trimballé sur des milles et des milles sans me douter de rien. Je me penchai pour examiner de nouveau le spécimen dans son bocal. Dans la lueur de la lampe, je devinais le cœur qui ballottait comme un poing fermé.

13

Janvier 1900

L'aiguille, en s'enfonçant dans le cœur, rencontra une certaine résistance. Je m'étais imaginé une masse molle, spongieuse, susceptible de se désagréger au moindre toucher. En fait, elle était plutôt coriace. J'étais rentrée de Baltimore avec la ferme intention de procéder à l'intervention en priorité. Puis un enchaînement d'événements et de situations m'avait empêchée de donner suite à mon projet.

Il y avait le travail, bien sûr, de plus en plus exigeant. Grandmère, tombée malade, avait eu besoin de soins immédiats à St. Andrews East. À quatre-vingt-quinze ans, elle était robuste, indépendante. Il était difficile d'imaginer qu'elle ne vivrait pas éternellement. Avec le temps, elle avait un peu ralenti, mais, jusqu'à la toute fin, elle avait fait la lessive le mardi, poli l'argenterie le mercredi et confectionné des tartes et des gâteaux le vendredi après-midi. L'été où je rentrai de Baltimore fut, de mémoire, le premier où elle ne fit pas de jardin. C'était la tâche qu'elle prisait par-dessus tout et la source d'un ketchup aux tomates et de betteraves marinées hors du commun; à chacune de mes visites, j'en rapportais dans des bocaux que j'avais autrefois utilisés à des fins très différentes. Elle ne se plaignait jamais de sa santé. C'est le jardin abandonné qui l'avait trahie. Nous fîmes venir le médecin du village et mes soupçons se confirmèrent. Ce qu'elle avait pris pour une indigestion persistante était en réalité une tumeur évoluée au gros intestin. Chez les patients de l'âge de ma grand-mère, le cancer a tendance à évoluer lentement ; chez elle, la tumeur était déjà assez grosse pour causer des douleurs et des occlusions.

Pendant les funérailles, je ne pleurai pas beaucoup, au contraire de Laure, qui sanglota si fort qu'elle dut sortir au bras de Huntley avant l'oraison funèbre. Les autres me jugèrent sans doute insensible, indûment endurcie par ma formation professionnelle. La vérité, c'est que je ne croyais pas tout à fait à la mort de ma grand-mère. La perte ne me semblait pas encore réelle.

Le lendemain des funérailles, je descendis dans la cuisine du prieuré pour manger un morceau. C'était une grande pièce où s'alignaient des pots en faïence renfermant le sucre et la farine ; des casseroles au fond en cuivre brillaient comme des sous neufs. L'ordre était parfait, chaque chose à sa place. La pièce m'était si familière, si pleine encore de ma grand-mère que je prononçai son nom à voix haute.

J'avais eu de multiples raisons de négliger le cœur de Howlett jusqu'à l'hiver. De mois en mois, je remettais le travail. Je savais pourtant qu'il faudrait que je m'y attaque un jour. Depuis la publication de mon article, c'était mon spécimen le plus précieux. William Howlett, qui m'avait suggéré de l'écrire, m'avait aussi trouvé un éditeur. Le cœur était effectivement un objet précieux, une anomalie absolue, l'un des deux seuls du genre au monde. L'autre se trouvait à Londres. Après la publication de mon article, un pathologiste m'avait écrit pour m'en informer. Des collègues de Montréal qui ne m'avaient jamais même saluée m'arrêtaient dans les couloirs pour me parler du cœur. Et ma renommée ne se limitait pas à la Faculté de médecine de McGill. Mon nom circulait parmi les médecins des États-Unis, de l'Angleterre et du Vieux Continent. Howlett s'était arrangé pour que mon premier article paraisse dans une revue prestigieuse et très lue.

Chaque fois que j'invitais des gens à venir voir le cœur, j'avais honte. C'était l'un des cœurs les plus gros de la collection de McGill. Pour cette raison, peut-être, les tubes de verre qui le soutenaient avaient glissé. De travers, ne tenant plus que par un fil, l'organe avait l'air sinistre et moisi. Le formaldéhyde dans lequel il baignait était trouble et jaune comme de l'urine concentrée. Pendant des mois, je n'avais tout simplement pas eu le temps de m'en occuper. Désormais, le temps n'était plus en cause. J'avais eu droit à un congé de deuil d'une semaine. Deux jours plus tôt, Laure et moi avions fait inhumer Grand-mère dans le lot familial de St. Andrews East, tout juste derrière l'église fondée par son beau-père en 1822. Ma mère était enterrée là, elle aussi, de même que mon grand-père, que je n'avais pas connu. La neige était si épaisse qu'on voyait à peine les pierres tombales qui portaient leurs noms.

Rentrer à Montréal, loin des endeuillés, fut pour moi un soulagement. Les funérailles avaient été interminables, épuisantes. Laure était restée à St. Andrews East pour fermer le prieuré, où nous avions cohabité pendant quelques jours, comme au temps de notre jeunesse, sauf que chacune avait sa chambre. Huntley et Laure s'étaient installés dans notre ancienne chambre, tandis que j'avais pris celle, adjacente à la cuisine, que Miss Skerry avait occupée. Pas question de dormir dans le lit où Grand-mère était morte. Avant la venue de l'employé des pompes funèbres, nous l'y avions laissée pendant une journée complète, en guise de veillée funèbre toute simple. Elle était si petite qu'on aurait pu la prendre pour une enfant.

Pendant les dernières semaines, une de ses cousines avait veillé sur elle. Comme Laure n'aurait pu s'occuper d'elle au jour le jour et que je ne pouvais m'absenter de mon travail que pendant de brèves périodes, la solution s'était imposée d'elle-même. St. Andrews East et la vie que j'y avais menée me semblaient désormais incroyablement lointains. J'avais un nouveau foyer et une nouvelle vie, situation que la maladie de Grand-mère avait semblé mettre en relief.

Et effectivement, une ère nouvelle semblait éclore. Au cours des deux dernières semaines, tandis que Grand-mère agonisait, un nouveau siècle était né. Il y avait eu des discours et des défilés. Les journaux débordaient de rétrospectives et d'ambitieuses projections. L'enthousiasme était contagieux. Dans mon petit recoin du deuxième étage de l'École de médecine de McGill, je ne fus pas insensible au frisson collectif. La collection grandissait. J'avais identifié et classifié environ les trois quarts des spécimens, exploit que le Dr Clarke avait qualifié de miraculeux. Pourtant, il n'y avait pas eu de miracle. Au cours des six derniers mois, j'avais travaillé sans relâche : j'arrivais des heures avant le début des cours et ne repartais que tard le soir. Lors du réaménagement de la salle des professeurs, j'avais hérité d'un canapé, et j'y passais parfois la nuit. Le Dr Clarke et les autres auraient été scandalisés, mais ils arrivaient trop tard pour s'en rendre compte.

Mes responsabilités semblaient se multiplier sans arrêt. Il y avait les spécimens à étiqueter, y compris ceux qui arrivaient tous les jours de l'Hôpital général et du Royal Victoria et ajoutaient à mon chaos personnel. Et, depuis septembre, j'enseignais.

Les choses avaient commencé modestement. Deux étudiants étaient venus m'interroger au sujet du cœur de Howlett. C'étaient des étudiants du Dr Mastro, inscrits à son cours de physiologie. Je leur fis voir quelques spécimens, relevai les fonctions et les anomalies ; le lendemain matin, ils étaient de retour, quelques amis dans leur sillage. Bientôt, je recevais la moitié des étudiants de Mastro. Cette activité, qui me détournait de mes autres tâches, alourdit mon fardeau au plus fort de la maladie de ma grand-mère, mais j'étais au comble du bonheur. Je mis au point un calendrier, en vertu duquel je ne recevais jamais plus de cinq étudiants à la fois. Comme il faisait froid dans la pièce et que les conversations s'étiraient, je préparais du thé. J'allais même jusqu'à leur proposer des biscuits.

À la fin de la session, les étudiants du Dr Mastro m'offrirent un sac à main. Je fus si touchée que j'éclatai en sanglots, là, devant eux, car je venais de comprendre que j'enseignais à McGill, comme l'avaient fait mon père et William Howlett, l'homme qui avait considéré mon père comme son mentor.

J'adorais mon travail. L'idée de demander une rémunération appropriée ne me vint même pas à l'esprit. Je gagnais assez pour subvenir à mes besoins et, fait plus important encore, je disposais désormais d'amples fonds pour le musée. Howlett apporta une contribution financière. En effet, il avait envoyé au Dr Clarke un chèque qui m'était nommément destiné. L'argent devait servir à l'entretien du musée, selon ce que je jugerais nécessaire, au cours des cinq années suivantes. En novembre, j'avais chargé un homme de réparer la fenêtre et fait installer des lumières électriques. Ma salle de travail était à présent chaude et claire.

Les tablettes, autrefois chaotiques, étaient ordonnées. Chaque bocal était séparé des autres par un espace de trois pouces et portait une étiquette détaillée, tapée à la machine. La collection de McGill comportait toutes sortes de spécimens, d'une énorme boule de poils en forme d'estomac humain à la mâchoire d'une vache pleine de bosses et infectée de champignons. J'avais récemment appris que ces deux spécimens avaient été fournis par mon père. Mon préféré était la boule de poils, fruit accessoire d'une autopsie qu'il avait réalisée dans les années 1860 sur une femme officiellement déclarée folle, qui avait la manie d'arracher et de manger ses cheveux. L'objet était si insolite qu'il s'était donné la peine de le mettre dans un bocal. C'était du moins le scénario que j'imaginais, puisqu'un tel objet avait une fonction pédagogique limitée. Il n'y avait ni étiquette ni documentation révélant l'identité du médecin à l'origine de la découverte. C'était Howlett qui m'avait mise au courant.

Les documents écrits faisant état des contributions de mon père avaient été retirés; partout, on avait supprimé son nom. Lorsque l'étiquette d'un spécimen plus ancien était absente ou carrément erronée, je me disais que j'avais affaire à une de ses œuvres. C'étaient de simples intuitions, mais, le plus souvent, des consultations menées auprès de Howlett ou des indices glanés dans des travaux savants me donnaient raison. Le nom de mon père semblait avoir été systématiquement radié des annales de la faculté. Quelqu'un avait délibérément éliminé toute trace de lui. Sur le plan intellectuel, j'y voyais clair : le nom de mon père était associé à une calomnie et l'Université McGill ne tenait absolument pas à être mêlée à cette affaire; sur le plan affectif, cependant, je n'y comprenais absolument rien. Effacer tous les vestiges de ses réalisations me semblait particulièrement cruel, d'autant qu'il avait été innocenté par les tribunaux. Les investigations que je faisais dans les archives, à la façon d'un limier, devinrent on ne peut plus personnelles.

Au contraire de mon père, William Howlett avait partout laissé des traces. Il avait soigneusement documenté toutes ses interventions à titre de pathologiste. Ses rapports d'autopsie, réunis en revue, avaient été l'une de mes toutes premières découvertes : trois volumes présentant en détail tous les cas auxquels il avait été associé, depuis ses années d'études jusqu'à l'époque où il avait été le pathologiste en chef de l'Hôpital général de Montréal. Quelle mine de renseignements ! Les travaux d'étudiant de Howlett m'avaient ouvert la porte de l'œuvre de mon père et permis d'élucider de nombreux mystères. C'était sous la supervision de mon père que Howlett, de son propre aveu, avait réalisé ses premières autopsies. Mon père avait été son professeur, son mentor et, plus tard, son ami. Howlett disait que, pendant ses études, personne ne lui avait appris plus de choses sur la médecine et la vie en général. Sur le plan des détails, Howlett se montrait pointilleux. Chaque dossier s'accompagnait des antécédents médicaux du patient et des résultats de l'autopsie. Ainsi, on pouvait établir des liens entre les symptômes observés de son vivant et les lésions constatées après sa mort. Il mentionnait un autre détail, à mes yeux presque aussi important : la liste des personnes qui assistaient à l'autopsie et le nom de celle qui tenait le scalpel.

Pendant que je m'affairais, me perdais dans mes spécimens, baignant dans le formaldéhyde ainsi que dans mes livres poussiéreux, occupée à trier, à chercher et à étiqueter, William Howlett et mon père devinrent étroitement associés dans mon esprit. On leur devait la plupart des éléments les plus anciens. Ils avaient touché les échantillons que je manipulais tous les jours. Leurs scalpels avaient sondé des organes, décollé des membranes et des graisses afin de mettre au jour des zones vulnérables. Je sentais leur présence chaque fois que j'entrais dans le musée. Le soir, dans la chambre que je louais un peu à l'est du campus, rue Union, je la sentais encore. Je passais mes soirées à lire les publications de Howlett, creusais de plus en plus. Je m'endormais avec ses mots sur ma poitrine et son visage dans mon esprit.

Le cœur tenait au creux de ma main gauche. À présent, le fil traversait le péricarde. La tâche avait été moins difficile que je ne l'avais craint. J'égalisai les deux côtés et fis passer l'un des bouts dans l'infime ouverture du tube de verre. Il ne sentait pas bon, ce cœur. C'était moins une odeur de moisi qu'une odeur de malpropreté. Je remplis le bocal de préservatif frais, aussi limpide et incolore que de l'eau. J'avais lu quelque part que les Portugais avaient l'habitude de se rendre dans leurs cryptes familiales pour épousseter les os de leurs ancêtres. Il y avait même une journée prévue à cette fin et tous les habitants du pays se prêtaient au rituel. C'était plus ou moins le travail auquel je me consacrais, moi, à longueur d'année.

Je pris le cœur entre mes mains. Il était aussi glissant qu'une pierre qu'on tire d'un ruisseau. Avec d'infinies précautions, je le fis descendre dans le bocal. Pendant une fraction de seconde, je craignis que la manœuvre n'échoue. Puis les tubes de verre se mirent en place. J'entendis le gratifiant petit déclic. J'avais réussi. Le cœur était bien droit, parfaitement aligné.

14

Février 1900

Un dimanche du début de février, je m'éveillai en sursaut de ma première bonne nuit de sommeil depuis les funérailles. J'avais rêvé de la rivière du Nord à St. Andrews East. Dans mon rêve, c'était sans doute l'automne, car les arbres étaient dépouillés, la rivière libre de glace et la vallée emmaillotée dans une épaisse brume de novembre. Au bord de l'eau, pieds nus et en chemise de nuit, je cherchais Grand-mère, qui m'appelait par mon prénom. Sa voix semblait venir de la rivière, mais le brouillard était si épais que je n'y voyais rien du tout.

Je m'assis et compris que j'avais dormi trop longtemps. Il était huit heures moins cinq et quelqu'un frappait avec force à ma porte en m'appelant par mon nom. C'était Peter, l'homme qui travaillait pour ma sœur. J'ouvris et il me regarda, les yeux exorbités, comme s'il jugeait étrange de me trouver en robe de chambre et les cheveux en bataille à une heure pareille, en ce jour de repos dominical. En fait, c'était inhabituel pour moi, même s'il n'en savait rien. L'hiver, en général, je sortais avant l'aube pour me rendre au musée. Les dimanches ne faisaient pas exception à la règle, sauf que, au milieu de la matinée, je m'octroyais une pause pour assister au service à l'église St. James. La veille, cependant, j'avais travaillé tard. Je jetai un coup d'œil aux papiers qui jonchaient le sol. Une assiette contenant une part de tarte à moitié finie s'offrait à la vue, au-dessus du fouillis.

— Peter! m'exclamai-je avec un entrain exagéré. Quel bon vent vous amène?

Il regarda à gauche et à droite, puis marmonna le message dont on l'avait chargé, sans oser entrer. Ma sœur était malade. Mr Stewart me priait de venir immédiatement. Il ne fournit aucun détail. Je lui dis que je me mettrais aussitôt en route et le renvoyai chez Huntley.

Il me fallut quelques instants à peine pour me changer, me coiffer et sortir dans la rue d'un blanc scintillant. Il avait neigé la veille, mais déjà la fonte avait débuté. Le soleil brillait avec une force telle que je dus dénouer mon écharpe et déboutonner mon manteau. Nous n'étions qu'en février, mais ce redoux avait des airs de printemps. L'eau coulait dans les caniveaux. Le sol se réchauffait. La température n'allégea pourtant en rien mon humeur. Après mon rêve et surtout l'étrange apparition de Peter, porteur d'une mauvaise nouvelle en ce dimanche matin, j'étais angoissée. Je marchai rapidement, obnubilée par la pensée du foyer de ma sœur. Peter s'était montré si avare de mots que je n'avais aucune idée de la gravité de la situation. Laure n'habitait pas loin. Je mis moins de quinze minutes à effectuer le trajet entre ma chambre de la rue Union et leur maison de la rue de la Montagne. Évidemment, la neige me ralentissait. Mes bottines faisaient un bruit de sabots, assez semblable à celui d'un cheval au trot. Elles étaient munies de lourdes semelles comme celles des paysans de St. Andrews East. Huntley avait éclaté de rire en les voyant à mes pieds pour la première fois, mais je m'en moquais.

Elles étaient plus pratiques en tout cas que les petites choses délicates et précaires qu'il choisissait pour Laure.

Mon beau-frère et moi n'avions jamais vraiment su comment nous comporter en présence l'un de l'autre. Par égard pour Laure, nous évitions les manifestations d'hostilité ouvertes, mais, en gros, je l'évitais. J'allais chez ma sœur quand je savais Huntley sorti ou encore j'invitais Laure chez moi. Cette fois-là, cependant, c'était différent. Huntley ne m'aurait pas fait venir pour des broutilles.

Je n'avais pas revu Laure depuis les funérailles. Je comptai les jours. Onze. Comment expliquer une telle négligence ? J'avais fait mon deuil, à ma manière, cachée dans le musée, au milieu de mes cœurs. Je venais tout juste de terminer la compilation de cent cas de cœurs malades analysés par Howlett. Je les avais classifiés selon les anomalies observées et j'avais aussi résumé les conclusions. Il avait été si ravi en apprenant la nouvelle qu'il s'était aussitôt mis à la recherche d'un éditeur. J'étais sur le point, aujourd'hui, de payer cher le luxe que le travail et la solitude représentaient pour moi.

À partir de la rue Union, je marchai vers l'ouest en suivant la rue Sherbrooke, puis j'entrepris l'ascension de la rue de la Montagne. Les rayons du soleil caressaient ma tête ; ils se reflétaient sur la neige accumulée sur les toits et le bord des fenêtres des maisons, qui ressemblaient à du pain d'épice. Je me dis qu'il faisait trop soleil et trop beau, beaucoup trop beau, pour une journée de calamités.

Huntley possédait une grande maison, entourée d'une clôture. Huntley père avait acheté le terrain et fait moderniser la maison d'impressionnante façon juste après le mariage de son fils avec Laure. Huntley et Laure la qualifiaient de « joyau ». Au dernier étage, il y avait six chambres à coucher et deux salles de bains avec l'eau courante et une cuvette. L'éclairage était électrique, le chauffage, au mazout. À la blague, Huntley, lorsque Laure et lui m'avaient fait faire le tour du propriétaire à mon retour d'Europe, avait dit que c'était une maison où fonder une dynastie.

Après cinq années de mariage, toutefois, aucune dynastie ne se pointait à l'horizon. Aucun héritier Stewart n'avait encore vu le jour. La mère de Huntley avait eu des tête-à-tête avec Laure, l'avait accablée de questions. Grand-mère avait conseillé la prière, remède éprouvé contre tous les maux. Depuis le début, cependant, le cycle menstruel de Laure était irrégulier. La prière n'y pouvait rien.

Au centre de la porte se trouvait un heurtoir de bronze en forme de poisson, tout oxydé, qu'on avait fait venir de Londres. Huntley collectionnait les antiquités. Sa maison débordait d'ornements que Laure passait son temps à faire nettoyer et polir par les domestiques. Au deuxième coup de poisson, Peter ouvrit la porte. Ébloui par la neige, il cligna des yeux. Je jetai un coup d'œil par-dessus son épaule dans l'espoir de voir Laure, mais le couloir sombre était d'une sinistre immobilité.

La voix de Huntley rompit le silence. Il apparut, rasé et habillé comme pour une soirée. Il ne me sourit pas et ne me salua pas. Je suivis son exemple.

— Où est-elle?

— Ta sœur, dit-il en évitant toute allusion aux liens qui l'unissaient à Laure, s'est enfermée dans sa chambre et refuse d'en sortir. La situation a tellement dégénéré qu'elle en est devenue absurde. Elle est là-dedans depuis son retour de St. Andrews East. Au début, j'ai fait comme si de rien n'était, fit-il en évoquant le genre de stratégie qu'on utilise avec une enfant difficile. Tu n'es pas sans savoir que ta sœur a l'humeur changeante. L'expérience montre qu'il suffit de l'ignorer pendant un jour ou deux pour qu'elle revienne à elle-même. Mais pas cette fois-ci, hélas.

Je retirai mes bottines et fis mine de m'engager dans l'escalier. Huntley me bloqua le passage.

— Je te préviens, Agnes. Cette fois-ci, c'est grave, pire que jamais.

Je le contournai et gravis les marches deux à deux, Huntley sur mes talons.

La porte de la chambre était verrouillée. Je secouai donc la poignée en frappant.

Comme il n'y avait pas de réponse, je demandai :

— Elle est là-dedans ?

Huntley hocha la tête.

— C'est la onzième journée consécutive.

— Onze jours !

Cette fois, je secouai la porte avec frénésie.

— Elle a de la nourriture ? De l'eau ?

Huntley haussa les épaules.

— Trois fois par jour, Mary dépose un plateau à côté de la porte, mais elle n'y touche pas. Il y a deux jours, elle a chassé cette pauvre femme en brandissant un couteau.

— Un couteau ?

Je n'arrivais pas à imaginer la scène. Ma sœur légère comme un souffle menaçant une domestique ?

— Mais elle s'évanouit à la seule évocation du sang.

Huntley secoua la tête.

— Elle a perdu la raison, Agnes. Cette fois, je crois qu'elle a finalement franchi une limite.

Derrière la porte, les lattes du parquet craquèrent. De l'autre côté, quelqu'un tendait l'oreille.

Je me penchai pour jeter un coup d'œil par le trou de la serrure, mais je ne vis que du noir.

— Laure?

Seul me répondit le silence, ponctué du bruit de ma respiration.

— C'est moi, dis-je. Tu n'as rien à craindre, Laure. Ouvre-moi.

Après un moment d'hésitation, Laure prit enfin la parole, d'une voix si fluette qu'elle aurait pu passer pour celle d'une enfant.

— Est-ce que Huntley est avec toi?

Je jetai un coup d'œil par-dessus mon épaule. Huntley avait les bras croisés derrière son dos. Il se mâchouillait la lèvre.

— Oui, dis-je. Il est là, Laure. Il se fait un sang d'encre pour toi.

Il y eut une deuxième hésitation et puis on entendit le vacarme de meubles qu'on tirait sur les lattes.

— Elle se barricade, dit Huntley.

— Qu'est-ce qui se passe, là-dedans? Ouvre. Personne ne va te faire de mal, Laure.

Les bruits cessèrent. J'attendis, comptai les respirations.

— Va-t'en ! cria Laure. Je suis armée.

Huntley secoua la tête et se perdit dans la contemplation du couloir. Lorsqu'il me regarda en face, je constatai qu'il pleurait. Je fus choquée.

— Je ne m'attendais à rien de tel. J'aurais dû écouter ma mère au lieu de mon cœur idiot. Où m'a-t-il conduit ? demanda-t-il en haussant les épaules et en fixant le plafond. Dans ce lieu affreux, désert.

Je me relevai et l'entraînai hors de portée. De toute évidence, il était trop affolé pour se préoccuper des susceptibilités de ma sœur. Sa lèvre inférieure faisait saillie.

Il se dégagea de mon emprise et rajusta ses manchettes.

— Tout ce que j'attendais de la vie, c'étaient des enfants et une femme qui m'aime. Et qu'est-ce que j'ai eu à la place ?

Ses paupières se refermèrent en papillonnant.

— Chut, fis-je. Assez.

Mais Huntley n'avait pas terminé.

— J'ai travaillé fort pour arriver là où je suis. J'ai étudié avec zèle. J'ai excellé à McGill. Tu m'as connu à cette époque-là. Est-ce que je mérite un sort comme celui-là ? Je suis le président du Metropolitan Club, pour l'amour du ciel. Ce qui m'arrive… C'est impossible !

— Assez ! répétai-je.

Pour un peu, je l'aurais secoué.

— Elle est en deuil, Huntley. La mort de Grand-mère l'a ébranlée.

Huntley eut un mouvement brusque de la tête.

— Votre grand-mère n'explique pas tout. L'équilibre mental de Laure était déjà fragile.

Je m'étais dit que je n'étais pas la seule à faire les frais de la mesquinerie de Huntley. Mes soupçons se trouvaient ainsi confirmés. Ma pauvre sœur avait droit à ce traitement au moment où elle était au comble de la vulnérabilité.

— Tu pourrais faire montre d'un peu de compassion, dis-je brusquement.

— Je dis seulement la vérité. Vous avez grandi sans mère, elle et toi. Un tel traumatisme laisse des traces. Votre père vous a abandonnées. Les White donnaient l'apparence de la stabilité, mais vous n'avez pas commencé votre vie sous ce nom, n'est-ce pas ? Vous en aviez un autre. Un nom français.

Huntley connaissait donc notre passé. Il était naturel que Laure lui en ait parlé.

— Elle fait son deuil, Huntley. Tu ne l'aideras pas en te montrant impitoyable.

Il n'écoutait plus. Semblant avoir oublié que j'étais près de lui, il donna l'impression de s'adresser à ses pieds :

— J'aurais dû reconnaître les signes, mais, aveuglé par sa beauté, je ne voyais pas ce qui sautait aux yeux de tous les autres. Maudit soit le jour où je l'ai rencontrée.

Je le chassai. Non sans mal, car il était déterminé à désigner des coupables. Ce qui le préoccupait par-dessus tout, c'était sa réputation.

Lorsque le couloir fut enfin désert, je m'agenouillai près du trou de la serrure. Je ne voyais rien, mais je sentais la présence de ma sœur. Deux ou trois grincements du parquet me donnèrent raison. À force de cajoleries, elle finit par parler.

— Est-ce qu'il est encore là ?

La voix de Laure était celle d'une inconnue.

Huntley avait disparu. Je répétai les mots jusqu'à ce qu'elle se calme. À la fin, elle déverrouilla la porte.

À la sortie de l'étroit couloir séparant le mur de la lourde commode en acajou qui barricadait la porte, je fus frappée par la blancheur de la chambre. Sur le mur où avait été la commode se trouvait un miroir recouvert d'un drap. Une table de chevet avait reçu un traitement identique, au même titre que le petit secrétaire posé près de la fenêtre. Le lit complètement défait était le seul meuble qui s'offrait à la vue. Comme si on avait préparé la chambre à une longue absence.

Laure se tenait au milieu de cet étrange décor, en chemise de nuit. D'une terrible pâleur, elle avait les yeux enfoncés, signe de déshydratation. Ses cheveux tombaient en mèches sales. Elle avait les pieds nus. Je poussai un cri involontaire et m'avançai vers elle, mais elle me repoussa en brandissant ce qui avait toutes les apparences d'un couteau.

Je m'immobilisai. C'est la méthode qu'on m'avait enseignée à Zurich où, pendant quelques mois, j'avais travaillé comme résidente dans un asile. Devant un patient violent, ne plus bouger. *N'utilisez que la voix. Restez calme et rassurante.* Le couteau n'en était pas un. C'était un coupe-papier au bout argenté. Le bras de Laure tremblait. Elle était à bout de force, sur le point de s'effondrer. Sur le bras, elle avait des marques, des blessures à moitié cicatrisées. Automutilation. Le coupe-papier était plus dangereux pour elle que pour autrui.

Je commençai à lui parler, mettant à profit les techniques qu'on m'avait enseignées en Suisse. Elles me revenaient d'instinct. Rien là d'étonnant, étant donné que je m'adressais à Laure, ma petite sœur, que je connaissais mieux que moi-même. Je lui enlevai le coupe-papier, puis je la pris dans mes bras. Ce fut un jeu d'enfant, car toute personne, aussi effrayée et agressive soit-elle, souhaite être réconfortée et soutenue.

Les propos de Laure étaient décousus et son récit trahissait une profonde paranoïa. Huntley avait monté une cabale et retourné toute la maisonnée contre elle dans le dessein de la rendre folle. Des gens entraient dans sa chambre en cachette et abîmaient les meubles. Les dommages étaient si subtils qu'elle seule les remarquait. C'étaient surtout des encoches dans le bois, des sillons et des égratignures qui apparaissaient pendant la nuit. Elle verrouillait la porte, mais, de toute évidence, Huntley avait la clé, car il poursuivait son œuvre. Il agissait sous le couvert de la nuit. Elle s'efforçait de se montrer plus maligne. C'est pour cette raison qu'elle avait drapé tous les meubles.

— Il cherche à me rendre folle, répéta-t-elle en s'extirpant de mes bras. Puis il m'enverra promener pour être enfin débarrassé de moi.

— Ce sont des bêtises, Laure. Huntley est bouleversé. Il ne pense pas ce qu'il dit.

— Il sait ce qu'il fait.

Elle s'interrompit, me regarda.

— Nous sommes anormales, n'est-ce pas, Agnes ? Nous ne serons jamais comme les autres.

Je ne répondis pas. À la différence de ma sœur, je n'avais aucune envie d'être « comme les autres ». C'était plutôt le contraire, en fait.

— Quand Huntley a commencé à me courtiser, j'ai cru y arriver, dit Laure. Mais j'ai eu tort. Nous sommes tarées, toi et moi. Et notre tare se communique aux autres.

— Foutaise.

Je posai la main sur son bras pour l'apaiser.

— Tu souffres d'une maladie, Laure. Et cette maladie a une incidence sur ta fertilité. Tu n'y es pour rien.

Elle se mit à sangloter.

— Il dit qu'il va me renvoyer.

En la serrant dans mes bras, j'eus la sensation de bercer une enfant. Par-dessus son épaule, je balayai la chambre des yeux : le coupe-papier abandonné sur le matelas, les meubles recouverts de linceuls et de meurtrissures. Huntley avait raison. À lui seul, le deuil n'expliquait pas l'état de Laure, chez qui je reconnaissais les symptômes de la psychose. Et, pour ce motif, il la rejetait. Il se disait solide comme le roc ; pourtant, il fuyait à toutes jambes.

— Tout va bien, dis-je en la berçant, pour nous rassurer, elle et, peut-être surtout, moi. Tout va bien. Je suis là.

Je n'avais aucune idée de ce que j'allais faire, mais je savais que Laure ne pouvait plus vivre sous le toit de Huntley. Je l'emmitouflai dans une robe et un châle et la coiffai de mon mieux. Quelle ironie ! C'était moi qui, au petit bonheur, faisais la toilette de ma sœur. Parfaitement indifférente, elle me laissa manipuler ses peignes et ses épingles, comme si son apparence n'avait pour elle aucune importance.

Dans le vestibule, Huntley vint nous parler pendant que je cherchais les bottines de Laure. Il avait appris par Peter que Madame avait quitté sa chambre.

— Tu as réussi à la faire sortir.

À genoux, je fouillais dans la penderie. À côté de moi, Laure eut un mouvement de recul, chercha à s'éloigner de lui.

— Oui, dis-je en mettant la main sur une paire de couvre-chaussures pour femmes. Mais tu peux t'adresser directement à elle, Huntley. Elle n'a pas perdu l'usage de la parole.

— Qu'est-ce que tu fais avec ces machins ?

Je tendis les couvre-chaussures à Laure, qui commença à les enfiler.

— Elle en a besoin pour protéger ses chaussures.

Je cherchais à présent un manteau.

— Pas si vite, dit Huntley. Tu ne peux pas simplement l'enlever.

Je me retournai.

— Je ne l'enlève pas, Huntley. Elle m'accompagne librement, de son plein gré. De toute évidence, elle ne peut pas rester ici avec toi. Elle ne mange plus, ne dort plus. Elle a besoin de soins.

— Il y a des endroits pour ce genre de choses.

Il me dominait d'une bonne tête, mais je m'avançai quand même. Je respirais le parfum de sa lotion après rasage. Pour un peu, j'aurais pu compter les poils qui dépassaient de ses narines.

— Désolée, je ne le permettrai pas.

Laure se mit à pleurer.

— Elle est malade, dit Huntley. Il lui faut un médecin.

Je le fixai, incrédule.

— Et qu'est-ce que je suis, moi, au nom du ciel?

— Voyons, Agnes, tu travailles à plein temps dans un musée. Tu n'es pas du tout le genre de médecin dont ta sœur a besoin en ce moment. D'ailleurs, il ne faut surtout pas que cela s'ébruite. Si tu la prends chez toi et que tu la gardes enfermée dans ton appartement comme un animal de compagnie, la ville entière sera au courant. Je serai la risée du Tout-Montréal.

Nous y étions donc. Huntley Stewart redoutait par-dessus tout le scandale. Ce qu'il voulait, c'était envoyer Laure au loin, loin des yeux et des esprits curieux, là où la tare serait cachée, ou du moins masquée et, avec le temps, peut-être même oubliée.

Soudain, un plan se forma dans ma tête.

— Elle a besoin de calme, dis-je en choisissant des mots susceptibles d'apaiser Huntley aussi bien que ma pauvre sœur. Pourquoi n'irait-elle pas refaire ses forces au prieuré? Est-ce assez loin? Pour faire taire les rumeurs, je ne vois pas de meilleure solution. Elle vaut mieux en tout cas qu'un séjour en institution, Huntley. Tu n'auras qu'à dire qu'elle s'occupe de la succession de Grand-mère. Là-bas, nous engagerons quelqu'un pour veiller sur elle.

Huntley sembla soulagé. Il fit appeler un taxi et nous accompagna jusqu'à la porte.

15

Avril 1900

Ils étaient trois, réunis pour la dernière séance de travaux dirigés de la session. J'avais ouvert mes fenêtres, ce qui, en l'occurrence, se révéla une erreur. Le soleil inondait la pièce et l'air charriait un parfum de terre et de feuilles décomposées. Les pépiements des étourneaux risquaient d'enterrer mes paroles. Autour de la table, tout près de moi, les jeunes hommes soupiraient, s'agitaient. C'étaient les trois élèves les moins doués de leur promotion. On aurait sans doute dû les éliminer dès la première année, mais, pour une raison ou pour une autre, on leur avait permis de poursuivre.

Le dénommé Hornby décrottait ses bottes de la boue qui s'y était accumulée. À côté de lui, Sean Falconbridge faisait tourner sa tête sur son cou gros et court, comme s'il la jugeait trop encombrante pour la tenir droite. Seul le troisième larron, Derek Sloan, consultait ses notes, mais, comme elles étaient illisibles, ses efforts étaient voués à l'échec. D'ordinaire, j'aurais préparé du thé, mais ces trois-là étaient si indifférents que je ne me donnai pas cette peine. Que pouvais-je faire d'étudiants pareils ? Leur examen aurait lieu dans cinq jours et leur situation était sans espoir : à ce jour, ils étaient aussi incapables de poser un diagnostic qu'en septembre, au moment où ils avaient commencé la pathologie.

Devant nous, sur la table, étaient posés trois bocaux, chacun renfermant un cœur. Je poussai le plus petit vers eux, un peu comme un os vers un chien endormi.

Ce cœur était l'un des mes joyaux. À peine plus gros que mon pouce, il était monté de manière à faire voir l'anomalie cachée. Une œuvre de Howlett. C'est à lui ou à mon père que je devais mes plus belles pièces. De fait, ils avaient fourni les trois cœurs que nous avions sous les yeux. Dans ce cas-ci, la donneuse était une petite fille morte le jour de sa naissance.

Me tournant vers Falconbridge, je le sommai de me préciser la cause du décès.

Il haussa les épaules. Derek Sloane avança l'hypothèse d'une sténose sans savoir ce dont il s'agissait. Hornby se contentait de regarder devant lui d'un air absent.

Je leur donnai des indices.

— Pensez à des fils qui se croisent. Pensez aux artères.

Comme ils ne voyaient toujours pas, je leur expliquai. On avait affaire à une transposition des vaisseaux, problème qui afflige environ dix pour cent des bébés victimes d'une malformation congénitale. L'aorte et l'artère pulmonaire changent de place, émergent du mauvais ventricule. Les bébés nés avec cette anomalie sont bleus de la tête aux pieds, même si le bruit du cœur semble parfaitement normal.

Les garçons griffonnaient dans leur cahier de notes lorsque le Dr Clarke entra. Ils se levèrent tous les trois, plus énergiques qu'ils ne l'avaient été de toute la matinée.

— Bonjour, messieurs, dit le doyen.

Il sourit et s'inclina devant moi.

— Désolé de vous interrompre dans vos travaux, docteur White.

« Travaux » n'était pas vraiment le mot qui convenait, mais je gardai le silence, surtout que le doyen n'était pas seul. Derrière lui se tenait un garçon aux cheveux foncés.

Je sentis tout de suite que quelque chose ne tournait pas rond chez cette personne, sans savoir de quoi il s'agissait. Le garçon semblait beaucoup trop jeune pour avoir été admis au sein de la Faculté de médecine. Des boucles en désordre, d'une propreté douteuse, tombaient sur ses épaules. Ses vêtements, beaucoup trop grands pour lui, accentuaient son apparence de clochard. Le costume était correct, ou plutôt l'avait été, mais il était si élimé que je ne pus m'empêcher de penser qu'il ne l'enlevait jamais. Le col de sa chemise était crasseux et effiloché. Mais ce qui dérangeait le plus, compris-je, c'était son visage. Il était inexpressif, dénué de la moindre trace de sentiment ou d'émotion. Ses yeux, en revanche, semblaient relativement vifs. Ils prirent note des garçons assis et des vitrines remplies de bocaux étiquetés. Ils ne se levèrent pas vers les miens.

— Je tenais à vous présenter Jakob Hertzlich, dit le doyen.

Je saisis la main du jeune homme qui, en cette journée de canicule, était sèche et fraîche. Le bout de son majeur était taché de jaune et son veston sentait le tabac froid.

— Jakob fait désormais partie de notre personnel, poursuivit le doyen.

Je l'examinai plus attentivement. Il n'était pas aussi jeune que je l'avais d'abord pensé. Je lui donnai peut-être vingt-cinq ans. Il était trop vieux pour être étudiant, en tout cas. Il ne pouvait tout de même pas être professeur. Il avait dormi dans ses vêtements, je l'aurais juré. Il sentait vaguement mauvais.

— Vous aurez enfin de l'aide, docteur White. Jakob est votre nouvel adjoint.

Je fixai le doyen, puis le jeune homme, qui continuait d'éviter mon regard. Il sortit de sa poche une petite boîte en fer-blanc de forme ovale, qu'il secoua légèrement. Puis il mit quelque chose dans sa bouche. Quel drôle d'énergumène ! Pendant que ses doigts trituraient la boîte, ses yeux erraient.

— Eh bien, fis-je pour rompre le silence.

La situation ne manquait pas d'une certaine ironie. Depuis des mois, je harcelais le doyen pour qu'il me trouve un adjoint, mais la personne que j'avais en tête ne ressemblait absolument pas à ce garçon morose, bizarre. Je me souvins aussi de ma propre embauche et de la façon dont elle avait été annoncée au Dr Mastro. Le doyen semblait prendre plaisir à réunir des types manifestement incompatibles.

— On me l'a hautement recommandé, me dit Clarke. Et il a reçu une formation médicale.

Un grognement étouffé monta du trio installé à la table. Dans ma stupeur, j'avais totalement oublié mes trois lascars. Sans duper personne, Falconbridge fit semblant de se moucher.

— Eh bien, fit le doyen en reprenant à son compte les seuls mots que j'avais réussi à proférer.

Ils avaient de si nombreuses significations possibles qu'ils ne voulaient rien dire. Que du bruit, destiné dans ce cas-ci à voiler des sentiments. J'esquissai un sourire empreint d'amertume.

Tout est bien qui finit bien. Le mieux est l'ennemi du bien. Le Dr Clarke voulait mon bien.

Il s'éclaircit la gorge.

— Je vous laisse travailler, Agnes. Mr Hertzlich a des papiers à signer dans mon bureau.

Après leur départ, je me laissai tomber sur ma chaise, plutôt lourdement. Le Dr Clarke avait tendance à présenter les choses de cette manière. Elle avait le mérite d'éviter les querelles, fréquentes entre universitaires, mais elle faisait aussi beaucoup de mécontents. Je songeai une fois de plus à Mastro. À ma grande surprise, nous nous entendions beaucoup mieux. Après la mort de Grandmère, il était venu m'offrir ses condoléances. Plus étonnant encore, il avait loué le travail que j'effectuais auprès de ses étudiants. Apparemment, la moyenne de la classe de pathologie avait augmenté, cette année-là, et il attribuait une bonne part de cette majoration à mes travaux dirigés arrosés de thé. Il avait discuté avec le doyen et insisté pour que ces travaux dirigés soient officiellement intégrés au programme de l'année suivante. Grâce à lui, je m'étais élevée au rang de chargée de cours.

Mes rapports avec le Dr Mastro s'étaient sensiblement améliorés, mais, dans le cas du garçon au costume mal ajusté, j'avais mes doutes.

— Il est juif, mademoiselle, murmura Hornby.

— Ne sois pas mesquin, Horn, dit Falconbridge, soudain éveillé. Ce que vous devez absolument savoir, mademoiselle, c'est qu'il est toqué.

Les autres pouffèrent de rire.

— Vous le connaissez?

— Je ne l'avais encore jamais vu. Mais je le connais de réputation. Il est légendaire.

Apparemment, Jakob Hertzlich, quelques années plus tôt, avait été le prodige de sa classe. Il avait raflé tous les prix. Puis, au milieu de sa formation, il avait disparu sans crier gare. La rumeur voulait qu'il ait été interné. Les études l'avaient rendu complètement fou. Des rires juvéniles saluèrent la fin de ce récit.

— Désolé d'être le porteur de mauvaises nouvelles, dit Falconbridge qui, en ramassant ses livres, ne se tenait plus de joie.

Je haussai les épaules sans chercher à contenir l'impatience que m'inspiraient ces étudiants, incapables de réussir leur examen de fin d'année et à plus forte raison de gagner le moindre prix.

— Bonne chance avec le toqué, dit Falconbridge avant de s'éclipser.

Son rire résonna dans le couloir.

Ce n'était effectivement qu'une question de chance, me dis-je. Dernièrement, je semblais en être totalement dépourvue. Je me levai et me dirigeai vers la fenêtre. L'air embaumait, plein de promesses. J'avais du mal à croire ce que le Dr Clarke avait fait, du mal à imaginer la réflexion qui l'avait incité à me confier le jeune Hertzlich. J'avais parlé de Laure au doyen. S'il s'était agi de quelqu'un d'autre, je n'aurais pas hésité à qualifier un tel acte de sadique. Sans doute avait-il été mû par la pitié. Telle était sans doute l'explication. Jakob Hertzlich était un inadapté, un juif doté d'une intelligence supérieure à la moyenne, en plein le genre de personne que le Dr Clarke avait l'habitude de recruter. J'avais moi-même bénéficié de sa compassion. Pourquoi ce singulier garçon n'en mériterait-il pas autant?

Parce que j'étais concernée ! Parce que, pour le moment, j'avais assez de folie sur les bras pour qu'on m'en dispense au travail. Le musée était mon refuge. À la maison, je m'en sortais, mais à peine. J'avais cru Samuel Clarke suffisamment perspicace pour comprendre ma situation.

J'avais installé Laure au prieuré, où elle se sentait en sécurité et où Huntley ne pouvait pas intervenir. Du reste, il semblait fort peu disposé à le faire. Il donnait plutôt l'impression d'être soulagé de ne plus s'occuper de sa femme. Miss Skerry avait quitté un emploi parfaitement honorable en ville pour revenir à St. Andrews East et veiller sur elle. Pourtant, Laure nous causait de vifs soucis. Certains jours, elle était elle-même et, certains autres, on avait affaire à une parfaite inconnue. La semaine précédente seulement, elle avait lancé une bouilloire pleine en direction de Miss Skerry, qui avait dû demander l'aide des occupants de la ferme voisine pour la maîtriser.

Et là, le Dr Clarke me demandait d'accueillir dans ma vie ce garçon au visage inexpressif, totalement dépourvu de manières. Que faire ? Il y eut un léger bruit derrière moi. En me retournant, je me retrouvai face au garçon à qui j'étais en train de penser, là, à moins de trois pieds de moi.

— Qu'est-ce que vous faites ?

Il resta planté là, tête baissée, sans répondre. Ses mains s'agitaient sur la mystérieuse boîte en fer-blanc de forme ovale. Il finit par l'ouvrir et lança quelque chose dans sa bouche. Il ne semblait pas nerveux. Il suça l'objet et regarda autour de lui d'un air bizarre, coupé du monde. Si je ne l'avais pas interpelé, il serait peut-être resté là, satisfait, jusqu'à la fin des temps.

— Qu'est-ce que c'est ?

— Quoi donc ?

Sa voix, plus grave que je l'avais imaginé, n'était assurément pas celle d'un garçon.

— Les choses que vous mettez dans votre bouche.

— Ah! fit-il en tendant la boîte vers moi. Ce sont des bouts de réglisse. De Hollande. Vous en voulez?

Je pris la boîte et fis tomber un des objets dans le creux de ma main. Le morceau de réglisse était petit et dur, de la couleur du goudron.

— J'essaie d'arrêter de fumer. Mais ma bouche a la nostalgie des cigarettes.

— Quand commencez-vous? demandai-je sur un ton neutre, comme si nous parlions d'un emploi au marché et non d'un poste dans mon musée.

— Tout de suite.

Il lança un autre bout de réglisse dans sa bouche.

C'était sans issue. Le bout de réglisse me fit comprendre que j'avais soif. J'offris donc une tasse de thé à Jakob, qui l'accepta et la dégusta lentement, comme s'il s'agissait d'un nectar à savourer.

Lorsque j'eus repris mes esprits, je lui assignai une tâche. Rien de compliqué : du tri. Au cours des prochains jours, je le mettrais à l'essai, décidai-je. J'augmenterais progressivement les difficultés et, au moindre faux pas, le doyen aurait de mes nouvelles. Toqué, passe encore; incompétent, jamais.

Au bout d'une heure environ, il s'approcha de l'endroit où j'étais assise. Dans son coin, il avait été si tranquille que je m'étais moi-même mise au travail.

— Déjà fini? demandai-je, certaine que c'était impossible.

Il secoua la tête.

— J'ai remarqué quelque chose.

Sa brusquerie était attachante, mais elle m'énervait aussi. Il fixait le mur.

— Là-bas.

Je regardai à mon tour. Il avait les yeux rivés sur le dessin d'un cœur que j'avais punaisé au mur pour cacher une fissure dans le plâtre. Je n'en avais jamais été folle. L'aorte, l'artère pulmonaire, les atriums et les ventricules étaient d'un rose pétunia criard.

— Le dessin est erroné, dit-il simplement.

— Pardon ?

Les mains dans les poches, il me fit penser à un professeur sur le point de fournir une explication.

— J'ai déjà étudié ici, me dit-il. Je connais cette affiche et elle m'a toujours troublé. À l'époque, elle était dans la bibliothèque.

— Les couleurs sont affreuses, admis-je dans l'intention de lui manifester de la sympathie.

— Les couleurs n'y sont pour rien, même s'il est criminel de mettre un rose comme celui-là à côté du vert des veines.

Je ris. Jakob Hertzlich avait le sens de l'humour.

— C'est plus grave, poursuivit-il. Observez bien l'artère pulmonaire.

Je jetai un coup d'œil.

— L'artiste était daltonien, d'accord, mais en plus il se tenait sur la tête.

Effectivement. L'aorte thoracique se trouvait là où aurait dû être l'artère pulmonaire. Je regardai le garçon, étonnée. Depuis des mois, je travaillais dans ce musée et je n'avais rien remarqué. Comment une erreur aussi flagrante avait-elle pu m'échapper ? L'illustrateur n'était pas le seul à avoir des troubles de la vue.

16

Septembre 1900

Cet automne-là, juste au moment où la nouvelle session allait débuter à McGill, je tombai sur le Dr Rivers devant le salon des professeurs de la Faculté de médecine. Grâce à une bourse en pathologie, il enseignait à McGill et travaillait à l'Hôpital général de Montréal. Son allure était encore plus martiale que lors de notre première rencontre : il avait les cheveux ras et ses épaules, d'une étroitesse étonnante chez un homme si grand, étaient droites comme un piquet. De sa drôle de voix haut perchée, il m'apprit que, pendant un an, il avait combattu les Boers avec la Batterie D de l'Artillerie de campagne canadienne.

J'avais lu dans les journaux des articles sur la guerre des Boers et les manifestations organisées par les étudiants francophones de Montréal. Je dus avouer que j'étais sympathique à la cause des manifestants. De quel droit la Grande-Bretagne fourrait-elle son nez dans les affaires d'un pays aussi éloigné que l'Afrique du Sud ? De quel droit recrutait-elle des Canadiens comme Dugald Rivers et leur demandait-elle d'aller risquer leur vie sur des terres aussi lointaines ? Rivers lui-même n'y voyait pas de problème.

Il m'annonça son grade avec fierté, même si je n'avais pas la moindre idée de ce que cela signifiait. « Batterie » me semblait violent, tandis que « campagne » me fit penser aux fermes des environs de St. Andrews East. Je coupai court aux déclarations militaires et l'invitai à prendre le thé. Il serait en tout temps le bienvenu au musée, lui dis-je.

— À la morgue, ouvrez grands vos yeux, fis-je, et faites-moi parvenir les spécimens intéressants.

Le Dr Rivers me rendit visite pour la première fois fin septembre. C'était une journée particulièrement chaude qui nous fit oublier à tous que l'hiver était à nos portes. J'avais ouvert la portion supérieure de la grande fenêtre du musée et les rayons du soleil, entrant à flots, baignaient l'intérieur d'une lumière dorée. Sous les avant-toits, des pigeons roucoulaient. Rivers arriva avec une boîte de pâtisseries dans une main et un seau dans l'autre. Il franchit le seuil, puis, lorsque Jakob et moi nous retournâmes, il recula d'un pas, conscient de ne pas avoir été invité à entrer. Je me levai aussitôt pour l'accueillir.

Il se tenait dans la porte, auréolé de lumière. Avec ses cheveux ras et son sourire empressé, il n'avait pas du tout l'air d'un éminent boursier en pathologie. Son arrivée avait causé tout un émoi parmi les infirmières. Sa prestance était indéniable : il avait les cheveux châtains et la peau sans tache, d'une blancheur extraordinaire. Son maintien autoritaire plaisait aux femmes. Mais je ne pouvais m'empêcher de penser qu'il lui manquait quelque chose. À l'entrée d'un homme dans une pièce, ce n'était pas l'apparence qui retenait mon attention. C'était autre chose, une sorte d'énergie que même un corps petit et laid possède parfois. Quelle que soit la nature de cette énergie, Rivers en était dépourvu. En sa compagnie, je n'éprouvais pas le moindre trouble. C'est peut-être pour cette raison que, parmi toutes les femmes qui s'attroupèrent autour de lui en ce premier automne qu'il passait à Montréal, je fus celle qu'il choisit comme amie.

— Je vous ai apporté quelque chose, dit-il en posant son seau sur ma table de travail.

Jakob Hertzlich et moi jetâmes un coup d'œil à l'intérieur. Un cœur fraîchement prélevé pataugeait dans ses humeurs.

— J'arrive de la morgue, dit Rivers. Je me suis dit que je ferais plus vite en venant à pied.

En général, Jakob ignorait les inconnus; lorsque quelqu'un nous rendait visite, il poursuivait son travail. Ce jour-là, cependant, il fit une exception.

— Vous voulez dire que vous êtes venu ainsi de l'hôpital? demanda-t-il, impressionné.

La morgue, annexée à l'Hôpital général, se trouvait à l'angle de Dorchester et de la rue Saint-Dominique, à une bonne vingtaine de minutes de marche.

Je me mis à rire.

— J'ai même fait une escale, dit Rivers en brandissant la boîte de pâtisseries.

— Vous vous êtes arrêté faire des courses? dis-je. Et personne n'a remarqué le seau?

Rivers se fendit d'un sourire juvénile.

— Si, pourtant. Une dame a cru que c'était un cœur de bœuf. Elle m'a même donné une recette de tourte aux abats.

Je ris si fort que j'en eus mal aux côtes. Jakob sourit. Du bout du doigt, je touchai le cadeau, qui était rouge et très volumineux.

Un cœur d'homme, d'après sa taille, qu'on avait prélevé avec soin pour mettre la lésion en évidence.

— Communication interauriculaire, dis-je. Beau spécimen.

Rivers accepta le compliment avec grâce.

— J'ai aussi le rapport d'autopsie et les antécédents du patient, dit-il. J'ai pensé qu'il s'agissait d'un cas particulièrement évident. Que l'homme ait vécu jusqu'à plus de quarante ans est en soi un miracle. Il y a quelques jours, sa tension artérielle est montée en flèche. Jusque-là, je ne me doutais de rien.

— Les communications interauriculaires sont parfois traîtresses, dis-je en hochant la tête. Habituellement, c'est la tension qui les révèle. Dans le cas des interventriculaires, on sait tout de suite à quoi on a affaire, à cause du souffle.

— Vous avez mille fois raison.

Ce fut à mon tour d'accepter le compliment avec grâce.

— Assez pour savoir que le spécimen risque bientôt de sentir mauvais si on n'y voit pas tout de suite. Vous n'en voudrez pas à Jakob de s'en occuper avant le thé? Merci, Dugald.

Le nouveau boursier fut surpris et manifestement heureux de m'entendre prononcer son prénom. Au musée, les prénoms avaient droit de cité. J'étais Agnes, Jakob était Jakob et, dorénavant, Rivers serait Dugald. Pauvre homme. Dans l'armée, seuls les patronymes étaient utilisés et, en règle générale, les hôpitaux, du point de vue du respect des formes, n'avaient rien à envier aux baraques militaires.

Je tendis le seau à Jakob. Au cours des derniers mois, j'avais appris à lui faire confiance et j'étais désormais persuadée qu'il pouvait s'acquitter de toute tâche avec la même compétence que moi. Intelligent et travailleur, il s'était montré à la hauteur des attentes du Dr Clarke, dont le choix s'était révélé brillant.

Lorsque je me retournai vers lui, Dugald examinait le mur.

— C'est très ressemblant, dit-il en désignant une affiche que Jakob avait apportée peu après avoir commencé à travailler pour moi.

C'était un dessin à la plume réalisé sur un bristol, légèrement coloré à l'aquarelle, montrant trois cœurs vus sous des angles différents. Les diverses parties étaient identifiées avec soin.

— C'est l'œuvre de mon adjoint, dis-je.

Dugald Rivers dressa la tête, surpris.

— Lui? murmura-t-il en se tournant vers le coin de la pièce où mon bras droit, qui pourtant ne payait pas de mine, rinçait notre plus récent spécimen. Ce type-là?

Je hochai la tête.

— Il a du talent.

Au cours des premiers mois de notre association, c'était l'une des nombreuses découvertes que j'avais faites au sujet de Jakob Hertzlich. C'était un artiste. Un vrai. Rien ne lui plaisait davantage que de passer la journée à dessiner dans son carnet à croquis. Il consacrait tous ses loisirs à cette activité et les résultats étaient souvent à couper le souffle.

J'invitai Rivers à s'asseoir. J'aimais servir le thé dans les formes et, pour donner à cette occasion un air de fête, je couvris un des bouts de la table de dissection d'une nappe blanche brodée par Laure et Miss Skerry. Rivers y déposa sa boîte de pâtisseries. Pendant que nous attendions que l'eau bouille, nous parlâmes de la faculté et des activités de Dugald. J'en profitai pour lui demander comment McGill se comparait à Baltimore.

— À propos, dit-il brusquement, avez-vous fini par apprendre quelque chose au sujet de votre cœur? Je veux parler de ce mystérieux objet reptilien que vous avez trimballé dans le train avec vous. J'y ai souvent pensé.

Je pris le spécimen sur un coin de mon bureau, où il occupait à titre permanent une place privilégiée.

— Celui-ci?

Dugald hocha la tête en inspirant, impressionné.

— C'est une vraie merveille.

— Merveilleux ou pas, dis-je en riant, j'ai bien failli être mise à la porte du Un, West Franklin à cause de lui.

Je lui racontai ensuite l'histoire du petit Revere et de son chapardage.

Dugald rit. Il imaginait très bien la scène, dit-il : sous la table dressée avec un soin jaloux par Kitty Howlett, le vieux cœur faisait tic-tac, comme une bombe.

— J'ai malgré tout réussi à établir les faits, dis-je. Le Dr Howlett a une excellente mémoire. L'autopsie a été réalisée il y a vingt-sept ans. En octobre 1873 pour être plus précise. Le patient avait une trentaine d'années quand il est mort.

Je lui laissai le temps de digérer l'information.

— Le cœur a donc plus ou moins soixante ans.

Dugald siffla.

— Eh bien, c'est du beau travail. Il n'y a pas que la mémoire qui soit excellente, c'est moi qui vous le dis. Voyez la précision avec laquelle il a ouvert le ventricule. Quel doigté !

— Ce n'est pas l'œuvre du Dr Howlett.

Rivers me regarda, en proie à la confusion.

— C'est trompeur, car, pendant des années, on a surnommé ce spécimen le cœur de Howlett.

Je décrochai du mur un article encadré que j'avais publié, avec l'aide du Dr Howlett, dans le *Montreal Medical Journal*.

— *Burritt*, lut Dugald en déformant le nom de mon père.

— Le Dr Honoré Bourret, repris-je en prononçant les « r » à la française et en omettant le « t » muet.

Le nom roula sur ma langue avec une aisance grisante. Je réussis même à soutenir le regard de Dugald. C'était un nom français, lui expliquai-je, même si le médecin en question, à l'instar de nombreux Montréalais ambitieux, avait parlé anglais pendant la majeure partie de sa vie adulte.

J'avais piqué la curiosité de Dugald.

— Mais que vient faire William Howlett dans cette histoire ? Pourquoi le « cœur de Howlett » ?

— Bourret était son mentor, expliquai-je. Il enseignait ici. Ils ont souvent travaillé ensemble. C'était un patient de Bourret et Howlett a été invité à assister à l'autopsie.

— C'est donc ce Bourret qui a prélevé le cœur ?

Je hochai la tête.

— Il y a toutefois eu un scandale et Bourret a dû quitter l'université.

J'avais parlé d'une voix neutre en évitant le regard de Dugald.

— Est-ce au moment du départ de Bourret qu'on a engagé Howlett?

Incertaine de ma voix, je fis signe que oui.

— Quel coup de chance! dit Rivers en soupirant. Je me suis souvent demandé comment il avait pu devenir professeur à un si jeune âge. Il avait à peine son diplôme en poche lorsqu'il est devenu professeur titulaire et le seul pathologiste de l'Hôpital général.

Mon cœur se serra. Il me fallait du thé.

— C'est vraiment un enfant de la chance, dit Dugald.

Je le vis s'éloigner de moi, vis ses yeux devenir un peu vagues. Étais-je aussi transparente que lui? Depuis mon retour de Baltimore, je flottais sur un nuage. Le Dr Clarke et Miss Skerry en avaient fait la remarque. Malgré le décès de ma grand-mère et l'effondrement de Laure, je demeurais forte et pleine d'entrain.

Howlett en était la raison. C'étaient mon travail au musée de la pathologie, que j'effectuais avec sa bénédiction et à ses frais, et la correspondance que j'entretenais avec lui qui me gardaient en vie. Lorsque son nom était prononcé, mes joues s'enflammaient. J'avais conscience de mon affliction, mais c'est à ce moment seulement que, à la vue de Dugald Rivers, je me demandai si mes sentiments transparaissaient. À la moindre allusion à Howlett, le visage de Dugald devenait mélancolique. C'était à la fois pitoyable et comique. Je jetai un coup d'œil à Jakob qui, depuis son poste de travail, nous épiait. J'espérai seulement être un peu plus opaque que Dugald Rivers, dont l'adoration sautait aux yeux.

Je sentis un impérieux besoin de le secouer un peu.

— La chance n'explique pas tout, dis-je.

Pour en arriver là où il était, Howlett avait travaillé avec discipline et énergie. La liste de ses publications était impressionnante. Le nombre d'autopsies qu'on lui devait, soit sept cent quatre-vingt-sept en moins de dix ans, semblait inimaginable.

J'en fis succinctement part à Dugald.

— Je n'ai pas encore terminé mes classifications, mais je dirais qu'au moins les deux tiers des spécimens viennent de lui. Il a abattu une somme de travail remarquable, Dugald. Et tout a été consigné par écrit, dans des notes ou des publications.

Pendant que j'énumérais les réalisations de Howlett, Dugald Rivers resta parfaitement immobile. Il regarda lentement autour de lui.

— Si je comprends bien, c'est à lui que revient la paternité de presque tout ce qui nous entoure ?

Je souris.

— On doit aussi certains spécimens à Bourret. Ces jours-ci, des spécimens arrivent du Royal Victoria et de l'Hôpital général avec une fréquence telle que j'ai du mal à suivre. Désormais, ajoutai-je en désignant le seau, certains spécimens viendront aussi de vous. Cependant, la majorité est issue des autopsies de Howlett.

Dugald rit.

— Et vous êtes sa grande prêtresse, comme l'oracle d'Apollon.

Je ris jaune.

— Pour les grandes vérités, Dugald, ne comptez pas sur moi. Pour le thé, passe encore, mais pour une chose aussi grandiose que la vérité, il faudra repasser.

— Qu'est donc devenu l'illustre Dr Bourret? demanda Rivers en reposant le spécimen sur mon bureau. Je ne crois pas avoir déjà entendu parler de lui.

Je détournai les yeux. À cette question précise, je n'avais pas de réponse à fournir, et c'était la plus stricte vérité, au contraire du reste de mon récit, truffé d'omissions. J'avais assailli William Howlett de questions, mais il n'avait plus vu son mentor ni entendu parler de lui.

— Il a disparu.

Dugald Rivers frotta la barbe naissante de son menton.

— Il a sans doute fallu un terrible scandale pour ruiner une carrière comme la sienne.

Il me regarda, dans l'attente de détails que je fus incapable de lui fournir. J'avais la gorge sèche. Si j'avais prononcé ne serait-ce qu'une syllabe, Rivers aurait compris la profondeur de mon engagement affectif dans cette histoire. Les secondes s'égrenaient. Je sentis mes joues rougir. Soudain, Jakob était à côté de moi, la bouilloire à la main.

— Elle était sur le point de siffler, dit-il. Savez-vous où est la théière?

J'éprouvai pour lui un élan de gratitude, que j'eus toutefois soin de cacher, et je me lançai avec lui à la recherche de la théière. Après l'avoir trouvée, je me mis au travail. Avec un soin exagéré, je mesurai deux cuillérées de brindilles noir cendré.

— Vous connaissez le *lapsang souchong*? demandai-je à Dugald d'une voix qui, du moins je l'espérais, avait les apparences de la normalité.

Le Dr Rivers secoua la tête.

— Dans ce cas, vous allez être émerveillé.

Nous étions de retour en terrain sûr.

— Si le *lapsang* ne vous plaît pas, j'ai aussi du thé ordinaire.

Je retrouvais mon aplomb. Je pris la boîte de pâtisseries et coupai la ficelle à l'aide d'un scalpel. Deux de mes tartelettes préférées nous fixèrent, à la façon de soleils levants.

— Des tartelettes à l'abricot! m'écriai-je. Décidément, Dugald Rivers, nous allons être bons amis, vous et moi.

Il n'y avait pas de lait, mais j'avais une réserve de morceaux de sucre et aussi un bout de baguette, vestige de mon repas du midi. Je chargeai donc Dugald de la trancher pendant que je pelais un concombre.

— Des sandwichs au concombre? marmonna-t-il. C'est ma foi très civilisé.

— Il faut savoir vivre, Dugald. Surtout dans notre domaine.

Jakob se joignit à nous. Il aimait bien Dugald, ce qui était à mes yeux tout à fait compréhensible. Je coupai les tartelettes en deux pour lui permettre d'y goûter. Le nourrir était un plaisir.

Avec le salaire de misère qu'il touchait, il semblait perpétuellement affamé.

C'est lui qui révéla à Dugald que je travaillais pour le compte de Howlett.

— Elle écrit des articles savants pour l'homme de Baltimore à qui vous semblez vouer une admiration sans bornes.

Dugald cessa de mâcher. Il posa sa tasse de thé et rougit.

Jakob nous regarda tour à tour.

— Elle va signer un chapitre de son prochain livre.

Dugald me regarda.

— Est-ce exact, docteur White ?

Je hochai la tête. Parmi les cent quatre médecins invités à collaborer à l'ouvrage aux multiples volumes que dirigeait Howlett, j'étais la seule femme. Je remarquai que la respiration de Dugald était devenue légèrement haletante. Comment ne pas avoir pitié de cet homme apparemment incapable de dissimuler ?

— Quel en est le sujet ?

— Les cœurs.

J'avais répondu avec fierté, même si j'avais conscience de l'agacer.

Mon travail de catalogage n'avait pas tardé à porter ses fruits.

— Tout a commencé par lui, dis-je en montrant le texte encadré de mon premier article.

Avec mon premier projet de recherche sur le cœur de Howlett, si mal nommé, William Howlett avait compris que je savais écrire.

Il m'avait aussi commandé une analyse statistique de cent autres cœurs moins spectaculaires, qu'il m'avait une fois de plus aidée à faire publier.

— Le Dr Howlett est un spécialiste de la circulation, mais il a eu besoin d'aide avec les anomalies congénitales, expliquai-je.

Personne ne s'intéressait au domaine des cardiopathies congénitales. Dans de tels cas, on ne pouvait rien faire pour les patients, sinon les diagnostiquer et, plus tard, les autopsier. Pas de quoi nourrir son homme.

— Vous avez une sacrée chance, murmura Dugald.

J'accueillis le commentaire d'un haussement d'épaules. L'honneur était moins grand qu'il ne l'imaginait. Après d'éreintantes journées au musée, je passais d'éreintantes soirées devant ma machine à écrire. Le travail lui-même n'avait rien d'original. Sans la moindre hésitation, j'aurais changé de place avec Dugald Rivers, qui travaillait à l'hôpital et effectuait les autopsies que je me contentais d'examiner et de compiler après coup.

— C'est vous qui avez de la chance. Vous avez obtenu une bourse de McGill.

Nous nous mîmes à manger et à boire. Dugald Rivers adora mon thé chinois au goût fumé et j'adorai les tartelettes qu'il avait choisies. Avec l'aide de Jakob, nous dévorâmes tout, jusqu'à la dernière miette.

IV

La raison du cœur

> *Le cœur a ses raisons*
> *que la raison ne connaît point.*
>
> Blaise Pascal

17

Avril 1905

Lorsque le Dr Howlett annonça sa visite, je travaillais au musée depuis sept ans. C'était un deuxième chez-moi (un troisième, si on comptait le prieuré) et une source de réconfort durable dans une vie qui me semblait parfois renfermer plus que sa part de désagréments. L'état de Laure ne s'améliorait pas. Je me demandais comment Miss Skerry s'en sortait, car ma sœur, retranchée dans notre propriété familiale de St. Andrews East, avait de moins en moins de bons jours. Huntley l'avait à toutes fins utiles abandonnée, ce qui était un soulagement sur tous les plans, sauf celui des finances. J'assumais seule l'entretien du prieuré, le salaire de Miss Skerry et les frais de subsistance de ma sœur et de mon ex-gouvernante. Miss Skerry était un modèle d'économie, mais j'étais triste de ne pas pouvoir leur offrir davantage, elles dont la vie était si clairement étriquée et difficile. J'avais de constants soucis d'argent. J'étais sous-payée par McGill. Grâce aux suppléments versés par le Dr Howlett, je me tirais d'affaire, tant bien que mal.

Et voilà que sa visite était annoncée. À quelques occasions, déjà, il avait promis de venir, mais son emploi du temps était si chargé qu'il n'avait pas été en mesure de donner suite. Cette fois-ci, le chancelier de McGill avait commandé un portrait de lui qui serait accroché dans le pavillon de médecine. Howlett avait accepté de venir passer deux jours entiers parmi nous afin de « voir mes bons vieux amis de Montréal », avait-il écrit quelques semaines plus tôt, et de « poser pour le satané tableau ».

Le portrait n'avait rien de satané. J'aurais volontiers serré le chancelier dans mes bras et aussi, pendant que j'y étais, le portraitiste, car ils avaient réussi là où mes suppliques et mes invitations avaient échoué. Désormais, un océan nous séparait, car Howlett vivait à Oxford, où il était titulaire de la chaire royale de médecine. Qui plus est, il avait dorénavant une nouvelle nationalité et un nouveau titre : Sir William Howlett. Depuis notre dernière rencontre, en effet, il était devenu citoyen britannique et avait été fait chevalier. Sa renommée, déjà établie au Canada et aux États-Unis, s'étendait à présent à l'Angleterre. Le doyen Clarke m'avait appris que Howlett était devenu le médecin personnel du premier ministre britannique.

Le jour de son arrivée, il faisait froid et humide. À Montréal, avril est un mois capricieux ; il suffit de quelques heures pour passer de la douceur à un froid mordant. Cette journée-là était particulièrement éprouvante. Un vent violent me poussa jusqu'au pavillon de médecine, en haut du sentier. Rue Sherbrooke, j'avais glissé sur la glace et fait des trous dans mes bas. Dès que je fus à l'intérieur, je soulevai ma jupe pour mesurer l'étendue des dommages. J'avais les deux genoux écorchés et ensanglantés. Je n'aurais qu'à nettoyer ma peau, mais les bas, que j'avais achetés une semaine plus tôt en prévision de la grande visite, étaient ruinés. C'étaient des bas de soie, importés de Londres, très nettement au-dessus de mes moyens.

Boutonnés jusqu'au cou, les joues rouges, les étudiants couraient vers leurs salles de classe. Un jeune homme timide me gratifia d'un geste de la main en passant devant moi en coup de vent. Grâce à mes travaux dirigés, les étudiants de dernière année me connaissaient tous. Pendant ma première année à McGill, personne ne me saluait jamais. Avant le congé des Fêtes de cette année, on avait organisé un sondage officieux et j'avais été désignée par les étudiants comme l'un des meilleurs enseignants de la faculté. Les jours où il n'y avait pas de travaux dirigés et pendant la pause du midi, certains venaient bavarder avec moi. C'était flatteur, mais je ne disposais plus de mes matinées. J'avais l'habitude d'arriver une heure avant Jakob pour mettre la bouilloire sur le feu et vaquer à mes occupations dans une douce solitude. Pour être seule, je devais désormais arriver encore plus tôt.

Les jours comme celui-ci, je regrettais mon invisibilité d'antan. J'espérais que personne ne frapperait à ma porte pour venir faire un brin de causette et prendre le thé. Je ne pouvais m'offrir le luxe de telles interruptions. La veille, j'avais travaillé jusque tard dans la nuit; ce matin, la sonnerie de mon réveille-matin ne m'avait pas tirée du sommeil et j'avais dû courir.

Trois étudiants faisaient le pied de grue devant ma porte. L'un d'eux, adossé au mur, tendait le genou. Un autre, face au premier, se hissait sur la pointe des pieds. En haut, en bas, en haut, en bas, tête baissée en signe de concentration. Le troisième me vit et alerta les autres.

— Désolée, les garçons, dis-je en sortant mes clés. Comme vous pouvez le constater, je suis en retard.

— Nous espérions que vous auriez une minute à nous consacrer, dit celui qui m'avait aperçue.

— Pas aujourd'hui, hélas.

J'ouvris la porte et respirai l'odeur de renfermé du musée, désormais familière.

— Juste un peu de temps.

Je me laissai fléchir, comme toujours. Selon Jakob, je devais ajouter le mot « non » à mon vocabulaire. Je compliquais sans cesse ma vie déjà trop chargée en accordant des faveurs comme celle-là.

— C'est votre seul trait typiquement féminin, avait fait observer Jakob.

Je ne savais toujours pas s'il s'agissait d'une insulte ou d'un compliment.

Les trois jeunes hommes suspendirent leurs manteaux aux crochets que j'avais posés derrière la porte. Ils restèrent gauchement debout à côté de la table. D'ordinaire, ils se seraient assis avant moi et auraient ouvert leurs livres sur les sujets dont ils souhaitaient discuter. Ce jour-là, impossible. La table était jonchée de tout un bric-à-brac et il n'y avait pas un seul espace de libre.

— Vous faites votre grand ménage du printemps ? demanda l'un d'eux.

Je ris.

— Oui, en un sens.

J'aurais donné cher pour qu'ils s'en aillent. J'avais des élancements dans la rotule droite et je savais que je devais rincer la plaie. Je m'occupai plutôt des trois jeunes gens. Je consultai la montre que j'avais héritée de mon grand-père et que je portais autour du cou.

À huit heures quarante-cinq, on frappa à la porte et Jakob Hertzlich fit son entrée. Mon sauveur. Il connaissait l'anatomie sur le bout des doigts. Il prendrait la relève.

Jakob avait les oreilles rouge vif. Il ne portait jamais de chapeau, sans doute parce qu'il n'en possédait pas. Il salua les garçons, mais ils gardèrent le silence, les yeux baissés. De nombreux étudiants se comportaient ainsi avec lui. Sans se formaliser, il continuait, comme si une telle attitude était inévitable, au même titre que le mauvais temps. J'étais moins fataliste. Je foudroyai les garçons du regard, les maudis intérieurement.

Mon irritation se tourna ensuite vers Jakob. Il portait les mêmes vêtements que la veille. Passe encore pour le manteau, me dis-je. Jakob n'avait pas d'argent pour le remplacer et, de toute façon, Howlett ne le verrait pas. Mais il n'avait pas changé de chemise. Son pantalon, beaucoup trop grand, était retenu par une vieille ceinture. Il était si maigre qu'il avait dû percer des trous supplémentaires dans le cuir. Pas de cravate. Pourtant, je lui avais expressément demandé d'en mettre une.

— Monsieur Hertzlich, dis-je, nous ferez-vous l'honneur de vous occuper de cette classe dirigée ?

Les garçons levèrent la tête en même temps, tels des chiens flairant une odeur.

— Nous devons y aller, dit l'un.

— La cloche va bientôt sonner, dit un autre.

Je les foudroyai de nouveau du regard, mais, tandis qu'ils battaient en retraite, Jakob se contenta de hausser les épaules. Lorsqu'ils furent sortis, il se tourna vers moi.

— C'est de nouveau l'hiver, dit-il.

Il souffla sur ses mains rougies.

— Un chapeau ne vous ferait peut-être pas de tort.

— Vous vous tuez à me le répéter.

— Parce que vous n'écoutez pas.

— J'écoute, j'écoute, dit-il en me lançant un regard courroucé. C'est vous-même qui le dites : je ne me couvre jamais les oreilles.

Très juste. Je souris, mais il resta grave.

— Oui, dis-je. Eh bien, aujourd'hui, vos oreilles sont rouge betterave.

Il était de mauvaise humeur, peut-être à cause des garçons.

— J'ai l'impression d'entendre ma mère.

Je ris. Grincheux ou non, Jakob Hertzlich était rafraîchissant. Surtout après des échanges creux avec les étudiants les moins doués, comme ceux qui venaient de sortir. De quel droit osaient-ils le mépriser ? Certes, Jakob connaissait l'anatomie et la pathologie mieux que quiconque et possédait une intelligence hors du commun. Mais il y avait plus : il était entier. Je pouvais compter sur sa franchise.

À genoux, il fouillait dans la glacière posée près de la fenêtre. Presque tous les jours, je lui apportais des petits pains et du lait. Les vagues sentiments maternels qu'il m'inspirait ne s'arrêtaient pas à ses oreilles ; ils s'étendaient aussi à son estomac.

— Pas grand-chose à se mettre sous la dent, dit-il.

— J'ai bien peur de ne pas avoir acheté de lait. De toute façon, nous n'avons pas le temps de prendre le thé.

Mon élan de sympathie s'effritait déjà.

Il referma sèchement le couvercle de la glacière.

— Quand arrive-t-il?

Il n'avait donc pas oublié. Ce matin-là, le col sans cravate et le ventre creux de Jakob ne s'expliquaient pas par une défaillance de sa mémoire. Jakob Hertzlich n'était pas du genre à oublier. Mais il était du genre à vous laisser savoir qu'il croyait perdre son temps.

— Maintenant, dis-je, laconique. Je me suis réveillée en retard et il y a beaucoup à faire. Mais d'abord, je dois aller à la salle de bains.

— Jusqu'à quelle heure avez-vous travaillé hier? demanda-t-il sur un ton soupçonneux.

Je ne voulus pas répondre, car j'étais certaine que Jakob désapprouverait. À son avis, je courais des risques en travaillant seule le soir. La veille, il avait fini par partir uniquement parce que je lui avais promis de ne pas traîner. Pour échapper à l'interrogatoire, je m'engageai dans le couloir envahi par les étudiants. L'École de médecine de McGill avait grandi si vite qu'elle avait débordé et envahi ce que je considérais naguère comme mon aile privée. À côté, une salle d'entreposage avait récemment été transformée en laboratoire.

Jakob était gentil de se faire du souci pour moi. C'était un homme bon, dans l'ensemble; sans jamais se plaindre, il travaillait à mes côtés pendant des heures, négligeait de manger et de dormir. Comme moi, il s'oubliait dans le travail. Sur les murs du musée, cinq de ses dessins étaient désormais accrochés. Au cours de l'hiver, je lui avais commandé une série d'illustrations anatomiques, toutes payées à même l'argent de Howlett. Je m'assurais ainsi que Jakob disposait de fonds suffisants.

Je lui avais aussi commandé un dessin du cœur de Howlett, et Jakob l'avait magnifiquement rendu. J'avais fait encadrer le dessin. Il était accroché au mur de ma chambre. Ce matin-là, j'avais eu l'intention de l'apporter pour le faire admirer de tous, mais, dans ma hâte, je l'avais oublié.

J'immobilisai ma montre de poche qui, au gré de ma démarche, décrivait de grands arcs de cercle. Je disposais d'une vingtaine de minutes avant l'arrivée de Howlett. Mes genoux ne saignaient plus, mais je devais les nettoyer. Et mes cheveux, que j'avais remontés en vitesse avant de sortir de chez moi, étaient décoiffés. Je me sentais débraillée, instable. Ma chute sur la glace n'était pas un accident. C'était plutôt l'expression de mon état intérieur. À Vienne, Freud avait écrit des livres sur cette question, mais je n'avais nul besoin de les lire. Sur les forces occultes et les compulsions, j'aurais pu en écrire un moi-même. J'étais presque à la porte de la salle de bains lorsque je le vis.

Le temps s'arrêta. La cloche de neuf heures me sembla distante et étouffée. Les étudiants se fondirent dans l'arrière-plan. Tout se déployait en silence, comme dans les films que j'allais parfois voir à la salle Poirier. Le rugissement d'une mer m'emplit les oreilles.

— Docteur White !

Sa voix était exactement comme dans mes souvenirs. Mais qu'il était petit ! Ce détail, je l'avais oublié. Il s'approcha et nos yeux furent presque à la même hauteur.

Six ans s'étaient écoulés, mais William Howlett n'avait pas changé, malgré son établissement en Angleterre et son titre de chevalier. Il avait cinquante-six ans, âge auquel la plupart des hommes deviennent vieux, mais il était resté mince et leste, et ses yeux semblaient croquer les moindres détails qui s'offraient à eux.

Il prit ma main et la souleva. Allait-il la baiser ? Je regardai autour de moi, prise de panique. Les étudiants en médecine se moquaient de tout et une vieille fille sans élégance qu'on embrasse en plein jour constituerait pour eux une cible idéale. Mais Howlett avait autre chose en tête. Il examina le bout de mes doigts.

— Belle cicatrice.

Il n'avait pas oublié. Il ne m'avait donc pas tout à fait chassée de son esprit.

— Je suis ravi d'être là, dit-il en embrassant le couloir d'un geste. La bâtisse n'a pas du tout changé. Seulement, vous êtes là pour m'accueillir, comme votre père autrefois.

Pendant quelques secondes, je fus incapable de répondre. Nous y étions. Il avait eu le courage de prononcer les mots, d'aborder la question sans détour. J'ai regardé autour de moi pour voir si on avait entendu.

— Je… Nous vous attendions plus tard, dis-je stupidement.

Quelle maladresse ! Je n'avais eu besoin que de quelques mots pour qu'il se sente comme un intrus. Il prit une mine légèrement déconfite.

— Excusez-moi, dis-je. Vous m'avez prise au dépourvu. Après toutes ces années, c'est une telle surprise, un tel plaisir… les mots ne peuvent exprimer… j'ai tellement attendu ce moment…

Que de sottises ! J'avais l'estomac retourné, la tête qui tournait. Je m'appuyai contre le mur.

Dans le musée, nous trouvâmes Jakob Hertzlich. Assis sur la glacière, il grignotait un bout de pain rassis. Il ne se leva pas à notre entrée et ne s'arrêta pas non plus de mâcher. Pour un peu, je lui aurais lancé quelque chose à la tête. Avec son visage boudeur et mal rasé, il était loin de faire ses vingt-huit ans.

— Voici mon adjoint, dis-je en prononçant le nom de Jakob.

Celui-ci fit un signe de tête à peine perceptible et avala. Il ne se leva que lorsque je lui demandai d'aller chercher Mastro, Rivers et le doyen Clarke. Il se laissa alors descendre de la glacière, prit un autre bout de pain et sortit.

Howlett l'observa en silence. Au moment où la porte se refermait, il haussa un sourcil.

— Il est un peu mal dégrossi.

Je regrettai les mots à l'instant même où je les prononçais. Dans l'une des sectes orthodoxes de sa religion, m'avait appris Jakob Hertzlich, toute personne qui parlait dans le dos d'une autre avait l'obligation d'avouer la transgression à celle-ci.

Mais, dans ce cas-ci, Jakob était dans son tort, non ? Il se montrait souvent grossier en présence de membres du département, moi y comprise. Il ignorait les bonnes manières. De quel droit osait-il soumettre Sir William Howlett à un tel traitement ?

Mon éminent invité posa son manteau et sa canne sur une chaise et commença sa visite du musée, scrutant tour à tour les vitrines qui bordaient tous les murs, du sol jusqu'au plafond. Il se livrait à ses examens en se caressant les moustaches.

Le doyen Clarke arriva le premier. Il prit la main de Howlett dans la sienne et la serra avec chaleur. Il fut suivi du Dr Mastro qui, à son tour, serra la main de Howlett avec gravité. Il semblait nerveux. Au cours de la dernière semaine, il s'était arrêté au musée à quelques reprises pour s'enquérir de l'état de mes préparatifs, de crainte qu'ils se révèlent insuffisants. Dugald Rivers, entré en dernier, bredouilla des excuses.

— Je croyais que nous devions venir à dix heures, dit-il en me décochant un regard sombre et lourd de sous-entendus, comme si j'avais voulu garder Howlett pour moi.

Howlett l'accueillit avec une belle cordialité qui lui fit oublier ce mouvement d'humeur.

Ce matin-là, nous fûmes cinq : le doyen Clarke, le Dr Mastro, Dugald Rivers, Jakob Hertzlich et moi. Cinq fidèles, ou plutôt quatre, car Jakob établit clairement qu'il était là par obligation. Au cours des semaines précédentes, je l'avais pourtant préparé en le régalant d'anecdotes de même qu'en lui donnant des articles et des textes à lire. De toute évidence, mes efforts n'avaient pas eu le même effet que l'expérience du travail ou de l'étude avec le grand homme. J'avais tenté de convaincre Jakob que personne n'arrivait à la cheville de Howlett, mais mes descriptions étaient tombées dans l'oreille d'un sourd. La veille, Jakob avait fait des heures supplémentaires pour m'aider à tout arranger : quatre-vingt-six spécimens classifiés par fonction, une carte vierge posée sur chacun.

C'étaient mes énigmes, des spécimens que je n'avais pas su identifier. J'étais parvenue à cataloguer la plupart des spécimens fournis par Howlett, mais ces quatre-vingt-six-là me résistaient. Howlett prit sur la table un gros volume à la reliure si vieille qu'elle laissa des traces de rouille sur ses mains. C'était l'une de ses revues d'autopsies. Je m'étais dit qu'il tiendrait à voir le document.

Il soupira en le feuilletant.

— J'ai l'impression de retrouver un vieil ami.

Il m'agrippa la main.

— La somme de travail que cette femme a accomplie, fit-il en désignant les tablettes, me coupe littéralement le souffle.

J'étais paralysée. Son toucher m'avait mise en état de choc, engourdie momentanément. Ses louanges me traversèrent de part en part.

Howlett sortit une plume de sa poche de poitrine et la décapuchonna.

— Je suppose que vous voulez que je barbouille sur ces bristols, dit-il en désignant les fiches que Jakob et moi avions disposées la veille.

— Si ce n'est pas trop vous demander, dis-je avec enthousiasme.

Dugald se fendit d'un large sourire, tandis que Mastro se rapprocha pour voir ce qu'écrirait le grand homme. Nous fîmes cercle autour de lui, pareils à des lunes, tous prisonniers de son magnétisme, sauf Jakob Hertzlich.

Mais c'est Howlett qui monopolisait toute l'attention. Même s'il n'avait pas posé les yeux sur les spécimens depuis vingt ans, il se mit aussitôt au travail. J'espérais qu'il réussirait à identifier la moitié d'entre eux, mais il se rendit à soixante-treize. C'était un véritable puits de science. Il saisissait un bocal et le faisait tourner en silence. Au bout d'un moment suivait une anecdote. Les récits de Howlett étaient fascinants sur le plan médical, mais leur intérêt tenait tout autant à l'éclairage qu'ils jetaient sur son esprit et sa personnalité. Ses dons d'observation, sa mémoire et sa concentration étaient proprement extraordinaires. En plus, il faisait montre d'une attachante modestie.

— Je me souviens bien de ce type, dit-il en gribouillant sur le carton appuyé sur un anévrisme de l'aorte. Pas la moindre trace de caillot. Bizarrement, l'aorte s'était rompue dans la plèvre droite. Il a fallu du temps pour en arriver au diagnostic. Le patient se plaignait de fatigue. Un jour, il est arrivé à l'hôpital avec une pulsation dans les deuxième et troisième intervalles. Je l'ai fait coucher et je lui ai administré de l'iodure de potassium. Cent vingt grains par jour. La pulsation a disparu et j'étais sur le point de le renvoyer chez lui, triomphant, quand il est mort.

Jakob, désigné comme secrétaire, leva les yeux de son carnet de notes. Je sentais bien qu'il était intrigué. C'était du pur Howlett : admettre ses propres limites et celles de la profession tout en laissant entendre que personne n'aurait pu faire mieux. Nous éclatâmes tous de rire. Jakob transcrivit les propos et les anecdotes de Howlett.

Ce dernier se tourna vers mon adjoint.

— Quand il est question de pulsations et d'intervalles, vous savez de quoi je veux parler ? demanda-t-il. Vous voyez, bien sûr, l'anévrisme de l'aorte ?

Puis il s'adressa à moi en tant que directrice du musée.

— Que sait le scribe, au juste ?

Les pointes des oreilles de Jakob s'enflammèrent de nouveau, mais, cette fois, le froid n'y était pour rien. Je m'interposai sans lui laisser le temps de proférer une grossièreté.

— Il a étudié la médecine ici même à McGill, dis-je, un peu sur la défensive. Il sait exactement de quoi il retourne.

La peau des joues de Jakob était marbrée. Avec ses oreilles toutes rouges, il donnait l'impression d'avoir pris un coup de soleil. Pendant le reste de la séance, il demeura assis dans cette position en fixant ses genoux, furieux. Se détournant, Howlett saisit un petit spécimen non identifié qui, depuis longtemps, me tourmentait. On aurait dit un segment d'aorte thoracique parfaitement sain, mais il y avait dans sa paroi un trou débouchant sur un sac de la taille d'une tangerine, blotti contre l'œsophage.

— Nous avons ici affaire à un cas extraordinaire de rupture d'anévrisme mycotique de l'aorte dans l'œsophage. La patiente est morte sans avertissement.

Howlett voulut savoir si j'avais rencontré d'autres cas similaires.

— Le Dr Rivers m'a apporté ceci la semaine dernière, dis-je en bondissant pour aller prendre un bocal sur une tablette voisine.

Howlett se tourna vers Rivers.

— Vous allez en parler, n'est-ce pas? Ressuscitez le mien et traitez les deux spécimens en même temps. Je n'ai rien écrit à ce sujet. Il y aurait de quoi en tirer un article de premier plan, vous ne croyez pas?

Il lança le bocal à Dugald, qui l'attrapa et sourit, si heureux et si énervé qu'il ne put que hocher la tête.

Jusque vers midi, ou presque, nous continuâmes ainsi, un spécimen à la fois. L'un des derniers était le cœur de Howlett. Au contraire des autres, il avait une carte dactylographiée devant lui, car, six ans plus tôt, Howlett m'avait tout raconté à son sujet.

Il s'en empara et, le reconnaissant, sourit.

— Et celui-ci, Agnes? C'est celui qui a fait votre renommée? Que fait-il parmi ces spécimens mystérieux? Je vous en ai déjà parlé en long et en large.

Je lui rendis son sourire.

— Et je vous en remercie, car il a marqué le début de ma carrière. Mais il reste un détail qui me chicote. Il a trait à vos rapports d'autopsie, que je compulse pour établir des corrélations avec les spécimens de la collection.

J'apportai la revue et l'ouvris sur le passage qui m'avait plongée dans la perplexité. J'étais tombée sur les lignes en question un mois plus tôt et elles me préoccupaient depuis. D'ordinaire, j'aurais écrit à Howlett pour lui demander de m'éclairer, mais j'avais décidé d'attendre de lui en parler en personne. Il y avait sans doute une excellente explication à laquelle je n'avais pas pu penser moi-même.

Je montrai une entrée datant de l'automne 1872, saison au cours de laquelle Howlett, frais émoulu de McGill, semblait travailler tous les jours à la morgue de Montréal.

— Cette entrée, dis-je, concerne le cœur de Howlett. Vous affirmez ici que c'est vous qui avez effectué le travail, docteur Howlett, et que vous avez agi seul. Je croyais pourtant que c'était le Dr Bourret qui s'était chargé de l'autopsie. C'est vous qui me l'avez dit. Je l'ai même écrit dans mon article.

Le Dr Howlett rapprocha la revue.

— C'est impossible. Il y a forcément une erreur.

Il parcourut l'entrée.

— La description de la lésion correspond parfaitement. La date aussi. Je suis sûre qu'il s'agit du même cœur.

— Absolument, dit Howlett en relisant l'entrée, le front plissé. C'est indiscutable.

Il avait pris une mine grave. Puis, sans crier gare, il éclata de rire.

— Je me souviens, maintenant. Il y a eu un contretemps et nous ne savions pas si le Dr Bourret pourrait se charger de l'opération. Comme nous collaborions souvent, il m'a demandé de m'en occuper. Je croyais travailler seul, mais, à la dernière minute, il s'est joint à moi.

— C'est donc une erreur, dit Jakob en mettant clairement le médecin au défi.

Je grimaçai.

— Mais oui, mon brave, dit Howlett en souriant froidement. C'est une erreur. Comme je suis humain, il m'arrive à l'occasion d'en commettre.

Jakob avait dans l'œil un éclat que je ne connaissais que trop bien. Il fixait Howlett, tout à fait intéressé.

— Mais, après l'autopsie, vous avez sûrement préparé un rapport ? À ce moment-là, vous saviez forcément qui avait présidé à la procédure.

Je tentai de lui donner un coup de pied sous la table, mais mes jambes étaient trop courtes. Il n'avait aucun sens des bienséances. Pas le moindre. Jakob avait transformé notre discussion en interrogatoire judiciaire et parqué notre invité dans le box des accusés. Je détournai les yeux en regrettant d'avoir abordé cette question.

Le nouveau titulaire de la chaire royale de médecine, cependant, ne cherchait pas la querelle.

— Oui, eh bien, c'est ainsi, fit-il en haussant les épaules. Je répète qu'il arrive que l'on commette des erreurs, monsieur Hertzlich. C'est un oubli de ma part.

— Vous dites donc que c'est ce Bourret qui a fait le travail ? insista Jakob.

— Écoutez, Hertzlich, dit le Dr Mastro. Je crois que notre invité s'est expliqué clairement sur ce point.

— Oui, dis-je, moins catégorique que le mot ne le laissait entendre.

En dépit de l'impertinence de mon adjoint, j'avais moi aussi envie d'entendre la réponse à la question de Jakob.

— Nous commettons tous des erreurs, docteur Howlett. Mais vos notes sont si méticuleuses. C'est, je crois, la première erreur de votre part que je rencontre.

J'avais voulu lui faire un compliment, histoire de lisser ses plumes, mais William Howlett ne le prit pas ainsi.

— *Mea culpa*, docteur White, dit-il en refusant de me regarder en face. Avec votre permission, je propose que nous poursuivions.

La matinée n'était pas entièrement gâchée ; le ton, cependant, avait changé. Il restait quelques spécimens à discuter, mais notre petit groupe n'avait plus envie de les étudier.

William Howlett fut le premier à se ressaisir. Il s'éloigna de la table, desserra son nœud de cravate et se mit à parler de ses années à McGill. Lorsque la mémoire lui faisait défaut, il s'enquérait des noms et d'autres détails auprès du doyen Clarke. Howlett avait grandi en Ontario et, à son arrivée au Québec, il avait été choqué par l'anarchie qui y régnait.

— Il y avait des lois, précisa-t-il, mais personne ne les observait.

Selon l'une d'elles, par exemple, les dépouilles non réclamées devaient être envoyées dans les facultés de médecine des universités du Québec. L'Église catholique, cependant, se montrait réfractaire à une telle pratique, d'où une pénurie chronique de cadavres à disséquer. Certains étudiants, devenus d'excellents déterreurs de cadavres, payèrent leurs études grâce aux profits de ce négoce. En plein cœur de l'hiver, raconta Howlett, il avait un jour descendu le chemin de la Côte-des-Neiges en toboggan, à partir du cimetière catholique, en serrant contre lui un cadavre fraîchement exhumé. Une autre fois, il avait accepté de se rendre à la gare Windsor pour prendre possession d'une malle puante qui avait traversé la frontière des États-Unis en train. Il se souvenait aussi de la soirée mémorable au cours de laquelle des policiers avaient perquisitionné à la Faculté de médecine après la disparition de cadavres dans un couvent. On n'avait jamais découvert les dépouilles des bonnes sœurs. Howlett et quelques autres étudiants les avaient laissées à l'extérieur du pavillon de médecine, qui, à l'époque, se trouvait au coin des rues Saint-Urbain et Viger, dans la neige, derrière le théâtre Royal voisin.

Fin conteur, Howlett avait le don d'ajouter juste la bonne quantité de détails, et bientôt tout le monde riait de bon cœur. Mais ses histoires me donnèrent à réfléchir. L'homme que j'admirais tant avait dérobé des cadavres dans des couvents. Il était jeune, évidemment, et sans doute encouragé par ses pairs, mais, ce jour-là, l'image que je me faisais de lui se transforma, ne serait-ce qu'imperceptiblement. L'exubérance juvénile n'expliquait toutefois pas la confusion entourant le cœur de Howlett. Quelque chose clochait.

La magie de cette matinée avait disparu et je n'avais qu'à m'en prendre à moi-même – et à Jakob Hertzlich, mon apprenti sorcier. Dans son coin, ce dernier agita la main avec laquelle il écrivait en grimaçant.

— Presque cinquante pages, dit-il à la cantonade. Je crois qu'il me faut un médecin.

Nous rîmes d'un air gêné.

— Nous devons ménager ce jeune homme, dis-je avec chaleur. Regardez de quoi ses mains sont capables.

De toute évidence, Howlett avait fini de travailler pour le moment. Pour l'empêcher de consulter sa montre, je lui fis voir les dessins qui ornaient les murs du musée.

— C'est vous qui les avez faits, Hertzlich? demanda le Dr Howlett.

La tête de Jakob resta baissée.

— Il se trouve que je suis justement à la recherche d'un type comme vous, dit Howlett.

Il se tourna vers nous.

— Je viens de recevoir des nouvelles d'Angleterre. Notre livre des cœurs va faire l'objet d'une deuxième impression, docteur White. Que diriez-vous d'utiliser des dessins de Mr Hertzlich comme illustrations? Sa participation lui assurerait une excellente visibilité. À Londres, nous venons de remporter un prix. Prestigieux, me dit-on. Je tenais à en faire l'annonce aujourd'hui.

Je m'arrêtai de respirer. Le livre des cœurs, sur lequel mon nom figurait juste en dessous de celui de Howlett, avait remporté un prix. Il me prit par le bras et me regarda droit dans les yeux.

— Vous êtes lauréate, ma chère. Mon seul regret, c'est de ne pas avoir apporté de lauriers pour vous couronner!

Ses mains demeurèrent sur moi pendant quelques secondes.

Le prix serait attribué par la Société de pathologie de Londres.

— Vous viendrez à Londres en novembre, dit Howlett. Nous accepterons le prix ensemble.

Il m'invita à habiter avec Lady Kitty et lui à Oxford. De là, je pourrais faire une excursion d'un jour au musée de pathologie de Londres et me rendre à Édimbourg, où je pourrais rencontrer des conservateurs. Les lettres de recommandation ne poseraient aucun problème.

Je hochai la tête, consentis à tout. La nouvelle balaya les problèmes et les confusions de la matinée. L'annonce et l'invitation de Howlett m'avaient sidérée ; je ne fis plus attention à rien, et moins encore à mes collègues de McGill, qui s'approchèrent en arborant de petits sourires forcés. Le doyen Clarke semblait sincèrement ravi, mais Rivers et Mastro cachèrent mal leur envie. Le visage de Mastro se figea, tandis que Rivers toussa dans sa main. Comme je n'avais ni le temps ni l'énergie de regarder du côté de Jakob, je ne le vis pas sortir en douce. Je ne remarquai son absence que lorsque nous nous dirigeâmes tous ensemble vers la porte pour nous dire au revoir. Mais j'eus alors encore moins de temps pour y penser. Howlett enfilait une manche de son manteau. Clarke s'apprêtait à lui tendre sa canne.

Je ne pouvais pas le laisser partir. Une si courte visite ne pouvait pas effacer sept longues années d'attente. J'avais tant d'autres questions à poser, tant d'autres réponses à obtenir. Il y avait bien la promesse du séjour à Londres en automne, mais c'était dans des mois. Je papotai sans but. J'eus la surprise de me voir cramponnée à sa manche.

Il prit sa canne des mains du Dr Clarke et ajusta son chapeau.

— Je me suis bien amusé, dit-il en scrutant chacun de nos visages avides. Quant à vous, ajouta-t-il en prenant ma main pour la baiser, cette fois, et non pour l'examiner, vous avez accompli un travail remarquable.

Ses yeux étaient posés sur moi. Ses lèvres aussi. En ce moment, j'aurais donné n'importe quoi pour qu'ils y restent. J'eus une inspiration soudaine.

— Revenez demain, dis-je, étonnée par ma propre effronterie. J'insiste. Sans doute ignorez-vous que je sers le thé, docteur Howlett. C'est une occasion à ne pas rater.

Dugald rit.

— Les goûters du Dr White font sa renommée. C'est une invitation qui ne se refuse pas : le thé au musée. Vous vous croirez encore à Londres.

— Organisons une fête, dis-je, gagnée par l'excitation comme par une fièvre. Tout le monde est invité. À quatre heures ?

Dugald hocha la tête avec empressement. Le doyen Clarke et le Dr Mastro acceptèrent aussi.

Sir William me tendit une main gantée.

— Je tenterai de me libérer.

— Je me permets d'insister, Sir William.

Ma voix, à force de monter, était devenue grinçante. Il me regarda.

— J'ai un emploi du temps très chargé, mais je verrai ce que je peux faire.

— Quatre heures, donc ?

Il s'inclina légèrement, toucha son chapeau avec sa canne et s'en fut.

18

Avril 1905

Le lendemain, je me levai à l'aube. J'avais passé le plus clair de la nuit enveloppée dans un édredon à dresser des listes d'emplettes, à définir des tâches et à écouter l'horloge marquer de ses tic-tac l'interminable passage des heures.

Marchant dans la rue encore trempée, un fourre-tout sous le bras, j'aurais pu passer pour une ménagère, à ceci près que j'étais un peu mieux vêtue que certaines des femmes que je croisais. Je m'étais coiffée avec soin et mes cheveux étaient si serrés par les épingles que même Laure aurait été fière de moi. Comme il faisait beau, je n'avais pas eu besoin de les cacher sous un chapeau. J'avais enfilé des bas neufs, pas en soie, comme ceux que j'avais ruinés la veille, mais d'une qualité telle qu'ils gainaient mes jambes à la façon d'une deuxième peau luisante. Je portais une robe verte, ponctuée de minuscules bourgeons lie-de-vin. Laure et Miss Skerry m'en avaient fait cadeau à Noël, l'année précédente. Elles l'avaient fabriquée en s'inspirant de l'œuvre d'un célèbre couturier de Montréal. C'était l'article le plus chic de ma garde-robe. Si chic, en fait, que je n'avais osé porter la robe qu'une seule fois, le 25 décembre, à St. Andrews East, pour donner à ses créatrices la satisfaction de me voir l'étrenner. Miss Skerry avait dû effectuer le gros du travail. Ces jours-ci, l'humeur de Laure était si changeante qu'on avait peine à imaginer qu'elle puisse se concentrer longuement sur un projet. Quoi qu'il en soit, la robe était magnifique. Là-dedans, je me sentais presque belle.

Je m'arrêtai d'abord boulevard Saint-Laurent. De nombreux passants encombraient déjà les trottoirs boueux. Devant moi, un garçon chantait d'une voix claironnante de soprano :

— *Herald. Get your Montreal Herald !*

Quelques pas plus loin, un homme-sandwich placardé de rouge lui faisait concurrence en vantant à pleins poumons les mérites de poissons fumés.

Emportée par l'énergie de la foule, je faisais partie de ce tourbillon. Le soleil était haut dans le ciel et je le regardai en plissant les yeux, sentis ses chauds rayons caresser mon visage. Quel changement par rapport à la veille ! La glace avait presque fini de fondre et on apercevait çà et là des carrés d'herbe détrempée. Dans les caniveaux qui longeaient les trottoirs de bois, l'eau coulait librement.

J'arrivai enfin au marché aux fruits. Même si j'y venais rarement, c'était l'un de mes endroits préférés. Devant l'immensité de l'établissement, je me sentais comme une enfant. Au rez-de-chaussée, on trouvait des barils remplis de légumes racines et de pommes cueillies à l'automne, comme dans une épicerie normale ; mais c'est en bas que se cachaient les véritables merveilles. Je descendis au sous-sol, pièce caverneuse où s'entassaient des trésors importés de lieux si distants qu'ils ne représentaient pour moi que des points sur une carte. Il y avait des oranges, des prunes et des ananas à la chevelure hérissée, cueillis verts et transportés vers le nord dans les cales de bateaux où ils mûrissaient peu à peu.

Quel spectacle pour un regard émoussé par six longs mois d'hiver ! Que serait la vie dans un pays où de telles extravagances poussaient à longueur d'année ? Là-bas, les gens ne s'émerveillaient sans doute pas à la vue d'une orange en avril. Peut-être la privation était-elle essentielle au plaisir, de la même façon que la souffrance est inséparable de la joie.

Les ananas étaient justement là, devant moi. Je me souvins de la première fois que j'y avais goûté, à l'occasion de la fête donnée en mon honneur par Mrs Drummond, quinze ans plus tôt. En ingurgitant cette lumière, j'avais eu l'impression de manger du soleil. J'en pris un et le humai. Le parfum était discret mais reconnaissable entre tous ; on sentait les rayons du soleil sous la peau.

Mais je n'étais pas là pour les ananas. Les fruits que je convoitais n'étaient pas offerts si tôt en saison. Sur une grande table, dans un coin, je trouvai ce que j'étais venue chercher : des fraises rouge vif qu'on avait fait bouillir dans du sucre et de la pectine pour les conserver dans des pots pendant tout l'hiver. Piètre substitut aux fruits frais, en vérité, mais je ne pouvais pas faire mieux. En route vers la caisse, j'aperçus des concombres et j'en glissai deux dans mon sac.

Après, je me rendis à la fromagerie, où j'achetai du brie. Le Québec était l'un des rares endroits en Amérique du Nord où l'on trouvait de bons fromages à pâte molle. Aux XVIIe et XVIIIe siècles, des colons venus de Bretagne et de Normandie avaient commencé à en fabriquer et à éduquer les palais comme le mien dans les collectivités anglaises et écossaises. Le fromage dont je fis l'acquisition ce jour-là me coûta presque la moitié de ma paie hebdomadaire, mais le vendeur m'assura qu'il était à point et de grande qualité. Il était vendu dans un boîtier en bois. Une véritable bénédiction puisque j'avais encore des courses à faire et que je ne tenais pas à ce qu'il soit écrasé. Je visitai ensuite la pâtisserie puis la boutique de vins, déserte à cette heure. J'avais honte d'être vue dans un lieu pareil – moi, une femme seule –, mais le commis se montra plutôt respectueux. C'était la moindre des choses, car je lui pris un magnum de son meilleur champagne, ce qui eut pour effet de vider mes coffres.

Lorsque j'arrivai sur le campus, le fourre-tout rempli à se fendre, les cloches sonnaient midi et le soleil était à son zénith. Avant la fête, il faudrait que je fasse un brin de toilette et que je me recoiffe, mais, à cette heure, il était agréable de prendre l'air. En général, j'étais enfermée en compagnie de mes catalogues. J'avais oublié qu'un monde riche et sensuel existait au-delà des murs du musée.

Sur la grande pelouse du campus, la neige venait de fondre. Je respirai l'odeur de la vase, de la chlorophylle et des excréments, pourriture qui nourrirait les premières pousses vertes, si délicates. J'eus la sensation de m'ouvrir sous le soleil, de la même façon que les végétaux qui poussaient dans la terre fumante. Devant moi, un garçon et une fille marchaient côte à côte. Ce n'était pas des amoureux, compris-je en voyant la fille se raidir lorsque le bras du garçon la frôla. Il l'effleurait sans cesse, comme par accident, mais ils savaient l'un et l'autre que c'était délibéré. La fille rit tandis que le soleil se déversait comme du miel, nous baignant de ses rayons.

J'avais les mains trop pleines pour chercher mes clés. Par chance, la porte du musée était entrouverte. J'entrai en trombe, entraînant dans mon sillage un parfum de plein air et laissant derrière moi une traînée de boue. Il régnait dans la pièce une odeur si fétide que je faillis ressortir aussitôt. Assis à la table, Jakob

Hertzlich soufflait des ronds de fumée. J'en vis un se détacher de lui et s'élever au-dessus de sa tête en tremblant, à la façon d'un halo de travers.

— Bonjour, dis-je pour l'informer de mon arrivée.

Il y eut un moment de silence, mais il n'en profita ni pour lever les yeux sur moi ni pour se mettre debout.

— C'est l'après-midi, si je ne m'abuse.

— Bon après-midi, dans ce cas.

Il était toujours si pointilleux! C'est un trait que j'appréciais dans son travail. À ce moment précis, il me donna plutôt envie de crier.

— Je peux savoir ce que vous faites? demandai-je en avançant le menton vers la fumée.

— Je travaille, répondit-il en faisant semblant d'avoir mal compris ma question.

Je posai mes sacs.

— Vous voulez insinuer que je ne travaille pas, moi?

— Je n'insinue rien du tout.

Il leva enfin les yeux sur moi, loucha dans le brouillard.

— Vous savez très bien ce que vous faites. Et ce n'est pas à moi de juger.

— Précisément, dis-je.

J'agitai mes mains, remuai l'air.

— Vous pouvez m'expliquer?

— Vous n'étiez pas là. Je me suis dit que c'était sans importance.

Je gémis et me dirigeai vers les fenêtres. Les ouvrir n'était pas une mince affaire. À un bout de la perche, il y avait une agrafe en métal qu'il fallait accrocher à un anneau au sommet de chaque carreau de verre. La perche, qui vacillait entre mes mains, me faisait penser à un harpon. Le problème, c'était ma petite taille. Avec un pied de plus, je m'en serais sortie sans difficultés. En l'occurrence, la perche oscilla de droite à gauche, effleurant l'anneau à quelques reprises, mais je ne fus jamais près d'établir un véritable contact.

Jakob ne proposa pas de m'aider. Non pas qu'il ait mieux à faire. Il finissait sa cigarette. Je posai la perche et retirai mon manteau. Des gouttes de sueur perlaient sur ma lèvre. Je goûtais le sel, sentais la puanteur de ma frustration. Je m'attaquai à la fenêtre comme si ma vie en dépendait, comme si, dans l'hypothèse où je ne réussirais pas à l'ouvrir, ce serait la fin du monde.

La concentration requise par la tâche me calma. Le travail avait cet effet sur moi. C'était comme la méditation, un sentier conduisant à des eaux plus calmes. Je fis mouche, tirai fort vers le haut et vers l'arrière en même temps. C'était un peu comme aller à la pêche : les plages de silence, la fièvre lorsque le bout de la canne, secoué, se met à sautiller. Le carreau tomba, seulement retenu par les deux chaînes clouées au rebord supérieur, et rebondit trois fois avant de s'immobiliser. L'air, les parfums verts et frais du printemps entrèrent à flots. Pour la première fois depuis mon arrivée, je pris une profonde inspiration.

— Je me suis occupé du travail dirigé de ce matin.

Mon cœur s'arrêta de battre.

— Mon Dieu ! dis-je.

Le vendredi, je recevais mon meilleur étudiant. Un garçon juif, comme Hertzlich. Il s'appelait Segall. On le donnait comme lauréat du prix de physiologie de cette année.

— J'avais complètement oublié. Il était fâché?

Jakob laissa entendre une sorte de rire qui sonna comme un grognement.

— Non. Il se faisait du souci pour vous, puisque vous tenez à tout savoir. Vous n'êtes jamais en retard.

— J'avais des courses à faire. J'ai acheté de la confiture, du fromage, du pain et du champagne.

Jakob me regardait d'un air perplexe. Je compris alors. Il était déjà parti lorsque j'avais fait l'annonce de la fête que je donnais en l'honneur de Howlett.

— Nous faisons la fête, m'empressai-je de dire.

— Vous et moi?

Je dus me retenir de le secouer de la tête aux pieds.

— Ne dites pas de bêtises, fis-je sèchement. C'est pour Howlett.

Jakob se remit au travail. Je ne pus m'empêcher de remarquer qu'il portait la même chemise que la veille et l'avant-veille. Il ne s'était ni rasé ni peigné.

— Laissez, monsieur Hertzlich, fis-je en poussant les spécimens hors de sa portée et en mettant ses notes de côté. Nous devons faire le ménage.

— Je ne suis pas un homme orgueilleux, dit-il en pivotant pour me faire face, mais organiser des fêtes pour des beaux parleurs ne fait pas partie de mes attributions.

Il récupéra ses notes et alla s'asseoir à mon bureau.

Je sortis ma montre de poche. Il était presque une heure et je n'avais pas le temps. Jakob Hertzlich ne voulait pas me donner un coup de main ? Eh bien, tant pis. Je me souviendrais de son insolence, j'irais peut-être même jusqu'à en toucher un mot au doyen Clarke, mais c'était à Jakob de choisir.

Je mis les bocaux en cours de traitement sur des tablettes voisines, au hasard. Je manquais tout simplement de temps. Après la fête, nous recommencerions à les étiqueter, mais, pour le moment, ils me gênaient. Je devais nettoyer la table. Elle était tachée et empestait les produits chimiques. C'était peu appétissant, aussi habitué Howlett soit-il à ce genre de choses. Déjà qu'il devrait grignoter et boire au milieu des organes excisés.

De mon sac, je tirai un drap que j'entendais utiliser comme nappe. Il n'y avait ni broderies ni bords en dentelle, mais un drap propre et empesé valait mieux que le bois taché et encoché de la table de travail. Il était exactement de la bonne taille et la pièce prit soudain un air plus solennel.

Jakob me lançait des regards obliques. Lorsque je passai le balai près de ses pieds, il dit :

— Il n'en vaut pas la peine.

Je continuai de balayer. Ma blouse de laboratoire protégeait ma robe, mais elle ne pouvait rien pour mes sentiments. Il était humiliant de respirer la poussière en jouant les bonnes tandis que Jakob, assis sur ma chaise, m'observait. C'était mon subalterne, pour l'amour du ciel. Si j'avais été un homme, rien de tout cela ne serait arrivé.

— Vous allez vous épuiser.

Quel culot! Je besognais depuis plus d'une heure et lui n'avait pas levé le petit doigt.

— Je me fatiguerais moins si vous me donniez un coup de main.

Jakob broncha à peine.

— Pourquoi vous donnez-vous autant de mal?

— Pour commencer, c'est lui qui paie votre salaire, dis-je. Et aussi une bonne partie du mien.

Jakob grogna de nouveau.

— C'est tout? Ce n'est donc qu'une simple question d'argent?

Je lançai le balai, soulevant de la poussière et des saletés.

— Bien sûr que non! C'est un homme bon, Jakob. Il s'est montré très généreux envers nous. Vous ne vous rendez donc pas compte? Il m'a soutenue avec son propre argent alors que personne ne voulait rien faire pour moi. Il m'a aidée à publier. Sans lui, je n'aurais pas gagné ce prix.

— C'est là que vous faites erreur.

Je fermai les yeux et me mis à compter. Jakob était semblable à la fille de la comptine, celle qui avait une boucle sur le front. *Quand il était gentil, il était très, très gentil. Mais quand il était méchant, il était ignoble.*

— Il n'est pas digne du piédestal sur lequel vous l'avez hissé, Agnes.

Il grimaça, puis plongea la main dans sa poche, d'où il sortit une autre cigarette à moitié consumée.

— Ah non ! dis-je. N'y pensez même pas.

Heureusement, il n'avait pas d'allumettes. Il contempla le mégot, le fit tourner lentement entre ses doigts avant de s'adresser de nouveau à moi.

— Vous vous comportez comme une enfant, Agnes. Et c'est mauvais. Vous finirez par avoir de la peine.

Sans me regarder, il serra le mégot si fort que le papier se déchira.

— Vous ne vous en rendez pas compte, mais c'est ce qui va arriver. Il se moque bien de vous et surtout de tout ceci, dit-il.

D'un ample geste du bras, il désigna la pièce, nettement améliorée après une heure de ménage et de balayage frénétiques.

— La seule chose qui intéresse William E. Howlett, dit Jakob en détachant avec soin les syllabes du nom, c'est William E. Howlett.

— Arrêtez, dis-je.

Je sentais s'écouler peu à peu le bonheur et l'énergie dont j'avais débordé plus tôt. Ma tête douloureuse semblait se comprimer.

Mais Jakob Hertzlich n'avait pas terminé.

— Jusqu'à hier, je croyais à ce que nous faisons. Je veux parler du musée, évidemment. Les longues heures de travail ne me dérangeaient pas : nous sommes au service de personnes qui s'initient à la médecine et aux maladies. Elles doivent voir les organes et les tissus de près pour être en mesure de les reconnaître dans leur travail clinique. Nous sommes au service de la science, de l'*ars medica* et de tout ce blabla édifiant. Du moins, c'est ce que je croyais.

« À présent, je vois les choses plus clairement. Nous ne sommes pas vraiment au service de la science, n'est-ce pas ? Nous sommes au service de William E. Howlett et de son ego gonflé comme une vessie. Ce musée est son monument, n'est-ce pas ? Pas étonnant qu'il vous verse de l'argent. À sa mort, on donnera son nom au musée. Une chose est certaine, en tout cas : il ne sera fait aucune mention d'Agnes White.

Je contemplai les saletés à mes pieds. Mon silence sembla mettre en rage Jakob, qui tapa des deux mains sur ma table de travail.

— Et vous marchez complètement dans son jeu. Ouvrez les yeux, voyons ! Ne voyez-vous pas qu'en vous aidant, il s'aide lui-même ? C'est sa carrière qu'il favorise, pas la vôtre, Agnes. Vous a-t-il ensorcelée au point de vous rendre aveugle ?

D'une voix plus douce, il annonça qu'il avait besoin de fumer.

— Pas ici, ne vous en faites pas. Je ne vais pas nuire à vos préparatifs.

Il prit son manteau et sortit.

Dès qu'il fut parti, je m'effondrai sur le fauteuil qu'il venait d'abandonner – le mien, en l'occurrence, qui gardait un peu de la chaleur de son corps. Son odeur très particulière, où se mêlaient le parfum de levure de sa peau et celui des cigarettes, persistait dans l'air. Je ne pouvais pas penser à ce qu'il avait dit, ne pouvais pas me résoudre à envisager cette possibilité.

Je me dis que Howlett s'intéressait à moi. Il avait ma réussite à cœur. Jakob Hertzlich était jaloux, voilà tout. C'était un homme amer, sans avenir; il faudrait que je me montre plus circonspecte avec lui. J'en toucherais un mot au doyen Clarke. Pendant la confrontation avec Jakob, je n'avais pas eu peur, mais j'avais été décontenancée par la violence de sa colère.

Jakob ne savait rien du lien qui m'unissait à Howlett. Tout ce qu'il voyait, c'était mon adulation, qui lui semblait sans doute pathétique; de l'extérieur, je percevais celle de Rivers de la même manière. Mais Jakob ne pouvait pas savoir que l'ombre de mon père planait sur chacune de mes rencontres avec Howlett. Je ne pouvais reprocher à Jakob son ignorance, mais sa colère était tout à fait futile.

Je tranchais des concombres pour faire des sandwichs lorsque Mrs Greaves apparut. C'était la secrétaire du doyen et une maîtresse femme aux cheveux bleutés tirés sans ménagement vers l'arrière. La tête bleue décrivit une lente rotation, prit note du parquet balayé, de la nappe blanche et de la nourriture disposée de manière à transformer le musée en salle de banquet. Ses yeux se posèrent de nouveau sur moi, et elle me gratifia d'un sourire sinistre.

— On a reçu un message pour vous, Miss White, dit-elle.

Howlett venait de téléphoner. La séance de pose exigeait plus de temps que prévu. Nous prendrions plutôt le thé en novembre, à Oxford. Il espérait que le dérangement ne serait pas trop grand. Mrs Greaves livra ces informations d'une voix blanche. Sa mission terminée, elle serra les lèvres.

— Le dérangement, en l'occurrence, est considérable, dit-elle en désignant la table d'un geste de la tête. Quel festin!

J'étais bouche bée.

— Vous voulez que je vous aide à tout ranger ? demanda Mrs Greaves en voyant mon état.

Je secouai la tête et me dirigeai vers ma table de travail, où je déboutonnai ma blouse de laboratoire. Devant mon refus de lever les yeux, elle finit par comprendre et sortit. Une demi-heure plus tard, j'étais encore assise à ma place, le menton dans la main. Il y avait des papiers devant moi, les papiers de Jakob Hertzlich, et on aurait pu croire que je travaillais. J'étais toutefois incapable de me concentrer. Je fixais simplement les feuilles blanches et le contraste qu'elles faisaient sur mon sous-main en feutre vert. Mon corps me semblait presque engourdi.

Dugald Rivers passa la tête par la porte.

— Je suis tombé sur Greaves, dit-il doucement. Quel dommage pour la fête…

Ses yeux parcoururent la pièce, puis revinrent à moi.

— Vous vous êtes donné tant de mal, chère Agnes !

Je fus irritée de constater que mon menton tremblait.

— Là, là, fit Dugald en se plantant gauchement à côté de moi, les yeux grossis par la compassion.

— Je suis désolée, dis-je en séchant mes yeux à l'aide de ma robe neuve. C'est franchement sans importance.

Il me tapota maladroitement le dos. Il avait le visage congestionné et luisant.

— Non, au contraire, dit-il.

Dans le malaise créé par cette intimité, sa voix monta plus encore que d'habitude.

— Croyez-moi, Agnes. Je comprends parfaitement.

Je hochai la tête et montrai le plateau de sandwichs.

— Vous les voulez?

Dugald renifla en connaisseur.

— Concombre?

Je fis de nouveau signe que oui, cette fois avec plus d'assurance.

— Prenez-les, Dugald. S'il vous plaît.

Je fus récompensée par un petit baiser sur la joue.

— Courage, White. On n'en meurt pas.

Il se dirigea vers le couloir, le plateau en équilibre sur ses paumes tournées vers le haut.

Après son départ, je commençai à trier les notes de Jakob. Pendant que je parcourais les étals de fruits, il avait abattu une somme de travail considérable. Je décidai de reprendre là où il avait laissé et de noter les propos de Howlett sur des fiches. Jakob les taperait plus tard pour le catalogue. C'était un travail laborieux et machinal, mais absorbant au possible – exactement l'antidote dont j'avais besoin. J'entendis à peine la cloche sonner dans le couloir à trois heures, puis à quatre heures et de nouveau à cinq heures. C'est le moment que choisit Jakob Hertzlich pour revenir.

— J'ai appris la nouvelle, dit-il simplement en prenant une pile de feuilles de papier ministre pour m'aider avec les transcriptions.

Son ton n'était plus hostile.

— Dommage.

Je ne dis rien. Le travail me soutenait et je n'osais pas m'arrêter. Je n'aurais pu supporter d'autres commentaires de la part de Jakob. Je continuai de gribouiller et de trier, de mettre de l'ordre dans le chaos que j'avais sous les yeux. J'évitais ainsi de réfléchir et, plus important encore, d'éprouver des sentiments. De loin en loin, je poussais un soupir.

Jakob ferma la fenêtre et alluma d'autres lampes. Je me rendis compte que j'avais travaillé dans une quasi-obscurité. Dehors, je vis le reflet tremblotant de la flamme d'un brûleur au gaz. L'immeuble était plongé dans le silence. Aucun pas ne résonnait dans le couloir. Après un long moment, la sonnerie d'une cloche me fit sursauter. Je sortis ma montre de poche et eus la surprise de constater qu'il était huit heures.

Jakob s'était rassis à la table et, la plume à la main, fixait la page, mais j'avais le sentiment qu'il ne lisait pas. Dans la lueur du plafonnier, sa peau semblait jaunâtre et il avait des cernes foncés sous les yeux. Sous sa chemise flottante, je ne parvenais pas à distinguer le contour de son corps. Il n'avait sans doute rien avalé de la journée, mais il avait fumé ses satanées cigarettes.

— Que diriez-vous de manger un morceau?

D'un air neutre, il me regarda déballer le fromage et les craquelins. Il n'y avait pas d'assiettes, mais nous utilisâmes les serviettes en tissu amidonné que j'avais héritées de ma grand-mère. Jakob déplia la sienne sur la table et commença à empiler les victuailles.

Nous ne nous parlâmes pas. J'étais à jeun, moi aussi. J'étais sortie si tôt que je n'avais même pas déjeuné. Jakob perça la croûte du fromage avec son couteau et le centre coula librement. Nous en étendîmes de pleines cuillérées sur des craquelins et mangeâmes à belles dents. Après quatre ou cinq craquelins, Jakob s'interrompit, balaya la pièce des yeux et se dirigea vers l'évier. Sans rien demander, il sortit la bouteille du seau, où il n'y avait plus que de la glace fondue, et défit la bague en métal. Quelques secondes plus tard, le bouchon vola au-dessus de nos têtes et heurta le mur au-dessus de la porte. En tombant, il froissa le papier crépon décoratif que j'y avais fixé. La mousse jaillit et j'accourus avec des tasses en porcelaine.

— Santé, dit-il en renversant un peu de champagne. En tout cas, c'est plus vivant que le thé.

Je levai ma tasse et nous trinquâmes. Jakob Hertzlich n'avait encore jamais bu de champagne, comme il me l'apprit plus tard, après notre festin de fromage, de confiture et de craquelins importés. Il m'avoua aussi n'avoir jamais consommé la moindre goutte d'alcool. En règle générale, les juifs s'en abstenaient, exception faite du vin qu'ils servaient pour le Sabbat. Cette boisson sucrée et écœurante avait de quoi décourager quiconque de boire pour le restant de ses jours.

— Mais ceci, dit-il en soulevant sa tasse d'un geste théâtral, est l'essence même de la vie.

Moi-même, je n'en avais bu qu'une seule fois (et encore je m'en étais tenue à quelques gorgées) à l'occasion du réveillon de la Saint-Sylvestre donné chez lui par le doyen Clarke. Tout ce dont je me souvenais, c'était que des bulles m'étaient montées au nez et m'avaient fait éternuer. J'agitai ma tasse, provoquant un maelström doré. Le goût était si léger qu'il semblait surnaturel. Je nous resservis.

Jakob me raconta son histoire. Remontant dans le temps, il me parla de son père, Otto Hertzlich, et de sa mère, Craina.

— Nous vivions à Berlin, expliqua Jakob, où les Hertzlich étaient dans le tabac depuis des générations. Mon père fabriquait des cigares fins qu'il vendait partout en Europe. Il a réussi de façon spectaculaire, puis un incident est survenu.

Jakob ignorait les détails, mais Otto Hertzlich perdit beaucoup d'argent et des créanciers se mirent à le presser de toutes parts.

— J'avais seulement trois ans à l'époque, mais je me rappelle que nous avons quitté la maison en pleine nuit et que nous nous sommes rendus sur les quais comme des voleurs pour monter dans un bateau. En route, quelqu'un nous a reconnus. C'est mon premier véritable souvenir : un homme court vers notre taxi dans une rue sombre de Berlin et nous crie des insultes, le visage enflammé par la colère.

Le récit de Jakob me captivait. De nombreux immigrants conservaient de tels souvenirs dans les malles de leur grenier : des récits sur les circonstances dans lesquelles ils avaient quitté leur pays d'origine, d'habitude en toute hâte et au péril de leur vie. Ces récits les avaient façonnés, les rendaient un peu plus coriaces, peut-être, et en tout cas plus reconnaissants.

Dès le début, Otto Hertzlich avait apprécié son nouveau chez-lui. Les terres du sud du fleuve Saint-Laurent se prêtaient admirablement à la culture du tabac. Avec le port de Montréal à proximité et une population en pleine croissance, il comprit aussitôt qu'il avait touché le gros lot.

— Mon père est un homme intelligent, Agnes. Il a appris l'anglais rapidement, bien qu'il ait gardé un léger accent. Il a du charme. Il emploie des expressions du Vieux Continent et pratique le baisemain. L'élite montréalaise ne l'a jamais tout à fait accepté, mais elle l'a indiscutablement remarqué. Ma mère aussi. Elle était belle, brune, petite. Dans leur nouvelle vie, conclut Jakob en s'arrêtant pour boire une gorgée de champagne, mes parents ont eu tout ce dont peut rêver un jeune couple.

Il posa sa tasse sur la table et me regarda.

— Tout, sauf un fils convenable.

Je ne savais pas quoi dire. De toute évidence, ces confidences lui coûtaient, mais il sentait le besoin de parler. Je ne pouvais que l'écouter.

— Lorsque je suis né, mon père a cru avoir donné naissance à un être comme lui, un fils qui marcherait dans ses traces, reprendrait l'affaire quand il serait vieux. J'étais timide et rêveur. Mon père et moi n'avions pas du tout le même tempérament. Craina et lui ont essayé d'avoir d'autres enfants, mais, pour une raison quelconque, ils n'y sont jamais arrivés. Lorsque j'ai eu sept ou huit ans, mon père a décidé de tourner toute son attention vers moi.

« J'aurais dû être flatté, je suppose. Il refusait de perdre espoir : un jour, je me conformerais à l'image dont il avait rêvé. Mais cet espoir ne tenait pas compte de mon identité profonde. Mon père était un homme d'affaires, Agnes ; s'il y a une chose que je retiens de lui, c'est que l'obstination finit par rapporter. L'été, il m'a obligé à travailler dans son usine dans l'intention de m'inculquer le sens pratique. Il m'a offert des leçons de boxe. Des leçons de boxe, Agnes ! Vous me voyez dans un ring ? Avec des gants qui pendaient au bout de mes poignets, je ressemblais à un personnage de dessin humoristique. Devant l'échec prévisible de toutes ses tentatives, il m'a orienté vers la science. La médecine était un domaine dans lequel un jeune juif pouvait monter en grade, exactement comme lui dans le monde des affaires.

En l'occurrence, la médecine fut un domaine propice pour Jakob Hertzlich. Malgré le quota limitant le nombre de juifs admis à McGill, il eut sa place au sein de la faculté. Il travailla d'arrache-pied, accumula les prix et gagna le respect de ses professeurs. Il répondit aux exigences de son père à la lettre, mais il eut beau travailler fort, remporter les plaques et les livres-récompenses spécialement reliés, Otto Hertzlich en voulait toujours plus.

— Un matin, je me suis réveillé, poursuivit Jakob, et c'est comme si, d'un coup, un store s'était ouvert en moi. Jamais mon père ne serait content.

Il prit encore une gorgée de champagne.

— Ce jour-là, je suis resté au lit. Et le suivant aussi. Un médecin est venu et m'a prescrit des sédatifs. Il a dit à mes parents que le poids des études était peut-être trop lourd à porter pour un garçon délicat comme moi. Ma mère a cru que je faisais une dépression nerveuse. Mon père, que j'étais obstiné. Mais moi, poursuivit Jakob, non sans une certaine fierté, j'ai compris que je m'étais enfin réveillé. Ce jour-là, ma vie a commencé.

Pour ma part, je n'imaginais pas qu'on puisse renoncer à la médecine, surtout pas après avoir été accepté à McGill.

— Vous auriez fait un médecin formidable. Et vous aviez presque terminé.

Jakob Hertzlich rit et siffla les quelques gouttes qui restaient dans sa tasse.

— Ce n'était pas ma voie, dit-il doucement. Je pense que j'ai fait ce qu'il fallait, même si les autres ne voient pas les choses du même œil. Si j'avais continué, je ne serais pas là aujourd'hui.

Il me fixa avec intensité, la mine grave, soudain.

— Et vous, docteur White, quelles histoires cachez-vous donc sous ce manteau d'efficacité? Vous me devez un récit.

— Je suis une piètre conteuse.

La bouche de Jakob forma des plis bien nets en s'affaissant et je ne pus me retenir de rire. Le champagne nous faisait dire des bêtises. Je posai ma tasse sur la table avec un soin délibéré, car je ne me fiais plus à mes mains.

— Pas de mère ni de père dont vous puissiez me parler?

Je secouai la tête.

— Je suis orpheline.

— Mais c'est un drame en soi! s'exclama Jakob. Racontez-moi donc l'histoire d'une fille sans parents.

Il se pencha vers l'avant, les yeux étincelants.

L'instant d'après, je déballais des secrets. Ou plutôt, je les libérais un à un, comme le champagne libère ses bulles. Je me surpris à lui parler de mon père, qui avait été médecin et, de l'avis général, brillant. Je ne précisai ni son nom ni l'endroit où il avait travaillé. Je décrivis les circonstances de son départ, quand j'étais encore toute petite. Je parlai à Jakob de ma mère, emportée par le chagrin et la tuberculose pulmonaire peu après avoir été abandonnée, et aussi de ma sœur, belle mais fragile. Le visage de Jakob était si près que je sentais son haleine, à la fois suave et aigre à cause du vin. Une goutte de champagne s'accrochait à un poil au-dessus de sa lèvre et je faillis tirer la langue pour la lécher. L'idée m'horrifia vaguement. Je me rendis compte que j'étais ivre.

En pensée, je vis un autre visage dont la lèvre supérieure était couverte de poils : celui de mon père, la bouche tirée par le chagrin. Il était si proche, si réel que je l'attirai vers moi. Une partie de moi savait que ce n'était pas mon père, savait que c'était impossible, mais j'entraînai malgré tout la tête hirsute vers moi.

Jakob ne manifesta aucune surprise. C'est ce qui me tira de ma stupeur. Ses yeux calmes épièrent les miens jusqu'à ce que je mette un terme à leur examen en embrassant mon adjoint sur la bouche. Elle était suave et aigre comme son haleine, mais aussi réconfortante, d'une façon que je n'aurais pu imaginer. Nos lèvres restèrent soudées. Les yeux toujours clos, je sentis une décharge soudaine, comme de l'électricité.

Mais alors tout se transforma. Je sentis sa langue s'insinuer dans ma bouche et mes yeux s'ouvrirent tout grands. J'eus un mouvement de recul, mais il me suivit, sa bouche encore sur la mienne. Il avait les yeux fermés, à présent, comme s'il dormait. Pourtant, sa langue s'insinuait toujours ; brusquement, j'eus peur. Était-ce bien ce que faisaient les gens ? Sa langue me faisait l'effet d'un poisson nageant en moi. Je serrai les lèvres et le repoussai.

Je restai là à me tortiller les doigts, embarrassée, incapable de le regarder.

— Je suis désolée.

— Il ne faut pas.

Il vint vers moi et cette fois je ne lui opposai aucune résistance. Je me rendis compte qu'on ne m'avait jamais touchée. Jamais. Jusqu'à ce jour, j'avais été affamée sans m'en douter. Le champagne que j'avais acheté pour Howlett chantait dans mes veines. La main de Jakob s'insinua sous ma robe, sous mon corsage, se heurta au complexe système de boutons et d'agrafes qui s'emboîtaient les uns dans les autres.

À ma grande stupeur, je ne sentais aucune honte. Pendant toute ma vie, je m'étais désolée de mon corps courtaud, m'étais employée à le dissimuler sous de multiples couches de vêtements, mais je m'en moquais désormais. J'aidai Jakob à défaire certaines agrafes. Ses doigts se refermèrent sur un de mes mamelons et ce fut comme s'il avait tourné un interrupteur. S'envolèrent aussitôt ma conscience de la main, du visage penché sur moi, des regrets qui viendraient peut-être plus tard.

19

Oxford, novembre 1905

Malgré le titre que le roi britannique lui avait décerné, Sir William n'était pas un vrai Anglais, ainsi que l'attestait sa maison d'Oxford. En effet, il avait fait installer le chauffage central, luxe inédit dans les quartiers les plus cossus de Londres et plus encore dans une ville universitaire. Trois jours plus tôt, dans l'après-midi, j'avais franchi la passerelle et mis le pied sur la terre ferme; depuis, je n'avais pas eu chaud un seul instant. Pas un seul, en trois jours. Un nuage frigorifique semblait avoir élu domicile au-dessus de l'Angleterre. Selon Howlett, il resterait en place au cours des quatre mois suivants : Kitty et lui devraient s'y faire.

J'habitais dans une auberge : le jour où mon navire avait accosté, en effet, la maison des Howlett était pleine. Le frère de Kitty était venu de Boston avec sa famille. Pour m'aider à oublier le désagrément, Howlett avait fait preuve de sa grâce coutumière : il avait choisi un hôtel, pris les frais de mon séjour à sa charge et envoyé une bonne demander si mes appartements étaient confortables. Je n'avais aucune raison de me plaindre. Mais l'auberge était humide, mes draps glissants et froids comme de la glace. Le feu de charbon qu'un domestique allumait tous les soirs dégageait beaucoup de fumée mais peu de chaleur.

Bref, c'était l'hiver anglais. J'attrapai un rhume de cerveau. Après ma première nuit entre ces draps glissants, je l'avais senti venir. Chez Howlett, en revanche, il faisait chaud. Je posai ma valise dans le vestibule et un domestique l'emporta au dernier étage. Je serrai les bras contre ma poitrine en frissonnant de plaisir.

— Bienvenue à *Open Arms*****, dit Howlett en souriant.

Joignant le geste à la parole, il ouvrit tout grands les bras.

J'avais remarqué, sur la pelouse, l'écriteau en forme de bouclier sur lequel les mots « *Open Arms* » étaient peints à l'aide de lettres tout en fioritures. Façon astucieuse de se moquer. À Oxford, une maison sur deux avait le mot « *arms* » dans son nom. Pickwick Arms, Fenwood Arms. La ville en semblait infestée. À sa manière peu orthodoxe, Howlett avait suivi le mouvement.

Howlett accrocha lui-même mon manteau dans la penderie et me conduisit à la chambre qui m'avait été assignée. La résidence était encore plus grande que celle de Baltimore. Les plafonds étaient plus hauts, les pièces plus spacieuses. Dans la salle à manger, Kitty, que j'aperçus au passage, donnait des ordres à une domestique.

— Elle est occupée à ses préparatifs. Sinon, elle serait venue vous accueillir elle-même. Mais vous savez comment sont les femmes qui organisent une réception.

Howlett s'adressait parfois à moi comme si je ne faisais pas partie de la gent féminine, ce qui me plongeait dans la confusion.

**** Jeu sur le double sens du mot «arms», qui signifie à la fois «bras» et «armes» au sens héraldique, comme dans «armoiries». (N.D.T.)

D'un côté, je lui étais reconnaissante de m'inclure implicitement dans le cénacle masculin ; de l'autre, je ressentais le léger pincement d'une insulte. Après tout, j'étais une femme. Était-ce donc si difficile à voir ?

L'escalier à la rampe en chêne poli s'élevait en formant une élégante spirale. Au milieu des marches courait un tapis au délicat motif de boutons de rose. Sur le premier palier, réunies sur une banquette large et basse, se trouvaient les poupées. Je reconnus celle qui tenait l'éventail, même si elle était habillée différemment et que son visage était plus gris que dans mes souvenirs. Howlett passa devant l'étalage sans un mot. Il ne semblait ni embarrassé ni timide. C'étaient les poupées de sa femme. J'avais beau juger Kitty, si j'y tenais ; lui-même n'était pas concerné.

Ma chambre était l'une des plus petites. Il n'y avait qu'un lit, un fauteuil et une petite table, mais les murs étaient tapissés de livres. La maison portait bien son nom : en effet, elle tendait les bras à de nombreux visiteurs. Le frère de Kitty était parti, mais l'éditeur londonien de Howlett venait d'arriver, en même temps qu'un de ses ex-collègues de Johns Hopkins. Ils s'installaient tous les deux chez Howlett, sans doute dans des chambres plus luxueuses que la mienne. Mais je ne m'en formalisai pas. Mon petit repaire était accueillant et chaud. Je sentis enfin mes os dégeler. Je dis à Howlett que j'étais aux anges.

Nous passâmes en revue le déroulement de la journée. La cérémonie de remise du prix aurait lieu à deux heures, puis nous rentrerions à la maison, où serait servi le thé préparé par Kitty en notre honneur. Je le remerciai et entrepris aussitôt d'examiner les tablettes. La bibliothèque se composait principalement d'ouvrages médicaux. Ma chambre, expliqua Howlett, accueillait le trop-plein de son bureau.

— Servez-vous, Agnes, prenez ce qui vous plaît. Mais à votre place, j'en profiterais pour me reposer un peu. Une longue journée nous attend.

En l'occurrence, « longue » était un euphémisme. Je m'étais reposée un moment dans ma chambre ; puis Howlett et moi avions assisté à la cérémonie. À présent, je me tenais debout près de la table en acajou de Kitty, celle où je m'étais assise à Baltimore, le jour où Revere s'était furtivement glissé sous elle et m'avait volé mon cœur.

La cérémonie m'avait fait l'effet d'un rêve. Dans une des églises d'Oxford, Howlett et moi étions montés sur l'estrade, bras dessus, bras dessous, sous les applaudissements nourris de la foule. Il avait pris l'enveloppe contenant le chèque, mais c'était dans l'ordre des choses. Je savais qu'il ne me refuserait pas ma juste part ; une partie de la somme me parviendrait un jour. Après, je fus assaillie par la foule. La presse et d'innombrables médecins et chercheurs britanniques avaient été alertés. Tous, apparemment, s'étonnaient du fait que je ne sois pas un homme. Les journaux me prirent en photo. Une demi-douzaine de journalistes sollicita une entrevue. Lorsque nous rentrâmes à Open Arms, je tremblais d'épuisement. La fatigue du voyage, le trac et un vilain microbe britannique menaçaient d'avoir raison de moi.

La table était couverte de napperons en dentelle où étaient posés des plateaux à trois étages aux teintes pastel : rose ballerine, vert lime, jaune canari. Il y avait aussi des sandwichs, de parfaits triangles fourrés d'œufs ou de fromage à la crème. Je buvais du thé en tenant la tasse près de mon menton pour éviter de faire un dégât. J'avais la gorge brûlante, mais pas à cause du thé. Sur mes joues brillait l'éclat d'une légère fièvre.

— Qui est donc l'homme mystérieux qui se terre dans votre musée ?

L'éditeur de notre manuel me fixait à travers des lunettes aux verres si épais qu'ils donnaient à ses yeux l'aspect globuleux de ceux des poissons.

Je pris une gorgée de thé. L'éditeur faisait référence à Jakob Hertzlich, la dernière personne dont j'avais envie de parler.

— Ses œuvres sont remarquables. La prochaine fois, il faut absolument que vous l'emmeniez avec vous.

Je continuai de siroter mon thé avec résolution.

— Avec tout le respect que je vous dois, il a beaucoup trop de talent pour jouer les techniciens. S'il était à Londres, je vous le chiperais aussitôt.

J'esquissai un sourire pincé. Là résidait peut-être la solution. À Montréal, la situation était si tendue qu'elle devenait presque intolérable. L'éditeur, dont j'avais oublié le nom, ne se doutait pas qu'il avait touché une corde éminemment sensible. Depuis sept mois à présent, depuis la fête avortée, nous avions des rapports difficiles, Jakob et moi. J'avais commis une énorme bourde en acceptant d'avoir des rapports intimes avec lui et je ne voyais aucun moyen de rectifier la situation. Évidemment, lui-même ne faisait rien pour alléger le climat.

Le lendemain de notre rencontre, nous nous étions à peine adressé la parole. Mais lorsqu'il se rendit compte que nos relations en resteraient là, Jakob ne fit même plus semblant de respecter les bienséances. Tout l'automne, il se montra revêche face aux autres et à moi. Pour le moment, ma stratégie consistait à l'éviter, ce qui, vu l'exiguïté de nos quartiers, n'était pas une mince affaire. Nous nous partagions les spécimens à cataloguer et travaillions chacun de son côté. Nous ne nous parlions qu'en cas d'absolue nécessité. Tels des moines occupés à des tâches parallèles, nous observions scrupuleusement la règle du silence.

Ma stratégie fonctionna pendant un certain temps, mais, juste avant mon voyage outre-mer, Jakob devint franchement méchant. J'étais, déclara-t-il, la femme la moins lucide qu'il ait jamais connue. Il laissa même entendre que j'étais le laquais de Howlett. Je n'avais pas eu le temps de le réprimander, mais, au moment de quitter le musée et le pays, j'avais pris une décision. À mon retour, je demanderais au doyen Clarke de congédier Mr Hertzlich.

— Un gâteau? demanda l'éditeur en désignant les pâtisseries.

En refusant, je risquais d'essuyer d'autres questions du même genre. J'acceptai donc un gâteau. Le glaçage était dur et lisse comme du plâtre, parsemé de perles de sucre. Je n'avais jamais rien vu de tel.

Un tintement persistant se fit entendre, et les médecins, les éditeurs, les journalistes et les professeurs d'Oxford se tournèrent vers la source du bruit. La rumeur de leurs conversations s'atténua peu à peu. À l'aide d'une cuillère, Howlett tapait sur une flûte de champagne vide. Dès que le silence se fit, il posa la coupe sur la table et la remplit.

— Mesdames et Messieurs, dit-il solennellement en la soulevant, j'aimerais porter un toast.

Le «mesdames» était légèrement superflu car, hormis Kitty, quelques domestiques et moi, l'assistance était exclusivement masculine. Howlett s'avança vers moi et, à la surprise de toutes les personnes présentes, moi la première, il me tendit le verre. Je rougis. Jamais plus je ne voulais boire de cette boisson, encore moins en public.

— Vous le méritez bien! s'écria-t-il, même si je secouais la tête, en proie à la confusion.

Les femmes ne buvaient pas. En acceptant le verre, je risquais de porter un rude coup à une réputation déjà compromise.

— Votre travail est l'égal de celui des hommes, docteur White. Vous devez donc accepter les privilèges qui nous échoient.

Des rires retentirent, suivis d'une salve d'applaudissements. Les hommes, qui buvaient depuis le début de la fête, auraient sans doute acclamé le moindre des propos de Howlett. Il souleva ma main, afin que tous puissent voir le verre.

— À notre association, dit-il.

Il se tourna vers moi, me regarda droit dans les yeux, baissa le verre et prit une gorgée. Puis il me l'offrit.

Je n'avais pas le choix. De ses yeux sombres, il me poussait à obéir. C'était sa fête. Son champagne. Son toast. Au moment où je soulevais le verre, le silence se fit. Puis il y eut des acclamations. Le goût était parfaitement conforme à mes souvenirs : à la fois sucré et acidulé, avec des bulles qui me donnèrent l'impression de s'emparer des poils de mes narines. Le visage de Jakob Hertzlich flotta dans mon esprit, méprisant et empreint de mélancolie. Pendant une fraction de seconde, avant que j'aie pu barrer la voie à ces réflexions, les mains de Jakob étaient sur moi, s'insinuaient sous mes vêtements.

Howlett me reprit le verre et le siffla d'une gorgée. Le charme était rompu et j'étais de retour dans le monde réel, dans une maison appelée Open Arms, au milieu de gens qui me voulaient du bien. Je contemplai mon bienfaiteur avec gratitude, m'approchai pour le remercier de son toast et m'effondrai dans ses bras.

J'ouvris les yeux dans le lit d'une chambre qui ne m'était pas familière. Il y avait peu de lumière dans la pièce, mais il y régnait une chaleur surprenante. Les couvertures et les draps étaient épais.

— « Elle n'est pas morte, la fillette, mais elle dort… »

Je me tournai vers la gauche. Les doigts croisés, Howlett, assis dans un fauteuil, me regardait. Je voulus me relever, mais j'eus aussitôt des cognements dans la tête.

— Mieux vaut que vous restiez couchée, dit Howlett en se levant pour poser sur mon front une main fraîche et sèche.

Je la couvris des deux miennes et me rallongeai en fermant les yeux.

— Là, là, dit-il. Tout va bien.

Mes derniers instants de conscience me revenaient en mémoire : le toast et le champagne.

— Je me suis évanouie, dis-je, horrifiée.

— Il semble que ce soit chez vous une habitude, dit-il d'une voix strictement professionnelle.

Je secouai la tête, et je me sentis aussitôt plus étourdie et plus malade.

— À votre place, dit Howlett sur le ton de la mise en garde, je limiterais mes mouvements. Vous avez près de cent deux de fièvre.

Il plongea un linge dans l'eau et le posa sur mon front brûlant.

— N'y a-t-il qu'en ma présence que vous tombiez en pâmoison, docteur White ?

— Désolée, dis-je en reniflant.

Le linge me faisait du bien.

— Là, là, répéta-t-il, sa main sur mon épaule. Tout va bien, Agnes. Vous êtes en bonnes mains.

Je souris et hochai la tête. Ce simple geste me fit mal. J'étais un cas désespéré. Perdre connaissance à l'occasion d'une fête donnée en mon honneur... Et ce n'était pas la première fois que Howlett se voyait forcé de s'occuper de moi. Pendant un moment, je me demandai ce que Freud aurait eu à dire à ce sujet. Hystérie. Besoin d'amour refoulé. Mais pas entièrement refoulé, songeai-je avec ironie. Malgré mes paupières lourdes, je regardai Howlett. Il était encore penché sur moi. La chaleur de sa main me plaisait, mais je me rendis compte que ma robe avait disparu. Je ne portais qu'une chemise. M'avait-il déshabillée ? Je l'espérais à moitié. Je me sentais bizarrement calme, sans doute à cause de la somnolence. Mes yeux se fermèrent et je m'endormis.

Lorsque je m'éveillai, il faisait encore noir et la maison était silencieuse, exception faite du cognement métallique occasionnel d'un radiateur. Ma tête enfin dégagée ne me faisait plus mal et mes pieds étaient enveloppés d'une chaleur délicieuse. Je les touchai sous les draps de flanelle. Que cette maison était confortable, avec ses « bras ouverts » ! Sur la petite table de chevet, ma montre de poche scintillait. Les Howlett avaient l'éclairage électrique. Encore heureux, car je n'avais pas d'allumettes. La lampe illumina la pièce, donna du relief aux livres qui la tapissaient.

Il était quatre heures et demie du matin. Trop tard pour dormir encore, mais trop tôt pour commencer la journée. Je me levai en chancelant et regardai les tablettes qui se dressaient au bout de mon lit. Des ouvrages sur l'anatomie, la physiologie et la pathologie. Des exemplaires du manuel que nous avions écrit occupaient à eux seuls la moitié d'une tablette. Mes yeux furent attirés par le titre d'un livre sur celle du dessus. *The Sexual Life of Our Time*. Je dus me hisser sur la pointe des pieds pour l'atteindre. C'était un gros livre recouvert de toile noire publié dans les années 1880 et traduit de l'allemand. On le devait à un médecin viennois du nom d'Iwan Bloch.

J'avais déjà lu des livres sur les rapports intimes. Au Canada, on utilisait le plus souvent *Light on Dark Corners*. Sur la jaquette, on voyait une lanterne briller sur un fond sombre. Malgré le titre et l'illustration accrocheuse, on n'y disait pas grand-chose sur la sexualité; on se concentrait plutôt sur les attitudes et le comportement que les femmes de l'époque victorienne devaient adopter en compagnie mixte.

The Sexual Life of Our Time était d'un autre genre. Son épaisseur et son grave ton scientifique promettaient plus de substance. Je le transportai jusqu'à mon lit et feuilletai les pages consacrées à la virginité. Depuis ma rencontre avec Jakob Hertzlich en avril, une question me tourmentait. Jakob Hertzlich ne s'était pas aventuré sous mes jupes. Ses mains étaient restées fermement plantées sur mes seins, mais sa retenue n'avait rien changé. Dans ses bras, j'avais connu l'orgasme. Je l'avais tout de suite compris.

J'avais été sidérée de constater que le phénomène pouvait se produire en l'absence de tout contact génital. Les hanches de Jakob étaient restées à une chaste distance des miennes. Il avait suffi de ses doigts sur mes seins. Il avait dû s'en rendre compte lorsque je m'étais laissée aller sur lui.

Il avait eu la décence de ne pas chercher à profiter de moi, même si, après m'être effondrée, j'avais senti le long membre dur pressé contre la doublure de son pantalon. Ce qui m'intéressait, c'étaient les implications. Nous n'avions certainement pas connu l'intimité au sens habituel du terme. Pourtant, je m'étais abandonnée. Cela comptait-il? Étais-je toujours, ne serait-ce qu'en théorie, vierge? Bloch était muet sur le sujet. Pour ce spécialiste de Vienne, sexualité était synonyme de pénétration. Nulle part n'évoquait-il la possibilité qu'une femme puisse jouir grâce à la simple stimulation d'un mamelon.

Après le chapitre consacré à la virginité venait celui qui portait sur l'autoérotisme. Là, les pages s'ouvraient plus facilement, comme si Howlett les avait consultées à quelques reprises. Ma lecture me procura un vif soulagement. Se toucher – activité qui, selon les obscures allusions de Grand-mère, risquait d'entraîner des lésions au cerveau – n'était pas dangereux, en fin de compte. « Chez les personnes saines, écrivait Bloch, une activité masturbatoire raisonnable n'a pas de conséquences fâcheuses. » Il montrait ensuite que l'autostimulation était largement répandue au sein du règne animal. Dans les jardins zoologiques, les singes se masturbaient librement, « *coram publico* ». Les chevaux agitaient leur membre jusqu'à l'émission séminale, tandis que les juments se frottaient « contre tout objet ferme ». La mention des juments me réconforta. Selon Bloch, on observait le même phénomène chez les cerfs et les éléphants. Je décidai sur-le-champ qu'un comportement aussi répandu ne pouvait pas être mauvais.

Le gros livre pesait contre ma poitrine et je me levai pour aller le remettre à sa place. Il ne faisait presque aucun doute que j'étais encore vierge. J'appartenais sans doute à un groupe sélect de femmes ayant fait l'expérience de la sexualité tout en étant restées chastes. Je revis alors Miss Skerry couchée seule dans sa petite chambre attenante à la cuisine du prieuré. Sur ce plan, peut-être étions-nous sœurs, elle et moi. Mes paupières s'alourdissaient et je défis les deux premières agrafes de ma chemise. L'autoérotisme était une activité solitaire. Solitaire, mais très agréable. Mes doigts se refermèrent sur mon mamelon, exactement comme l'avaient fait ceux de Jakob Hertzlich, ce soir-là, au musée, sept mois plus tôt.

V

L'incendie

Un très petit trou s'accompagne parfois
d'un souffle très sonore.

Maude Abbott,
« Congenital Cardiac Disease »

20

Décembre 1905

L'odeur de brûlé m'accompagna depuis mon appartement de la rue Union jusqu'au campus de McGill. Nous étions en décembre, et je n'avais pas mis les pieds à Montréal depuis trois semaines. C'était une période plutôt courte, on en conviendra, mais suffisante pour réduire une vie à néant. Cet après-midi-là, mon navire avait accosté à deux heures, mais les passagers avaient mis un temps fou à débarquer. Lorsque je m'étais enfin trouvée sur le quai, il passait trois heures et la lumière du jour déclinait. J'avais foncé chez moi pour déposer mes bagages et j'étais ressortie aussitôt.

Pendant tout le voyage de retour, j'étais restée enfermée dans ma cabine à me faire du souci. Je n'avais aucune idée de ce qui m'attendrait à mon retour au musée. Jakob Hertzlich m'avait fait parvenir un télégramme le jour même de la catastrophe, mais il ne m'avait fourni aucun détail. « Incendie à la faculté, disait-il. Rentrez tout de suite. » Voilà tout. Au bas de la feuille, son nom était écrit en gros caractères d'imprimerie.

J'avais aussitôt envoyé un télégramme au doyen Clarke pour savoir s'il y avait des blessés. Sa réponse négative fut la seule note de réconfort. Le feu avait débuté la nuit, lorsque l'immeuble était désert. Les professeurs et les employés étaient tous sains et saufs. La seule victime, apparemment, était le chat du concierge. Au sujet du musée, toutefois, Clarke s'était montré aussi réservé que Jakob Hertzlich. « Ramassons les morceaux », s'était-il contenté d'écrire.

« Ramassons les morceaux. » À bord du bateau, je m'étais à deux occasions réveillée en sueur, mon cœur ballotté comme un fétu emporté par les vagues. Je m'étais demandé si un arrêt cardiaque me guettait, mais, chaque fois, j'avais survécu jusqu'au matin. J'avais fini par comprendre que j'étais en proie à la terreur.

Entrée sur le campus par le portail principal, je vis enfin le pavillon de médecine. Je me sentis comme Jane Eyre revenant au manoir de Thornfield après l'incendie allumé par l'épouse folle. La façade de l'immeuble était intacte, mais, par les fenêtres du haut, j'apercevais des pans de ciel. Sans doute les flammes avaient-elles déchiré le toit. Même de loin, l'air était lourd, chargé de l'odeur sombre et calcinée des ruines. En m'approchant, je constatai que quelqu'un était assis sur les marches. À cette heure, il faisait si noir que je ne vis la silhouette qu'une fois à côté d'elle. Et encore, je ne vis qu'une masse foncée recroquevillée contre le froid, la lueur d'une cigarette soulevée de loin en loin, semblable à un phare.

Je reconnus sa voix avant de distinguer son visage. Dès que je fus à portée, il dit qu'il avait appris l'arrivée de mon navire. Il savait que je viendrais aussitôt.

— C'est grave ?

La maladie m'avait laissée dans un état de grande faiblesse. Je tremblais de tout mon corps.

Jakob ne dit rien, réfléchit.

— Vous pourriez commencer par me dire bonsoir.

— Bonsoir, dis-je avec empressement. Je suis désolée.

Je ne l'étais pas vraiment.

— Je vous en prie.

Il jeta son mégot dans la neige et l'écrasa du talon.

— Venez, dit-il en me tendant la main, comme si j'étais une enfant. Je vais vous montrer.

Je constatai avec alarme que sa main était pansée, enveloppée de gaze du bout des doigts jusqu'au poignet.

— Vous êtes blessé?

Il hocha la tête.

— Des bocaux ont explosé sous l'effet de la chaleur. Je me suis coupé.

Je me cramponnai à la gaze. Le sentier était dangereux à cause de l'eau que les pompiers avaient répandue pour combattre l'incendie. Elle formait une nappe gelée, glissante et irrégulière.

— Il n'y a qu'une entrée, dit Jakob en me conduisant vers une porte qui menait au sous-sol, à l'arrière du bâtiment.

Les marches étaient recouvertes d'une épaisse couche de glace inégale.

— Tenez-vous à la rampe et avancez lentement, dit Jakob en lâchant ma main avant d'entamer la descente.

L'odeur était si forte que je sentis un impérieux besoin de m'enfuir. J'eus l'impression de pénétrer dans une crypte. Je me crus trop faible pour poursuivre, mais alors Jakob m'encouragea, me dit que tout irait bien, que je devais continuer. L'ombre l'avait avalé tout entier, mais sa voix était là pour me guider. Incapable de supporter d'être seule au milieu des ruines, j'agrippai la rampe et descendis à mon tour.

— Il faut aller lentement.

Il m'attrapa au moment où je glissais sur les dernières marches.

Cette fois, c'est moi qui pris sa main sans y avoir été invitée. Je serrai la gaze rugueuse.

Jakob Hertzlich me laissa m'accrocher à lui et, à tâtons, nous nous engageâmes dans les débris en tâtant le sol de nos pieds. Je connaissais mal cette partie du pavillon. Qu'aurais-je fait, me demandai-je, si Jakob n'avait pas été là ? Il me fit entrer dans une vaste pièce qui, compris-je enfin, avait dû être l'entrepôt principal, endroit que j'avais fréquemment visité. C'est là que nous conservions toutes nos fournitures de laboratoire : les éprouvettes, les bocaux destinés aux spécimens, les agents de préservation, les becs Bunsen et les joints d'étanchéité. J'y descendais souvent pour regarnir mes stocks.

J'entendis le bruit d'une allumette qu'on grattait contre un mur de brique et soudain le visage de Jakob ondula devant moi. Il alluma la mèche d'une lanterne et la pièce se remplit du lourd parfum de l'huile. La lumière répandit des éclats inégaux. Jakob Hertzlich sourit, mais, pour la première fois, je vis à quel point il était épuisé. L'air pâle et spectral, il ouvrit grand les bras et, faisant preuve d'un humour affligé, dit :

— Bienvenue chez vous.

Quelque chose d'humide tomba sur ma tête. Je me baissai et frottai mes cheveux pour m'en débarrasser : ce n'était que de la neige. Pas de toit pour nous protéger. Par endroits, je voyais le ciel.

L'entrepôt semblait le seul lieu encore à peu près intact. Lorsque mes yeux se furent acclimatés à la lumière, je vis qu'on avait beaucoup fait pour rétablir l'ordre. Les tablettes étaient remplies non pas de fournitures, mais bien de bocaux – des bocaux flambant neufs, remplis de formaldéhyde et scellés avec soin. Certains étaient étiquetés.

— C'est le mieux que j'ai pu faire, dit Jakob Hertzlich. Un nombre surprenant de vos spécimens étaient récupérables.

— Vous êtes monté au musée ?

Il hocha la tête d'un air précautionneux.

— Oui, confirma-t-il, mais c'est difficile. Officiellement, c'est interdit. Les planchers sont en mauvais état.

— Mais c'est possible ?

Il fit signe que oui.

— Dans bien des cas, remarquez, je n'ai pas eu à monter. Des objets étaient tombés des étages supérieurs. J'ai fouillé un peu partout à la recherche de tissus à remettre dans des bocaux.

Plus tard, je découvris toute la vérité par la bouche de Rivers et de Mastro. Au lendemain de l'incendie, Jakob Hertzlich était resté trois jours complets sans dormir. Après les pompiers, il avait été le premier à entrer dans l'immeuble. Il avait travaillé sans relâche en défiant l'interdiction de monter aux étages supérieurs, s'était employé au sauvetage du musée tout au long de la semaine, avait poursuivi sa tâche, mû par l'adrénaline, après que tous les autres eurent renoncé, avait refusé de dormir ou de ralentir. Dugald dit que Jakob était comme possédé. Mastro prononçait son nom avec respect et admiration, surtout parce que Jakob avait osé monter deux étages plus haut pour récupérer un manuscrit détrempé et taché de suie, fruit d'années de recherches menées par Mastro. Sans l'intervention de Jakob, il aurait été perdu à jamais.

Au-dessus de nous, le vent s'infiltrait par les trous dans les murs. De la neige et de la suie tombaient sur nos têtes. Je voyais mon haleine.

— On gèle ici, Jakob. C'est un miracle que vous ne soyez pas tombé malade.

— J'ai des becs Bunsen, dit-il. Je ne réussis pas trop mal le thé en éprouvette.

Je lui souris, même si j'avais le cœur brisé. Il me suffit d'un examen sommaire des tablettes pour me convaincre que la majeure partie de la collection était perdue. Malgré ses vaillants efforts, Jakob Hertzlich n'avait réussi à en sauver que le quart environ. Je n'arrivais pas à croire à l'ampleur de la destruction.

— Conduisez-moi là-haut, dis-je.

Il me regarda, le blanc de ses yeux étincelant dans son visage sombre.

— J'étais sûr que vous alliez me le demander.

— Il faut que je voie le musée de mes propres yeux, Jakob.

— Des objets risquent de tomber, dit-il.

Il hésita.

— Nous risquons de tomber.

À la fin, il m'obligea à le suivre de près et me montra à chaque pas où poser mes pieds. Il tenait la lanterne devant lui, puis la faisait passer derrière son dos pour m'éclairer. Nous mîmes une demi-heure à monter trois volées de marches.

Les pompiers avaient fracassé la plupart des fenêtres avec leurs haches. Le vent et la neige s'attaquaient désormais à ce que le feu et l'homme n'avaient pas réussi à détruire. Il y avait dans le toit un large trou aux bords calcinés et environ le tiers du musée était exposé aux intempéries. Je levai les yeux sur les étoiles qui scintillaient dans un vaste ciel indifférent. Le parquet, ou ce qui en restait, était jonché d'éclats de verre et de restes humains racornis. Je balayais les environs des yeux, éprouvais la fermeté des planches du bout des orteils avant de faire passer mon poids d'une jambe à l'autre.

Depuis la porte, Jakob m'observait.

— Je crois avoir récupéré tout ce qui pouvait l'être, docteur White.

Par endroits, les flammes avaient fait décoller la peinture. Les dessins de Jakob n'étaient nulle part en vue.

— Heureusement que nous avons envoyé vos croquis à Howlett, dis-je en faisant courir une main sur le mur où certaines de ses œuvres avaient été accrochées. Nous n'en avons perdu qu'une petite partie.

Il haussa les épaules.

Mon illustration préférée – le premier croquis que je lui avais commandé peu après son arrivée au musée – était accrochée au mur de ma chambre, en sécurité. Je souris à cette pensée, mais pas longtemps. En effet, je venais d'apercevoir ma table de travail. Ce coin-là de la pièce avait été relativement épargné. Là, le plafond, comme les lattes du parquet, était intact. Je me dirigeai de ce côté. Le sous-main avait tenu bon. Couvert de cendres, il était désormais gris plutôt que vert, mais les flammes n'y avaient pas touché. Dans le tiroir principal, je trouvai une liasse de feuilles sans la moindre trace de roussi. Mes plumes étaient à leur place. J'écrivis mon nom sur une feuille vierge. Dans ce cas, il était probablement indemne. Si les plumes et le papier avaient survécu, sans doute avait-il survécu, lui aussi. Je m'éclaircis la gorge.

— Vous avez trouvé le cœur de Howlett ?

Au lieu de me répondre, Jakob Hertzlich se détourna.

— Mes plumes fonctionnent toujours !

Je ris en lui faisant voir mon nom sur la feuille.

— Mais le cœur, Jakob... Il est intact, non ?

— Le musée a subi de lourdes pertes, dit Jakob, évasif, en refusant de me regarder en face.

Pour un peu, j'aurais foncé vers lui et je l'aurais obligé à tourner la tête vers moi, mais, vu l'état du parquet, c'était impensable.

— C'est à cause de la chaleur, expliqua Jakob. De nombreux bocaux ont explosé.

Il agita sa main pansée pour rafraîchir ma mémoire.

C'était sa façon à lui de me dire que le cœur avait disparu. Je pris une profonde inspiration. Puis une autre. Ce n'est qu'après que nous eûmes regagné la sécurité relative du sous-sol qu'il me communiqua l'autre nouvelle capitale. J'étais alors si désorientée que je saisis à peine. Je l'écoutai, en proie à la stupeur, comme s'il me parlait du temps qu'on prévoyait pour le lendemain.

— C'est la fin, je suppose.

Je hochai la tête, incertaine de ce qu'il voulait dire, même si, derrière ses mots, je devinais confusément quelque chose d'important.

— J'ai fait tout ce que j'ai pu, dit-il en me regardant longuement.

— Vous avez beaucoup fait, Jakob, beaucoup plus que ce que commandait le devoir.

C'était vrai. Il n'avait rien ménagé; il avait risqué sa vie et sa santé.

— Je ne vois pas ce que je pourrais faire de plus, dit-il.

Puis les mots jaillirent avec précipitation.

— C'est terminé, n'est-ce pas? Il n'y a plus qu'à démissionner.

Mon silence sembla le prendre par surprise. Puis son visage se ferma résolument.

— Votre sang-froid frise parfois l'insensibilité, docteur White.

Pour avoir le sang froid, j'avais le sang froid. C'était comme si l'hiver s'était glissé sous ma peau et avait élu domicile en moi. Le musée était en ruine, l'œuvre de ma vie réduite à néant. La tête me tourna à cette pensée, aussitôt suivie d'une autre, moins importante, dont l'ironie ne m'échappa pas. Au moment de mon départ pour l'Angleterre, j'étais résolue à congédier Jakob Hertzlich et à purger ma vie de sa présence. La catastrophe avait révélé mon manque total de perspicacité. Il m'était dévoué entièrement, s'était consacré corps et âme à la mission qui me tenait tant à cœur. La flamme de la lanterne vacilla. Lorsque j'émergeai de mes pensées, je compris que j'étais seule.

VI

La guerre

Nous sommes morts,
Nous qui songions la veille encor'
À nos parents, à nos amis [...]

John McCrae,
« Au champ d'honneur »

21

Le 6 mai 1915

Il y avait foule sur le quai auquel la coque noire du *Meta-gama* était amarrée. Sur la pointe des pieds, je tentais vainement de voir par-delà l'océan de bonnets de couleurs vives. Dugald Rivers, debout à côté du Dr Mastro et d'un garçon que je ne reconnaissais pas, cria mon nom en agitant la main. Dugald donnait l'impression d'être sur le point de léviter. Il se détacha des autres hommes et s'approcha de moi. Lorsqu'il arriva à ma hauteur, ses bras battant toujours l'air, il se pencha et ses lèvres effleurèrent ma joue. Ce n'était pas exactement un baiser, puisqu'il avait les lèvres plates et fermées. C'était plutôt une collision, en fait, comme si son esprit et son corps n'avaient pu s'entendre sur une intention commune.

Je m'efforçai de sourire. Depuis quelques semaines, il se comportait d'une drôle de manière, attitude que j'avais mise sur le compte de ses nerfs. Je m'étais dit qu'il ne m'appartenait pas de juger et que, dans les jours précédant son départ, je ne devais pas me laisser atteindre par ses actions ou ses propos. C'était la première affectation militaire de Dugald depuis l'Afrique du

Sud. J'étais certaine qu'elle ne manquerait pas de raviver certains souvenirs. Les nouvelles en provenance d'Europe n'étaient guère encourageantes. L'automne précédent, lors du départ du premier contingent canadien, il y avait eu une telle euphorie… On croyait alors à une victoire expéditive et à un retour rapide, mais les jeunes Canadiens, dont bon nombre de McGill, avaient passé l'hiver à geler dans la plaine de Salisbury, dans le sud de l'Angleterre. Il avait plu pendant trois bons mois, d'où un effritement du moral des troupes et une épidémie de méningite. Quelques étudiants de McGill étaient morts avant même d'avoir atteint le champ de bataille. Les nouvelles en provenance de la Belgique et de la France, de l'autre côté de la Manche, étaient encore plus alarmantes. Les Allemands tuaient des fantassins britanniques en nombre effarant.

Au milieu de ce cauchemar, Dugald prenait la mer à son tour. Les autres aussi, mais ils étaient jeunes et inexpérimentés : pour eux, la guerre était encore une abstraction, un récit d'aventure.

Deux jours plus tôt, Dugald m'avait invitée à dîner au University Club. Dans l'immeuble de pierres grises de la rue Mansfield, en face du campus, j'accrochai mon manteau et, comme d'habitude, gravis les marches de l'escalier du fond, réservé aux serveurs et aux femmes. Cet escalier m'indignait. C'était comme si les hommes tentaient de nier mon existence. Dugald m'attendait à l'étage, où se trouvait la salle à manger principale. Sans même me dire bonjour, il me prit par la main et m'entraîna dans une alcôve, près des toilettes.

Nous ne nous touchions jamais, Dugald et moi. Son geste me sembla donc anormal. Il me fit asseoir sur une banquette. Le geste n'eut rien de spontané. Je soupçonnai Dugald d'avoir répété la manœuvre. Sans attendre, il me tendit une bague. Une fois revenue de ma surprise, je me rendis compte que c'était sa bague universitaire, celle qu'il portait à l'auriculaire de la main droite et qu'il n'enlevait jamais, ni avant de se laver les mains, ni avant de disséquer un cadavre.

— Comme vous le savez, Agnes, dit-il d'une voix empruntée, en évitant mon regard, je dois bientôt vous quitter. Je prends la mer dès lundi.

Il me saisit la main, tenta de glisser la bague sur mon doigt.

— Je tiens à ce que vous ayez ceci, ajouta-t-il en peinant un peu, car elle était trop petite pour moi. Ainsi, vous vous souviendrez de moi pendant mon absence.

J'étais abasourdie. La dernière chose que je voulais, c'était l'insulter. C'était un ami très cher sur le point de partir pour le front. De toute évidence, il ne me demandait pas en mariage. M'offrait-il sa bague en signe d'amitié?

Dugald Rivers était l'un des célibataires les plus recherchés de la ville. Malgré ses quarante-cinq ans, il était plutôt bel homme et avait conservé une apparence juvénile. Il avait une pratique florissante; il était rentré de la guerre des Boers avec quatre médailles et il était excellent danseur.

Depuis son arrivée à Montréal, aucune femme n'avait encore réussi à l'enjôler. L'été précédent, une certaine Barbara, fille du Dr Owens, baron des chemins de fer, avait eu sa faveur pendant quelque temps. Il avait dansé avec elle dans des fêtes et son père avait laissé savoir qu'il voyait leur union sous un jour favorable, mais les choses en étaient restées là. Je fus l'une des rares personnes à ne pas être étonnées. En privé, Dugald appelait Barbara Owens *Baba le Bacille* et laissait entendre qu'elle était terne, mais je me doutais bien que la personnalité peu scintillante de Baba n'était pas seule en cause. Simplement, Dugald préférait la vie de célibataire. Il ne voulait pas de compagne.

J'étais l'un des rares spécimens de l'espèce dont il tolérait la présence, mais j'avais toujours cru que c'était parce que je ne représentais pas une menace pour lui. J'occupais une sorte de no man's land délimitant les territoires respectifs des représentants des deux sexes, Ma formation et mon travail me rapprochaient beaucoup de lui. Dugald pouvait se permettre de me parler comme jamais il n'aurait osé le faire avec d'autres femmes. Il appréciait aussi ma disponibilité affective et le plaisir que je prenais à lui servir du thé et de la nourriture, traits peu communs chez des hommes. En moi, Dugald trouvait le meilleur des deux mondes. De toute évidence, je n'avais nulle envie de l'avoir dans mon lit d'épousée. Jusqu'à ce soir-là, j'avais cru qu'une amitié solide nous unissait.

Après l'incendie, Dugald était venu au musée presque tous les jours. J'étais seule, désormais : Jakob Hertzlich, en effet, était parti. Le Dr Clarke, préoccupé par la reconstruction de l'École de médecine de McGill, n'avait guère eu le temps de s'inquiéter de la perte de mes spécimens. Nous nous parlions moins souvent qu'avant. Le Dr Mastro passait beaucoup de temps dans l'État de New York avec sa femme, dont l'état de santé continuait de se détériorer. Devenu mon confident, Dugald, sans effort, s'était attribué le rôle autrefois joué par Jakob. Il m'avait soutenue dans l'adversité. Il avait écrit à Howlett et, à la suggestion de celui-ci, au musée de la Guerre de Washington, pour faire état des difficultés du musée de Pathologie de McGill. On nous avait fait don de mille spécimens. Sur ce plan, les antécédents militaires de Dugald s'étaient révélés des plus utiles. Il m'avait ouvert des portes qui, sans lui, seraient restées hermétiquement fermées. Je lui devais beaucoup et je l'aimais bien. Mais je n'avais jamais cru qu'il s'intéresserait à une femme, et encore moins à moi.

Et voilà que, sur le quai, il me remorquait par la main comme si j'étais un bateau récalcitrant. Il était si heureux que je sois venue, dit-il, ses yeux s'attardant sur les miens plus longtemps qu'il n'était nécessaire. J'étais flattée de bénéficier de l'attention soudaine de ce grand et adorable gaillard, au vu et au su de tous, mais, en même temps, je me méfiais. C'était trop artificiel, comme si nous évoluions sur une scène, Dugald et moi.

Il me tira jusqu'au Dr Mastro et souleva ma main. J'eus aussitôt le visage cramoisi. Sans doute avions-nous l'air ridicule avec nos mains réunies – absurde permutation de la Belle et de la Bête au visage rouge. Au club, la douce folie de Dugald était restée entre nous. Il semblait désormais disposé à en faire étalage. Sans ciller, le Dr Mastro posa sur moi ses grands yeux. Quelques pas derrière nous, Barbara Owens disait adieu à un frère aîné. Elle nous regarda avec curiosité.

Je dégageai ma main et tentai de rétablir un semblant de normalité en engageant la conversation avec le Dr Mastro. Il prenait la mer à titre de commandant de l'hôpital de campagne de McGill. Je ne lui avais pas vu une telle énergie depuis des mois. Je le félicitai et ses grands yeux s'adoucirent. Sa femme était morte et il espérait que le voyage l'aiderait à faire son deuil. Nous nous mîmes à parler de la faculté, mais Dugald nous interrompit en me tirant par le bras, selon la détestable manie qu'il avait récemment prise de me traiter comme si je lui appartenais. Je me retournai, irritée.

— Vous ne devinerez jamais qui est là, dit-il en dardant ses yeux sur le jeune homme qui se tenait à côté de Mastro.

Le jeune homme en question avait dans les seize ou dix-sept ans tout au plus. Il portait son uniforme avec l'abandon d'un écolier. La plupart des boutons étaient défaits, le col ouvert. Sa peau avait la couleur du lait.

— Vous vous êtes déjà rencontrés, dit Dugald.

Le garçon me tendit la main, sans sourire ni lever les yeux. Si nous nous connaissions, ainsi que Dugald le laissait entendre, notre premier contact n'avait guère été mémorable.

Incapable de se contenir un instant de plus, Dugald lâcha :

— C'est Revere Howlett.

Les cheveux noirs de son père, la peau laiteuse de sa mère… C'était pourtant évident. Je me livrai à de rapides calculs. Il avait dix-neuf ans. Dix-neuf ans ! Quand je l'avais vu à Baltimore, il était encore enfant. À Oxford, je l'avais raté, car, au moment de ma visite, il était au pensionnat. Et voilà qu'il s'embarquait pour la Picardie à titre de planton personnel de Mastro. Sans doute Howlett avait-il tiré quelques ficelles en apprenant que McGill projetait de créer un hôpital de campagne. C'était une façon commode et honorable d'éviter à son fils d'être conscrit par l'infanterie britannique, dont les membres mouraient en grand nombre. Sans compter que le Dr Mastro et les autres veilleraient sur lui.

— Le Dr White est une vieille amie de ton père, expliqua Dugald.

Je rougis. Sans doute le garçon entendait-il les mêmes mots à chacun de ses instants de veille.

— Je suis venue chez toi à Baltimore il y a très longtemps, dis-je dans l'espoir de l'amadouer, et tu m'as promptement descendue d'une balle de six-coups.

Le visage de Revere devint lisse et pensif et je me demandai s'il se souvenait de l'épisode du cœur caché sous la table. Sans doute avait-il été aussi traumatisant pour lui que pour moi. En tout cas, je n'avais nulle intention de l'évoquer.

— Vous êtes aussi venue à Oxford, dit-il, mais je n'y étais pas. Vous avez été malade, je crois.

Son accent tenait plus d'Oxford que de Baltimore.

Je hochai la tête, gênée. Dans la famille Howlett, j'avais sans doute acquis un statut légendaire. La sirène du navire nous fit sursauter. Des hommes en uniforme de la Marine ordonnaient aux femmes de s'éloigner. L'embarquement était imminent.

Pour mon plus grand embarras, Dugald Rivers se jeta une dernière fois sur ma main, qu'il porta à ses lèvres devant tout le monde. Je me dégageai et, dans ma hâte, oubliai de dire correctement au revoir à Mastro et à Revere Howlett. Mais je ne pus aller bien loin. Je me heurtai en effet à un mur de femmes. Ne pouvant ni le franchir ni le contourner, je n'eus d'autre choix que de me joindre à la foule des porteuses de bonnet.

On aurait dit que toute l'université s'embarquait à bord du *Metagama* : trois classes d'étudiants en médecine et la quasi-totalité des professeurs qui ne s'étaient pas enrôlés dans le premier contingent canadien, au moment de la mobilisation initiale des troupes. Je serais la seule encore en poste. Non, pas la seule. Je regardai autour de moi. Les femmes resteraient derrière. Certaines étaient du voyage en qualité d'infirmières, mais elles étaient peu nombreuses.

La sirène retentit de nouveau. À la file indienne, les hommes s'engagèrent sur la passerelle, et le silence se fit. J'avais envie de pleurer. En restant sur la terre ferme à saluer mes collègues, j'avais le sentiment de commettre une erreur. Pourtant, des dizaines de raisons s'opposaient à mon départ. La ville s'était vidée de ses médecins. Les seuls qui restaient étaient francophones ou beaucoup trop âgés. Le Children's Memorial Hospital et l'Hôpital général cherchaient à retenir mes services. Et il y avait Laure.

Si j'allais en France, qui s'occuperait d'elle ? Miss Skerry était un roc, mais elle ne pouvait pas acquitter nos factures. Le salaire que me versait McGill avait beau être dérisoire, il était supérieur à la solde des militaires. Pour s'enrôler, un soutien de famille comme le Dr Mastro devait disposer de moyens considérables.

Dans la file d'hommes qui sinuait, je repérai un autre visage familier. Huntley Stewart riait en compagnie d'amis journalistes. Comme ils ne faisaient pas attention, la file avança et un trou se creusa entre eux et les autres. Huntley fut le premier à s'en apercevoir. Il le montra du doigt, fit une grimace horrifiée comme on en voyait dans les dessins humoristiques et se dépêcha de rectifier la situation. Ses copains le suivirent comme des moutons.

Huntley Stewart s'était enrôlé. Déjà, j'avais remarqué que les hommes étaient moins nombreux à Montréal. J'étais même montée dans un tramway dont le « conducteur » avait les cheveux retenus par des épingles. Des femmes aux commandes de tramways ? Où cela s'arrêterait-il ? À Verdun, on avait ouvert une fabrique de munitions. Selon le *Herald*, la plupart des ouvriers étaient des femmes. Elles touchaient trente-cinq cents l'heure, plus que moi à McGill.

Laure ne savait rien du départ de Huntley. En théorie, ils étaient encore mariés; en pratique, ils ne s'étaient pas parlé depuis des années.

Un reporter du *Herald* prit des photos des femmes en train d'agiter la main. Puis il en choisit une qui se tenait juste à côté de moi, une jeune fille, particulièrement jolie, vêtue d'une robe jaune vif.

— Au moment où les hommes s'apprêtent à partir, quelles sont vos impressions ? cria-t-il au-dessus du tumulte.

La jeune fille déballa quelques clichés au sujet du roi et des sacrifices auxquels le peuple devait consentir. Telles étaient les platitudes, tirées tout droit des journaux ou des discours des politiciens, que les gens débitaient. La jeune fille parlait à présent de son club de tricoteuses. Depuis octobre, elle avait confectionné vingt paires de chaussettes destinées aux hommes déployés outre-mer. Chacun devait faire sa part, conclut-elle.

— Vous êtes là pour quelqu'un en particulier? demanda le reporter.

La jeune fille rougit. Elle hocha la tête.

— Vous n'avez pas peur pour lui?

Il flirtait avec elle, lui soufflait en quelque sorte les bonnes réponses.

Il ne fallait pas avoir peur, dit-elle comme si elle lisait un texte. Elle était si sûre de ses affirmations apprises par cœur et si naïve qu'elle n'imaginait même pas que le jeune homme dont elle s'était amourachée puisse mourir ou être mutilé.

Le reporter se tourna vers moi.

— Et vous… Vous avez quelqu'un dans la file?

Je fus sauvée par la sirène du navire. À l'exemple de la foule réunie, je regardai les derniers hommes embarquer. Un dos voûté, familier, m'arrêta tout net. L'homme était habillé comme les autres, en bottes et veste couleur vase fournies par l'armée, mais, même en uniforme, il ne se fondait pas dans la foule. Pour le moment, il semblait tout occupé par sa cigarette. Les autres plaisantaient, parlaient avec animation en attendant leur tour de transporter leur fourbi sur la passerelle. Immobile et silencieux parmi eux, Jakob Hertzlich n'était pas des leurs.

Je fermai les yeux. Une décennie s'était écoulée. J'avais quarante-six ans, à présent ; il devait donc en avoir trente-huit. Vieux pour un soldat, mais un nombre surprenant de recrues n'étaient plus de la première jeunesse – Dugald le premier. Nous ne nous étions pas parlé depuis des années, Jakob et moi. À McGill, il travaillait désormais dans un autre immeuble. Nos chemins se croisaient rarement.

J'essayai d'imaginer Jakob Hertzlich avec un fusil. S'il était affecté dans un hôpital, peut-être ne toucherait-il jamais une arme. Certains hommes étaient faits pour le champ de bataille, d'autres absolument pas. J'aurais aimé l'apercevoir plus tôt. Même si nous nous évitions depuis longtemps, j'aurais aimé lui dire au revoir, lui souhaiter de rentrer indemne.

— Madame ?

Le reporter se tenait toujours à mes côtés.

Je secouai la tête. Sur le quai, Jakob Hertzlich écrasait son mégot sous le talon de sa botte lustrée. Il hissa son sac sur son épaule et, subitement, parcourut la foule des yeux. Pendant une fraction de seconde, nos regards se croisèrent. Je fus la première à rompre le contact, à darder la tête à gauche et à droite pour voir s'il avait pu fixer quelqu'un d'autre. À ma gauche, il y avait la jeune fille en jaune, celle qui déclamait des slogans, et, à ma droite, le reporter. Lorsque je revins vers lui, Jakob, dos à moi, avait entrepris la lente ascension de la passerelle.

22

Décembre 1915

Le salon du prieuré n'avait pas changé depuis mon enfance. Le tissu qui recouvrait le canapé et le fauteuil était plus élimé et il y avait plus de fissures dans le plâtre, mais, pour le reste, rien n'avait bougé. J'avais l'habitude d'aller à St. Andrews East pour les vacances de Noël, et le deuxième hiver de la guerre ne fit pas exception à la règle. J'arrivai les bras chargés de gâteries et de cadeaux achetés à Montréal. Selon Miss Skerry, ma visite hivernale et les deux semaines que je passais avec elles en été étaient les moments forts de l'année. Ma sœur et elle vivaient dans un isolement quasi total. À l'occasion, des femmes des plus vieilles familles anglophones venaient les voir et leur apportaient de la compote et des tartes; en revanche, les francophones, qui n'avaient pas connu notre famille au cours des générations précédentes, se montraient moins conciliants. Ils avaient peur de Laure, qu'ils surnommaient « *la folle de Saint-André** ».

Lors de ma visite, Laure était à son mieux. Nulle trace de la fureur que Miss Skerry décrivait dans ses missives hebdomadaires. Pour elle, ces lettres étaient un devoir – des nouvelles du front, en quelque sorte, un suivi méthodique de l'évolution de la maladie de ma sœur et des batailles qu'elle-même lui livrait jour après jour. Elle présentait en détail les saignements de nez et la décoloration du visage dont s'accompagnaient les crises de Laure, ses escapades périodiques au village et l'humiliation qui s'ensuivait lorsqu'elle était capturée et ramenée au prieuré. Elles me faisaient si mal, ces lettres, que j'avais depuis longtemps cessé de les lire. Je les laissais s'empiler sur ma commode ; lorsqu'elles étaient trop nombreuses, je les mettais dans une boîte que je rangeais au fond de mon placard. Leur véritable fonction, me disais-je, était de donner à Miss Skerry l'illusion d'avoir de la compagnie.

Miss Skerry avait allumé un feu dans l'âtre ; Laure, elle et moi nous serrions devant, enveloppées dans des couvertures. Au cours des dix dernières années, la gouvernante avait pris du poids. Miss Skerry n'avait jamais été jolie, mais, à une certaine époque, elle semblait fière de sa taille fine. On aurait dit qu'elle avait renoncé. Ses cheveux, jadis bien brossés et lustrés, étaient négligés. Si son esprit n'était pas resté incisif, ces changements m'auraient inquiétée. Le soir, cependant, converser avec elle était un véritable plaisir.

Quand Laure était dans la pièce, il n'était pas toujours facile de bavarder. Ce soir-là, nous nous concentrions sur le travail et non sur les mots. Dans le salon, les seuls bruits étaient les craquements et les sifflements des bûches dans l'âtre et les cliquètements de nos aiguilles à tricoter. Je retournai la chaussette à laquelle je travaillais et la posai à plat sur mes genoux. Je travaillais moins vite que Miss Skerry, qui avait presque terminé une paire d'épaisses chaussettes beiges. Laure, dont la concentration était si fragile qu'elle avait peine à aller au bout d'une phrase, avait presque fini, elle aussi. Le travail manuel semblait l'apaiser, restituer un peu de sa grâce d'antan. Elles tricotaient. Elles brodaient des nappes et des draps. Elles cousaient des capes et des robes. Avant la guerre, j'étais la bénéficiaire de leur assiduité.

Ces jours-là, cependant, il n'y en avait plus que pour les chaussettes. Laure en faisait une véritable obsession. Depuis l'automne 1914, moment où avait été lancée la campagne, elle en avait tricoté trois cents paires.

J'étais beaucoup moins douée que ma sœur. J'agitai le bout de brins de laine entremêlés devant la gouvernante et dis en riant :

— Ce que je peux être maladroite, George.

L'appeler ainsi me faisait un drôle d'effet, mais Miss Skerry avait insisté. Nous nous connaissions depuis trop longtemps pour que je continue à l'appeler « Miss », disait-elle. Son prénom de baptême était Georgina et elle avait retranché les deux dernières syllabes.

— Comme George Eliot, avait-elle expliqué, et George Sand. C'est l'un des rares clubs auxquels j'accepterais d'appartenir.

À la vue de mon tricot, George sourit.

— Tu fais déjà ta part, Agnes. Il n'y a pas que les chaussettes qui comptent.

C'était vrai. Je faisais ma part, mais de façon moins directe que celles qui s'employaient à faire en sorte que les pieds des jeunes Canadiens restent bien au chaud dans les tranchées. Je travaillais dans deux hôpitaux de Montréal et ma clinique privée débordait de patients. Au cours de l'automne, j'avais prononcé à Harvard une conférence sur les cardiopathies congénitales. Aux États-Unis, les écoles de médecine florissaient, car ce pays n'était pas encore en guerre. J'étais l'un des rares chercheurs canadiens susceptibles de participer à des tournées américaines.

Jusque-là, j'avais reçu des invitations de la part de Harvard, Johns Hopkins et l'Université de la Pennsylvanie. Mon travail clinique m'accaparait tant que je les avais toutes déclinées, sauf celle de Harvard.

— Les chaussettes sont une spécialité locale, dit George en se penchant pour tapoter la jambe de Laure.

Lorsqu'elle leva les yeux, Laure avait l'air si fière que je ne pus m'empêcher de rire. M'occuper de choses simples au prieuré, en compagnie de ma sœur et de notre ex-gouvernante, me procurait un grand réconfort. Nous étions un peu comme les sœurs Brontë, prisonnières de la lande, occupées à des travaux domestiques ; le soir venu, elles se récompensaient en bavardant et en s'abandonnant à leur passion des livres. Je passerais peut-être ainsi mes années de vieillesse, assise devant l'âtre du prieuré à tricoter avec Laure et à discuter avec George Skerry. J'avais espéré une vie plus ample, des relations qui déborderaient le cercle de mon enfance, mais il y avait des destins plus terribles.

Miss Skerry traduisait *L'Énéide*, poursuivait l'œuvre qu'elle avait entreprise à l'instigation de son père. Elle appréciait la langue latine, même si elle avouait avoir pour Virgile des sentiments ambivalents.

— Il aime trop la guerre, avait-elle dit la veille, pendant que nous observions le scintillement des braises dans l'âtre.

Pour ma part, j'étais plus semblable à Virgile que je n'aurais osé l'admettre. Je n'étais certes pas en faveur des tueries, mais j'aurais donné cher pour être sur le théâtre de la guerre en compagnie des hommes. J'enviais mes collègues au front. Je regrettais de ne pas être en Europe. Dugald, qui m'écrivait toutes les semaines, décrivait en détail la vie militaire dans les faubourgs de Dannes-Camiers, dans le nord de la France, où il était stationné en compagnie des autres hommes de McGill.

Pendant l'été et l'automne, j'avais reçu des rapports de première main. Sur le front ouest, les combats avaient perdu en intensité. La Turquie était le principal théâtre des opérations, alors que la France était relativement paisible. L'été 1915 avait été le plus sec de mémoire d'homme. Dugald décrivait de longs jours ensoleillés. Pour moi, le mot « guerre » conjurait des images de jeunes hommes à moitié nus étendus au bord de cours d'eau. Que j'enviais une telle camaraderie sous le soleil de la Picardie !

L'hôpital de campagne de McGill était l'un des sept établissements temporaires installés sous des tentes dans la plaine au-dessus de Dannes-Camiers. Il comptait près d'un millier de lits, soit le même nombre que ceux de l'Angleterre, de l'Écosse et de la France. On l'avait aménagé à la fin du printemps, juste après la bataille d'Ypres. Tous avaient hâte d'entrer en action, mais, hormis quelques victimes isolées de tireurs d'élite, les patients se faisaient rares. Les belligérants observaient une sorte de trêve et les membres du personnel hospitalier n'avaient rien d'autre à faire que d'attendre.

Selon Dugald, Revere Howlett était comme un écolier en vacances. Presque aussitôt, il avait fait venir son vélo et passait ses journées à pêcher dans les ruisseaux et les rivières près du camp. Jakob Hertzlich s'amusait bien, lui aussi. Revere et lui étaient devenus amis. Je relus ce passage de la lettre de Dugald avec fascination. L'exercice et les repas réguliers faisaient le plus grand bien à Jakob Hertzlich, qui s'était épanoui. Au village, il avait fait l'acquisition d'un vélo tout rouillé et accompagnait Revere dans ses excursions.

En septembre, Howlett père avait traversé la Manche pour visiter l'établissement de McGill et voir son fils. Pour moi, ce fut la goutte d'eau qui fit déborder le vase. Les descriptions de Dugald me rendaient envieuse. Pour son fils et lui, Howlett avait organisé une visite du front à bord d'une voiture de la Croix-Rouge.

Le ton des deux dernières lettres était toutefois plus sombre. Plus d'un millier de soldats ayant participé à la bataille de Loos étaient arrivés et, soudain, l'hôpital de campagne de McGill était débordé. Pendant la première moitié du mois d'octobre, Dugald travailla jour et nuit pour soigner les soldats dont les membres avaient été déchiquetés par des éclats d'obus. Le shrapnel déchirait les chairs, écrivit-il, créait des plaies irrégulières, vulnérables aux infections. Dans la crasse et la promiscuité de la guerre, la septicémie faisait des ravages. Des patients mouraient à cause de la saleté.

Ce matin-là, j'avais reçu la dernière lettre de Dugald, que je n'avais pas encore ouverte. Je la sortis de ma poche et la montrai à George.

Elle posa son tricot et nettoya ses lunettes avec l'ourlet de sa jupe.

— À mon avis, cet homme est amoureux de toi. Sinon, il n'a pas beaucoup d'amis.

— Il a de nombreux amis, dis-je.

C'était la plus stricte vérité.

— Des « amies » avec un « e », dit George d'un ton plein de sous-entendus. On se comprend, toi et moi.

— En tout cas, il n'est pas amoureux de moi, dis-je. Ce n'est pas son genre.

Miss Skerry remit ses lunettes.

— Ah bon? Il faut donc avoir un « genre » pour aimer?

Je m'étais mal exprimée.

— Ce que je veux dire, c'est que Dugald Rivers ne s'intéresse pas vraiment aux femmes.

George plissa les yeux.

— Il m'aime bien, George. Sur ce plan, je le crois sincère. Mais les choses ne vont pas plus loin.

— Tu m'as dit toi-même qu'il t'avait offert sa bague.

— Oui, mais seulement parce que tous les autres donnaient à leurs petites amies des bagues et des photos accompagnées de mots tendres. Sinon, cette idée ne lui serait jamais venue à l'esprit.

— C'est donc un conformiste?

— Non. Plutôt le contraire, en fait.

— J'ai bien peur de ne pas te suivre.

Je pris une profonde inspiration et tentai une nouvelle fois de m'expliquer.

— La plupart du temps, Dugald Rivers est lui-même. Et il se contente de bavarder et de manger des tartelettes au musée. Mais il y a aussi les pressions liées à la guerre. Bon nombre d'hommes ont une petite amie à qui écrire. Dugald a décidé de faire de moi sa petite amie. Il y a là une certaine logique. Il a tellement de mal à se plier aux conventions qu'il s'est senti obligé de me donner cette bague. C'était si gênant. J'ai eu l'impression de tenir un rôle dans une pièce.

George Skerry haussa les sourcils.

— On dirait un inverti, dit-elle doucement.

Inversion : crime désignant l'amour sexuel entre hommes. La profession médicale y voyait une forme de pathologie. Pourtant, le livre que j'avais lu à Oxford, celui d'Iwan Bloch, tolérait cette pratique.

— Je ne sais trop qui est Dugald, dis-je enfin.

Je n'avais jamais parlé à Dugald de sa vie sexuelle et je me sentais mal à l'aise à l'idée de me livrer à des spéculations sur le sujet, même en compagnie d'une personne aussi intelligente et sympathique que l'était mon ancienne gouvernante.

— Il est seulement lui-même, George.

Miss Skerry sourit.

— D'accord. D'ailleurs, ses lettres sont de véritables bijoux.

Elle tricota quelques mailles avant de relever les yeux.

— Tu ne vas pas la lire ?

Je décachetai l'enveloppe, oblitérée en novembre.

Le courrier mettait une éternité à parvenir à Montréal : les lettres devaient d'abord franchir l'Atlantique infesté de sous-marins allemands, puis, à Halifax, être chargées à bord d'un train. La lettre débutait par « Ma bien-aimée », détail que je choisis de ne divulguer ni à Miss Skerry ni à ma sœur qui, assise tout près, tricotait sans interruption.

Dugald consacrait son premier paragraphe à la pluie. Apparemment, le soleil picard avait disparu. Les problèmes médicaux les plus urgents étaient désormais la fièvre rhumatismale et la pneumonie, maladies qui affligeaient les membres du personnel médical aux abois. Dugald lui-même souffrait d'asthme.

L'hôpital de campagne n'accueillait plus aucun soldat blessé, mais les membres du personnel avaient reçu comme consigne de ne pas bouger jusqu'à nouvel ordre, quelles que soient les conditions météorologiques.

Les tentes étaient en lambeaux. Elles avaient été fournies par l'Inde, pays dont les fabricants n'avaient aucune idée des rigueurs de certains automnes français. Dès les premières pluies, elles avaient commencé à se désintégrer. Les cordes en coton qui les retenaient s'étaient rétrécies et avaient arraché les pieux. La toile se déchirait. La vase suintait entre les planches, la pluie s'infiltrait, trempait les draps et les vêtements.

— On a fermé l'hôpital ! m'écriai-je en levant les yeux. Il a été jugé insalubre !

Dugald avait décidé de partir pour le front. La plupart des jeunes hommes, dont Revere Howlett, entendaient l'imiter. Jakob Hertzlich, plus âgé, avait opté pour l'Angleterre, où il essayait de trouver du travail comme infirmier. Personne, apparemment, n'envisageait la possibilité de rentrer.

— Ils gaspillent leur vie, dit George Skerry.

Je la fixai. Sa franchise était parfois irritante.

— C'est vrai, poursuivit-elle. Il est déplorable que certains pays obligent leurs hommes à se battre. Mais ces jeunes hommes-là courent à leur perte de leur propre gré.

— Si je pouvais, je ferais la même chose, répliquai-je.

George Skerry me dévisagea.

— Foutaise. Ne vois-tu pas la chance que nous avons ? Ne vois-tu pas que la guerre est l'une des rares circonstances où le fait d'être une femme est un privilège et non une malédiction ?

Ces paroles me firent réfléchir. Sur le plan professionnel, la guerre avait indiscutablement été avantageuse pour moi, mais elle avait pratiquement détruit ma vie personnelle. Hormis George Skerry, rares étaient les femmes en compagnie de qui je me plaisais. Je me sentais souvent seule. Dugald Rivers, le Dr Clarke et même le Dr Mastro me manquaient. Mes étudiants aussi. Et j'étais si désespérée – qui l'aurait cru ? – que j'aurais été heureuse de revoir Jakob Hertzlich.

— Regarde-nous, ajouta George. Nous nous chauffons les pieds devant le feu, tandis que nos jeunes gens meurent en sol étranger.

Laure leva les yeux de son ouvrage, les yeux vides. Je ne pus m'empêcher de sourire.

— Agnes, dit brusquement Miss Skerry. Pour la toute première fois de l'histoire, notre travail est prisé et recherché. Regarde-toi, ma chérie. Pense à tout ce que tu as accompli au cours de la dernière année. Sans la guerre, jamais Harvard ne t'aurait invitée.

Devant la mine que je faisais, elle marqua une pause.

— Pas faute de talent, tu le sais bien. Dans des circonstances normales, cependant, l'université aurait invité un homme. La guerre t'a ouvert des portes. Tu en as profité et tu t'en es tirée avec brio.

J'examinai les chaussettes qui reposaient sur les genoux de George. Elles étaient parfaites, sans une maille lâche ou déplacée. Un garçon que George Skerry n'avait jamais vu mourrait sans doute ces chaussettes-là aux pieds. Elle rembobina la laine qui restait dans l'écheveau et rangea le tout dans son panier. Appliqué à sa propre vie, son argument tombait à plat. Elle n'aurait pu prétendre que la guerre lui avait profité de quelque façon que ce soit. Les plus belles années de sa vie, elle les passait cloîtrée avec Laure à tricoter des chaussettes pour des cadavres.

Le soir, après que nous eûmes couché Laure, je l'arrêtai en posant la main sur son bras.

— Tu ne t'ennuies pas ici, au moins, George?

Nous étions sur le palier de l'étage, devant la chambre de Laure. George eut un mouvement de recul. Donner son bain à Laure ou la maîtriser était une chose, et cela faisait partie du travail; un geste d'intimité entre égales en était une autre.

— L'ennui, c'est pour les personnes ennuyeuses, s'empressa-t-elle de dire.

Je soupirai. Il lui arrivait encore de redevenir mon ancienne gouvernante, de recourir à des aphorismes pour se distancier. Pendant que nous descendions, je fis une dernière tentative.

— Tu ne rêves pas de quelque chose de plus?

Elle me dévisagea, les yeux grossis par les verres de ses lunettes. Son regard était si franc que je dus baisser le mien. Pour laisser à ma vieille amie le temps de se ressaisir, je me concentrai sur la descente. Dans le salon, le feu était réduit à l'état de braises couvertes de cendres. George Skerry s'agenouilla et, en soufflant, fit jaillir une flamme. De toute évidence, elle n'avait pas envie de parler. Je me dirigeai donc vers la bibliothèque. Depuis le retour de Miss Skerry, le nombre de livres avait augmenté. Mon ancienne gouvernante saisit son édition de l'œuvre de Virgile et s'assit sur le canapé. Elle défrichait le Livre IV, où il était question des passions débridées de la reine Didon.

Après une demi-heure environ, le feu avait une fois de plus faibli, et George se leva.

— Tu devrais savoir, Agnes, dit-elle, qu'on ne peut pas juger une vie du dehors.

Elle avait la voix tranchante.

— À ce jeu, on se trompe toujours.

Le visage de Miss Skerry, à moitié tourné, était coloré par le feu. Son expression était donc indéchiffrable.

— Ce n'était pas un reproche, dis-je. En fait, c'était plutôt le contraire.

Il y eut un long silence. George reprit la parole sur un ton plus doux.

— Je suis heureuse ici, Agnes. J'ai mes plaisirs.

Elle caressa la couverture usée du livre.

— Je suis parmi des gens dont je me sens très proche.

Sa voix trembla légèrement. La fatigue, peut-être, de la fumée dans sa gorge ou encore l'émotion.

23

Août 1917

La lumière de l'après-midi entrait à flots dans le bureau. Elle éclaira les papiers dispersés par terre autour de moi. Elle se déversa sur la table jonchée de bocaux, de reconstructions en cire, de radiographies et de tableaux. Elle colora la peau de mes mains, de mon cou et de mon front creusé par des heures de classification. Il faisait chaud. En équilibre sur mes talons, je me calai dans l'ombre.

Je me levai pour tirer le store et mes genoux faillirent céder. Il m'arrivait souvent d'oublier que je travaillais les jambes repliées sous moi. Elles me firent l'impression d'être mortes. Je posai mon postérieur sur le bord d'un tabouret de laboratoire et ouvris le col de ma blouse. La petite pièce, au dernier étage du nouveau pavillon de médecine, se trouvait juste en dessous du toit en cuivre. La chaleur y restait emprisonnée.

Personne d'autre ne s'entêtait à travailler pendant les mois de juillet et août. La plupart de mes collègues étaient outre-mer, mais même ceux qui étaient demeurés à Montréal fuyaient la ville pendant l'été. Le vieux et affreux Dr Daimler, qui remplaçait le Dr Clarke et agissait comme doyen par intérim de la Faculté de médecine, n'avait pas montré le bout de son nez en bec d'aigle de tout le mois de juillet. J'aurais dû m'en réjouir, mais les secrétaires étaient absentes, elles aussi, et je les regrettais. Pendant les pauses, j'aimais bien aller faire un brin de causette avec elles. Pour le moment, même le concierge, un dénommé Cook que nous surnommions tous « le Roi » en raison de ses grands airs, était en vacances. Tous rentreraient au travail dans une ou deux semaines, même si, au fond, rien ne pressait. Le contingent de recrues était minime. Si la guerre traînait en longueur, ce qui semblait tout à fait probable, la Faculté de médecine serait contrainte d'admettre des femmes. Les opinions de Miss Skerry n'étaient peut-être pas dénuées de tout fondement, en fin de compte.

Je me faisais un point d'honneur d'arriver à McGill à huit heures tous les matins et de travailler toute la journée. Cette activité structurait ma vie. Le travail ne manquait pas. Je venais tout juste de terminer un opuscule consacré à Florence Nightingale, morte depuis peu à l'âge de quatre-vingt-dix ans. Une maison d'édition londonienne avait manifesté de l'intérêt, surtout après que j'eus proposé que tous les profits soient versés à la Croix-Rouge. À la fin du mois, je prononcerais une conférence devant l'Académie de médecine de New York. Aux États-Unis, j'étais en quelque sorte devenue une vedette. Je me doutais bien que ma renommée s'était surtout construite par défaut. Il restait peu de scientifiques en sol canadien, et j'étais l'une des rares personnes à continuer de faire des recherches originales.

La conférence que j'entendais prononcer, aboutissement de longues années de recherches, était ambitieuse. J'avais réuni les spécimens dont je me servais pour mes cours et mes publications. La lecture conventionnelle de rapports poussiéreux ne m'intéressait plus. Je voulais secouer les membres de l'auditoire, les obliger à se redresser.

J'avais mis au point une exposition itinérante sur le cœur, conçue pour interpeller les sens et non le seul esprit. J'avais assez de documentation pour occuper huit feuilles de carton-pâte, lesquelles couvriraient une surface de quatre pieds sur trente-deux. Les déplacements seraient malaisés, mais, une fois tout en place, l'effet serait spectaculaire.

Mes trésors s'étalaient à mes pieds : une collection de croquis de Jakob Hertzlich illustrant des anomalies cardiaques, quarante-deux photographies de spécimens, vingt-quatre radiographies, un certain nombre de calques, dix-sept tableaux et deux fois plus de diagrammes. Sur la table se trouvaient cinquante spécimens en suspension dans leurs bocaux, lesquels représentaient les anomalies et les déficiences les plus communes, de même qu'une poignée de cœurs de reptiles et de poissons illustrant le cours évolutionnaire et ontologique du développement. En l'absence de spécimens, j'avais fabriqué des modèles en cire.

Contre mon bureau se trouvait un tableau statistique présentant les caractéristiques particulières d'un millier de cas de cardiopathies et de nécropsies. Ces données, publiées à l'origine dans le manuel de Howlett, avaient fait ma renommée. J'avais l'intention d'aller plus loin. J'étais plus qu'une chercheuse (le « laquais de Howlett », avait un jour dit Jakob Hertzlich) se contentant de compiler dans l'ombre les données recueillies par le grand homme. Désormais, je pouvais faire les choses en mon nom propre, à ma manière plus flamboyante.

Parmi les feuilles disséminées sur le sol figurait un prospectus annonçant ma conférence. *La spécialiste du cœur*, lisait-on. Suivaient mon nom et la liste de mes diplômes. L'annonce paraîtrait dans les grands journaux américains de la côte Est. Des milliers de personnes la verraient, y compris, peut-être, mon père disparu. Évidemment, je portais un autre nom, mais il reconnaîtrait sûrement le nom de jeune fille de sa femme et le prénom qu'il avait lui-même choisi. Je n'avais aucune idée de l'endroit où il vivait. Je m'étais renseignée auprès des écoles de médecine du Canada et des principaux établissements des États-Unis, mais en vain. Peut-être s'était-il établi dans une petite ville de la Nouvelle-Angleterre, où de nombreux Canadiens français avaient immigré. J'étais sûre qu'il pratiquait toujours. La médecine avait été toute sa vie.

Chaque fois que je publiais un article ou que mon nom était imprimé quelque part, comme sur le prospectus, j'éprouvais un élan d'espoir. Honoré Bourret le verrait peut-être. C'était le rêve de ma vie.

Sur la table, à côté de moi, reposait une collection d'études de cas, tapées et classées avec soin. Je prendrais les membres de l'auditoire par la main et je les ferais passer par toutes les étapes qui président à l'établissement d'un diagnostic. Le moment venu d'interpréter les frémissements et les souffles au cœur, un grand nombre de médecins faisaient preuve d'une ignorance renversante. Pendant mes années d'observation et de pratique clinique, j'en étais venue à la conclusion que la compréhension du cœur passait par les sons qu'il produit. Un jour, on mettrait sans doute au point des outils diagnostiques plus perfectionnés, mais, pour le moment, la meilleure solution consistait pour moi à écouter. Évidemment, l'électrocardiographe progressait rapidement. L'Hôpital général de Montréal était équipé d'un tel appareil, mais, dans l'immédiat, aucun médecin ne savait s'en servir. L'oreille humaine restait l'instrument le plus fiable. Le cœur finissait toujours par révéler ses secrets à quiconque prenait le temps de l'écouter.

Ma première étude de cas avait trait à un garçon de six ans admis à l'hôpital parce qu'il avait une bosse dans le cou. En l'occurrence, la protubérance n'avait rien à voir avec le cœur de l'enfant – c'était un nodule tuberculeux –, mais, en posant mon oreille sur sa poitrine, j'avais tout de suite compris. Il n'y avait pas de signes extérieurs. Il n'avait ni les mains déformées ni la peau décolorée. Les champs pulmonaires étaient dégagés et la tension artérielle, normale. Mon stéthoscope, dès l'instant où il toucha sa peau, rendit toutefois le terrible verdict. Le souffle discordant résonnait contre les côtes étroites du garçon ; il se répercutait sur le péricarde et les omoplates. Au moment de sa mort, deux ans plus tard, mon diagnostic fut confirmé. Le trou dans son septum ventriculaire était de la taille d'une pièce de cinq cents.

La deuxième histoire de cas concernait une fille de quatorze ans dont les parents étaient venus me consulter. Elle avait des difformités congénitales visibles : une épine dorsale gauchie et un pied bot. Au début, elle s'était développée normalement, mais, peu avant de me consulter, ses parents avaient remarqué que ses lèvres bleuissaient lorsqu'elle courait ou marchait vite. C'était une enfant de petite taille, trop petite pour son âge, en fait, et toujours prépubère. Je n'avais observé ni cyanose généralisée, ni déformation des doigts ou difficultés respiratoires. Au milieu de sa poitrine, j'avais toutefois entendu le cliquetis et posé un diagnostic immédiat.

À l'hôpital, les infirmières me traitaient de « sorcière ». On savait peu de choses sur le cœur et mes diagnostics leur semblaient relever de la sorcellerie. Je me contentais pourtant de regarder et d'écouter. Ce que les autres considéraient comme de la magie n'était en réalité qu'un usage attentif et exercé de ma vue et de mon ouïe.

Une fois le diagnostic posé, j'étais, bien sûr, impuissante. Telle était la dure réalité des anomalies cardiaques : il n'y avait pas de cure. Mes patients étaient condamnés à mourir jeunes et à beaucoup souffrir. Le garçon au septum ventriculaire anormal était mort à huit ans. Son cœur se trouvait à présent dans un bocal. Tôt ou tard, je prélèverais le cœur de la petite fille, à condition que ses parents y consentent.

Je levai brièvement les yeux de mes notes. J'étais entourée de cœurs sectionnés et préservés dans le formol. Des cœurs troués. Des cœurs aux parois épaissies ou aux valves à l'étanchéité défectueuse. Des cœurs aux aortes rétrécies ou transposées. Je fermai les yeux.

En les rouvrant, je trouvai la secrétaire du doyen dans l'embrasure de la porte. Au cours des dernières années, j'en étais venue à mieux connaître Mrs Greaves. Son mari était mort des années plus tôt ; leur fils unique, un rouquin prénommé Alexander, était alors encore bébé. À présent, Alexander faisait la guerre en Flandre. En avril, il avait participé à la victoire de la crête de Vimy. Plus récemment, il s'était battu à Messines. Il était encore en vie. Hormis Alexander, Mrs Greaves n'avait qu'une sœur, mais elle était religieuse. Elle était seule, comme moi. Et comme moi, en cet été caniculaire, elle était venue travailler tous les jours. À ma connaissance, elle n'avait jamais pris une seule journée de congé de maladie. Chaque fois qu'elle recevait une lettre de son fils, elle montait au musée pour me faire part des nouvelles. Alexander était loin d'écrire aussi bien que Dugald Rivers, mais je me réjouissais de l'arrivée de ses lettres et, au-dessus d'une tasse de thé, j'encourageais sa mère à me lire les quatre ou cinq lignes qu'il avait griffonnées.

Ce jour-là, Mrs Greaves portait une robe bleue semblable à un sarrau. Elle avait le visage bouffi.

— Le facteur est passé, annonça-t-elle en brandissant une lettre.

Je reconnus des timbres étrangers et l'écriture tout en boucles de Dugald.

— Et vous, vous en avez reçu une? demandai-je en prenant ma lettre.

Mrs Greaves secoua la tête.

Jusque-là, je n'avais pas lu les lettres de Dugald à Mrs Greaves, mais la femme qui se tenait dans la porte avait l'air si triste et si délaissée que je me décidai à le faire. Je vérifiai le cachet de la poste. Le 3 juillet. La lettre avait mis plus d'un mois à parvenir jusqu'à moi.

— C'est terrible, l'attente, dit Mrs Greaves quand je lui fis voir la lettre de Dugald. Et même le fait de recevoir une lettre ne veut pas nécessairement dire que celui qui l'a écrite est encore en vie.

Je hochai la tête. C'était une question à laquelle je préférais ne pas réfléchir.

— Le fils de ma voisine était à Ypres. Pour la deuxième bataille, poursuivit Mrs Greaves. L'Armée lui a fait parvenir un télégramme pour l'informer de la mort de son enfant. Deux semaines plus tard, elle a reçu de lui une lettre dans laquelle il se disait en pleine forme. Assez pour vous faire mourir.

Je mis la main sur l'épaule de Mrs Greaves. Avant la guerre, jamais je n'aurais invité cette femme à prendre le thé, sans parler de la toucher. À présent, elle était une amie.

— Voyons ce que fabrique ce bon vieux Dr Rivers, dis-je.

Pour distraire mon invitée, je dépliai les feuilles de papier pelure. La lettre était longue, écrite d'une main dont les pics contrastaient avec le script généralement fluide de Dugald. Pour l'heure, disait-il, il se trouvait dans un hôpital de Londres, où, parole d'honneur, il dormait sur un vrai matelas, entre de vrais draps de coton, prenait son bain dans de l'eau chaude et propre et mangeait autre chose que du corned-beef et des gâteaux secs infestés de vers. C'étaient les bonnes nouvelles.

Mrs Greaves ouvrit la bouche toute grande.

— Ne me dites pas qu'il a été touché !

Il était indemne, disait-il, mais à peine. Ses poumons étaient fichus. Le gaz que les membres de sa batterie avaient respiré à Passchendaele et les pluies interminables avaient failli l'achever. Il avait fait des crises d'asthme d'une telle violence que personne n'avait cru à ses chances de survie.

Ma poitrine se serra. Depuis plus d'un an, Rivers m'avait fait le récit d'horreurs telles que je ne nourrissais plus aucune illusion sur la justification de la guerre. Les mitrailleuses allemandes fauchaient les jeunes des nations alliées, un bataillon après l'autre. Les Canadiens ne disposaient que de fusils de piètre qualité qui, par-dessus le marché, avaient la fâcheuse habitude de s'enrayer par temps humide. Nos jeunes hommes mouraient par rangées entières, au moment où ils armaient ou rechargeaient. Dans une lettre inoubliable, Dugald avait décrit le gaz utilisé par l'Armée allemande. Il formait une sorte de nuage jaune qui planait au-dessus des tranchées et déchiquetait les poumons des soldats. Il les aveuglait aussi, mais il visait d'abord et avant tout les poumons, qu'il remplissait de pus. Les soldats gazés connaissaient une fin atroce, noyés dans leurs propres sécrétions. Malgré ses nombreuses années de pratique, Dugald disait n'avoir jamais rien vu d'aussi horrible.

Peu de lettres de cette nature parvenaient au Canada. Correspondant d'une franchise peu commune, Dugald avait l'art de remarquer les détails. Bien que profondément patriote et pétri de culture militaire, il était d'abord et avant tout un humaniste, et les souffrances des hommes qui se battaient sur le front ouest le consternaient. Pendant les quatre années de la guerre des Boers, m'écrivit-il, exactement deux cent vingt-quatre Canadiens avaient perdu la vie. Le carnage dont il était témoin était d'une tout autre ampleur. S'ils s'étaient doutés du contenu de ses lettres, ses supérieurs les auraient sans nul doute censurées. Heureusement pour moi, Dugald était assez malin pour ne pas éveiller les soupçons. De l'extérieur, il semblait aussi calmement stoïque que ses camarades.

Il avait lui-même respiré du gaz. Ses poumons étaient déjà en mauvais état ; à présent, ils fonctionnaient à peine. Il arrivait à tenir une plume, ce qui était encourageant, mais j'espérais qu'il ne m'écrivait pas de son lit de mort.

— « Passchendaele, lus-je à l'intention de Mrs Greaves, a été la reprise de la Somme. Sous la pluie incessante, les champs s'étaient transformés en marécages. C'était comme si, en plus du moral des hommes, le sol lui-même était mort. Tout était rasé : plus d'arbres, plus d'herbe, plus rien de vert. Que de la boue trouée par des obus, sillonnée pour les tranchées et non pour les récoltes. »

— C'est un poète, cet homme-là, dit Mrs Greaves en se tamponnant les yeux. Je ne l'aurais jamais cru capable de si bien écrire.

Elle déplia son mouchoir et se moucha.

Pendant la description d'hommes qui pourrissaient là où ils étaient tombés, à la merci des balles et des obus allemands, Mrs Greaves s'immobilisa.

— «À la longue, leurs chairs se détachent, lus-je à voix haute. Ils sont debout ou assis dans les tranchées, au milieu des épaves : casques d'acier, fusils, coquilles de bombes.»

Mrs Greaves agita vivement la main.

— Assez, docteur White, je vous en supplie, assez. C'est trop affreux.

Nous finîmes notre thé en silence. Mrs Greaves affichait une mine crispée, tendue, dont je me sentais responsable. Dès qu'elle eut vidé sa tasse, elle se leva.

— Mon Alex n'est pas très doué pour écrire, dit-elle à brûle-pourpoint. C'est peut-être mieux, au fond.

Je détournai les yeux. La lettre de Dugald n'avait rien fait pour rasséréner la pauvre Mrs Greaves. Dans certains cas, la connaissance est un fardeau lourd à porter. Mais comment les parents pouvaient-ils soutenir leurs fils sans avoir au moins une vague idée des épreuves qu'ils enduraient ? Les garçons qui se battaient de l'autre côté de l'océan ne pouvaient pas se boucher les yeux et les oreilles. Au nom de quoi aurions-nous dû pouvoir nous offrir ce luxe ?

Je me sentais privilégiée. Grâce aux lettres de Dugald, j'avais compris et vécu la guerre en imagination. Sans ses talents de conteur, je n'y serais jamais parvenue. Les femmes n'avaient pas toutes autant de chance. Cela dit, après avoir vu Mrs Greaves s'esquiver précipitamment, je songeai qu'elles n'y verraient pas toutes de la chance.

Je repris la lettre de Dugald là où je l'avais laissée.

Howlett avait pris le train de Londres pour venir le voir. Le vieil homme avait tenté d'arborer une façade gaie, mais il avait mauvaise mine. *Maigre comme un clou, le teint gris*, écrivait

Dugald. Une bronchite l'avait accablé pendant tout l'hiver. Dugald lui avait toutefois rendu un service précieux. Quelques semaines auparavant, il avait vu Revere, qui se portait comme un charme. *Quel solide gaillard il est devenu*, écrivait Dugald. *Après avoir passé l'hiver et le printemps en plein air, il est hâlé comme un Indien. Il arbore des moustaches comme celles de son père, en moins tombantes. Pendant ma description, Howlett a pleuré.*

Les dernières lignes de la lettre étaient beaucoup plus sombres. *Nous avons tous été frappés, Agnes*, concluait-il de sa curieuse nouvelle écriture heurtée. *Nous sommes tous des victimes, que nous soyons sur le champ de bataille ou en sécurité en Angleterre. Le pauvre Howlett n'est plus que l'ombre de lui-même. Je doute que Revere rentre indemne et je me demande si le vieil homme survivrait à un tel malheur.*

Personne ne peut me forcer à retraverser la Manche, à moins que je n'en décide autrement. Mes poumons m'offrent une porte de sortie. Mais que reste-t-il de moi, Agnes? La France et la Flandre pèsent si lourdement sur moi… Je me sens un peu comme le vieux marin de Coleridge, étouffé par les horreurs.

Après avoir lu la dernière ligne, je ne regrettai plus de ne pas être un homme. Ce fut pour moi le principal effet de la guerre. À compter de cet instant et jusqu'à ma mort, je remercierais chaque jour le ciel de la chance que j'avais eue de naître femme.

24

Avril 1918

Dans l'impitoyable lumière d'avril, le crâne semblait sourire. Assise à mon bureau, je tentais d'imaginer son visage humain avec des lèvres sur les dents inégales et des yeux dans les orbites. L'ossature du crâne était si délicate que je craignais qu'elle n'éclate. À quoi le garçon ressemblait-il ? Beau, peut-être, quoique petit. Un pied encore dans l'enfance. Ce n'était pas le seul crâne de la collection du musée de la Médecine de l'Armée canadienne, dont j'étais à présent la conservatrice officielle, mais c'était l'un des plus bouleversants. À en juger par les perforations, la mort avait été immédiate. La balle était entrée par la tempe gauche, avait traversé les deux hémisphères cérébraux et était proprement ressortie du côté droit. Je caressai le crâne lisse ; ma vision s'embrouilla.

Je ramollissais avec l'âge. Pendant vingt-cinq ans, j'avais refusé le sentimentalisme, et voilà que je pleurais sur mes propres spécimens. Mais il aurait fallu avoir un cœur de pierre pour ne pas se laisser émouvoir par cette nouvelle collection, surtout par un crâne d'homme si jeune. Il aurait pu être celui de Revere

Howlett, sauf que, à ma connaissance, il se battait toujours. Il aurait pu être celui du fils de Mrs Greaves, mort l'été précédent, l'abdomen et la tête semés d'éclats d'obus. Alexander Greaves avait dix-neuf ans lorsque sa vie avait pris fin. Peu importe à qui était ce crâne, me dis-je en suivant de la main le contour de l'os, il était jeune. Gelé, trempé, seul, il avait passé ses dernières journées dans les tranchées.

Le soleil d'avril, qui embrasait le musée pendant presque tout l'après-midi, se glissa soudain derrière les nuages. Je me levai et corrigeai l'alignement de mon sarrau froissé. Le crâne irait sur la tablette réservée aux crânes et ma journée se poursuivrait. J'étais épuisée. Comme d'habitude, il y avait trop à faire. En décembre, on m'avait proposé de cataloguer et de monter la collection de l'Armée, et j'avais accepté. C'était un honneur pour moi et pour McGill, et le gouvernement payait mieux que l'université, même si on comptait le cours de pathologie que je donnais désormais. La charge de travail était colossale. Peu de spécimens de l'Armée avaient été étiquetés et beaucoup avaient été mal entreposés. J'avais dû en jeter plusieurs et remonter les autres. C'était une besogne fastidieuse, qui avait un effet néfaste sur mon dos et mes yeux. Le représentant de l'Armée était serviable, mais seulement jusqu'à un certain point. Stationné à Ottawa, il ne venait à Montréal que deux fois par mois.

Si j'avais accepté le poste, c'était en partie parce qu'on m'avait promis un technicien, mais j'attendais toujours. Je me remémorais mes premiers jours à McGill, l'époque où le musée n'était encore qu'un amas chaotique d'os et de bocaux. J'avais perdu courage, mais Howlett m'avait encouragée. Désormais, je n'avais plus personne pour me guider.

— «Hélas! pauvre Yorick!»

Je me retournai vivement, le crâne toujours à la main. Un homme vêtu d'un long manteau à la mode s'encadrait dans la porte. Ses yeux, si noirs que je ne voyais pas où finissaient les iris et où commençaient les pupilles, étaient plissés. Des poils noirs recouvraient ses joues, tandis que ses cheveux étaient coupés ras. Il retira son chapeau et je le reconnus à ses oreilles, qui étaient rouges et avaient l'air gelées.

Pendant quelques secondes, je fus bouche bée.

— Je ne peux prétendre l'avoir connu, Jakob, dis-je en soulevant le crâne et en tournant les orbites vides vers lui, mais, à voir son sourire, je dirais que c'était un homme d'une verve infinie, d'une fantaisie exquise.

Jakob Hertzlich rit.

C'est du moins ainsi que j'interprétai le grognement qu'il avait produit. La bouche de mon ancien adjoint esquissa un sourire peu convaincant. Je n'en croyais pas mes yeux. Il était le premier à rentrer. J'étais si impatiente d'avoir des nouvelles d'outre-Atlantique que Jakob Hertzlich, en dépit d'une personnalité complexe et ombrageuse, était le bienvenu dans mon bureau. Il avait changé en mieux. Il était plus pâle qu'avant, mais plus fort. Sa barbe agrandissait ses yeux. Il donnait en fait l'impression d'avoir rajeuni. J'avais quarante-neuf ans ; il en avait donc quarante et un.

Il traversa la pièce, posa son chapeau sur un tabouret et, à mon grand étonnement, me prit dans ses bras. Je sentis son corps, solide sous le manteau. Ma main libre se referma sur lui, remonta de son dos à ses omoplates, suivit la courbe légère de ses vertèbres thoraciques. Jakob Hertzlich est rentré à la maison, songeai-je en le serrant contre moi. Il resta parfaitement immobile, les yeux fermés et ses hanches si près des miennes que le crâne du garçon inconnu, que je tenais dans mon autre main, pesait contre nos ventres.

— Laissez-moi vous regarder ! m'écriai-je.

Prétexte pour me détacher de lui que je regrettai aussitôt. Il me regarderait, lui aussi, et l'idée de ce qu'il verrait était loin de m'enchanter. Mes cheveux avaient considérablement grisonné. Le mois précédent, j'avais célébré mon quarante-neuvième anniversaire, mais, au contraire de Jakob, j'avais perdu du poids. Sans thé à préparer pour des amis ou des étudiants et sans pâtisseries à grignoter pendant les collations de l'après-midi, la nourriture avait pour moi perdu une bonne partie de son attrait. Il m'arrivait rarement de préparer un repas. Je préférais manger un sandwich sur le pouce et, dans ma cuisine, le soir, avaler sans façon un bout de fromage ou de saucisson. Je dois avoir l'air d'une grand-mère, me dis-je avec inquiétude. Après un hiver passé à travailler entre quatre murs, j'avais le teint cireux. Heureusement que je portais un sarrau : la robe que j'avais enfilée ce matin-là m'allait comme un sac.

— Vous avez l'air bien, dit-il après un examen sommaire. Un peu amaigrie, peut-être, mais bien.

À mon grand étonnement, je n'avais détecté aucune trace d'ironie dans ses propos. Son visage respirait l'admiration, à la manière de celui d'un enfant. Et je n'avais relevé aucune trace d'accent. Au retour de la guerre, certains hommes conservaient un peu de l'Angleterre dans leurs intonations, mais Jakob Hertzlich s'exprimait exactement comme avant.

— La minceur vous va bien, docteur White.

Je souris, même si je savais qu'il mentait.

Qui avait commencé ? Impossible à dire. J'étais gênée de pleurer et, dans la confusion et l'aveuglement des larmes, je ne voyais pas grand-chose. Je savais que j'avais l'air ridicule quand je pleurais. Mes yeux enflaient, mon nez coulait, mon visage se couvrait de taches, devenait affreux. J'étais si consciente de moi-même que je mis un certain temps à comprendre que Jakob Hertzlich pleurait, lui aussi. Sans bruit, ce que je trouvai à la fois étrange et touchant.

Après, je préparai du thé. Pendant que les feuilles infusaient, il m'apprit qu'il avait refait sa vie en Angleterre. Pendant les deux dernières années de la guerre, il avait travaillé dans un hôpital militaire de Colchester. Un des médecins avait remarqué ses dons artistiques et l'avait présenté à un éditeur de textes médicaux. Les choses s'étaient enchaînées et il avait fini par quitter son emploi d'infirmier pour devenir illustrateur anatomique.

— Ne me dites pas que nous vous avons perdu, dis-je en disposant les tasses et les soucoupes.

L'idée de savoir qu'il quitterait Montréal au profit de l'Angleterre m'affligeait. C'était une réaction absurde, bien sûr, puisque nous nous étions à peine adressé la parole au cours des dix années ayant précédé son départ, mais il était le premier à rentrer, le premier morceau de mon ancienne vie à reprendre sa place.

Il me regarda à travers la vapeur qui montait de la tasse que je venais de lui tendre.

— J'ai encore des liens avec le Canada, dit-il. Mon père est malade. C'est pour lui que j'ai fait la traversée.

— Je suis désolée.

— Moi aussi, dit-il. Malade, il est encore pire que bien portant.

Il me dévisagea d'un drôle d'air.

— Franchement, docteur White, rien ne vous oblige à être si polie. Mon établissement en Angleterre n'a rien d'une grande perte.

Je fis un effort pour voir les choses selon son point de vue. En répondant avec honnêteté, je me serais montrée égoïste.

— Peut-être pas, dis-je prudemment.

Il avait toujours rêvé d'être illustrateur. Colchester avait tout l'air d'une occasion en or, même si c'était à un océan de Montréal.

Son expression se transforma. Je l'avais insulté. J'avais tenté de me montrer compréhensive, mais, comme souvent avec Jakob, j'avais échoué.

Nous sirotâmes notre thé sans rien dire. Je rompis le silence pour m'excuser de n'avoir rien d'autre à lui offrir. Je lui expliquai que j'avais perdu l'habitude des visiteurs. Lorsque McGill s'était vidée, je n'avais plus eu de raisons de garnir mes armoires.

Il haussa les épaules, déclara que c'était sans importance.

— Vous êtes au courant de ce qui est arrivé à Revere Howlett.

Était-ce une question ou une affirmation ?

Je secouai la tête.

— Howlett ne vous a pas écrit ?

Je secouai de nouveau la tête en rougissant légèrement. Depuis deux ans, mes lettres à Howlett étaient restées sans réponse. Pour des raisons que je ne m'expliquais pas, je semblais être tombée en défaveur auprès du grand homme. J'essayais de ne pas m'appesantir sur ce fait et, la plupart du temps, j'y réussissais.

— Il est mort, dit-il simplement. Près d'Ypres. Sa batterie s'avançait vers une crête et il a été atteint par des éclats d'obus.

Je posai ma tasse.

— Il a pris du shrapnel dans la poitrine, mais il n'est pas mort sur le coup. On l'a transporté dans un hôpital de campagne.

Je lui fis signe de s'arrêter.

— Je vous en prie, Jakob.

Revere Howlett, le garçon avec qui j'avais joué aux cow-boys et aux Indiens, était mort. Je n'arrivais pas à me faire à l'idée.

Jakob me fixait.

— Pauvre Howlett.

En prononçant son nom, je me mis à pleurer.

Les yeux de Jakob Hertzlich étaient durs. Peut-être avait-il honte de ses épanchements initiaux et sentait-il l'obligation de les compenser. Peut-être aussi m'en voulait-il de ma mollesse. Je fis un effort timide pour essuyer mon visage et demander d'autres nouvelles.

Aux pieds de Jakob était posée une sacoche.

— Avant de prendre le bateau jusqu'ici, je me suis rendu chez les Howlett à Oxford, dit-il en sortant un carnet. Je voulais leur donner ceci.

Le papier était de bonne qualité, mais les croquis d'une facture mal assurée qui me surprit. Les premiers représentaient des mains. L'une tenait une fourchette, l'autre une plume. Suivait une série de natures mortes inspirées de la vie dans un baraquement militaire : une gamelle sur une table, une paire de bottes séchant au soleil. Puis ce fut au tour des portraits : des visages de garçons en train de lire ou de faire la sieste. Parfois, on voyait aussi leur torse, hachuré dans les zones d'ombre. On aurait pu croire au portfolio d'un artiste débutant.

Entre les dernières pages, je découvris deux dessins d'une qualité toute différente. À ses cheveux sombres et à ses yeux secrets, le garçon était immédiatement reconnaissable. Le trait était assuré, magistral.

— À Dannes-Camiers, j'enseignais le dessin à Revere, expliqua Jakob.

Nous baissâmes les yeux sur lui. Dans l'un des croquis, il se tenait debout, en uniforme, les yeux voilés par une casquette militaire trop grande pour lui. Dans l'autre, il était au bord d'une rivière, à moitié nu. Le premier été, à Dannes-Camiers… Dire que je les avais enviés…

— Les portraits sont de vous ? Ils sont magnifiques, Jakob. Vous avez saisi son essence.

Jakob triturait les dessins du bout des doigts. Ils n'étaient plus jaunis, observai-je, et lui-même n'empestait plus le tabac.

— À la fin, il se tirait plutôt bien d'affaire, dit-il.

— Howlett n'a pas voulu des dessins ? dis-je en tapotant le carnet.

Difficile d'imaginer qu'un père puisse refuser pareil trésor.

— Juste avant le départ de mon bateau, je me suis rendu à Oxford, mais je ne l'ai pas vu. Sa femme… est tout un personnage. Elle a refusé de me parler.

— Kitty? fis-je. Elle n'est pas si terrible, quand on la connaît.

— Un vrai chien de garde. Il paraît que le vieux n'en a plus pour longtemps.

Sur mon visage, le sourire se figea. Quelques mois plus tôt, j'avais entendu dire qu'il était malade, mais je m'étais rassurée en me disant qu'il souffrait d'une grippe hivernale. J'avais goûté à l'hiver anglais. Même que j'y avais attrapé la grippe, moi aussi. Mais l'hiver d'Oxford, exacerbé par la nouvelle de la mort de Revere, avait sans doute vaincu les dernières résistances de Howlett.

Jakob m'observait en souriant presque cruellement.

— C'est dans l'air du temps, Agnes, dit-il.

J'ôtai mes lunettes pour les nettoyer, mais aussi pour brouiller son visage.

— Je vous en prie, Jakob.

— Howlett n'est pas le premier homme à perdre un fils et il ne sera pas le dernier. C'est le monde occidental au grand complet qui est en deuil, Agnes. Comme dans le dernier acte de *Hamlet*, dit-il en désignant le spécimen d'un geste du menton. Partout des cadavres.

— Pour l'amour du ciel, Jakob…

Il ne dit plus rien. Il se leva et, en faisant passer son poids d'une botte sur l'autre, se dressa au-dessus de moi. L'affreux sourire qu'il affichait pour dissimuler ses sentiments avait disparu.

— Vous ne saviez pas que Howlett était malade ? demanda-t-il. Vous ne vous écrivez pas ?

Jakob avait les yeux étincelants.

— Vous êtes encore éprise de lui.

Il posait sur moi un regard dur.

— Après toutes ces années, vous êtes encore éprise de lui.

Il fit mine de s'en aller, mais je le retins, lui demandai de ne pas partir si vite après une si longue absence. Son visage arborait une expression dangereuse et ses lèvres demeuraient hermétiquement fermées, mais il resta. Je lui parlai de la vie que je menais à Montréal depuis le printemps 1915. Je lui parlai des rues et du campus déserts. Je lui parlai des chaussettes que j'avais tricotées, des conférences que j'avais prononcées à Boston et à New York. Je lui parlai de Dugald Rivers, dont les lettres avaient été le seul lien régulier que j'entretenais avec mes amis et mes collègues outre-Atlantique.

À la fin, Jakob, qui s'était détendu un peu, m'apprit qu'il avait récemment vu Dugald. Il se trouvait à Londres et ne se portait pas très bien. De cela, j'étais au courant, car Dugald m'écrivait presque toutes les semaines, habitude qu'il avait prise dès le début de la guerre, à l'époque où ses camarades et lui étaient cantonnés à Dannes-Camiers.

— Je vous ai enviés à l'époque où vous étiez en Picardie, avouai-je.

Je lui parlai du vélo qu'il avait acheté.

Jakob rit. De bon cœur, cette fois.

— C'était le bon temps, dit-il. Revere m'emmenait faire des balades. Je n'avais jamais fait ça de ma vie, vous savez. Enfant, je n'avais pas appris à aller à vélo. Nous roulions dans la campagne. C'était un bon garçon. Meilleur que son père, ajouta-t-il inutilement. Le vieux est venu nous rendre visite à Dannes-Camiers, vous savez. Rivers vous l'a dit ?

Je hochai la tête. C'était en septembre 1915, à l'époque où les civils pouvaient encore traverser la Manche.

— On aurait dit une visite royale. Ses manières ne m'ont pas plu, mais tout le monde a semblé se rallier derrière lui, poursuivit Jakob. Le matin, il faisait des visites, et la bande de McGill le suivait, buvait ses moindres paroles. Vous vous doutez bien que Rivers était le premier de la meute. Il ne s'aperçoit même pas qu'il s'abaisse. De toute façon, Howlett ne remarque rien, pourvu qu'il ait droit à sa dose quotidienne d'adoration.

Je ne dis rien. Comme Jakob était d'humeur volatile et que je tenais à en entendre davantage, je ne pouvais pas me permettre d'intervenir. Parce qu'il était devenu l'ami de Revere, Jakob avait été invité à accompagner le père et le fils dans leur tournée des premières lignes. Au début, il avait refusé. L'entreprise lui semblait trop dangereuse. Les villes proches du front essuyaient des tirs d'artillerie. À quoi bon chercher les ennuis au milieu d'une guerre ? William Howlett lui expliqua qu'ils se déplaceraient en toute sécurité. Il avait obtenu une voiture de la Croix-Rouge, que les Allemands laisseraient tranquille, et ils n'emprunteraient que des routes secondaires.

Jakob fut donc du voyage. C'était l'époque des moissons. Dans les champs du côté belge de la frontière, des paysans travaillaient en grand nombre entre les tranchées. Le paysage était également parsemé de tombes : des rangées de croix alignées dans des cimetières de campagne, témoignage des jeunes hommes tombés au combat. Le soir, ils retraversèrent en France pour dormir, ce que Jakob eut du mal à comprendre, puisqu'il s'agissait d'un détour. Mais Howlett avait ses raisons. L'auberge où ils s'arrêtèrent dans la petite ville de Montreuil était celle où Laurence Sterne avait passé la première nuit de son *Voyage sentimental*. Le lendemain matin, ils poursuivirent ce qui, comprit Jakob, constituait un voyage sentimental pour Howlett et mirent le cap sur Calais, au nord.

— Et là, docteur White, l'expédition a pris un tour sentimental non seulement pour William Howlett, mais aussi pour vous.

Howlett connaissait quelqu'un à Calais, un homme dont il avait été l'ami des années auparavant, à l'époque de ses études. Pour le voir, le groupe se rendit dans une auberge située près des remparts de la ville.

— Le monde est petit, docteur White, dit Jakob. Avez-vous une idée de qui il s'agissait?

Il s'interrompit un moment, mais je ne voyais pas.

— Honoré Bourret.

Mon père, à Calais. L'improbable porteur de cette nouvelle, que j'attendais depuis toujours, était Jakob Hertzlich.

— Je lui ai parlé de vous, dit Jakob, du cœur que vous aviez trouvé et aussi de votre article, celui dans lequel vous lui attribuez la découverte du cœur.

Une fois remise du choc initial, je me rendis compte que quelque chose clochait dans le récit de Jakob. William Howlett savait où vivait mon père. À l'automne 1915, il avait rencontré Honoré Bourret et ne m'avait pas écrit pour me prévenir. Il y avait forcément une explication.

— Vous êtes sûr qu'il s'agissait du même Honoré Bourret ?

Jakob eut un sourire désagréable.

— Combien peut-il y en avoir ? Surtout des médecins du nom d'Honoré Bourret ayant autrefois enseigné à Montréal ?

Je pris une profonde inspiration, résolue à ne pas me trahir.

— Vous a-t-il confirmé son identité, Jakob ? Se souvenait-il du cœur ?

Après un moment de réflexion, Jakob secoua la tête.

— La rencontre a été bizarre. Il a évité la question du cœur. Il n'a pas admis franchement son identité. À l'époque, je me suis dit que c'était un effet de la modestie ou peut-être de la gêne, puis je me suis rappelé que vous aviez fait allusion à un scandale qui avait mis fin à sa carrière à Montréal. Howlett a senti le malaise de son ami et fait porter la conversation sur un autre sujet. Bourret avait été son mentor. J'étais certain qu'ils évoqueraient leurs gloires anciennes, mais pas du tout. C'était la première fois que je voyais Howlett désemparé. Si vous voulez mon avis, il était carrément paniqué.

L'irritation de Jakob avait cédé la place à la curiosité, mais j'avais presque oublié sa présence. Dans ma tête, je voguais déjà sur l'Atlantique dans l'intention de retrouver mon père ; mais, d'abord, je ferais un crochet par l'Angleterre, où je sommerais Sir William de s'expliquer. Ensuite, je traverserais la Manche.

— Il faut que je le voie, marmonnai-je, comme si Jakob n'était pas là.

— Bourret ? demanda-t-il en s'efforçant de croiser mon regard.

— Non, pas Bourret.

Mon ton trahissait l'impatience. L'histoire était si compliquée que je n'aurais pas su par quel bout commencer.

— Howlett?

Je hochai la tête. William Howlett, l'homme en qui j'avais
placé toute ma confiance, comme je l'aurais fait avec un père.

Les yeux de Jakob Hertzlich ne trahissaient aucune émotion.
Il se leva sans un mot et sortit avant que j'aie pu le retenir.

25

Novembre 1918

Pendant la nuit, le froid s'était abattu sur St. Andrews East, en même temps que la première fine couche de neige. Au prieuré, j'étais assise dans la berceuse de ma sœur à regarder la lumière rose du crépuscule inonder les champs nus à l'horizon. Pendant l'automne, j'avais réussi à ne pas voir les signes de la venue de l'hiver, du moins jusqu'en novembre. Puis je m'étais éveillée en sursaut. L'air était froid, à présent; quand j'inspirais, mes poumons se figeaient. J'avais oublié cette sensation, le choc pur et la contraction instinctive du corps. La maison se contractait, elle aussi. Le bois craquait, les tuyaux cognaient en signe de protestation.

Sur le lit, ma sœur avait repoussé les couvertures à coups de pied. Il faisait si froid dans ma chambre que j'avais enfilé deux paires de chaussettes avant de m'entortiller dans un duvet, mais Laure avait tellement chaud qu'elle en était toute rouge. Depuis une semaine, elle faisait de la fièvre. Au cours des deux derniers jours, elle était sans cesse passée du délire à l'inconscience. Sous l'effet de la déshydratation, ses lèvres étaient craquelées. Ses yeux, lorsqu'elle les ouvrait, avaient un éclat vitreux, effrayant.

Je me disais qu'au moins elle était encore en vie. D'autres avaient été fauchés si rapidement qu'ils n'avaient même pas eu le temps d'appeler le médecin. La maladie s'était répandue à une vitesse affolante. Quelques heures à peine après avoir éprouvé les premiers malaises, de nombreuses personnes perdaient l'usage de leurs jambes. Leur visage bleuissait. Elles saignaient du nez ou des oreilles, crachaient du sang comme si elles avaient la consomption. Ces horreurs avaient été épargnées à Laure. Chez elle, la maladie avait progressé plutôt lentement, et cette lenteur me donnait de l'espoir. Elle avait survécu à la grippe proprement dite et luttait à présent contre une pneumonie bactérienne secondaire.

On donnait à la maladie le nom de grippe espagnole, mais elle n'avait aucun rapport avec les grippes que je connaissais. Les symptômes me faisaient plutôt penser au choléra ou à la fièvre typhoïde, et le taux de mortalité semblait de dix à vingt pour cent supérieur à celui des souches habituelles de l'influenza. Mystérieusement, la maladie tendait à épargner les vieux et les très jeunes. Elle réservait ses attaques les plus virulentes aux hommes et aux femmes dans la force de l'âge.

L'horloge du couloir sonna cinq heures. Dans une heure, George Skerry prendrait la relève. Nous faisions des veilles de six heures. En ce moment, elle préparait le repas du soir. La maison était remplie de l'odeur des oignons qu'elle faisait revenir. Croyant fermement aux vertus curatives de la nourriture, elle ne cessait de me faire avaler des bouillons bien assaisonnés, lesquels, disait-elle, me protégeraient. Bien qu'elle soit restée au chevet de Laure pendant toute sa maladie, George se portait encore bien. Il y avait peut-être donc du vrai dans sa théorie.

Le plus étonnant, c'était que je sois moi-même en bonne santé. Un mois plus tôt, jour pour jour, le maire de Montréal avait déclaré l'état d'urgence. Pendant trente jours, donc, j'avais passé toutes mes journées et une bonne partie de mes nuits à m'occuper des malades. Comme la plupart des patients restaient chez eux en quarantaine, je faisais des visites à domicile, trimballais péniblement ma trousse noire dans les rues glacées et désertes. Je n'avais ni pilules ni remèdes miracles à proposer. J'expliquais les principes de l'hygiène et du lavage des mains aux mères, aux sœurs et aux tantes qui veillaient sur les malades et je distribuais des masques. Je conseillais aux gens de prendre de l'huile de foie de morue, d'éviter les foules, de bien nettoyer leur maison et de rester à l'intérieur. Je leur tenais la main. Je leur offrais des mots de consolation. Il n'y avait aucun moyen de prévenir la grippe espagnole, aucun moyen de la guérir.

Lorsque je partis pour St. Andrews East, Montréal était une ville fantôme. Les premiers cas étaient apparus fin septembre ; en octobre, la maladie était endémique. On ferma les écoles. Suivirent les théâtres, puis les églises. Les magasins étaient restés ouverts pendant un moment, mais comme les gens avaient commencé à constituer des réserves, les tablettes avaient bientôt été vidées. Tout foyer dans lequel se trouvait une victime de l'influenza devait poser un avis sur sa porte. Les contrevenants s'exposaient à des amendes. Bientôt, on vit des écriteaux partout.

De l'autre côté de l'Atlantique, la grippe espagnole tuait les soldats plus vite que ne l'avaient fait les fusils et les gaz allemands. À Londres, Dugald Rivers y avait succombé. Je reçus un télégramme du Dr Mastro, qui avait assisté aux funérailles. Je répondis au télégramme, mais ce fut tout. Je ne pleurai pas ; le temps me manquait. Dans les semaines qui suivirent, la mort de Dugald demeura abstraite. J'avais correspondu avec lui pendant trois ans. Le visage que je gardais en mémoire était celui d'un homme beaucoup plus jeune et plus innocent que celui de Dugald au moment de sa mort. Je me doutais bien que ce visage avait peu à voir avec les traits de mon ami pendant les derniers jours de sa vie.

Plus près d'ici, le Dr Clarke était à son tour tombé malade. Il avait bravé le front et était rentré indemne. De retour chez lui, il avait contracté la pneumonie. Sa femme avait téléphoné à McGill pour demander mon aide, mais j'étais déjà partie à St. Andrews East pour m'occuper de Laure. La veille, j'avais reçu un télégramme de Jakob Hertzlich : Clarke ne passerait pas la semaine. Si je souhaitais lui rendre un dernier hommage, je devais venir sans tarder. Comme j'étais absente, la femme de Clarke avait dû supplier Jakob de lui donner un coup de main. Je répondis que tout déplacement était exclu : ma propre sœur se mourait.

Comme si elle avait senti que j'avais de nouveau tourné mon attention vers elle, Laure ouvrit les yeux. Leur couleur, même dans la lumière déclinante, était bleu vif, comme ceux de Grand-mère, du bleu des myosotis que Laure et moi, petites, cueillions sur les berges de la rivière du Nord. Je prononçai son prénom et elle me regarda, puis ouvrit la bouche dans l'intention de me dire quelque chose. Je trempai un linge en coton dans l'eau pour humecter ses lèvres. Je l'aidai à se redresser et lui fis avaler un peu d'eau. Elle l'accepta bien et réussit enfin, avec mon aide, à en boire tout un verre.

À chaque gorgée, je reprenais courage. C'était un miracle, la récompense des jours que j'avais passés à son chevet, à veiller sur elle, à lutter contre mon désespoir grandissant. Ma sœur était incapable de parler. Ses poumons ne le lui permettaient pas, mais elle était lucide, remarquablement alerte. Le moment était venu. Il fallait que je me déleste du fardeau qui m'accablait.

Des années plus tôt, je m'étais attribué le rôle de protectrice de Laure et j'avais pris à ma charge la plupart des aspects de son existence. En raison de sa piètre santé mentale et de la docilité naturelle de son esprit, j'avais vite perdu l'habitude de la consulter. Comme Laure semblait incapable de discuter, de planifier ou de prendre des décisions de toute nature, je me sentais autorisée à agir à ma guise. Je discutais de ses besoins avec George Skerry ou je fonçais simplement en faisant ce que je jugeais dans son intérêt. Depuis des semaines, je possédais des informations d'une importance capitale pour ma sœur et moi. Quoi qu'il puisse en résulter, il était injuste de ne pas mettre ma sœur dans la confidence.

— J'ai trouvé Père, dis-je en m'agenouillant près du lit.

Le visage de Laure ne trahit aucune émotion. Ses yeux bleus fixaient les miens d'un air indifférent.

— Il vit en France.

Elle cligna des yeux, puis détourna la tête.

Lorsque Jakob Hertzlich m'avait appris la nouvelle, le monde avait cessé de tourner sur son axe. J'avais alors éprouvé une euphorie, un espoir que je n'avais réprimés qu'à grand-peine.

— Je vais aller le voir.

Ma sœur fut secouée par une violente quinte de toux et, sous la couverture, je la sentis se dégager de mon étreinte. J'essayai de l'asseoir, mais elle glissait chaque fois, à la façon d'une enfant à moitié endormie. Elle était consciente, mais ses yeux refusaient de s'ouvrir.

— Laure, murmurai-je en la serrant dans mes bras.

Elle était d'une inconcevable légèreté, ses os aussi immatériels que ceux d'un oiseau. Elle vécut pendant encore trois jours, mais elle ne rouvrit plus les yeux, ne fit plus aucun mouvement.

26

Le 7 novembre 1918

Le train de St. Andrews East à Montréal s'était arrêté dans une gare lorsque la nouvelle tomba. On l'attendait depuis des semaines, mais comme toutes sortes de rumeurs circulaient en temps de guerre, j'y avais peu prêté attention. La guerre était finie. Tandis que le train entrait en gare en haletant, les Alliés et les Allemands avaient déposé les armes. Dans les wagons, les passagers s'embrassaient, poussaient des hourras. C'était la liesse. Tant de bonnes nouvelles en un si court laps de temps... D'abord, la fin de l'épidémie, puis, deux jours plus tard, la fin de la guerre.

La gare Windsor était bondée. Je me retrouvai coincée entre un gros monsieur qui transportait un énorme porte-manteau et une femme soucieuse qui me marchait sur les talons. Après l'immobilité du prieuré, c'était accablant. Mes pieds me semblaient lents et lourds. Laure était morte. Nous l'avions enterrée la veille, en après-midi, dans le cimetière presbytérien, à côté de ma mère et de ma grand-mère. La neige avait fondu, mais le sol était si dur que le fossoyeur avait cassé son pic. À part le pasteur, seules deux personnes assistèrent aux funérailles : George Skerry et moi.

La foule s'avançait, m'entraînait dans son mouvement. Je me laissai emporter dans le hall central de la gare avec ses vastes espaces sonores et sa voix désincarnée et tonitruante qui annonçait les numéros des portes et les heures de départ.

À l'extérieur de la gare, l'air frais me soulagea, même si la cohue et le vacarme persistaient. On aurait dit que la ville tout entière était descendue dans les rues, malgré le vent cinglant qui venait du nord. Je remontai mon écharpe sur ma bouche. Dans la rue Peel, la circulation s'était immobilisée. Personne ne s'en formalisait. Les conducteurs souriaient, appuyés sur leur klaxon. Certains agitaient des drapeaux, le Red Ensign ou le Royal Union. Sur les trottoirs, les passants s'arrêtaient pour observer la scène, comme au défilé.

Nous étions le 7 novembre 1918. La guerre était enfin terminée. Peut-être ferait-on de cette journée une fête, qu'on appellerait la Journée de la fin de la guerre, ou autre chose d'optimiste et d'erroné. Car d'autres guerres éclateraient. La violence faisait partie de la nature humaine, au même titre que l'amour et la générosité.

Devant moi, une femme au pull bleu vif sortit à moitié par la fenêtre d'une auto et serra un passant dans ses bras. L'homme lui embrassa les mains avant que la voiture s'éloigne d'un mouvement brusque. Il fit encore quelques pas et embrassa une autre femme. La rue Peel était à présent si encombrée que les autos comme les chevaux étaient paralysés. Des gens tourbillonnaient en les contournant. Un homme tenta d'attraper ma main, mais je m'esquivai. Un autre, venu par-derrière, me serra dans ses bras, mais je fis un pas de côté et me dérobai. Je n'avais rien à célébrer.

La mort de Laure avait été le dernier d'une succession de coups. Dugald l'avait précédée de peu. Il y avait les morts de la guerre, des garçons dont les noms apparaissaient jour après jour dans les longues listes publiées par la *Gazette*. Une douzaine de mes étudiants étaient inhumés en France et en Flandre. Le jeune Greaves, que j'avais connu uniquement par les récits de sa mère, était décédé, au même titre que Revere Howlett, dont je n'oublierais jamais le doux visage blême. Huntley Stewart était rentré indemne, mais Samuel Clarke agonisait. Je me rendais chez lui en toute hâte pour lui dire adieu. Devant de telles pertes, comment aurais-je pu serrer des inconnus dans mes bras, agiter des drapeaux ?

La maison du Dr Clarke se trouvait juste en dessous des hauteurs boisées du parc du mont Royal. Jakob Hertzlich m'attendait devant. Le visage cramoisi après ma longue ascension, j'avais déboutonné mon manteau. Assis sur la marche, Jakob fumait. Sans doute était-il là depuis un moment, car il semblait à moitié gelé. Le bout de ses doigts était de nouveau jauni et il avait l'air amaigri et souffrant.

— Rien ne presse, dit-il en laissant tomber la cendre de sa cigarette dans un massif de fleurs encroûté par la glace, de l'autre côté de la rampe. Le corps est à l'étage, si vous voulez le voir.

C'était arrivé pendant mon voyage en train. Au moment même où les porteurs annonçaient l'armistice, Samuel Clarke avait rendu l'âme. Selon Jakob, il n'avait pas souffert. Notre vieil ami avait sombré dans un coma d'où il n'était simplement jamais sorti.

J'aurais voulu m'avancer vers Jakob, éprouver la solidité de son corps, mais j'étais paralysée. Frappée de stupeur, je restai plantée là à respirer l'air tonifiant.

— Vous avez l'air bien, dit-il.

Étant montée à pied jusqu'à la maison du Dr Clarke, j'avais sans doute les joues rouges. Je laissai entendre une sorte de sanglot.

— Je ne vois pas comment je pourrais me porter plus mal.

— Vous n'êtes pas la seule.

Il détourna les yeux et s'informa de Laure.

C'était la première fois que j'évoquais le décès de ma sœur à haute voix. Le chagrin m'inonda. Lorsque je fus de nouveau capable de parler, je pris des nouvelles du père de Jakob, lui aussi malade.

Il haussa les épaules.

— Il est mort, répondit-il, comme tout le monde. Sauf que dans son cas, c'est le cancer, et non la grippe, qui a eu le dessus.

Il fixait l'obscurité, droit devant lui. Pendant un moment, je craignis qu'il se mette à pleurer, lui aussi. Il souleva un genou, posa son pied sur le mur. De la rue Sherbrooke, en contrebas, où la fête se poursuivait, montaient des coups de klaxon incongrus.

Dans la chambre de son mari, Mrs Clarke veillait le corps. Cette femme grassouillette exsudait le même charme aimable que son mari, mais elle était plus respectueuse des coutumes et des rites chrétiens qu'il ne l'avait jamais été. Dès que j'entrai dans la pièce, elle se leva et me serra dans ses bras. Pendant que je lui faisais part de la tristesse que je ressentais à l'idée de ne pas avoir pu prêter assistance au Dr Clarke, elle me tint la main. Elle m'apaisa, s'informa à son tour de Laure et me remercia d'être venue en dépit de mon deuil. Elle dit que Jakob Hertzlich était son ange gardien, l'incarnation de la charité chrétienne. Au cours de la dernière semaine, il avait habité chez elle et s'était infatigablement occupé de son mari agonisant. Jakob m'avait suivie dans la chambre et Mrs Clarke, pendant qu'elle chantait ses louanges, saisit une de ses mains, l'entraîna dans notre cercle.

— Il est si extraordinaire, dit-elle de sa douce voix flûtée. Mon mari le considérait comme son fils.

Jakob ne souriait pas. L'air gêné, il retira sa main de celle de Mrs Clarke à la première occasion. L'aisance qu'il semblait avoir rapportée d'outre-mer s'était presque entièrement évaporée. Mrs Clarke et moi le vîmes quitter gauchement la pièce en toute hâte.

— C'est un homme bon, dit la veuve au moment où il refermait la porte derrière lui. Plus tendre qu'il ne veut le laisser croire.

Elle secoua la tête tristement et se tourna vers moi.

— Vous pouvez vous approcher du corps, docteur White. Ne soyez pas timide. Vous étiez aussi l'une de ses favorites.

Samuel Clarke portait une longue chemise de nuit toute propre. Il avait l'air plus frêle que la dernière fois que je l'avais vu et son cuir chevelu cireux transparaissait entre les touffes de fins cheveux blancs. Son expression me cloua sur place. Il avait l'air heureux. C'était peut-être un effet de la relaxation des muscles de son visage ou de la lumière, mais il arborait une expression voisine de la joie. Contrairement à ce que j'avais craint, j'éprouvai du soulagement en présence du mort. Le monde me sembla soudain moins sinistre.

Je redescendis et trouvai Jakob Hertzlich sur le perron qui m'attendait. L'obscurité avalait la lumière et, avec elle, le silence tomba. Plus de coups de klaxon. En fait, les rues semblaient désertes, exception faite des tramways. Jakob venait tout juste d'allumer une des cigarettes au parfum âcre qu'il roulait à la main. Emmitouflé dans son manteau, il portait un chapeau, mais ses mains aux longs doigts étaient nues.

— Mauvaise nouvelle, dit-il, tandis que je refermais la porte derrière moi.

Croyant qu'il faisait allusion à Samuel Clarke, je me mis à parler de l'étrange expression de notre mentor. Je lui dis qu'elle m'avait au contraire réjouie.

— Je voulais parler de la guerre, dit Jakob.

Il y avait eu erreur. On n'avait pas signé l'armistice. Apparemment, la guerre se poursuivait. J'enfouis mon visage dans mes mains. Je me rendis compte que j'avais échafaudé des projets. Pendant que j'étais à l'étage, devant la dépouille de Samuel Clarke, mon cerveau, presque à mon insu, avait divisé les jours à venir en tâches à accomplir avant mon départ pour l'Europe. Car tel était pour moi le sens de la fin de la guerre : je pourrais traverser l'Atlantique.

Jakob tira pensivement sur sa cigarette.

— La traversée est différée.

Je le fixai. C'était comme s'il lisait dans mes pensées.

— Dès que les eaux seront sûres, dit-il en exhalant une bouffée âcre, je pars.

Il parlait donc de lui-même.

— Moi aussi, lui dis-je.

Pourquoi ne l'aurais-je pas mis au courant de mes projets ? Cela lui ferait du bien de se rappeler qu'il n'était pas seul sur terre. Je lui dis que j'avais l'intention de me rendre à Oxford.

Il me coupa la parole.

— Pour voir Howlett ?

Le perron était à présent plongé dans une obscurité quasi totale. Je ne distinguais que sa barbe dans la lueur de sa cigarette mal roulée.

— Oui, dis-je.

Sous nos yeux, la ville scintillait, semblable à un champ d'étoiles décrochées du ciel. De sa gorge monta un son guttural. Sa perpétuelle animosité envers William Howlett, sorte de réaction viscérale, ne s'expliquait pas par la seule raison.

— Il y a des choses que vous ne savez pas, dis-je doucement. Howlett a joué un rôle crucial dans ma vie.

— Oh, je suis au courant, dit Jakob Hertzlich. Croyez-moi, docteur White. Je suis au courant.

— Ce n'est pas ce que vous pensez, ajoutai-je.

— Là n'est pas la question. Ce que vous éprouvez pour lui est aussi visible que le nez au milieu de votre visage. Il est évident aussi qu'il ne vous paie pas de retour. Il vous exploite et vous ne vous en rendez même pas compte.

Suspendue au-dessus de nos têtes, une lune froide et brillante clignait à travers les nuages dispersés, comme si toute la scène n'était qu'une plaisanterie.

— C'est plus compliqué, dis-je.

J'étais assez proche de Jakob pour détecter l'agitation de sa voix. La lune cligna de nouveau, et je compris soudain que Jakob Hertzlich était jaloux.

Je ne le voyais pas dans l'obscurité, mais c'était sans importance. Je n'arrivais pas à croire que je ne m'étais jusque-là rendu compte de rien. Il n'avait pourtant pas fait mystère de ses sentiments. Pendant des années, il avait tenté d'attirer mon attention. J'avais choisi de fermer les yeux. Je rougis en songeant à la fête avortée; notre rendez-vous galant non consommé avait revêtu pour lui une importance que je ne m'étais pas imaginée.

Jakob Hertzlich m'aimait depuis des années. Savoir que j'étais aimée me fit une drôle de sensation. La chose était si inhabituelle que je n'avais rien remarqué. Pendant une fraction de seconde, je sentis la tendresse poindre en moi. Autour de mes yeux, ma peau se tira.

Dans l'obscurité, Jakob Hertzlich ne vit rien. Il récupéra son sac et, avant que j'aie eu le temps de dire un mot, il s'engagea dans l'allée glacée et gagna la rue.

VII

La traversée

*[P]artant d'un point très éloigné du vrai et
progressant à grand renfort de boucles et de zigzags,
nous atteignons parfois l'endroit précis
où nous devrions nous trouver.*

George Eliot, *Middlemarch*,
traduction de Sylvère Monod

27

Décembre 1918

C'était la septième journée du voyage, fait qu'un passager m'avait communiqué le matin même dans le carré des officiers. Sept journées de grains et de tempêtes, sept journées au cours desquelles le navire avait été ballotté par la houle comme un fétu de paille. J'avais l'impression d'être morte. Sept jours, sept semaines, sept mois… Je n'aurais su dire depuis combien de temps j'étais en mer. Les heures se fondaient les unes dans les autres, s'étiraient à l'infini, si froides que je ne pouvais passer que quelques minutes en plein air. C'était la fin décembre, le pire moment de l'année pour traverser l'Atlantique. Une fois déjà, j'avais fait le voyage en hiver, mais le temps avait été clément et j'avais pu m'attarder longuement sur le pont. Cette fois-ci, c'était une tout autre histoire. J'avais été malade dès les premiers instants.

Informée de ma décision de faire le voyage en décembre, mes proches avaient tenté de me dissuader. Miss Skerry jugeait périlleuses les traversées hivernales. Pendant toute une matinée, la veuve de Samuel Clarke avait cherché à me faire changer d'idée.

La traversée serait pénible, disait-elle, mais l'Europe serait pire. Mes anciens étudiants, dont certains venaient à peine de rentrer, se montraient encore plus catégoriques. Il fallait à tout prix éviter de faire le voyage en hiver. Un froid plus intense encore que celui dont j'avais l'habitude au Canada m'obligerait à rester cloîtrée dans ma cabine. Ébranlée par la guerre, l'Europe chancelait encore. Même l'agent à qui j'avais acheté mon billet m'avait recommandé d'attendre le printemps pour mettre mon projet à exécution.

Je ne pouvais pas attendre. Dès que l'armistice fut signé dans un wagon au milieu des forêts du nord de la France, le 11 novembre, je commençai à me préparer. Aussitôt l'accord de paix conclu, les paquebots avaient recommencé à sillonner les mers et je réussis à retenir une couchette pour la période des Fêtes. Les mises en garde de mes étudiants et de mes amis ne me firent pas peur. Je croyais savoir de quoi il retournait, et après quatre années d'enfermement à Montréal, je brûlais du désir de sillonner les hautes mers.

Les volets de la maison des Howlett étaient clos et le portail fermé, même en cette période de Noël. Je m'aventurai prudemment sur l'allée glacée qui séparait le trottoir de la porte principale. J'avais pris le train depuis Portsmouth et trouvé une chambre dans une auberge située non loin de la maison des Howlett. Même si vingt-quatre heures s'étaient écoulées depuis mon arrivée sur la terre ferme, je sentais encore les effets du tangage. Je me penchais sans cesse du côté gauche, comme si le monde s'était légèrement incliné et que j'étais la seule à m'en rendre compte. La nausée avait pris fin. J'avais sans doute perdu une quinzaine de livres; je flottais dans mes vêtements. Je me sentais faible, exténuée, mais j'étais là, plus ou moins saine et sauve.

Je frappai à la porte des Howlett et attendis pendant environ une minute en regardant par une petite vitre givrée. Je ne voyais rien, sinon qu'il faisait noir à l'intérieur. Il n'était que dix heures. De si bon matin, les Howlett n'étaient sûrement pas déjà en visite. Je commençai alors à me faire du souci. À Montréal, il y avait eu de si nombreux décès que l'inquiétude était, je suppose, une réaction justifiable. Je frappai de nouveau, de façon plus insistante, cette fois, et je ne m'arrêtai qu'au moment où je vis une ombre se profiler derrière le carreau.

Par l'entrebâillement de la porte, Kitty Howlett sortit sa magnifique tête aristocratique. En me voyant, elle se redressa à la façon d'un oiseau au cou long et secoua sa tête élégante. Elle me dominait toujours, mais son maintien ne pouvait cacher les changements qu'elle avait subis. Sa bouche s'était affaissée de façon presque clownesque et ses yeux, autrefois hardis et imperturbables, fuyaient les miens. Elle avait beau tenter de se grandir, ses épaules semblaient voûtées ; le fardeau qu'elle portait était si lourd qu'il lui casserait bientôt le dos. Elle me serra la main, se déclara ravie et surprise de me voir si tôt après l'armistice.

À mon tour, je lui fis part de mon étonnement.

— Vous n'avez pas reçu mes lettres ?

Kitty ne possédait pas l'art de mentir. Ses sourcils se soulevèrent de façon plutôt convaincante, mais son regard la trahit aussitôt.

— Quelles lettres ?

Elle ne bougea pas, n'eut pas un geste d'encouragement.

— Je vous en ai envoyé plusieurs. La dernière vous annonçait mon arrivée aujourd'hui même.

À cause du froid, mes orteils étaient brûlants. Le trajet depuis l'auberge avait été au-dessus de mes forces, compris-je en contemplant le couloir bien chauffé derrière l'épaule de Kitty.

— Vous n'êtes peut-être pas au courant, dit Kitty, mais William est gravement malade.

Sous mes pieds, le perron tangua légèrement.

— Désolée, je dois m'asseoir, dis-je.

Kitty me regarda d'un air paniqué. Sans doute s'était-elle souvenue de mes deux dernières visites et des évanouissements qui les avaient ponctuées. Son mari et elle avaient alors dû s'occuper de moi.

— Je suis navrée, dis-je en m'appuyant sur le mur. Le voyage a été éprouvant et je ne me porte pas particulièrement bien.

Kitty laissa tomber ses mains le long du corps. Elle me fusilla du regard, mais se décida enfin à me laisser franchir le seuil.

— Entrez, docteur White, dit-elle en désignant un banc stratégiquement posé dans le vestibule. Vous pouvez vous asseoir et vous réchauffer un moment, mais ensuite je crains de devoir vous demander de vous retirer. William n'est plus en état de recevoir. Comme vous êtes médecin, je suis sûre que vous comprendrez.

Quelque part à l'étage de la maison, le vieil homme agonisait. Jakob Hertzlich avait eu raison. Le chagrin burinait le visage de Kitty Howlett. Quelques mois plus tôt, la guerre lui avait pris son fils unique, et son mari lui serait bientôt enlevé. Nous n'avions pas de perspectives ni d'intérêts communs, elle et moi, mais, pour la toute première fois, je réussis à me mettre dans la peau de cette femme. Soudain, l'immensité de sa souffrance me sembla réelle. Spontanément, je tendis la main et serrai ses longs doigts frais. À côté de nous, un radiateur nous fit sursauter en cognant. Se ressaisissant la première, elle rit et dégagea timidement sa main.

— Attendez, dis-je en fouillant dans mon sac.

J'avais apporté les croquis de Jakob. C'est lui qui m'avait suggéré de les prendre. Pour que Kitty me laisse voir son mari, je devrais lui jeter quelques os appétissants, avait-il dit. Je me rendais compte qu'il avait vu juste. Mais j'étais aussi sincèrement persuadée que les dessins lui revenaient de droit. C'étaient des œuvres remarquables qui, en ces temps pénibles, lui procureraient peut-être un certain réconfort.

— Il faut que vous voyiez ces croquis, Kitty. Ils ont fait le voyage de la France à Montréal avant de retraverser l'Atlantique avec moi.

Nous nous assîmes sur le banc du vestibule de Kitty, le carnet de croquis entre nous. Pendant un certain temps, elle le feuilleta en silence, mais, lorsqu'il s'ouvrit sur les œuvres de Jakob Hertzlich, ses doigts s'immobilisèrent. Ses yeux, quand elle les releva enfin, étaient remplis de larmes.

— Merci, Agnes. Je crois que ces dessins feront beaucoup de bien à William.

La maison semblait déserte. Sir William et elle seraient seuls jusqu'au Nouvel An, soit pendant encore une semaine, m'expliqua Kitty, car les domestiques étaient rentrés chez eux pour les vacances. Des amis passaient régulièrement prendre des nouvelles. En fait, on frappait à la porte tous les jours, mais Howlett était trop faible pour recevoir. Kitty avait fait savoir que la maison « aux bras ouverts » était fermée. Je remarquai l'absence de préparatifs de Noël. Pas de sapin ni de branche de houx. Le grand salon était sombre, au même titre que la salle à manger où on avait autrefois organisé une réception en mon honneur. Seule flottait dans la maison une légère odeur de désinfectant.

Sur le palier de l'étage, les poupées trônaient, placides, à l'endroit précis où je les avais vues à l'occasion de ma dernière visite, dix ans plus tôt. En grimpant les marches à la suite de Kitty, je fus surprise d'accueillir cette touche féminine avec gratitude. Elle n'était pas une si mauvaise femme, après tout. Comme ma sœur Laure, elle avait sans doute rêvé de veiller sur une ribambelle d'enfants. Comme ma sœur aussi, elle avait eu le malheur de voir son rêve se briser sous ses yeux.

Après les mois que j'avais passés à Montréal et à St. Andrews East, je me croyais préparée à tout, mais, à la vue de William Howlett dans sa chambre, je me rendis compte qu'il y avait des défauts dans ma cuirasse. Sa peau avait la couleur du parchemin vieilli. Allongé sur le dos, il avait l'air diminué, comme s'il était déjà mort.

Kitty entra la première, l'interpella gaiement et s'avança pour faire bouffer ses oreillers. Il immobilisa ses mains.

— Qui m'emmènes-tu ?

Il eut un geste en direction de la porte où, sous l'effet du choc, je m'étais arrêtée.

Je m'avançai parmi les ombres et prononçai mon nom.

— Quel plaisir !

Il avait de la difficulté à parler. Il articula la dernière syllabe en haletant.

— J'ai appris que vous étiez souffrant, lui dis-je.

Sa bouche esquissa un sourire inquiétant et je songeai à mes crânes, au musée.

— Avec tous les visiteurs qui viennent me présenter leurs respects, on pourrait croire que je suis mourant, dit-il.

C'était une tentative de plaisanterie, un clin d'œil sardonique à la vérité, mais je faillis éclater en sanglots. Howlett avait perdu toute sa vigueur d'antan. Pour s'éclaircir la gorge, il toussa comme le font les vieillards.

— Inutile de faire semblant, docteur White. J'observe le patient depuis des mois, et je sais que son cas est sans espoir.

Kitty tourbillonnait autour de lui à la façon d'un oiseau.

— Ne dis pas de bêtises, William. Tu vas faire peur au pauvre docteur White.

Son mari, me dit-elle ensuite, était un patient exécrable. Elle prononça les mots de façon théâtrale, dans l'intention manifeste d'alléger la conversation.

— Il ne cesse jamais de désobéir aux ordres des médecins et de se surmener. Mais ils restent optimistes, n'est-ce pas, mon chéri? Le Dr Doyle pense que tu es sur la voie de la guérison. Encore hier, il a dit que tu te porterais bientôt comme un charme.

— Assez pour entonner un chant funèbre, oui.

— Je t'en prie, William, dit Kitty d'une voix suppliante. Ce n'est pas ce qui amène le Dr White.

Howlett ferma les yeux. Il soupira; l'échange l'avait complètement épuisé.

— Dans ce cas, souffla-t-il, elle devrait me dire à quoi je dois le plaisir de sa visite.

Je fis quelques pas vers lui et lui tendis le carnet de croquis.

— Je voulais vous remettre ceci.

Howlett accepta l'objet. Tout se passa bien jusqu'au portrait de Revere en uniforme exécuté par Jakob Hertzlich. Là, Howlett s'effondra. Kitty bondit de sa chaise et courut vers lui. Je ne bougeai pas. Je vis l'homme pour qui j'avais eu tant d'affection pleurer son fils unique. Mes sentiments pour Howlett étaient alors mêlés. Je pense que je l'aimais plus que je n'avais aimé aucun homme, sauf mon père. Il me rattachait à mon enfance, à Honoré Bourret. Physiquement, les deux hommes se ressemblaient. Et comme mon père, Howlett m'avait exclue de sa vie, soudain, sans avertissement.

Lorsqu'il eut suffisamment récupéré, je pris de nouveau la parole.

— Avec votre permission, il y a un autre sujet dont j'aimerais vous parler.

Kitty s'approcha, prête à me repousser, mais son mari leva la main.

— En privé, si c'est possible, ajoutai-je prudemment.

Curieusement, la tension qu'on sentait dans la pièce s'allégea alors, comme si nous avions tous trois attendu ce moment. Howlett eut un autre geste de la main et Kitty comprit qu'il l'invitait à sortir. Elle s'exécuta sans faire de commentaires. Il était clair à présent que mes lettres avaient été reçues et lues. Les Howlett avaient attendu ma visite. De toute évidence, ils en avaient discuté entre eux.

— J'ai entendu parler du voyage que vous avez fait en compagnie de Revere, au début de la guerre, dis-je.

J'évoquai Montreuil et Calais dans l'espoir de le faire parler, car il regardait ailleurs.

Au bout d'un moment, il se tourna enfin vers moi.

— J'ai pensé que c'était peut-être la raison de votre venue, dit-il.

Il s'interrompit pour nous laisser à tous deux le temps de nous ressaisir.

— C'est Jakob Hertzlich qui vous a mise au courant?

Je hochai la tête et il m'imita en se pinçant l'arête du nez.

— Je croyais que vous ne vous parliez plus.

— Nous restons en contact, dis-je un peu sèchement.

Je n'étais pas là pour discuter de mes rapports avec Jakob Hertzlich.

La respiration de Howlett était moins contrainte et les mots semblaient lui venir plus aisément.

— À une certaine époque, votre père et moi avons été proches, Agnes. Très proches, même. Jeune, j'ai eu pour lui une admiration sans bornes.

Cela, je le savais déjà. Des années auparavant, à Baltimore, il m'avait tout raconté. Franchement, leur passé commun ne m'intéressait plus.

— Ce que je dois savoir, docteur Howlett, c'est l'état de vos relations actuelles, dis-je. Vous m'avez dit n'avoir aucune idée de l'endroit où il se trouvait. Vous m'avez dit qu'il avait disparu.

Ma voix avait commencé à trembler.

Howlett continua de regarder par la fenêtre. Lorsqu'il se tourna vers moi, ses yeux étaient calmes et aimables.

— C'est compliqué, Agnes.

Il s'interrompit de nouveau, chercha ses mots.

— J'ai essayé de faire ce qu'il fallait, pour vous comme pour lui. Et je suis prêt à défendre mes actions, même si elles vous ont fait du mal.

— Vous admettez donc le connaître. Et vous admettez m'avoir caché la vérité.

Les mots avaient jailli dans une sorte de murmure étranglé.

Je n'aurais pas réussi à m'exprimer normalement, même si ma vie en avait dépendu. William Howlett m'avait induite en erreur. À la moindre occasion, il récidiverait.

— Ma chère Agnes, dit-il en tendant vers moi sa main décharnée.

Le geste conservait une trace de l'ancien Howlett, du charmant séducteur d'antan, mais je n'étais plus subjuguée par lui.

— Je vous ai fait du tort, dit-il, et j'en suis navré.

Je n'avais pas prévu une telle réaction. Ces excuses franches et simples désamorcèrent ma colère. À sa place, les questions affluèrent.

— Vous avez parlé de moi ? lui demandai-je. Est-il au courant de nos rapports ?

Il secoua la tête.

— Il ne sait rien du tout, Agnes.

Je me rassis, éberluée.

— Mais vous l'avez vu. Vous lui avez parlé.

La voix de Howlett restait douce.

— Je ne le vois plus, Agnes. La visite à Calais était exceptionnelle.

Il marqua une pause avant de reprendre.

— Écoutez-moi, chère Agnes. Je sais que c'est pénible. Mais je ne voulais pas que vous sachiez.

J'étais piquée au vif. Je n'arrivais pas à croire qu'il n'avait rien compris à ma situation, qu'il ne comprenait toujours rien.

— Vous voulez dire que vous auriez continué de me mentir si Jakob Hertzlich ne m'avait pas parlé de votre visite à Calais?

— Ce n'était pas un mensonge.

— Ah bon?

Ayant recouvré la voix, je criais presque.

— Qu'est-ce que c'était, dans ce cas?

Jamais je ne lui avais parlé avec autant d'effronterie.

Il leva son regard sur moi, plissa les yeux.

— Une omission, dit-il enfin. Vous ne m'avez jamais posé la question. Lui non plus, d'ailleurs. Si je vous ai fait du mal, Agnes, c'était pour votre bien.

— Mais j'ai passé ma vie à le chercher. Le trouver est la seule chose que j'aie jamais désirée.

Je commençai à pleurer.

— Je croyais que vous le saviez. Vous étiez au courant. C'est moi-même qui vous l'ai dit.

— Chère Agnes, dit Howlett en caressant ma main. Pauvre, pauvre chérie. Je ne pouvais pas vous parler de votre père. C'est cruel, je sais bien, mais comprenez-moi. Honoré Bourret est un homme complexe. Il voulait rompre tous les liens.

Il s'arrêta pour me regarder dans les yeux.

— Tous, sans exception.

— Il n'a pas coupé les liens avec vous.

Le Dr Howlett secoua sa tête fatiguée.

— Je suis différent, Agnes. Et même dans mon cas, il y avait des conditions à respecter.

J'avais l'impression qu'une main géante comprimait ma poitrine, broyait mes côtes comme des allumettes. Que me chantait-il là? Était-il donc, d'une façon ou d'une autre, plus méritant que moi, plus méritant que ma pauvre mère et ma pauvre sœur?

— Je lui ai rendu un service qu'il ne peut pas oublier, dit Howlett en guise d'explication, et il a le sentiment de me devoir quelque chose.

Le chat sortait du sac. C'était une version particulière des faits, racontée d'un point de vue très personnel, mais les morceaux du puzzle s'offraient enfin à moi. Howlett entama son récit en me posant une question qui me prit par surprise.

— Vous vous souvenez de la visite que j'ai faite au musée, juste avant l'incendie? Je posais pour un portrait commandé par le chancelier de McGill.

Je fis signe que oui et il poursuivit.

— Durant ma visite, vous m'avez interrogé sur mes rapports.

— Vos rapports d'autopsie, dis-je en me souvenant du barrage de questions auquel Jakob l'avait soumis. Si mes souvenirs sont bons, Jakob Hertzlich avait fortement insisté.

— À propos du cœur de Howlett, dit Howlett.

— Dans votre rapport, vous disiez avoir dirigé l'autopsie, mais, une autre fois, vous m'aviez raconté que c'était mon père qui s'en était chargé.

— Oui, dit-il.

Il se tourna vers la fenêtre.

— Cette déclaration, je l'avais faite à d'autres.

En 1873, il s'était parjuré dans une cour de justice de Montréal pour fournir un alibi à son mentor, Honoré Bourret. Le cœur avait été prélevé en octobre 1872, soit le mois et l'année de la disparition de Marie Bourret. Je connaissais ces dates, mais, pour une raison ou pour une autre, je les avais dissociées l'une de l'autre et j'avais bloqué les liens dans ma tête.

— Le soir où vous avez prélevé le cœur, mon père n'était pas avec vous à la morgue ? C'est donc vous qui avez effectué le travail, après tout ?

Howlett appuya son menton sur sa poitrine.

— Où était mon père ? demandai-je, en proie à une panique grandissante.

Howlett haussa les épaules.

— Votre père était un homme bon, Agnes. Mon professeur et mon ami. C'était tout ce qui me préoccupait. Je le respectais énormément, mais il n'était pas aimé de tous, tant s'en faut. Il était un Canadien français et un catholique, ne l'oubliez pas, et il avait sur de nombreuses questions des points de vue qu'il ne se gênait pas pour exprimer. Lorsqu'on l'a accusé de meurtre, il avait peu d'alliés.

— Sauf vous.

Il hocha la tête.

— Je vois, dis-je après un silence.

Howlett semblait absolument certain d'avoir fait la bonne chose et je n'entendais pas le contredire. Pour sauver mon père, il avait lui-même pris des risques. Il s'était montré à la hauteur des vertus que sont la loyauté et l'amitié.

— J'ai besoin de son adresse, dis-je d'une voix redevenue normale.

William Howlett déchira une page du carnet de son fils et y griffonna quelques mots. Le tour fut joué. Au moment où je lui pris le bout de papier, nos doigts se touchèrent et nous détournâmes les yeux, gênés l'un et l'autre. Mais, à la suite de ce toucher, je m'interrogeai. Cette fois, au contraire de toutes celles où nos corps étaient entrés en contact, je n'avais rien senti. Pas de courant électrique ni même de simple sensation de chaleur. Ce jour-là, ma rupture avec lui fut si totale que je ne pus m'empêcher de m'interroger sur la nature du lien qui nous avait unis.

28

Le 31 décembre 1918

À Calais, je descendis du ferry sous une pluie battante. À maints égards, cette lugubre agglomération de la côte nord-ouest de la France était un choix logique pour un homme comme Honoré Bourret. Cette ville portuaire a la réputation d'être la plus anglaise des villes françaises. Au Moyen Âge, Calais était sous l'autorité britannique. L'armée britannique s'en était emparée au XIVe siècle. On avait chassé les Français pour faire place à des colons anglais. La veille du jour de l'An 1588, cependant, l'armée française avait lancé une attaque surprise et récupéré la ville. Occupés à festoyer, les occupants n'avaient pu la défendre.

Mon père vivait donc dans une ville semblable à Montréal et voilà que j'arrivais la veille du jour de l'An pour le prendre d'assaut. La date était une pure coïncidence. Je devais de connaître l'histoire militaire de Calais à une rencontre fortuite avec le capitaine du ferry.

Mon hôtel se trouvait dans la vieille ville, tout près de la place d'Armes, principale place de Calais. En descendant du taxi, je respirai l'air salin, tandis que la neige mouillée m'aspergeait. L'Auberge des flots, où William Howlett avait mangé avec mon père, se dressait devant moi. Vu de l'extérieur, l'établissement avait l'air aussi lugubre que les autres immeubles qui bordaient la rue comme des dents trop serrées, mais son intérieur était étonnamment chaleureux.

Une femme tenait par la main un enfant d'environ deux ans et en portait un autre dans son ventre.

— *Entrez, entrez**, fit-elle en prenant mon parapluie et en montrant au chauffeur où poser ma valise. Quelle journée aussi pour voyager !

Elle et Charles, son petit garçon, m'accompagnèrent jusqu'à la réception, où attendait son mari. À en juger par la multitude de clés accrochées au panneau derrière lui, j'étais la seule cliente, ce soir-là. En revanche, dans la taverne voisine, des cris et des rires retentissaient. Après les dures traversées de l'Atlantique et de la Manche, je m'offris une chambre avec vue sur le port et salle de bains privée. Le mari transporta lui-même ma valise et alluma un feu de charbon dans la cheminée.

Dans ma petite chambre, il fit bientôt chaud. Elle était décorée simplement, de couleurs vives qui annulaient les effets du mauvais temps, et je me sentis vite ragaillardie. Le voyage et la rencontre avec Howlett m'avaient vidée. La femme de l'aubergiste m'apporta un bol de soupe et j'en profitai pour l'interroger sur l'adresse que Howlett m'avait donnée.

— « Rue de Verel », lit-elle en plissant les yeux dans la lueur de la lampe à gaz. *Bien sûr je la connais**. De *l'auberge**, c'est assez loin, à pied, dans le *quartier** Courgain-Maritime, où vivent les pêcheurs. Qui cherchez-vous ?

— Le Dr Bourret.

Je m'émerveillai de l'aisance avec laquelle j'avais prononcé les mots. Finie la honte. Je ne notai qu'une subtile accélération de mon pouls, qui s'apaisa aussitôt.

— Le docteur... Oui, c'est bien là qu'il habite. Je ne vaux rien pour donner des indications, mais mon mari vous expliquera le chemin. Vous comptez vous rendre là-bas demain?

Instinctivement, je me pris d'affection pour cette femme, son hospitalité et son sourire spontanés, mais je n'avais pas envie de parler. J'avais beau ne connaître personne à Calais, c'était quand même une petite ville. Ayant grandi à St. Andrews East, je savais à quelle vitesse les nouvelles voyageaient et je savais aussi que les informations étaient souvent déformées. Je remerciai l'aubergiste de son amabilité et, me concentrant sur ma soupe, fis dévier la conversation sur des sujets plus neutres.

Dès qu'elle fut redescendue, je défis mes bagages. Pas mes vêtements (car, outre ceux que j'avais sur le dos, je n'avais pris qu'une tenue de rechange), mais les objets que j'apportais pour mon père. J'avais eu du mal à choisir. En effet, j'avais dû tenter de me mettre à sa place pour imaginer ce qu'il aurait envie de savoir de moi. J'avais alors pris conscience du peu que je savais de lui. Quarante-quatre ans plus tôt, mes yeux étaient ceux d'une enfant. De façon appropriée, me semblait-il, j'avais d'abord retenu des photos de Laure et de moi, petites, en robe chasuble dans le studio d'un photographe. Il y avait aussi une photo de Laure prise le jour de ses noces. Mon père ne l'avait pas connue, mais il aurait au moins une idée de la grande beauté de sa deuxième fille. Sur la dernière photographie, on me voyait accepter mon diplôme en arts de McGill.

Outre les photos de famille, j'avais pris le manuel de William Howlett dans lequel figurait mon chapitre sur les cardiopathies congénitales. Sans doute mon père serait-il heureux d'apprendre que sa fille avait travaillé pour l'homme dont il avait été le mentor. J'avais aussi choisi d'autres articles savants dont j'étais l'auteur, car le père dont je gardais le souvenir se passionnait pour la science et la recherche. Il y avait aussi des prospectus annonçant mes conférences à Johns Hopkins et à Harvard, de même que des copies des comptes rendus qu'en avaient faits les journaux. Il y avait aussi des articles portant sur le musée de même qu'un profil flatteur consacré au travail que j'effectuais à McGill, paru dans la *Gazette*.

En plus, j'avais apporté ma première publication dans une chemise à part. Je voulais lui faire cadeau de cet article et du croquis de Jakob Hertzlich. Ils portaient l'un et l'autre sur le *Cor biatriatrum triloculare*, c'est-à-dire le cœur avec ses trois chambres et la petite poche qui avait eu pour rôle de remplacer le ventricule absent, le cœur qu'il était réputé avoir découvert en 1872.

Par la suite, on avait prélevé d'autres cœurs à trois chambres pourvus d'une poche de compensation, mais celui de McGill était le premier. Dans l'article, j'avais, pour qualifier le phénomène, lancé l'expression «anomalie de Bourret» et j'espérais qu'elle lui ferait plaisir autant qu'à moi.

À présent, bien sûr, je rougis à la vue de ce que j'ai écrit. Le cœur était mêlé à l'histoire de mon père, mais d'une façon tout à fait différente de celle que je m'étais imaginée. Si William Howlett avait dit vrai, le cœur était la dernière chose dont mon père aurait envie d'entendre parler.

D'un autre côté, peut-être serait-il ravi de voir l'alibi qu'il avait présenté des années plus tôt corroboré par une prestigieuse revue médicale. Je remis dans le sac l'article, le croquis de Jakob et les autres objets. Au 27, rue de Verel, et là seulement, je déciderais de ce que j'en ferais. Je devais être prête à tout.

Il y avait une autre possibilité que je ne pouvais pas me permettre d'envisager : mon père refuserait peut-être simplement de m'ouvrir. William Howlett avait évoqué ce risque, mais je l'avais repoussé du revers de la main. J'étais certaine que seule la honte avait tenu mon père éloigné de moi pendant toutes ces années. Quel homme n'aurait pas envie de voir son enfant, surtout une enfant qui avait traversé l'Atlantique au beau milieu de l'hiver pour passer un moment avec lui ? Comment pourrait-il ne pas être enchanté d'apprendre qu'elle s'était recréée à son image, donné une carrière en tous points semblable à la sienne ?

Cette nuit-là, je dormis mieux qu'au cours des semaines précédentes. Lorsque, le lendemain, je sortis de ma chambre, impatiente et débordante d'espoir, il était presque dix heures. Derrière son bar, l'aubergiste astiquait des verres avec un linge. C'était un homme accommodant qui arborait le nez rouge et bossué du buveur de cognac. Je supposai que mon hôte au nez rouge avait quelques années de moins que moi, qu'il était à l'aube de la quarantaine. Il m'invita à m'asseoir et sa femme, Eugénie, m'apporta bientôt du pain et un bol de café au lait.

— Eugénie dit que vous cherchez le Dr Bourret, lança-t-il au moment où je commençais à manger.

Je hochai la tête. Le pain était très frais. Je le tartinai de beurre doux et d'une délicieuse compote de prune. Pendant mon repas, l'aubergiste me fit la conversation. Apparemment, mon père avait, jusqu'à tout récemment, compté parmi les habitués de l'auberge. Il avait désormais des ennuis de santé, dit l'aubergiste, mais, pendant des années, il était passé deux ou trois fois par semaine. Grâce à son travail, il était bien connu des habitants de la ville. En fait, ajouta fièrement l'aubergiste, c'était le Dr Bourret qui l'avait mis au monde.

— Je me suis présenté par le siège, le cul à l'envers, comme le docteur ne manque jamais de me le rappeler.

Il me décocha un clin d'œil et rit.

Ainsi donc, mon père buvait à l'occasion avec ses voisins. Il avait le sens de l'humour. L'aubergiste n'avait aucune idée des trésors qu'il déterrait pour moi. Honoré Bourret était devenu un médecin de campagne, du genre de ceux qu'il aurait autrefois méprisés, s'était contenté de mettre des bébés au monde et de les aider à guérir des maladies ordinaires de l'enfance.

— Vit-il seul ? demandai-je en finissant mon bol de café.

L'aubergiste jeta un coup d'œil à sa femme, puis il s'empara d'un nouveau verre.

— Tout dépend de ce que vous entendez par là.

— Est-il marié ?

L'aubergiste éclata de rire.

— Il n'est pas du genre à se marier, même s'il plaît beaucoup aux dames.

À côté de lui, sa femme s'agita. Elle s'était attardée dans le bar pour écouter notre conversation.

— Ce sont ses affaires, Gilles. Pas les nôtres.

— Tu as parfaitement raison, ma chérie.

Il se tourna vers moi.

— Ma chère Eugénie me tient lieu de conscience. Mais je ne fais de tort à personne, et encore moins au Dr Bourret, en affirmant qu'il a du succès auprès de la gent féminine.

— Mais il n'a pas d'épouse ? lui demandai-je.

— Elles sont nombreuses à avoir essayé de lui mettre le grappin dessus, répondit l'aubergiste en riant. Malgré son âge, il en a encore une avec lui. Remarquez, il doit valoir une petite fortune.

Sa femme secoua la tête.

— Il a été marié il y a longtemps. En Angleterre, si je me souviens bien.

— En Angleterre ? répétai-je, surprise.

— Absolument, confirma l'aubergiste.

Comme il tendait la main pour prendre un autre verre, il ne remarqua pas ma surprise.

— J'avais oublié, mais c'est exact. Il est né en Angleterre, d'où sa drôle de façon de parler. Il a des tournures et un accent typiquement anglais. Il avait une femme et un enfant anglais, mais ils sont morts dans un accident de bateau.

Il s'interrompit pour m'examiner avec soin.

— Vous venez d'Angleterre, vous aussi, non ?

Je secouai la tête.

— Du Canada, dis-je, même si, en pensée, j'étais restée avec la femme et l'enfant noyés en Angleterre.

Possible, me dis-je. Ce n'était pas les années de silence qui manquaient. Un demi-siècle en tout. Puis je me rappelai que mon père était ici depuis plus de quarante ans. N'avait-il pas mis au monde l'aubergiste arrivé « le cul à l'envers » ? Cela ne lui laissait pas beaucoup de temps pour un interlude romantique de l'autre côté de la Manche, et encore moins pour la naissance d'un autre enfant. L'Angleterre était peut-être une simple fabrication, *une fausse piste**, comme on dit. Les noyades étaient peut-être une allusion à des événements survenus à une époque et dans un lieu tout à fait différents.

— Le Canada… répéta l'aubergiste sur un ton rêveur. Vous permettez que je vous pose une question ? Qu'êtes-vous donc pour lui ? Une parente, une amie ?

Il m'observait de près en astiquant son verre.

— Une collègue, dis-je rapidement. Le lien qui nous unit est professionnel.

C'était en partie vrai, et je n'entendais rien révéler de plus, ni à lui ni à personne, avant d'avoir parlé à mon père.

Avant mon départ, l'aubergiste me fit un plan. L'écriture n'était pas son point fort. Avant même d'avoir franchi la porte, je me doutais que j'allais avoir du mal à m'y retrouver. L'homme se dit navré de l'embrouillamini de lignes, mais il n'en démordait pas : je déchiffrerais facilement ses indications. Il dit que la vieille ville était petite. Sur ce point, je savais qu'il avait raison. Calais était une ville médiévale fortifiée, entourée de douves et de canaux.

— *Ce n'est pas compliqué**, répétait-il sans cesse, même si le dédale qu'il avait tracé laissait entendre exactement le contraire.

D'entrée, le plan me conduisit tout droit à la vaste étendue de la place d'Armes, que dominait une tour de guet du XIIIe siècle. Bientôt, cependant, les rues s'entremêlèrent. La pluie verglaçante de la veille avait pris fin, mais la température restait froide ; les pavés étaient glacés. Je marchais depuis dix minutes à peine lorsque je tombai en écrasant le sac où se trouvaient les objets que je destinais à mon père. Assise au bord du trottoir, je m'assurai que les documents et les photographies n'avaient pas subi de dommages.

Là, l'odeur de poisson était plus prononcée que sur la place. Les détritus qui encombraient les caniveaux donnaient l'impression de dater de bien avant l'hiver. Je me remis en marche. Suivant tant bien que mal les pattes de mouches de l'aubergiste, je tournai à gauche, puis à droite, puis de nouveau à droite. À Calais, comme dans les quartiers les plus anciens de Montréal, les noms des rues étaient cloués aux murs extérieurs. Le nom que je voyais devant moi ne figurait nulle part sur le plan.

Il n'y avait pas âme qui vive. Pas de boutiques, pas de cafés, aucun signe de vie. Des débardeurs et des marins vivaient dans ce *quartier**. La veille du jour de l'An, ils avaient sûrement congé. Ils dormaient sans doute. Sinon, l'immobilité laissait présager quelque chose de plus triste et de plus dévastateur.

Je m'engageai dans une rue déserte, choisie au hasard, cette fois ; je m'étais fiée à mon instinct plutôt qu'au plan, sujet à caution. Après ma chute, l'encre avait coulé. Mes bottes résonnaient sur les pavés et l'écho me donnait l'impression d'être suivie. Je jetai un coup d'œil derrière moi et me rendis compte que j'étais bel et bien à l'origine du bruit. Un petit écriteau blanc était fixé sur le mur d'un immeuble de pierre, droit devant, mais, une fois de plus, le nom de la rue ne me disait rien. Je continuai de marcher, pris à gauche et à droite, m'abandonnai à la sensation d'être désespérément perdue.

Le froid qui s'était abattu sur cette ville du nord de la France était âpre, différent de celui de Montréal. Lorsque j'avais quitté ma ville, j'avais dû me couvrir le visage ; malgré tout, j'avais eu du mal à respirer. Mes cils et les mèches de cheveux exposés à l'air libre s'étaient couverts de givre. La température de Calais, par comparaison, m'avait semblé plus clémente. Peu à peu, cependant, l'humidité s'était insinuée dans mes vêtements. La ville était construite sur un marais; j'étais gelée jusqu'aux os.

Un autre nom de rue était cloué au mur d'un immeuble, mais les verres de mes lunettes étaient embués et j'avais du mal à distinguer les lettres. Je les enlevai pour les essuyer rapidement et je discernai alors un «V». Au bout de quelques pas, je reconnus le mot magique. Je m'arrêtai, fermai les yeux et pris une profonde inspiration. Après avoir tourné en rond dans les rues gelées, guidée par un plan de fortune et mon instinct, j'étais arrivée à destination. Je vérifiai l'adresse une nouvelle fois. *27, rue de Verel**. Le dernier chiffre, que l'aubergiste avait écrit à la française, ressemblait à une croix inclinée.

C'était l'une des plus grandes maisons de la rue, mais elle avait l'air beaucoup plus abandonnée que je ne l'avais imaginé. La façade grise se distinguait à peine du ciel. Les fenêtres les plus basses étaient munies de barreaux. C'était fréquent, à Calais, mais la maison n'en semblait pas moins réservée et méfiante.

Il n'y avait pas de trottoir. Les piétons ne disposaient, à côté des pavés, que d'une étroite bande boueuse, criblée d'empreintes de bottes gelées. Je m'avançai vers le portail de la maison de mon père. Le petit jardin avait été préparé pour l'hiver, les buissons recouverts de toiles retenues par des ficelles. J'imaginai Honoré Bourret en train de s'occuper de ces petits riens. Tout laissait croire qu'on avait affaire à un homme méticuleux.

La femme qui ouvrit était plus jeune que moi, mais à peine. Elle arborait une tenue décontractée : pantoufles faites au crochet et vieille jupe. Elle avait des cheveux orange brûlé qui grisonnaient le long de la raie et au bord des tempes. Son visage était dépourvu d'amabilité.

— Je cherche le Dr Bourret, dis-je en français.

— *Il ne travaille plus**, répondit-elle.

Sans même me demander ce que je voulais, elle m'indiqua un autre médecin, un dénommé Babin, qui avait apparemment repris le cabinet de mon père. Son bureau se trouvait quelques rues plus au sud, expliqua-t-elle, mais elle était sûre que c'était fermé pendant le congé.

Je secouai la tête et lui dis que je n'avais pas besoin d'un médecin. Devant la porte, il faisait froid. Elle glissa un pied derrière l'autre jambe et, les bras croisés, attendit que j'en dise plus.

— Il faut que je voie le docteur, dis-je. C'est personnel.

Les derniers mots la mirent en colère. Elle avait une mâchoire carrée, qu'elle tendit vers moi, même si, franchement, je ne pouvais pas représenter une grande menace. Par déduction, j'en étais venue à la conclusion que j'avais affaire à la concubine de mon père, *la femme qui n'était pas sa femme**. Son attitude montrait sans ambiguïté qu'elle n'était ni une cuisinière ni une bonne à tout faire.

Pour la rassurer, je lui dis que j'étais une collègue.

— Nous nous sommes connus il y a longtemps.

Nous étions à présent gelées l'une et l'autre. Elle me laissa entrer et s'engagea dans le couloir pour annoncer ma visite au Dr Bourret.

— Je ne vous promets rien, lança-t-elle par-dessus son épaule sans s'arrêter. Il reçoit rarement.

La maison était sombre et plus petite que le laissait croire l'extérieur. Ses rares et étroites fenêtres n'auraient pas juré dans une forteresse militaire. On avait peint les murs en blanc pour les égayer un peu et les lampes à gaz étaient allumées; malgré tout, les lieux étaient mornes.

Au bout d'un moment, la femme aux cheveux orange revint et m'invita à la suivre jusqu'à un petit salon aménagé tout au fond. Le parfum iodé de la mer était resté derrière la porte close à présent, et d'autres odeurs s'imposaient à moi. Je remarquai que mon hôtesse sentait l'alcool. Sans un mot, nous parvînmes au salon. Dans cette pièce, mon père, enveloppé dans une couverture, était assis sur un canapé, les jambes remontées. Il ne se leva pas à mon approche. Il se contenta de se tourner vers moi en plissant les yeux. Quel choc! Le visage qu'il tendit n'avait rien à voir avec celui dont je gardais le souvenir depuis des années. Sa lèvre supérieure était rasée de près. Sa chevelure abondante était toute blanche. Il portait des lunettes aux verres si épais que ses yeux semblaient deux fois plus gros que la normale. Elles lui donnaient un air à la fois étonné et fâché.

Je m'immobilisai sur le seuil jusqu'à ce qu'il m'invite enfin à entrer.

— Excusez-moi de ne pas me lever, dit-il dans un français qui n'avait rien de local, mais, avec une telle humidité, mes articulations me font beaucoup souffrir.

Il me fit signe de m'avancer.

— Entrez, dit-il. Venez dans la lumière que je vous voie.

La requête me prit par surprise : j'étais déjà dans la lumière, à moins de cinq pieds de lui. La femme aux cheveux orange me poussa.

— Allez, murmura-t-elle. Il a la vue basse. Il faut vous placer tout près.

— Je t'entends, dit le vieil homme. J'ai la vue basse, d'accord, mais mon ouïe est tout à fait normale.

Il enleva ses lunettes et révéla des cristallins de la couleur du lait.

— Je ne peux même plus lire le journal, dit-il en pliant un vieux numéro du *Monde* qu'il glissa entre un coussin et lui. Il faut que je demande à Solange de me lire les nouvelles.

Il agita de nouveau les mains.

— Approchez ! Vous êtes toute floue !

Je dus m'avancer jusqu'au canapé. J'avais l'impression d'être une petite fille sur le point de recevoir une gifle ou un baiser. Mon père m'examina pendant un moment avant de détourner les yeux.

— Non, dit-il comme s'il répondait à une question. Je ne vous ai jamais vue de ma vie.

Flanquée de deux verres, une bouteille de cognac était posée sur une table basse. Sans doute le vieil homme avait-il surpris mon regard, car il laissa entendre un petit rire.

— Je suppose que je devrais vous en offrir. Nous buvions à la fin de cette année particulièrement horrible. Voulez-vous vous joindre à nous ?

Il me tendit un verre.

— J'ai toujours cru qu'il valait mieux enterrer l'ancienne année en grande pompe que de célébrer la nouvelle.

Il m'invita à m'asseoir dans le fauteuil posé face au canapé.

— Maintenant, dites-moi qui vous êtes. Vous prétendez que nous nous sommes déjà rencontrés.

Il remplit trois verres, m'en tendit un et en donna un autre à Solange, debout tout près.

— Allons, ma chère, aide-moi à accueillir notre visiteuse.

Il tapota l'extrémité vacante du canapé et elle s'assit, pareille à un chat tigré s'enroulant aux pieds de son maître.

— C'était il y a longtemps, dis-je. Je n'étais qu'une enfant.

Tels furent les premiers mots que je lui adressai. En anglais. Son visage trahit la surprise.

Il se pencha vers moi, s'efforça de mettre mon image au point. Pendant un moment, il laissa tomber son air désinvolte. Il se tourna vers Solange, irrité.

— Je croyais que c'était une collègue, non ?

Solange haussa les épaules.

— C'est ce qu'elle a dit.

— C'est effectivement ce que j'ai dit, repris-je en français.

Je ne voulais pas être cause d'une scène de ménage et je ne tenais pas non plus à monter Solange contre moi plus qu'elle ne l'était déjà.

— Je suis maintenant une collègue, un médecin comme vous.

— Vous parlez par énigmes, dit mon père.

Il regardait toujours vers moi, mais, à cause des cristallins laiteux, il était difficile d'établir ce qu'il voyait vraiment.

— Vous êtes anglophone ?

Je hochai la tête.

— Et vous êtes médecin.

Je hochai de nouveau la tête.

— Et où, au juste, nous serions-nous connus ?

Je me blindai, presque certaine que le sol allait s'ouvrir sous mes pieds.

— À Montréal.

Honoré Bourret haussa les épaules.

— Dans ce cas, il y a erreur sur la personne. Montréal est une ville que je n'ai jamais eu le plaisir de visiter.

Il darda sur moi ses drôles d'yeux laiteux. Entendre mon père qui n'était pas tout à fait mon père me renier si effrontément me fit un drôle d'effet.

— Vous y êtes né, pourtant, dis-je.

— Je viens d'Angleterre, dit Bourret.

Solange m'observait avec des yeux ensommeillés et félins. Ils étaient si catégoriques, tous les deux, que je sentis ma résolution fléchir. Le visage était différent de celui dont je gardais le souvenir. Il ne me semblait pas inconcevable que cet Honoré Bourret-là soit effectivement un inconnu. Je commençai à envisager cette possibilité, mais je me ressaisis aussitôt. Trois années plus tôt, William Howlett s'était attablé avec lui à l'Auberge des flots. Jakob Hertzlich avait assisté à la rencontre. Bourret mentait. Il me mentait en me regardant droit dans les yeux.

— J'arrive justement d'Angleterre, dis-je. De la résidence d'un de vos amis, plus précisément.

Bien calé sur le canapé, il s'était légèrement détendu, mais, à l'évocation de Howlett, il se redressa. Il se tourna vers Solange et lui ordonna de sortir. Constatant qu'il était sérieux, elle protesta. Pourquoi fallait-il qu'elle se retire au profit d'une inconnue ? Elle aussi était chez elle, au cas où il ne l'aurait pas remarqué. De quel droit osait-il la traiter ainsi ? Elle m'injuria aussi, m'accusa d'avoir troublé la quiétude de sa matinée.

Le vieil homme dut la chasser. Ce spectacle embarrassant en dit long sur leurs relations, ou plutôt sur leurs non-relations.

— Les femmes ! s'écria-t-il en anglais lorsqu'il parvint enfin à refermer la porte. Quelle engeance !

Il s'assit en face de moi.

— Ainsi donc, c'est le Dr Howlett qui vous envoie ?

Il avait poursuivi en anglais, sans doute pour empêcher sa concubine d'écouter notre conversation.

Je lui dis que le Dr Howlett avait au contraire tout fait pour me dissuader de venir, qu'il avait qualifié la situation de « complexe » et qu'il avait tenté de me mettre en garde.

— Mais vous avez décidé de venir quand même.

Il y eut une pause que nous mîmes à profit pour nous étudier l'un l'autre. J'étais incapable de lire dans ses pensées. Peut-être évaluait-il les options qui s'offraient à lui, se demandait-il comment il jouerait la prochaine manche et ce qu'il accepterait

de révéler. Peut-être aussi m'examinait-il, moi. Ses yeux indé-
chiffrables se fermèrent hermétiquement.

— Je ne vous connais pas, dit-il pour la deuxième fois.

Je lui dis mon prénom – pas le prénom anglais que ma grand-
mère m'avait donné, mais celui, plus ancien, qu'il avait lui-même
choisi. Je lui dis que j'étais sa fille.

Il mit un certain temps à réagir. Il croisa les jambes et tendit
la main vers une boîte de cigarettes. Il m'en offrit une. Je secouai
la tête et il alluma la sienne.

— Je n'ai jamais mis les pieds à Montréal. William Howlett
a eu raison de tenter de vous dissuader de faire le voyage. Vous
avez perdu votre temps.

Je m'en allai peu après. Dans la cuisine, Solange préparait le
repas de midi. Elle ne se retourna même pas lorsque je passai
dans le couloir. Le vieil homme dut me raccompagner lui-même,
me tendre mon manteau et mes bottes. Le vestibule était exigu.
Je m'habillai, à un pied de lui tout au plus.

— Vous ne devez parler de cela à personne, dit-il doucement.

J'avais alors recouvré mes esprits. Du moins, je le croyais.

— De quoi voudriez-vous que je parle? demandai-je à voix
basse, moi aussi, comme si nous partagions un secret. Nous ne
nous connaissons pas.

— C'est exact, dit-il en souriant.

Tels furent les derniers mots que nous échangeâmes. Lorsqu'il
referma la porte derrière moi, je tremblais. Il me repoussait
comme, des années plus tôt, il avait repoussé ma mère et une

version beaucoup plus jeune de moi-même, et comme, plus tôt encore, il avait repoussé sa sœur infirme. Une fois dans la rue, je me rendis compte que j'avais les mains vides. J'avais oublié le sac renfermant les cadeaux que j'avais apportés. Je voyais exactement l'endroit où je l'avais laissé, à côté du fauteuil où j'avais pris place, mais pour rien au monde je ne serais retournée là-bas.

Dans la rue de Verel et les autres rues de Calais, une neige fine avait commencé à tomber. À présent, mon père était sans doute dans la cuisine, où il tentait de faire la paix avec Solange. Ils s'assoiraient pour manger; tôt ou tard, l'un d'eux retournerait dans le petit salon et découvrirait mon sac. Solange ne réussirait jamais à déchiffrer les documents que j'avais soigneusement choisis et transportés jusqu'ici. Et mon père, si d'aventure il mettait les mains dessus, ne pourrait pas les lire.

29

Le 1er janvier 1919

Lorsqu'elle se leva, l'aube du jour de l'An se distingua à peine de la nuit. Les coqs s'égosillèrent malgré le ciel lourd et noir. Je n'avais pas beaucoup dormi, en partie à cause de mon père, en partie à cause du brouhaha du bar, situé juste en dessous de ma chambre. À l'Auberge des flots, le *réveillon** de la Saint-Sylvestre était un grand événement, renommé dans toute la ville. À en juger par le joyeux vacarme, la moitié de la ville était passée trinquer.

Malgré les exhortations de mes hôtes, j'étais restée à l'étage. En m'entendant refuser la coupe de champagne gratuite que m'offrait son mari, Eugénie m'invita à venir leur tenir compagnie, à elle et à Charles, et à boire une tasse de lait chaud. Cela aussi fut au-dessus de mes forces. Je passai la soirée seule à pleurer. Peu avant l'aube, je m'habillai et descendis. On aurait dit que le bar avait été traversé par une tornade. Des verres et des bouteilles jonchaient les tables. Deux corps gisaient par terre. Je les contournai sur la pointe des pieds, trouvai mes bottes et sortis sans faire de bruit.

Cette fois, je n'eus pas besoin du plan de l'aubergiste. Suivant l'avenue de la Mer, je laissai simplement mon nez me guider jusqu'à l'eau. Tandis que je marchais, le ciel pâlit. Hormis les mouettes et les cormorans qui tournoyaient au-dessus de la ville en poussant des cris perçants, j'avais le sentiment d'être la seule créature vivante. Je marchais d'un bon pas, le vent dans le dos, respirais les parfums féconds, iodés. La ville était bordée par une plage immense, la plage Blériot, que j'avais aperçue du ferry lorsque nous avions accosté. Un grand hôtel la dominait, mais il était fermé pour la saison, ses portes et ses fenêtres condamnées.

Je traversai la plage parcourue d'ondulations que le vent avait laissées dans le sable et me rendis jusqu'à un quai terminé par une petite tour. Là, je m'arrêtai. Je mis un certain temps à me rendre compte que la marée baissait. Je connaissais mieux les cours d'eau – d'abord la rivière du Nord qui, avec son débit rapide, longeait la propriété de ma grand-mère à St. Andrews East, puis le fleuve Saint-Laurent, après mon installation à Montréal. L'océan avait un parfum différent, celui de l'iode, des algues et des créatures des profondeurs. Longtemps, je restai là à contempler l'eau.

En une seule semaine, j'avais perdu les deux hommes les plus importants de ma vie. Pourtant, le mot « perdu » était trompeur. Ni l'un ni l'autre n'était mort; vus de l'extérieur, ils n'avaient, depuis des années, joué aucun rôle notable dans ma vie. Sur le plan intérieur, en revanche, ils avaient été au centre de tout. À présent, ce centre, mon centre, avait glissé. William Howlett m'avait menti. Peu m'importait que Howlett juge complexe la situation d'Honoré Bourret et qu'il ait eu le sentiment d'avoir menti pour mon bien. Mon père ne valait pas mieux. Pendant des années, je l'avais considéré comme une victime, un innocent injustement traité par la mesquine communauté écossaise de Montréal, qui lui reprochait d'avoir de l'ambition et d'être différent. En tant que femme pourvue des mêmes attributs, je m'étais identifiée à lui.

Mon père avait abandonné sa femme au dernier stade de sa grossesse, sans réfléchir aux conséquences pour elle et pour l'enfant à naître. Il m'avait abandonnée, moi, quand j'avais moins de cinq ans. Et lorsque j'avais frappé à sa porte, quarante-quatre ans plus tard, il m'avait tourné le dos une fois de plus, avait menti pour se protéger. Un tel homme, compris-je alors, avait très bien pu se débarrasser d'une sœur infirme dont la présence lui pesait trop. À propos de mon père, tous les indices étaient là, mais j'avais refusé de les voir.

Je songeai aux deux sens du mot *fille** en français. Hier, à cette heure, j'étais encore une fille, c'est-à-dire une enfant aux espoirs à peu près intacts. Arpentant les rues dans l'attente de rencontrer mon père, guidée par le plan ridicule tracé à la main, j'avais été grisée. J'avais tant misé sur ce moment. La vérité, bien sûr, c'est que j'avais laissé l'enfance derrière moi des années auparavant. Je n'étais pas la *fille** d'Honoré Bourret. Ni celle de personne d'autre, d'ailleurs. J'avais quarante-neuf ans, et le sol, les assises de ma vie, s'étaient dérobés sous mes pieds. Je songeai aux fragments de mon existence que j'avais réunis pour cet homme. J'avais été comme la petite première de classe qui rapporte fièrement ses prix à la maison. C'était pitoyable, compris-je enfin. Sans doute jetterait-il le sac aux ordures sans même y jeter un coup d'œil.

Des voix d'enfants me sortirent de ma torpeur et je me rendis compte que je me trouvais sur le quai depuis un certain temps. Après le retrait des eaux, la plage, plus large, semblait lissée. Le soleil avait trouvé la force de crever les nuages. Sur le sable encore humide, des oiseaux de mer se prélassaient dans ses rayons. Des enfants, deux garçons de huit ou neuf ans et une fillette, étaient venus jouer au bord de l'eau. Les garçons lançaient des galets sur l'eau en criant, comptaient les ricochets à voix haute, jusqu'à ce que leurs projectiles coulent enfin. Lorsque je descendis sur la plage, ils vinrent à ma rencontre. Le plus vieux me souhaita une bonne année et je lui rendis la politesse.

J'ignorais ce que me réserverait l'année nouvelle, mais le bonheur ne serait sans doute pas au rendez-vous. En marchant vers la ville, je retrouvai les traces que j'avais laissées dans l'autre sens, déjà à moitié effacées.

VIII

Le retour

*L'affection est incurable,
mais l'état de santé du malade
peut s'améliorer ou cesser
de se détériorer.*

Maude Abbott,
« Congenital Cardiac Disease »

30

Le 20 janvier 1919

Il ferait beau le lendemain, avaient annoncé les marins, mais j'avais eu du mal à le croire, étant donné le mauvais temps qu'il faisait depuis des semaines. Apparemment, le voyage qui me ramènerait chez moi serait sensiblement différent de celui qui m'avait conduite en Europe. Cette fois, le vent nous poussait, et l'eau était bleue et lisse, sans le moindre grain à l'horizon. Des vagues léchaient la coque du navire et le ciel était pur, hormis quelques boules de coton qui scintillaient dans le couchant.

J'apercevais encore le rivage, mais je ne distinguais plus les immeubles et les maisons de Brest, port où j'étais venue en quittant Calais et où j'avais attendu pendant près de trois semaines le départ du navire qui me ramènerait chez moi. Le littoral français ne formait plus qu'une ligne indistincte. Bientôt, elle aussi disparaîtrait. Je ne voulais surtout pas manquer le moment où elle s'effacerait, même si l'effort exigé par l'observation, la volonté de tenir le plus longtemps possible, commençaient à me peser. J'avais attendu ce pèlerinage pendant plus longtemps que je n'osais l'admettre et voilà que je laissais le Vieux Continent derrière moi.

Le voyage avait été épuisant. Pourvue du moindre bon sens, j'aurais été à l'intérieur, une boisson chaude et un livre à la main, comme toute femme normalement constituée de mon âge, au lieu de contempler les eaux frigides du haut du pont, en plein mois de janvier. Je retirai mes lunettes, dont les verres étaient éclaboussés par les embruns, et les essuyai rapidement.

Je n'avais aucune idée de ce que je ferais à mon retour au Canada. Mes réalisations personnelles me semblaient totalement futiles, au même titre que les médailles accrochées à la poitrine d'un soldat invalide. Quelle importance? La plupart de mes êtres chers étaient morts ou avaient disparu. Tous mes points de repère s'étaient déplacés. J'étais déboussolée, perdue au milieu de l'océan, à des jours de la terre ferme. Sept jours que je pouvais mettre à profit pour réfléchir. D'une certaine manière, mon départ différé avait été une bénédiction, car j'avais passé les dernières semaines à déambuler dans les rues de Brest, sans parler à personne. J'avais besoin de solitude, de temps pour guérir.

Un peu plus loin, une toute jeune femme lança un bout de pain au-dessus de l'eau à l'intention d'une mouette qui, planant dans les parages, descendit en piqué et l'attrapa au vol. La jeune femme poussa un cri strident et montra l'oiseau à une deuxième, debout à côté d'elle. Je les avais remarquées au moment de l'embarquement. Elles étaient canadiennes, à l'instar de quelques autres passagers du navire voguant vers Halifax. Portant la cape des infirmières de la Croix-Rouge, elles se ressemblaient tellement qu'elles étaient forcément des sœurs. Je songeai aussitôt à Laure. Au-dessus du navire, la mouette, en vol plané, secoua son cou et avala.

Ce soir-là, je m'attablai avec elles. Depuis la rencontre avec mon père, c'était la première fois que je m'octroyais un moment en compagnie de mes semblables et je me sentais très maladroite. Après deux années de service à l'étranger, me confièrent-elles, elles se rendaient à Halifax. Nous fûmes bientôt rejointes par un caporal du Princess Patricia's Canadian Regiment, beau jeune homme aux cheveux blonds comme les blés avant la récolte qui avait perdu la portion inférieure de sa jambe droite. Il marchait à l'aide de béquilles et le bas de son pantalon était épinglé à la hauteur du genou. Dès son retour au Canada, dit-il, l'armée lui procurerait une prothèse.

Ayant mené une existence frugale et vécu des soupes et du pain que je me procurais dans une boulangerie voisine du gîte où je logeais à Brest, j'étais fin prête à m'offrir un repas substantiel. J'étais également plus avide de contacts humains que je ne l'aurais cru. Le rire des jeunes femmes et leurs bavardages en anglais me réconfortaient. La sœur blonde nous apprit que le chef cuisinier du navire jouissait d'une excellente réputation. C'était un navire français, ce qui changeait tout. Comme pour lui donner raison, un garçon d'environ quatorze ans sortit des cuisines, une bouteille à la main, et s'approcha de notre table. Il fondit droit sur le caporal et s'inclina en lui faisant voir l'étiquette.

L'infirmière aux cheveux clairs, qui s'appelait Nora, éclata de rire.

— Un sommelier! Le comble de la civilisation!

Le garçon (qui, en d'autres circonstances, devait passer la serpillière, me dis-je) sourit et carra les épaules. Il déboucha la bouteille devant nous et versa quelques gouttes de vin foncé dans le verre du caporal. Après avoir fait tournoyer le liquide et pris une gorgée, rituel que tous semblaient prendre très au sérieux, le caporal hocha la tête. Lui aussi donnait l'impression de ne pas avoir pris un repas digne de ce nom depuis des lustres, et il savourait chaque moment.

Le garçon remplit nos verres. Nous les soulevâmes. Le vin était riche et chaud. J'étais si reconnaissante à l'idée d'être là, un verre de bourgogne à la main, en compagnie d'êtres humains avec qui le partager, que je sentis ma gorge se serrer. Des plaisirs simples, mais, dans l'immédiat, d'une importance capitale.

La nourriture arriva, servie par le même garçon. C'était du coq au vin, un de mes plats favoris. Dans la lueur de la lampe, de tout petits oignons blancs brillaient comme des perles. Je fermai les yeux, humai les arômes. Pendant une bonne partie du repas, je gardai le silence, abandonnée au plaisir de mes sens.

Les sœurs canadiennes, en revanche, papotèrent allègrement. Particulièrement animée, Nora, la fille aux cheveux clairs, nous régala d'histoires concernant le travail qu'elle avait effectué dans un hôpital de la Croix-Rouge érigé sur des courts de tennis appartenant à un riche Américain qui vivait près de Londres. Le propriétaire, Waldorf Astor, avait, paraît-il, offert l'emplacement à l'armée britannique. La sœur aux cheveux foncés, moins bavarde que Nora, avait un rire adorable. Le caporal se concentrait sur sa nourriture, mais, chaque fois que retentissait un éclat de rire, il levait les yeux en souriant.

Le vent se levait, s'arc-boutait contre les hublots, faisait trembler les couverts. Il n'était pas encore assez fort pour nous faire tanguer, mais, de loin en loin, le vin clapotait dans nos verres.

— Ne vous en faites pas, dit le caporal. Le temps ne nous causera pas d'ennuis.

Je leur racontai les horreurs de la traversée que j'avais effectuée à la mi-décembre. Je ne me croyais pas capable de survivre à une autre expérience du genre. Le caporal me demanda ce qui m'avait poussée à entreprendre un tel voyage en hiver, si peu de temps après la fin de la guerre.

— Un ami malade, répondis-je.

Ce n'était pas un mensonge absolu. Après tout, l'état de santé de Howlett avait précipité mon voyage.

— Un soldat? demanda le caporal.

Je ne voulais pas parler de moi. J'avais un besoin quasi maladif d'anonymat et je me disais que je devais éviter de trop me dévoiler à des inconnus, mais le vin m'avait réchauffée et détendue. Il n'y aurait sûrement pas de mal à mentionner Howlett.

Le caporal m'étudia avec un intérêt soudain.

— Howlett? répéta-t-il. Le grand Howlett, vous voulez dire? Le médecin d'Oxford?

Les sœurs me fixaient, elles aussi.

— Nous le connaissions, dit la blonde. Il venait à l'hôpital le lundi.

— Nous avons assisté à ses funérailles, ajouta la sœur aux cheveux foncés.

À mon tour, je regardai mes interlocuteurs fixement. La nouvelle m'avait laissée sans voix.

— J'y étais, moi aussi, dit le caporal, qui, passionné par son sujet, n'avait pas remarqué mon silence. Howlett a participé à mon amputation. Il veillait sur les Canadiens.

— Qu'il est étrange que nous l'ayons tous connu ! s'écria Nora.

Elle se tourna vers moi.

— Vous nous rappelez quelle était la nature de vos relations ?

Je fixai mes genoux. Je n'en avais pas parlé et je n'étais pas non plus disposée à le faire. Même si j'en avais eu l'intention, je n'aurais pas été en mesure de formuler une réponse franche.

— Nous sommes tous deux médecins, dis-je au bout d'un moment.

— Vous êtes médecin ! s'exclama Nora avec admiration, les yeux brillants.

Heureusement, elle ne chercha pas à approfondir mes liens avec Sir William. Elle décrivit toutefois les funérailles, qui avaient apparemment été grandioses. La moitié de Londres et la quasi-totalité d'Oxford y avaient assisté. Au fil des ans, Howlett avait soigné le premier ministre et un grand nombre de ministres. Par conséquent, de très nombreux hommes politiques s'étaient déplacés.

J'écoutai le récit, mais d'une oreille distraite. Howlett était mort. J'avais du mal à me faire à l'idée.

Le caporal évoquait à présent son amputation. Le tiers des membres de son bataillon avaient perdu la vie, dit-il d'une voix blanche. Un autre tiers d'entre eux avaient perdu un bras ou une jambe. Il parlait lentement, comme si mettre des idées bout à bout lui coûtait.

— Je me demande parfois si j'ai fini dans le bon groupe.

— Allons, caporal, dit gentiment Nora. Parler de cette façon ne fait de bien à personne. Comme on ne peut pas revenir en arrière, il faut continuer d'avancer, pas à pas.

Elle s'interrompit et rougit en songeant au caractère inopportun de la métaphore.

Sa sœur aux cheveux foncés vint à sa rescousse.

— Nora a raison, caporal. Nous passons une soirée agréable, la première du voyage. Et nous avons très bien mangé, dit-elle avant de marquer une pause et de sourire. Et nous avons bu un vin délicieux. La reconnaissance est de mise.

J'observais la scène comme si elle se jouait dans un théâtre. Les sœurs avaient raison, et leurs conseils semblaient sensés. Comment faisait-on, pourtant, pour survivre à une perte aussi abyssale?

Nora leva son verre.

— Buvons en hommage à cette soirée.

Elle réfléchit un moment.

— Au fait, Beth, dit-elle à sa sœur, tu sais quel jour nous sommes, aujourd'hui?

La sœur aux cheveux foncés réfléchit à son tour et s'illumina soudain.

— Le 20 janvier.

— La veille de la Sainte-Agnès, dis-je.

Nora se tourna vers moi, surprise.

— Vous connaissez?

Puis elle se rappela mon prénom.

— Vous connaissez aussi le poème ? demanda Beth.

Le caporal nous regardait d'un air absent. Je songeai aux mois de janvier que j'avais passés à St. Andrews East, aux poèmes que j'avais lus devant l'âtre en compagnie de Laure et de Grand-mère.

Nora se leva et retomba aussitôt à la suite d'un mouvement brusque du bateau. Le caporal tendit la main pour la stabiliser, mais elle déclina son aide et fit une deuxième tentative en s'agrippant au dossier de sa chaise. Malgré les oscillations du bateau, elle commença à réciter :

La veille de la Sainte-Agnès, ah ! comme le froid était âpre !
Le hibou, malgré toutes ses plumes, était perclus.
Le lièvre boitait, tout tremblant, par l'herbe glacée…

Elle s'interrompit.

— J'oublie le reste, dit-elle.

Elle se tourna vers sa sœur.

— Aide-moi, Beth.

Beth, cependant, n'en savait pas plus.

— Ensuite, il est question d'un troupeau de moutons, dit-elle vaguement. Et aussi du rosaire.

Je posai mes mains à plat sur la table et fermai les yeux. L'illustration du poème dans notre livre monta aussitôt dans mon esprit : le diseur de chapelets émacié assis sur les marches, ses cheveux blancs dans le vent, son haleine s'élevant dans le ciel, pareille à la fumée de l'encens. Je repris le poème là où Nora l'avait laissé et le récitai jusqu'à la sixième strophe, celle où il est question des rites que les jeunes filles doivent accomplir pour rêver d'amour.

Lorsque nous nous levâmes de table, le caporal fit de son mieux pour s'incliner de façon cérémonieuse.

— Faites de beaux rêves, mesdemoiselles.

Beth rit. De toute évidence, elle plaisait au caporal, mais les regards dont il l'enveloppait me plongèrent dans la mélancolie. Ma solitude et l'annonce du décès de Howlett avaient dissipé la sensation de chaleur procurée par le vin. Il était temps que je me mette au lit.

Avant mon départ, toutefois, Nora me toucha le bras.

— C'est surtout vous qui devez rêver cette nuit, chère Agnes. Après tout, c'est votre fête.

Elle sourit, mais sa sœur, debout près d'elle, semblait gênée. Au fond, le poème ne concernait que les vierges toutes jeunes.

Cette nuit-là, cependant, je rêvai effectivement. Le visage qui m'apparut fut pour le moins inattendu. Ce n'était ni celui de mon père ni celui du pauvre William Howlett. Je n'étais plus à bord du navire, mais plutôt de retour à Montréal, au musée, entourée de tablettes sur lesquelles s'alignaient des bocaux contenant des spécimens. Je me rendis compte, en plein rêve, qu'il s'agissait de l'ancien musée, avant qu'il soit détruit par l'incendie. Par miracle, tout était intact. Les os étaient blancs et entiers. Les bocaux en parfait état tenaient debout en rangées bien droites. Même mon spécimen préféré, le cœur de Howlett, était là, sur le coin de mon bureau, où j'avais l'habitude de le garder. Et là aussi se trouvait Jakob Hertzlich.

Sans doute avais-je tenté de lui parler, car je fus tirée du sommeil par mon propre gémissement. Je restai immobile pendant quelques secondes. Je me souvins de mon rêve et de la blonde Nora qui, pendant le repas de la veille, m'avait assurée que j'aurais une vision. Probablement un effet du vin sur mes nerfs fragiles, me dis-je en me redressant vivement et en tendant la main vers un pull. Je parcourus la cabine des yeux, saisis les détails au fur et à mesure que ma conscience s'éveillait : les murs vert pâle, le large tuyau qui courait le long du plafond, le hublot embué. Je soupirai et me rallongeai sur la couchette. En mer, à trois mille milles de la maison, qui trouvais-je sur ma route ? Jakob Hertzlich.

31

Le 30 janvier 1919

Le lendemain de mon retour à Montréal, je pris le train pour St. Andrews East. Entre le navire et le train, j'étais en mouvement perpétuel depuis une semaine et demie. J'étais impatiente de me poser enfin. De l'extérieur, le prieuré semblait dans le même état qu'au moment de mon départ, un peu plus délabré, peut-être. L'intérieur était toutefois chaleureux et accueillant.

George sortit de la cuisine.

— C'est toi ! s'écria-t-elle.

Je ne l'avais pas prévenue de mon arrivée. J'ignorais moi-même que je prendrais le premier train pour venir la voir. Depuis mon départ pour l'Angleterre, je vivais au jour le jour, suivais mon instinct plutôt que ma raison. Je m'avançai vers elle et la serrai longuement dans mes bras. L'étreinte ne fut pas tout à fait confortable. J'avais emprisonné ses bras entre les miens, ce qui ne lui plut guère. Mais, au moment où elle se dégageait, je pus voir qu'elle était heureuse.

J'entrai dans le salon, qui baignait dans le soleil de la fin janvier. Dehors, la température était encore inférieure à zéro, mais il faisait bon à l'intérieur. George avait enlevé les rideaux des fenêtres. La lumière entrait à flots et la pièce semblait vaste, claire et spacieuse. Elle avait également retiré les tapis de ma grand-mère et exposé les parquets, qu'elle avait astiqués et polis. La maison donnait l'impression d'avoir été nettoyée de la cave au grenier et son contenu d'avoir été passé au peigne fin. Elle avait mis dans des boîtes et des sacs les objets accumulés par trois générations de White en attendant que je l'autorise à en faire don à des familles nécessiteuses de la paroisse.

Lorsque je la complimentai sur l'état des lieux, elle fronça les sourcils.

— Je n'ai pas fait le ménage pour toi, dit-elle d'un air impertinent.

Puis elle prit conscience de la dureté de ses paroles.

— Disons que je l'ai fait indirectement pour toi. Je ne t'attendais pas avant des mois.

Dans la fenêtre en saillie se dressaient trois vases remplis de fleurs blanches, leurs tiges ondoyant comme de longs doigts verts.

— Ce parfum… dis-je en inspirant à fond. On dirait le printemps.

— Ce sont des narcisses, dit-elle. Certains les détestent, mais j'ai un faible pour eux. Ce sont les seules fleurs qui fleurissent si tôt en saison.

Gros et sombres, les bulbes de narcisse, sur lesquels l'eau formait des croûtes, contrastaient vivement avec les fleurs et les pousses gracieuses.

— Je ne les ai pas plantées seulement pour moi, même si je dois dire qu'elles m'égaient. Je songeais aussi à Jaime MacDonnell.

— Jaime MacDonnell?

Le seul Jaime MacDonnell que je connaissais était un jeune garçon, fils de l'homme le plus riche de St. Andrews East, qui vivait à deux maisons du prieuré. Pendant un instant de pur délire, j'imaginai Miss Skerry se rendre chez les MacDonnell pour faire sa cour, un bouquet de narcisses à la main.

— Pendant ton absence, il est venu à quelques reprises.

— Mais c'est à peine s'il a dix-sept ans! m'écriai-je, totalement déconcertée.

— Vingt-quatre, plus exactement. Il s'est battu en Flandre, mais il est de retour et il a épousé une charmante fille de Lachute. Une francophone, ajouta-t-elle, comme si cette précision expliquait tout.

— Et pourquoi, dis-moi, te rend-il visite?

George Skerry rit et me lança un regard qui signifiait que certains l'appréciaient, même si je ne faisais pas partie du nombre.

— En réalité, c'est toi qu'il venait voir, mais, comme tu n'étais pas là, il s'est adressé à moi. Il vit chez ses parents, mais sa femme, qui s'appelle France, est enceinte, et ils cherchent une maison où s'établir.

— Et le prieuré les intéresse?

Miss Skerry ne répondit pas tout de suite.

— France te plairait, dit-elle en regardant par la fenêtre. Elle est gentille, mais pragmatique. Comment dit-on, déjà ? *Terre à terre**. Je suis sûre qu'elle fera une maman hors pair. Sa belle-mère lui donne du fil à retordre.

— C'est elle qui te l'a dit ?

— Elle vient, elle aussi, dit Miss Skerry. Nous avons toutes les deux besoin de compagnie.

— Bien sûr, dis-je comme si je me rendais compte pour la première fois de la peine que Miss Skerry avait dû éprouver en me voyant partir pour l'Europe tout de suite après le décès de Laure.

— Je n'étais pas là pour te soutenir, George. Pardonne-moi.

— Il n'y a rien à pardonner. Il fallait que tu le fasses, ce voyage.

Je hochai la tête. Je n'avais pas encore dit un mot sur mon père et Miss Skerry n'avait pas posé de questions à son sujet. Chaque chose en son temps.

— Qu'as-tu dit à Jaime MacDonnell ?

Elle retira ses lunettes et les brandit dans la lumière, à la recherche de taches.

— Je lui ai dit que tu étais très attachée à la maison, répondit-elle, et que tu ne serais sans doute pas disposée à t'en départir.

C'était vrai, mais seulement en partie. Le prieuré recelait d'innombrables souvenirs. Ma mère y était morte, et Laure et moi y avions passé le plus clair de notre enfance. Mais la maison exerçait une terrible ponction sur mon temps et mes finances.

Ma vie était à Montréal. Seules la nostalgie et la tombe de ma sœur me retenaient ici.

Avant que j'aie pu mettre mes sentiments en mots, Miss Skerry reprit son récit.

— Mes propos ont semblé renforcer la détermination de Jaime. Il est comme son père, Agnes. Quand il a une chose en tête, il n'en démord pas. Et sa femme adore la maison.

L'attitude de Miss Skerry respirait la ruse. Je la connaissais depuis assez longtemps pour savoir qu'elle me cachait une information capitale.

— Qu'est-ce que c'est, George ? demandai-je. Qu'as-tu fait, au juste ?

— Moi ? fit-elle en remettant ses lunettes et en posant sur moi un regard empreint d'innocence feinte. Je ne suis que la messagère, Agnes.

À force de questions, elle finit par lâcher le morceau. Pour avoir le prieuré, Jaime MacDonnell avait présenté une offre généreuse. Le montant me permettrait d'avoir une retraite confortable et de veiller sur Miss Skerry dans son grand âge. Mon idée était faite, mais, par crainte de céder à un mouvement impulsif, je lui demandai ce qu'elle ferait à ma place.

— Quelle question ! s'exclama-t-elle en riant. Loin de moi l'idée de me mettre à ta place, Agnes, mais laisse-moi te dire une chose : quand une occasion en or frappe à la porte, on a intérêt à ouvrir.

Après m'avoir servi de la soupe et du pain frais, George me proposa de sortir faire une promenade. Mais elle coupa d'abord une demi-douzaine de narcisses, les enveloppa dans du papier journal et les mit dans son sac. Je me gardai bien de lui demander ce qu'elle mijotait.

La portion de la rivière du Nord qui coule devant le prieuré n'est pas particulièrement large, mais le courant est assez fort pour empêcher l'eau de geler. Ce jour-là, on distinguait de grosses taches bleues sous la neige. Le soleil plombait avec une intensité telle que, en bordure du cours d'eau, de gros morceaux de glace se détachaient. C'est au bord de la rivière que je racontai à George ma rencontre avec Howlett et mes retrouvailles avec mon père à Calais. Elle était la première à qui j'en parlais et mon récit fut maladroit. J'étais heureuse d'être dehors. D'une certaine manière, il me semblait approprié de tout avouer à St. Andrews East, en hiver, la saison et le lieu où nous avions été réunis pour la dernière fois, mon père et moi. Cette fois, ce fut au tour de George de me serrer dans ses bras – gauchement, à cause de son manteau et de ses mitaines. Elle ne formula aucun conseil et ne tenta pas de me réconforter. Elle me laissa simplement faire mon récit en me tenant dans ses bras.

Après, nous empruntâmes la rue principale en direction de la Christ Church, l'église que mon grand-père avait fait bâtir près d'un siècle plus tôt. Le prieuré n'était pas encore vendu et déjà je commençais à voir les lieux avec nostalgie, comme si je les avais laissés derrière moi. George me conduisit à une rue contiguë à l'église et s'arrêta. Dans la neige, quelqu'un avait creusé un petit sentier (étonnamment ferme et bien battu) jusqu'au cimetière, au fond.

— Viens, dit-elle en retroussant ses jupes pour traverser le fossé.

Je me souvins alors de l'année de mes treize ans, celle où George Skerry était entrée dans ma vie. Lorsque nous nous aventurions dans les bois à la recherche de spécimens à examiner au microscope, elle retroussait ses jupes exactement de la même façon. De nouveau, mes yeux se remplirent de larmes. Décidément, je ramollissais avec l'âge. Le plus drôle, c'est que cela m'était parfaitement égal.

Nous enjambâmes la clôture en rondins (comme elle était à moitié ensevelie sous la neige, l'exploit n'eut rien de remarquable) et entrâmes sur les terrains de l'église. J'avais déjà compris ce que ma vieille amie avait en tête. Je ne fus donc pas surprise de la voir s'agenouiller dans la neige et ouvrir son sac. Il renfermait d'autres offrandes : une branche de houx et des pétales brillants d'amaryllis gelées. Elle déposa par-dessus les narcisses au parfum suave.

— J'aimais Laure, dit-elle. Ta grand-mère aussi.

Le cimetière était ravissant. Je n'y étais jamais venue que pour des funérailles et je n'avais jamais pris le temps de m'y asseoir. Là, j'eus l'occasion d'en apprécier la beauté. Il était abrité par des pins dans lesquels des mésanges s'étaient réunies. La neige était profonde et propre, sans autres traces de pas que les nôtres. Pendant un moment, nous pensâmes en silence à ma sœur ensevelie sous la croix. Son nom, Laure Frances Stewart White, était gravé dans la pierre.

— Je veux être enterrée ici, dis-je.

En esprit, je vis la pierre tombale. Pour la première fois de ma vie, j'acceptai que le nom qui y serait gravé pour l'éternité serait celui de ma grand-mère, la femme courageuse qui m'avait aimée et élevée.

Sur le chemin du retour, je racontai mon rêve.

— Ça y est ! s'écria George.

J'avais sursauté.

— Tu l'as fait apparaître le jour de ta fête ! Ce n'est pas rien, Agnes White.

Je m'étais attendue à ce qu'elle me dise que c'était de la foutaise, mais elle ne fit rien de tel. Elle se mit plutôt à rire avec un tel abandon et une telle joie que j'eus tôt fait de l'imiter.

32

Le 1ᵉʳ février 1919

Une ampoule avait pris naissance sur mon talon droit. À chaque pas, j'en sentais le frottement contre ma botte. Mes bas mouillés étaient la cause du problème. En ce deuxième jour de fonte des neiges, l'eau ruisselait dans les caniveaux. Tôt le matin, j'avais entrepris de parcourir la rue Saint-Denis et, depuis Dorchester jusqu'à Mont-Royal, au nord, je m'étais arrêtée dans presque tous les immeubles.

Je m'immobilisai devant la porte d'un haut bâtiment en pierre grise et défis ma botte pour constater l'état des dommages. C'était la quinzième pension que je visitais. En sonnant à la porte du concierge, je me promis une tasse de thé. J'étais assoiffée. Si cette démarche se révélait aussi infructueuse que les autres, je m'arrêterais. Mon talon avait commencé à m'élancer.

Un vieil homme vint ouvrir en bretelles et je lui répétai le nom que, pendant toute la matinée, j'avais proféré à l'intention des concierges de la rue Saint-Denis. C'était un nom difficile pour les francophones, à cause du « h » aspiré. Je m'attendais à une autre réponse négative, mais le vieil homme laissa entendre un petit cri.

— *Urts-ligue. Mais bien sûr. C'est un Anglais, n'est-ce pas ?**

Il m'examina de la tête aux pieds et déclara qu'il ne pouvait pas laisser une femme monter.

Ce jour-là, je portais un vieux manteau et des bottes qui ne tiendraient pas un hiver de plus. Dans un mois, j'aurais cinquante ans. De toute évidence, ma présence en ces murs ne mettrait pas en péril la réputation de l'établissement.

— Il faut que je le voie, dis-je dans mon français du dimanche. C'est urgent.

Il se laissa fléchir et m'indiqua le numéro de la chambre.

Retrouver Jakob Hertzlich n'avait pas été une mince affaire. On l'avait vu à McGill, peu de temps après mon départ pour l'Angleterre. Il avait rendu visite au Dr Mastro, qui m'avait dit lui avoir trouvé une mine affreuse : il était encore plus émacié et négligé que d'habitude. Il avait dit louer une chambre rue Saint-Denis et avoir l'intention de s'établir en Angleterre pour de bon.

Ces propos, le Dr Mastro me les avait tenus la veille, en après-midi. Il m'avait également communiqué les dernières nouvelles au sujet de William Howlett. Apparemment, Howlett avait laissé des directives selon lesquelles son corps devait être autopsié et son cerveau donné à un établissement d'enseignement supérieur. Cet établissement, avait-on pensé, serait peut-être McGill. Puis une annonce avait anéanti tous les espoirs : l'honneur reviendrait à l'Université de la Pennsylvanie.

— Pensez-y un peu, docteur White, avait dit Mastro. C'est vous qui auriez été conservatrice.

Au grand étonnement de Mastro, je n'avais laissé voir aucune déception. J'avais passé tant d'années à servir Sir William de son vivant, lui dis-je, que j'étais prête à passer la main.

L'escalier de la pension était raide et je dus m'arrêter pour me reposer. Lorsque j'atteignis enfin le palier supérieur, je respirais bruyamment. Là, il n'y avait que deux chambres. L'une était vide, et sa porte ouverte laissait voir un matelas nu, un plafond incliné et bas. C'était un grenier déguisé en chambre, mais un grenier quand même. Par la fenêtre, on voyait les avant-toits. Quelque part, de l'eau coulait dans une gouttière.

La deuxième porte était fermée. Derrière, quelqu'un fumait. Immobile, je contemplai cette porte, peinte en blanc. Une fissure la parcourait de haut en bas; sur les bords, la peinture s'écaillait. Le tabac sentait fort. Que ferais-je si c'était bien lui? Que lui dirais-je? Des ressorts grincèrent. L'occupant avait deviné la présence d'un visiteur. Je levai la main et frappai.

J'entendis une réponse hésitante en français, prononcée d'une voix qui me sembla trop fluette pour appartenir à Jakob Hertzlich. Les ressorts grincèrent de nouveau, puis il y eut un cognement sourd suivi d'un bruit de pas.

— *Une minute**, dit la voix.

Un tiroir s'ouvrit et se referma, puis j'entendis l'occupant s'approcher de la porte.

Jakob fut visiblement surpris de me voir. Il ne portait qu'un pantalon de travail et un maillot de corps, d'où des poils noirs dépassaient à la hauteur des aisselles et de la poitrine. Il était nu-pieds. Je détournai les yeux. La fenêtre était grande ouverte. L'explication du bruit sourd sans doute : au moment où il avait ouvert pour aérer la pièce, le bois avait heurté la brique. Le soleil entrait à flots, adoucissait son visage ahuri.

La chambre ressemblait à une cellule monastique. Le lit pliant de Jakob était défait et un roman était ouvert à plat sur les draps. À côté, il y avait une petite commode bon marché. Dans un coin, des vêtements débordaient d'une vieille valise cabossée.

— Je croyais que c'était le concierge, dit Jakob.

Il avait la voix rauque, à cause du tabac.

— Il n'aime pas qu'on fume dans les chambres.

En hâte, il tira les draps sur le lit et fit tomber son livre. C'était *Le Père Goriot*. Il sortit une chemise de sa valise.

— Que me vaut cet honneur?

Il avait revêtu sa chemise et la boutonnait rapidement.

Je m'humectai les lèvres.

— J'ai entendu dire que vous partiez.

— C'est exact.

— Londres?

— Colchester, en fait. Le travail d'illustrateur dont je vous ai déjà parlé.

Assis d'un côté du lit à présent, il enfilait des chaussettes. Dès qu'il eut fini, il tendit la main vers ses bottes.

— C'est une excellente nouvelle.

Ma voix se brisa.

— Je n'ai pas le choix. Avec tous les soldats qui rentrent de la guerre, Mastro n'a rien pour moi. À McGill, tous ceux que je connaissais sont morts ou partis à la retraite.

— Je suis toujours là, moi.

Jakob Hertzlich ne dit rien, mais son expression se durcit.

— Si c'est du travail que vous voulez, dis-je en dénouant mon écharpe, il y en a plus que je peux en faire au musée. Je serais ravie de vous ravoir. Nous avons reçu des spécimens de l'Armée et on m'a dit que je pouvais embaucher un technicien. Et l'Armée paie bien, ajoutai-je maladroitement.

Le regard qu'il me lança me fit grimacer. En me voyant m'approcher, il avait eu un mouvement de recul, s'était tassé à côté du matelas. C'était comme si nous exécutions une danse dont les pas m'étaient inconnus.

Il se leva et prit son manteau sur un crochet.

— Je ne voudrais surtout pas me montrer grossier, docteur White, mais j'étais justement sur le point de sortir.

Il n'était ni rasé ni lavé. De toute évidence, il n'avait pas projeté de quitter le lit, ce jour-là. Pourtant, il avait la main sur la poignée.

— Votre charité, vous pouvez vous la mettre où je pense, dit-il par-dessus son épaule. Gardez-la donc pour quelqu'un qui la demande.

Je n'entendis rien de plus. Ni le tintement de la glace qui se détachait des branches, ni le ruissellement de l'eau dans les gouttières. Ni le bruit de ma respiration, qui semblait s'être arrêtée. Ni même celui de mon cœur. Le soleil entrait à flots par la fenêtre et, soudain, la chaleur fut insupportable. Je m'allongeai sur le lit de Jakob. J'essayais de gonfler mes poumons, mais, à chaque tentative, je sentais une douleur cuisante. Paralysée, je vis Jakob Hertzlich se retourner et s'éloigner.

Ses pas retentirent jusqu'à l'autre bout du palier. Il allait sortir de ma vie, comme l'avait fait mon père des années plus tôt. C'était une vieille douleur familière, à laquelle je ne pus que m'abandonner. Ma voix me trahit, comme elle l'avait fait quand j'avais quatre ans. Ma bouche s'ouvrit, mais rien n'en sortit. À l'intérieur de moi, cependant, les moindres cellules de mon corps hurlaient. Ma peau, mes os, mon sang criaient en silence.

J'étais si prisonnière de moi-même, là, allongée sur son lit, le visage enfoui dans son oreiller, que je n'entendis pas Jakob s'arrêter sur le palier, faire demi-tour sur le tapis. Je n'entendis ni la porte s'ouvrir ni Jakob passer la tête par l'entrebâillement. Dans mon désespoir, je ne vis rien jusqu'à ce qu'il soit si près de moi que je respirai l'odeur de la cigarette et de la réglisse noire de Hollande.

Il s'agenouilla par terre. Il avait un drôle de regard, comme s'il ne savait plus très bien à qui il avait affaire.

— Tu ne peux pas t'en aller, dis-je en sanglotant violemment. Tu ne peux pas m'abandonner.

Jakob leva les yeux au plafond et prit une profonde inspiration. Après ce qui me fit l'effet d'une éternité, il me regarda enfin.

— Vous êtes une sacrée bonne femme, docteur White. Plus perverse que vous, c'est impossible.

Je hochai la tête et m'essuyai le nez.

— Je t'ai si mal traité.

Il haussa les épaules. Il allait dire quelque chose lorsque les pas du concierge retentirent dans l'escalier. Il montait dans l'espoir, sans doute, d'être témoin de scènes de dissipation.

Jakob me tendit un mouchoir. Lorsque le concierge arriva à la porte, j'étais à moitié présentable.

— Nous allions sortir, dis-je tandis qu'il nous examinait avec méfiance.

La pièce, plus fraîche à présent, était inondée de lumière, mais, de toute évidence, le moment était venu de sortir. Malgré la fenêtre ouverte, le concierge reniflait dans l'intention manifeste de déterminer si Jakob avait fumé.

— Venez, monsieur Hertzlich, dis-je en l'agrippant par le bras. Je vous invite à prendre le thé.

— Tu veux dire que le vieux bonhomme que j'ai rencontré est ton père ?

— Honoré Linière Bourret, dis-je en remuant ma tasse, dans laquelle je venais de verser un peu de lait.

— Tu as fait le voyage jusqu'à Calais et il a refusé de te reconnaître ?

À l'avant du café, une jeune serveuse nettoyait les tables. Heureuse de cette simple tâche, elle fredonnait pour elle-même. Sans savoir pourquoi, je trouvai la scène réconfortante.

— Cet homme est une crapule, Agnes. Il n'y a pas d'autre mot.

— Ce n'est pas si simple, répondis-je en suivant des yeux la jeune fille qui se penchait, nettoyait. Les habitants de la ville ont de l'estime pour lui. Il a refait sa vie là-bas. Il a gagné leur respect.

Jakob tendit le bras et posa sa main sur la mienne.

— Une crapule, articula-t-il en silence.

Je secouai la tête.

— Je ne gagnerais rien à penser de cette façon. Diffamer une personne, c'est seulement le contraire de l'idéaliser. C'est une leçon que j'ai fini par apprendre.

Jakob serra ma main et la fixa. Au bout d'un moment, il leva les yeux.

— Qu'as-tu l'intention de faire maintenant?

Je haussai les épaules.

— Le seul plan que j'avais conçu, c'était de te retrouver. Au-delà, aucune idée. Je me sens un peu comme si le sol s'était ouvert sous mes pas. Les certitudes que j'avais se sont envolées.

Jakob sourit.

— On croirait presque entendre une mystique.

— Certainement pas, dis-je en riant. J'ai les yeux ouverts pour la première fois en cinquante ans. J'en ai mis, du temps. J'avais construit ma vie sur un rêve. L'image que je m'étais faite de William Howlett et de mon père n'avait pas grand-chose à voir avec la réalité.

Il grimaça.

— Nous avons tous nos aveuglements. Qui sait ce qui est vrai?

— Dans mon cas, l'aveuglement était absolu, Jakob. Ne vois-tu donc pas que j'ai passé ma vie tout entière à tenter de plaire à un homme qui n'existe pas?

Je fis ce constat avec timidité, et Jakob l'accueillit d'un air neutre. Je ne décelai en lui aucun signe de jugement.

Pendant un moment, nous nous regardâmes en silence. Ce jour-là, les yeux de Jakob Hertzlich, mis en valeur par sa barbe brune et pleine, étaient particulièrement foncés et chaleureux. Je tendis la main et caressai les poils rêches. Il prit ma main dans la sienne et embrassa ma paume. Puis il sourit et fit signe à la serveuse d'apporter plus d'eau chaude pour notre thé.

POSTFACE

Bien que le roman s'inspire de l'œuvre et de la vie professionnelle de l'une des premières femmes médecins de Montréal,
la D^{re} Maude Elizabeth Seymour Abbott (1869-1940), les personnages et les événements qui y sont dépeints sont purement
fictifs.

REMERCIEMENTS

Je tiens à remercier le Conseil des arts et des lettres du Québec de même que le Banff Centre (en particulier Fred Stenson et le Banff Wired Writing Program) du généreux soutien qu'ils m'ont assuré pendant l'écriture du roman. Caroline Adderson, Linda Leith (à qui je dois le titre de la version originale), mon éditeur doué et dévoué, Marc Côté, et mon lecteur le plus proche et le plus constant, Arthur Holden, m'ont apporté une aide précieuse dont je leur suis très reconnaissante. À eux, aux amis et aux parents qui ont lu des versions provisoires du manuscrit, j'offre des remerciements du fond du cœur.